Caroline Brinkmann

ZIMMER *gesucht,* LIEBE *gefunden*

Emmas Disaster-Diary

Roman

dtv

Von Caroline Brinkmann ist bei dtv außerdem lieferbar:
Die Clans von Tokito

MIX
Papier | Fördert gute Waldnutzung
FSC® C083411

Originalausgabe

Umschlaggestaltung: FAVORITBUERO, München
Umschlagmotive: shutterstock.com; Getty Images/saemilee
Vignetten ©: Mega Shabanov (Palme), Drypsiak (Spinne, Gebäck), Olga Ubirailo (Milchshake)
Gesetzt aus der Le Monde Livre
Satz: C.H.Beck-Media.Solutions, Nördlingen
Druck und Bindung: CPI books GmbH, Leck
Printed in Germany · ISBN 978-3-423-22015-6

Für Katharina, die »Pepper« in meinem Leben,
weil es ein unglaublich großes Geschenk ist,
eine beste Freundin wie dich zu haben.

1

Plötzlich Single

Vor drei Minuten hat Leon seinen Beziehungsstatus in »Single« geändert.

Bereits über 148 Leuten gefällt das.

»Oh, du Armer«, schreibt Anna.56.

»Wieso das denn?«, will Juststalking300 wissen.

»Ach. Ihr habt eh nicht zusammengepasst«, findet Miss_Sunshine. »Kein Hate oder so. Nur meine Meinung.«

»Was? Die beiden waren ein totales Traumpaar!«, protestiert Sarah. »Denk doch an den legendären Winterball.«

»Wir lenken dich ab. Whirlpoolpaaaarty bei dir?«, schreibt Leons bester Freund Alex.

»Weiß Emma schon davon?«, fragt Pepper.knows.best.

Ich starre auf den herzchenförmigen Bilderrahmen in meinen Händen. *Leon und Emma für immer,* steht darauf. Auf dem Foto hat Leon seinen Arm um mich gelegt. Es war der Abend, an dem wir offiziell ein Paar wurden. Als ich zu ihm kam – nass und durchgefroren, weil es draußen stürmte –, erwartete mich ein loderndes Kaminfeuer im Wohnzimmer.

Zwischen Erdbeeren und Sekt küsste ich ihn das erste Mal, während der Regen gegen die Scheiben prasselte. Es war so kitschig, wie es nur sein konnte, und mein Magen kribbelte vor Aufregung – und Sekt. Danach posteten wir eines dieser spontan aus dem Leben gegriffenen, verliebten Pärchenfotos, für das wir über eine Stunde brauchten, bis die Beleuchtung stimmte.

Also, nein.

Ich wusste bis vor drei Minuten noch nicht, dass unser »Leon und Emma für immer« eher »Leon und Emma für sieben Monate« heißen sollte.

Mit einem dumpfen Gefühl im Bauch und einer plötzlichen Leere im Kopf setze mich auf einen der Umzugskartons und drücke Pamela, meine Schirmpalme, an mich.

Vielleicht war es ein Versehen. Oder ein nachträglicher Aprilscherz.

Wir haben Juni, Emma …

Ein paar Minuten hocke ich einfach nur da und warte.

Nichts passiert.

Was macht man, wenn man nach sieben Monaten auf diese billige Weise abserviert wird. Heulen? Schreien? Hassnachrichten verschicken? Frustpflanzen shoppen? In meinen Augen alles sehr verständliche Reaktionen. Allerdings will ich es zuerst auf die vernünftige Art und Weise versuchen.

Mit Reden.

Ich wähle seine Nummer. Mein Herz schlägt mir bis zum Hals, als es klingelt. Was sage ich, wenn er abnimmt? Was mache ich, wenn er *nicht* abnimmt? Die Option mit dem Heulen und Frustpflanzenshoppen (ich habe einen kleinen Pflanzentick) steht noch.

Mir wird übel und ich klammere mich fester an Pamela. Gerade will ich auflegen, da wird das monotone Tuten an meinem Ohr von einem »Hey« unterbrochen.

»Hey«, antwortete ich und fahre mir über die trockenen Lippen.

»Alles klar bei dir?«, fragt Leon leichthin. Er wirkt abgelenkt, so als hätte er nicht wirklich mit meinem Anruf gerechnet.

Ich hole tief Luft und komme direkt zum Punkt. »Willst du mit mir Schluss machen?«

»Nein. Wie kommst du darauf?«, fragt er irritiert.

»Na ja … Du hast deinen Beziehungsstatus auf Facebook geändert.«

»Ich habe was?«, hakt Leon nach. Schlagartig gilt alle Aufmerksamkeit mir und unserem Telefongespräch.

»Da steht jetzt Single«, informiere ich ihn.

»Moment.« Ich höre, wie Leon sich vom Telefon abwendet und aufgebracht »Alex!« brüllt. »Hast du wieder mein Handy genommen?«

Ich höre, wie er seinen besten Freund zur Rede stellt, und atme erleichtert auf.

Da ist sie!

Die gute Erklärung, die ich mir erhofft habe. Und so eine Aktion würde zu Alex passen. Zumindest ist das seine Art von Humor, wenn es um mich geht. Ich weiß nicht, woran es liegt, aber er kann mich nicht leiden und liebt es, Scherze auf meine Kosten zu machen.

»Ich weiß nicht, warum du dich so aufregst«, höre ich Alex sagen. »Wenn du mich fragst, ist das längst überfällig.«

»Das hast du nicht zu entscheiden«, ruft Leon erbost.

»Doch, weil du absolut unfähig bist, Entscheidungen zu treffen«, widerspricht sein Freund.

Da hat er recht. Leon ist ein wahrer Meister darin, unangenehme Themen so lange hinauszuzögern, bis sie sich von selbst erledigen.

»Alex, du …« Plötzlich sind die Stimmen am anderen Ende

der Leitung nur noch gedämpft zu hören, so als würde jemand den Lautsprecher zuhalten. Ich presse mein Ohr fester ans Handy, kann aber trotzdem nichts verstehen.

»Hallo?«, frage ich unruhig.

Es dauert eine gefühlte Ewigkeit, bis ich schließlich wieder Leons Stimme höre. Klar und deutlich.

»Emma?«

»Ja?«

Er macht eine Pause, in der ich nur sein Atmen höre.

»Was?«, hake ich nach.

»Ich will nicht Schluss machen. Es … es wäre dumm, etwas zu überstürzen, aber …«

»*Überstürzen?* Ich sag doch, du kannst keine Entscheidungen treffen«, murrt es im Hintergrund und ich habe das Gefühl, dass es da etwas gibt, was ich nicht weiß.

»Halt die Klappe, Alex!« Leon hält inne und für einen Moment herrscht wieder Stille. Sie zieht sich ins Unerträgliche und ich befürchte, dass die Verbindung abgebrochen ist.

»Leon?«

»Ich bin noch dran.« Seine Stimme klingt vorsichtig, so als würde er jedes Wort mit Bedacht wählen. »Ems … Wie wäre es mit einer Pause?«

»Einer Pause?«

»Ja. Wir machen eine Pause, um über alles nachzudenken.«

»Worüber sollen wir denn nachdenken?«

»Über uns. Du weißt, was ich für dich empfinde, aber …« Er klingt rau, so als wäre sein Hals trocken. Nach einem Räuspern fährt er fort. »Meinst du nicht, der Umzug kommt etwas zu schnell? Vielleicht sind wir noch gar nicht bereit dafür.«

»Du machst Schluss, weil du nicht mit mir zusammenziehen willst?«

»Genauso ist es«, tönt es im Hintergrund. »Außerdem muss

er sich über viele Dinge klar werden, wie zum Beispiel …« Es folgen Klirren und Fluchen. »Hör auf, mich zu bewerfen!«

»Dann hör auf, Mist zu reden!« Es rauscht, dann höre ich Leon wieder laut und deutlich.

»Nein! Ems … Guck mal, wir sind noch jung und lernen uns gerade erst kennen. Ich will einfach sichergehen, dass wir … das Richtige tun.«

»Ich …« Ich weiß nicht, was ich sagen soll. »Meine Kisten sind schon gepackt.«

Und mit jeder Menge Vorfreude-Emojis auf meiner Insta-Story gepostet, wo gefühlt die halbe Uni unsere Liebesgeschichte verfolgt.

»Jaaa«, antwortet Leon gedehnt und ich kann förmlich hören, wie er sich windet. »Das …«

»Ja. *Das.*« Jetzt schießen mir doch Tränen in die Augen, aber ich wische sie wütend beiseite.

Nicht weinen, Emma! Bloß nicht weinen!

»Idioten verdienen unsere Tränen nicht«, sagt Pepper immer und Leon hatte es geschafft, sich innerhalb der letzten zehn Minuten vom Traumprinzen zum Vollidioten zu mausern.

»Na ja«, sagt er. »Um es positiv zu sehen. Immerhin wohnst du noch bei deinen Eltern. Also bist du jetzt nicht obdachlos oder so.«

»Ein Glück …«

»Nur fürs Protokoll. Wenn das so wäre, hätte ich dir natürlich Unterschlupf gewährt. Ich bin ja kein Unmensch.«

»Wie unglaublich nett.« Meine Stimme ist heiser, als würde sie langsam verstehen, was hier gerade passiert, und bei jedem weiteren Wort habe ich mehr Angst, dass sie ganz bricht. »Also ist es vorbei?«

»Nein, wir machen eine *Pause*.«

»Aha.« Ich drücke Pamela etwas fester an mich. Meine Kehle zieht sich unangenehm zusammen und ich hab das Gefühl, nicht genug Luft zu bekommen. Am liebsten würde ich heulen, aber ich reiße mich zusammen. »Du kennst doch den Spruch, der bei mir im Badezimmer hängt?«

»Der überm Klo?«

»Genau der«, bestätigt er. »Wenn du etwas liebst, musst du es loslassen. Wenn es zu dir zurückkommt, gehört es dir. Wenn nicht ...«

»... war es niemals dein«, vervollständige ich.

»Wir lassen uns los, um wieder zueinanderzufinden, Ems.«

So ein Quatsch!

»Sieh es als Test.« Er bemüht sich, so viel Elan und Zuversicht wie möglich hineinzupacken. »Wenn unsere Liebe stark genug ist, wird sie den nächsten Monat überstehen und uns wieder zusammenführen.«

Leon hat eine Gabe darin, Sachen schönzureden und selbst etwas wie das Schlussmachen in so viel Zuckerwatte zu packen, dass es sich am Ende nach etwas Positiven anhört. Um dieses Talent bestmöglich zu fördern, studiert er Jura. »Eine Pause ist etwas Gutes, Ems«, schließt er seine Ansprache.

Ich will schreien: »Schieb dir deinen Monat sonst wohin«.

Stattdessen sage ich: »Okay.« Denn das ist mein Problem. Ich sage »Okay«, wenn ich eigentlich »Du kannst mich mal!« meine.

»Super«, erwidert Leon dankbar. »Ich wusste, du würdest es verstehen, Ems. Dafür lieb ...«

Er hält mitten im Satz inne und schluckt die letzten Wörter erschrocken herunter. Wir wissen beide, was er sagen wollte, aber nicht, weil er es so meint, sondern aus Gewohnheit. Ob er mich je geliebt hat? Und wenn ja, wann hat es aufgehört?

»Dafür ... *schätze* ich dich«, korrigiert er etwas kleinlaut.

»Okay«, erwidere ich immer noch benommen.

»Okay.«

Es entsteht eine unangenehme Stille, die angefüllt ist mit

dem, was ich gerne herausschreien würde, stattdessen aber herunterschlucke.

»Na dann …«

»Na dann«, echot er.

»Ich lege jetzt auf?« Es ist mehr eine Frage als eine Feststellung. Eine Frage, weil ich hoffe, dass er mich davon abhält. Mich nicht einfach so gehen lässt, sondern es sich anders überlegt. Diese Hoffnung wird aber sogleich zunichtegemacht.

»Mach das. Und … Emma?«

»Ja?« Mein Herzschlag setzt aus.

»Mach's gut.«

Mach's gut? Ernsthaft? Okay, Emma, sag ihm, dass er ein verdammter Scheißkerl ist!

»Du auch.« Als ich auflege, schlägt mir mein Herz bis zum Hals. Es pocht so heftig, dass mir schwindelig wird. Ausgestreckt lasse ich mich auf den Boden fallen und klammere mich an Pamela.

»Wir ziehen doch nicht um«, informiere ich sie.

Ja, ich rede mit Pflanzen. Mein zweites Problem, wenn es denn eins ist, denn eigentlich fühle ich mich gut damit.

Pepper sagt immer, ich soll ruhig mit meiner Palme reden, nur wenn sie anfängt zu antworten, soll ich mir einen Therapeuten suchen. »Leon und ich machen eine Pause. Das ist etwas anderes als Schluss machen, oder?«

Warum fühlt es sich dann so an? Seine traurige, mitleidige Stimme, die Art, wie er sich verabschiedet hat. All das klang so endgültig.

Auch die Schirmpflanze schweigt und ich kann mir denken, was sie davon hält.

»Du hältst mich für ein Weichei, weil ich ihm nicht die Meinung gegeigt hab.«

Stille Zustimmung.

»Ich weiß. Ich …«

Ich hab einfach nicht die richtigen Worte gefunden. Das ist nichts Neues. Wenn ich überrumpelt werde, habe ich einen regelrechten Knoten im Kopf, der sich erst löst, wenn ich etwas Zeit zum Nachdenken habe.

Ich drehe mich auf den Bauch und angle mir meinen Laptop, der neben den Umzugskisten liegt. Langsam fährt die Spitze meines Zeigefingers über die silberne Hülle, die ich mit vier Stickern verziert habe. Einer Pflanze (aus bereits genannten Gründen). Einem Milchshake (mit Milchshakes ist alles besser). Einem Wikipedia-Symbol (ich liebe es, mir dort unnützes Wissen anzueignen). Und einem Glühwürmchen (die hielt ich einmal für romantisch. Spoiler: Sind sie nicht).

Ich klappe den Laptop auf und öffne das Dokument »Disaster-Diary«, eine Art Tagebuch, in dem ich versuche, meine Gedanken zu sortieren. Sie niederzuschreiben hilft mir, Ordnung in meinem Kopf zu schaffen und den Sturm, der manchmal in mir tobt, zu beruhigen.

Dear Disaster-Diary,

ich erinnere mich noch genau an den Moment, an dem ich aufgehört habe zu glauben, dass Glühwürmchen romantisch sind. Sicher. In der Nacht sind sie wunderschön. Wer schon einmal eines gesehen hat, kennt den magischen Moment, in dem man den glühenden Punkt entdeckt, der durch die Dunkelheit tanzt. Wie eine kleine Fee. Aber wenn man das Licht anschaltet, sieht man, dass sich hinter dieser kleinen Fee ein hässlicher Käfer versteckt.
Ich habe das Gefühl, dass in meiner Beziehung soeben das Licht angeschaltet wurde …

2

Über Wirbelstürme, Liebe und Gehirnerschütterungen

»OKAY?«, echot Pepper aufgebracht. Sie baut sich vor mir auf und mit ihren 12-cm-High-Heels sieht sie größer aus als sonst. »Du hast nicht im Ernst *Okay* gesagt?«

»Was hätte ich denn sonst sagen sollen?«

»Keine Ahnung!«, ruft sie und fuchtelt mit den Armen in der Luft herum. »So was wie ›Ich dreh dir den Hals um, du Arsch!‹.«

Pepper ist jemand, die sofort alle Blicke auf sich zieht, wenn sie den Raum betritt. Das liegt daran, dass sie nicht nur aussieht wie ein Model, sondern auch weiß, wie sie sich kleiden muss, um ihre Vorzüge perfekt in Szene zu setzen. Nicht, dass sie nicht auch in einem Kartoffelsack umwerfend aussehen würde.

Ihr heller Pony fällt ihr ins Gesicht. Der Rest ist zum Dutt gebunden, wodurch sie wirkt wie eine sexy Version von Tinkerbell mit kurzem Jeansrock und High Heels. (Im Moment eine sehr wütende und fluchende Version von Tinkerbell.)

»Manchmal braucht man eine Pause«, zitiere ich. »Um wieder zueinanderzufinden …«

»Bullshit! Das ist ein Freifahrtschein zum Fremdgehen. Du glaubst seinem Gefasel doch nicht etwa?«

»Ich glaube nicht, dass Leon fremdgehen will.«

»Zeit für einen Realitätscheck.« Pepper hält mir ihr Handy unter die Nase. »Dein Traumprinz lädt heute auf eine kleine Party auf seiner Terrasse ein.« Sie räuspert sich und liest vor. *»Hey Mädels, denkt an eure Bikinis. Irgendwie muss der Whirlpool ja beheizt werden.«* Hört sich das für dich nach einem keuschen Monat der Selbstreflexion an?«

»Das hat er gepostet?« Ich versuche den wachsenden Kloß in meinem Hals herunterzuschlucken, aber es funktioniert nicht und er platzt mit einem Schluchzen. »Pepper … Was soll ich denn jetzt machen?«

»Oh Süße.« Sie streift ihre High Heels ab und setzt sich zu mir auf den Boden. Sanft, aber bestimmt nimmt sie mir Pamela aus der Hand und schlingt ihre Arme um mich. Peppers Umarmungen sind die besten. Sie sind warm, fest und fühlen sich an wie heißer Kakao mit Marshmallows im Winter. Eine ganz spezielle Superkraft, die nur beste Freundinnen haben.

»Ich hab nie verstanden, was du in ihm siehst. Außer vielleicht seinen Bizeps. Und sein Geld natürlich. Auch kein unwesentlicher Punkt, wenn ich so drüber nachdenke.«

»Mit dem Geld hat das nichts zu tun«, schniefe ich und vergrabe mein Gesicht ganz fest in ihrer Schulter.

»Dann doch der Bizeps?«

»Er ist … er ist … einfach Leonard von Herzog«, versuche ich. »Meine erste große Liebe.«

Ich erinnere mich noch gut an den Tag, an dem ich Leon das erste Mal traf. Es war umwerfend. Im wahrsten Sinne des Wortes. Ich war wieder einmal spät dran. Die Mikrobiologie-Vorlesung hatte bereits begonnen und ich legte einen Sprint hin. Als ich um die Ecke rannte, krachte ich in ihn hinein. Wie die erste Begegnung in einem kitschigen Film. In meiner Erinnerung stürzt er in Slow Motion samt seinem Starbucksbecher zu Boden und ich auf ihn drauf. Dazu spielt mein Kopf kitschige Musik ab und legt einen Filter darüber, so einen, der glitzernde Sternchen um uns aufblinken lässt.

»Oh! Tut mir leid!«, rief ich und richtete mich auf, so dass ich rittlings auf ihm saß. Ebenfalls ein absolutes Klischee.

»Nichts passiert«, erwiderte er und schenkte mir ein schiefes Zahnpasta-Lächeln.

»Deine Jacke«, stotterte ich.

»Keine Sorge. Ich verklag dich nicht«, winkte er ab.

»Was?«

»Jurastudent«, erklärte er. »Okay, ich geb es zu. Der Witz ist dumm.«

Er sah mich erwartungsvoll an und hob seine perfekt geformte Augenbraue. »Ähm. Willst du von mir runtergehen?«

»Oh.« Ich bemerkte, dass ich immer noch in einer höchst unangemessenen Pose auf ihm saß, und sprang erschrocken auf.

»Ich bin Leon«, stellte er sich vor, als ob ich das nicht wüsste. Jeder in der Uni kannte ihn, den gut aussehenden, reichen Kerl, der von keiner Party allein nach Hause ging. Ich hatte ihn immer für arrogant gehalten und ein Stück weit für unerreichbar, denn die Leute, mit denen er unterwegs war, wirkten wie eine geschlossene Gesellschaft. Doch plötzlich war er mir so nah, dass ich ihn riechen konnte, und er roch verdammt gut. Nach Seife und dezent nach Aftershave.

»Emma«, murmelte ich mit hochrotem Kopf.

Er reichte mir den Rest vom Kaffee. »Du siehst so aus, als könntest du ihn besser gebrauchen als ich.«

»Danke.« Ich versuchte, lässig am Becher zu nippen, und verschluckte mich vor Aufregung. Er klopfte mir auf den Rücken, während ich mich bemühte, nicht in seinen Armen zu verrecken.

»Sorry«, nuschelte ich.

»Ach. Nicht schlimm«, lachte er. »Ich finde das süß.«

»Wenn jemand erstickt?«

»Wenn jemand so verpeilt ist«, korrigierte er.

Süß.

Er fand mich süß …

Das war der magische Moment, in dem mir der beliebteste Kerl der Uni seinen Kaffee schenkte. Und einen Monat später auch sein Herz. Es war wie eine dieser Geschichten, wo der reiche Bad Boy sich in das normale Mädchen von nebenan verliebt und sich um hundertachtzig Grad ändert. Nur dass Bad Boys sich in der Realität nicht ändern und ich kein normales Mädchen von nebenan bin.

»Erste große Liebe?«, hakt Pepper mit funkelnden Augen nach. »Du weißt, was ich darüber denke!«

Ich nicke. »Die erste große Liebe ist wie ein Wirbelsturm, der einen von den Füßen haut. Meistens reibt man sich hinterher den Kopf und wundert sich, ob man eine Gehirnerschütterung hatte oder warum sonst man den Idioten so lange ertragen hat.«

»Genau!« Sie schnipst mir mit dem Zeigefinger gegen die Stirn. »Du hattest ganz klar eine Gehirnerschütterung.«

»Sieben Monate lang?«

»Es war ein verdammt großer Wirbelsturm! Ich meine, wir

reden hier von Leon. Heiß, reich, aber komplett unfähig, sich zu binden. Er ist dafür bekannt, jede Woche eine Neue zu haben.«

Ich lehne meine Stirn an Pamelas kühlen Topf. »Für mich hat er sich geändert.«

»Süße. Niemand ändert sich von einem Tag auf den anderen um hundertachtzig Grad. Nicht mal für die Liebe. Auch wenn ich zugeben muss, dass ihr länger zusammen wart als gedacht.«

»Er war so romantisch. Zu jedem Monatsjubiläum hat er mir Rosen mitgebracht, um mir zu versichern, wie glücklich er ist. Darum versteh ich einfach nicht, warum er jetzt diese Pause will.«

»Vertraue niemals jemandem, der dir Rosen schenkt«, winkt Pepper ab. »Ihr ganzer Zweck besteht darin, hübsch auszusehen und nach wenigen Tagen qualvoll und einsam zu vergammeln. Welcher Vollpfosten hat jemals entschieden, dass das romantisch ist? Wenn es jemand ernst mit dir meint, soll er dir einen Baum schenken.«

»Aber, Peps. Wir waren wirklich glücklich.« Ich schüttele den Kopf. »Weißt du noch der Wintersemester-Ball?«

»Wie könnte ich das vergessen?« Pepper verdreht die Augen. »Ihr habt ungefähr eine Million Storys über eure Knutschaktion im Pool gepostet.«

»Eigentlich bin ich gefallen …«, korrigiere ich. »Leon ist hinterhergesprungen, um mich zu retten.«

Pepper macht Würggeräusche.

»Das war wie in einem Märchen.« Tatsächlich war das der Moment, an dem mir an der Uni der Spitznamen Cinderemma verpasst wurde. Unter anderem deshalb, weil ich bei der Poolaktion einen meiner High Heels verloren hab. Nach zehn Minuten war der Schuh zwar wiedergefunden, aber es reichte aus, um aus der unscheinbaren Emma eine Prinzessin zu machen. Die Prinzessin, die es schaffte, das Herz des unentschlossenen

Prinzen zu erweichen und ihn für ewig an sich zu binden. (Nun ja, für sieben Monate.)

»Märchen sind ziemlich grausam. Wenn du nicht die Walt-Disney-Version meinst«, entgegnet Pepper und kramt in ihrer Handtasche nach einem Taschentuch.

»Ich meine unbedingt die Walt-Disney-Version.«

»Nun, Zeit aufzuwachen, Dornröschen. Dein Prinz feiert heute eine ziemlich heiße Party mit den Prinzessinnen des Nachbarreiches.« Sie hält mir das Taschentuch hin und ich vergrabe mein Gesicht darin. »Wenn du willst, spielen wir ein bisschen böse Königin und mischen ihn auf. Ich kenn da ein paar gefährliche Typen. Nur ein Wort von dir und ich organisiere, dass sie sein Auto beschmieren. Niemand wird je erfahren, wer es war …«

Das glaube ich ihr sogar. Sie ist jemand, der nicht nur Dinge verspricht, sondern diese auch, komme, was wolle, durchzieht. Im Gegensatz zu gewissen unentschlossenen Prinzen …

»Alternativ könnten wir auch Stinkbomben auf seine Terrasse werfen. Ich hab noch welche gelagert.«

»Warum zur Hölle lagerst du Stinkbomben?«

»Für Leute, die es verdienen.«

»Sind wir dafür nicht zu alt?«

Pepper fasst sich an die Brust und sieht mich mit gespieltem Entsetzen an. »Man ist nie zu alt für Stinkbomben.«

Das bewundere ich an ihr. Sie macht sich keine Gedanken, was andere von ihr halten.

»Im Moment ist mir nicht danach.«

»Sag Bescheid, wenn sich das ändert.«

Seufzend sehe ich mich in meinem alten Kinderzimmer um, in dem sich mein gesamtes Hab und Gut fein säuberlich verpackt in Umzugskisten stapelt.

»Wir können wohl wieder auspacken. Offenbar werde ich noch eine Weile bei meinen Eltern wohnen bleiben.«

Das auszusprechen fühlt sich härter an als gedacht, denn mit meinen vierundzwanzig Jahren fühle ich mich mittlerweile mehr als bereit auszuziehen.

»Wie werden sie es aufnehmen?«, fragt Pepper.

»Ich glaube, sie werden sich freuen, dass sich nichts ändert. Du kennst sie doch. Wenn es nach ihnen geht, wohne ich hier, bis ich alt und grau bin.«

3

Bienenstich und Yogaräume

Die Tür geht auf und eine Konfettikanone explodiert. Bunte und glitzernde Papierschnipsel regnen auf Pepper, mich und die Umzugskisten nieder.

»*Juchhu!* Emma zieht endlich aus!«, ruft mein Vater. Meine Mutter folgt ihm mit einem großen Kuchentablett in der Hand.

»Wir hätten nicht mehr damit gerechnet«, verkündet sie strahlend. »Aber der Tag ist gekommen. Nach vierundzwanzig Jahren hat es unser Mädchen endlich geschafft.«

»Moment! Ich dachte, ihr seid froh, wenn ich bleibe«, stelle ich zerknirscht fest.

»Um Gottes willen. Nein. Wir freuen uns über deine neue Selbstständigkeit.«

»Und unsere neue Unabhängigkeit«, fügt mein Vater hinzu. »Aber natürlich werden wir dich schrecklich vermissen, Hase. Schrecklich!«

»Oder auch nicht«, brumme ich, während ich mir bunte Konfettistreusel aus den Haaren zupfe.

»Was meinst du?« Erst jetzt bemerkt meine Mutter mein verquollenes Gesicht. »Oh, Hase! Was ist los?«

Ich ringe mit den Worten, aber glücklicherweise hat Pepper die richtigen längst gefunden und übernimmt es auf ihre charmant subtile Art, meinen Eltern die Situation zu erklären.

»Emma geht es beschissen.«

»Ach. Bestimmt die Umzugsnervosität«, winkt meine Mutter ab. »Das ist normal. Gönn dir ein Stück Kuchen. Zur Feier des Tages dürfen wir ein paar Kalorien sündigen und dann lasst uns endlich loslegen.«

Seit einigen Monaten ernährt sich meine Mutter mit ihren Freundinnen nur noch von Superfood. Allerdings findet sie nur allzu gerne Ausreden, um davon eine Ausnahme zu machen.

Jetzt balanciert sie das Tablett auf der einen Hand, während sie mit der anderen ein besonders großes Stück angelt und es mir reicht.

Bienenstich.

Leons Lieblingskuchen.

»Nein danke, Mama.«

»Du siehst ganz blass aus.« Meine Mutter runzelt besorgt die Stirn. »Iss etwas. Dann geht es dir besser. Ich habe ihn probiert und muss ganz unbescheiden festhalten, dass ich mich selbst übertroffen habe.«

»Ich will keinen Kuchen.«

»Bist du etwa krank?«

»Mama … Ich muss euch etwas sagen. Ich …« Ich habe keine Ahnung, wie ich es ihnen vermitteln soll, ohne ihre Herzen zu brechen. Im Gegensatz zu Pepper sind sie große Leon-Fans und hören, seitdem ich ihnen von unseren Plänen zusammenzuziehen erzählt habe, schon die Hochzeitsglocken läuten. »Leon und ich … Wir …«

»Oh mein Gott«, unterbricht mich meine Mutter und fasst sich ans Herz. Sie holt tief Luft und macht eine dramatische

Pause, um sich zu sammeln. Offenbar befürchtet sie das Schlimmste und sieht die perfekte Zukunftsvision vor ihren Augen zerfallen. Ich will nach ihrem Arm greifen, um sie zu halten, da bricht es aus ihr heraus: »Du bist schwanger?«

»Was? Wie? Okay, ich weiß, *wie* …«, Mein Vater wird ganz blass und setzt sich auf eine Umzugskiste. »Okay … Okay. Ganz ruhig, Bernhard.« Er hebt den Blick und sieht mich direkt an. »Du kannst uns alles sagen, Hase. Wir sind für dich da.«

»Ich bin nicht schwanger.«

»Gott sei Dank.« Mein Vater atmet erleichtert auf.

»Was heißt hier Gott sei Dank, Bernhard?«, fragt meine Mutter empört. »Mit vierundzwanzig ist das jetzt nicht so ungewöhnlich.«

»Aber sie ist doch selbst noch unser Baby!«

»Ein sehr erwachsenes Baby, Bernhard. Wir haben darüber gesprochen. Außerdem werden wir nicht jünger. Ich will noch fit genug für meine Enkelkinder sein.«

»Enkelkind*er*? Plural?«, frage ich erschrocken.

»Ja, ich hätte gerne vier.«

»Dann hätte ich vielleicht kein Einzelkind bleiben sollen.«

»Kein Stress. Wenn Leon und du jetzt loslegt, dann …«

»Wir legen aber nicht los, Mama!« Ich kämpfe wieder mit den Tränen. Meine Finger schlingen sich auf der Suche nach Halt wieder fester um Pamelas Topf, was Pepper nicht entgeht. Wortlos tritt sie näher an mich heran, so dass sich unsere Schultern berühren. Das gibt mir Kraft für die nächsten Worte. »Ich werde vorläufig nicht ausziehen.«

»Aber Leon und du, ihr …«

Pepper lässt die Bombe platzen. »Leon hat Schluss gemacht.«

Das Gesicht meiner Mutter erschlafft wie ein Ballon, bei dem man die Luft herausgelassen hat.

»Nein, Leon und ich haben uns für einen Monat Beziehungspause entschieden«, verbessere ich sie.

»*Er* hat sich entschieden«, murmelt sie, bevor ich sie mit einem Knuff zum Schweigen bringe.

Nach diesem Geständnis muss sich meine Mutter wenig überraschend setzen. Fassungslos schüttelt sie den Kopf. »Oh nein. Hat er mitbekommen, dass du mit Pflanzen sprichst?«

»Mama! Ich glaube, daran liegt es nicht.«

»Viele Menschen sprechen mit Pflanzen. Das kann tatsächlich einen positiven Einfluss auf ihr Wachstum haben. Ich selbst habe unserer Orchidee letzte Woche erst Mozart vorgespielt«, eilt mir mein Vater zu Hilfe.

»Und danach hatte sie einen Pilzbefall.«

»Sie war offenbar keine Liebhaberin klassischer Musik.« Mein Vater ist Biologe mit Leib und Seele. Auch wenn er schon lange nicht mehr in der Forschung tätig ist, habe ich manchmal das Gefühl, dass er den Wissenschaftler in sich nie abgelegt hat. »Morgen werde ich es mit Rock probieren.«

»Wenn es nicht dein Pflanzentick war, was hat ihn dann vergrault?«, bohrt meine Mutter nach. »Haben seine Eltern das veranlasst?«

Leons Eltern sind reich. Verdammt reich. Seine Mutter fragte mich bei dem ersten Treffen, was mein Lieblingsdesigner sei. »Converse«, hatte ich geantwortet und auf meine Chucks gedeutet. Von diesem Schock hat sie sich nie erholt. »Ich glaub nicht. Auch wenn sie sich eine passendere Schwiegertochter für die von Herzogs wünschen würden.«

»Das können wir nicht akzeptieren«, verkündet meine Mutter, weiter um Fassung ringend. »Du musst mit ihm reden.«

»Aber …«

»Kein Aber.« Sie steht auf. »Ich habe dein Zimmer schon verplant.«

»Du hast *was*?«

»Das wird unser neuer Yogaraum. Du weißt doch, dass wir seit Monaten nach einem Treffpunkt für unsere Seminare suchen, und ich habe vorgeschlagen, dass wir es einfach hier machen.«

»Du hast mein Zimmer verplant? *Mein* Zimmer?«, quieke ich entsetzt.

»Du wolltest ausziehen. Was sollen wir sonst damit machen? Es leer stehen lassen?«

»JA!«

»Ach, Emma.«

»Aber wir sollten nichts überstürzen, Charlotte«, mischt sich mein Vater ein. »Dein Yoga kann warten. Emma braucht jetzt eine unterstützende Umgebung und mir gefällt der Gedanke, dass sie noch ein klein bisschen länger bei uns bleibt.«

»Sie ist vierundzwanzig, Bernhard.«

»Ich habe zu dem Zeitpunkt auch noch bei meinen Eltern gewohnt und es hat mir nicht geschadet.«

»Du weißt nicht einmal, wie man den Steuerbescheid ausfüllt«, seufzt meine Mutter.

»Warum auch? Wir haben einen sehr kompetenten Steuerberater.«

Meine Mutter verdreht die Augen und wendet sich an mich. »Emma, Schatz. Natürlich werfen wir dich nicht raus, aber in zwei Tagen geht mein Yogaseminar los und wir brauchen diesen Raum. Du müsstest also deine Kisten in den Keller bringen.«

»Und wo schlafe ich dann?«, frage ich fassungslos.

»Auf einer Yogamatte?« Sie versucht, mir den Vorschlag mit einem weiteren Stück Bienenstich schmackhafter zu machen.

»Du musst nicht auf der Yogamatte schlafen«, verkündet Pepper. »Wir finden eine Wohnung für dich. Du brauchst ja wohl keinen Freund, um auszuziehen. Du bist eine selbstständige Frau und kannst alleine wohnen.«

»Alleine?«, hake ich skeptisch nach. Und auch mein Vater ist unsicher.

»Ich weiß nicht. Das letzte Mal, als Emma zwei Wochen allein zu Hause war, hat sich unser Pflanzenbestand verdreifacht. Selbst in der Badewanne stand ein Buchsbäumchen, weil sie sich einsam gefühlt hat.«

»Ich finde Pflanzen sehr beruhigend«, verteidige ich mich. *Und in Stresssituationen neige ich dazu, sie zu horten …*

Pepper stöhnt. »Wie wäre es mit einer WG?«

»Oh. Das ist eine fantastische Idee. Am besten eine mit einem netten jungen Mann.« Meine Mutter nickt. »Wenn der Leon sieht, wie begehrenswert du bist, kommt er schneller zurück, als du gucken kannst. Das weiß jeder. Männer sind Jäger. Du hast es dem Leon von Anfang an zu leicht gemacht, indem du ihn angehimmelt hast wie einen Superstar.«

Pepper versucht einzuschreiten, aber es ist zu spät. Meine Mutter und ihre Freundin Trude lesen zu viele Frauenzeitschriften mit fragwürdigen Dating-Tipps, die sie dann umfassend zusammen diskutieren. Für gewöhnlich lachen Pepper und ich über ihre Ratschläge, aber heute treffen mich ihre Worte tiefer, als ich geglaubt hätte, und leiser Zweifel macht sich breit. Ist da doch etwas Wahres dran? Bin ich möglicherweise selbst schuld, dass Leon das Interesse verloren hat?

Ich schlucke, woraufhin Pepper mich in die Seite kneift, als hätte sie meine Gedanken gelesen und wollte nun verhindern, dass ich den Worten meiner Mutter auch nur eine Sekunde Glauben schenke.

»Männer lieben die Herausforderung!«, fährt die unbeeindruckt fort. »Kein Star heiratet ein Groupie. Das ist zu einfach, zu langweilig. Du musst dich interessanter machen, seinen Jagdinstinkt wecken, und eh du dich versiehst, will er dich zurückerobern.«

Mein Vater lacht schallend los. »Also, ich bin froh, dass du mich damals auf ein Date eingeladen hast. Von mir aus hätte ich mich das nie getraut.«

»Bernhard. Du bist auch der faulste Jäger, den ich kenne. Ich musste sogar meinen Hochzeitsantrag selbst organisieren.«

»Und trotzdem habe ich das klügste und entzückendste Reh an meiner Seite.«

Man mag es nicht gleich erkennen, aber das, was meine Eltern haben, ist Liebe. Liebe in ihrer kitschigsten und nervtötendsten Form. Auch wenn sich meine Mutter regelmäßig aufregt, dass er schnarcht, ihren Hochzeitstag vergisst und ihr die schlimmsten Geburtstagsgeschenke macht (das letzte Mal war es ein Rasenmäher). Aber am Ende des Tages sind sie zwei Gegensätze, die sich perfekt ergänzen, eine unzerstörbare Einheit. Sie lieben sich und sie lieben mich.

Ich dachte, ich hätte in Leon etwas Ähnliches gefunden, aber diese Hoffnung wurde heute zerstört.

Nicht zerstört ... *pausiert.*

»Ihr habt recht«, entscheide ich. »Es ist an der Zeit auszuziehen.«

4

Fuck the fairytale!

Weil sich mein Hab und Gut in Kisten stapelt und ich wegen der Leon-Sache in einem emotionalen Loch versinke, fahren wir am Abend zu Pepper. Immerhin ist ein gemeinsamer Mädelsabend die beste Medizin gegen gebrochene Herzen.

»Glaubst du, ich sollte noch mal mit Leon reden?«, frage ich, obwohl ich ihre Antwort darauf bereits kenne.

»Auf keinen Fall!« Pepper bleibt hart.

»Aber es muss einen Grund geben, warum er plötzlich diese Pause will.«

»Weil er ein Arschloch ist, Emma. Das reicht als Grund.«

»Ich weiß nicht ... Vielleicht hat meine Mutter recht. Ich war ein langweiliger Groupie.«

»Deine Mutter vertraut der Psychologie von Klatschblättern, die sie mit Trude beim Friseur liest. Ja, vielleicht wärst du noch mit Leon zusammen, wenn du die mysteriöse Unnahbare gespielt hättest, aber die wahre Liebe hältst du so nicht, denn für die musst du dich nicht verstellen. Für die zählt nur, dass beide echt sind und sich trotzdem und gerade deshalb lieben.«

»Das klingt … weise.«

»Ich bin weise. Darum frag nicht deine Mutter, frag mich. Ich bin Expertin in Sachen Liebe.«

»Du bist Dauersingle.«

»Autsch, Emma. Autsch.«

Seufzend lehne ich den Kopf nach hinten und starre an das Dach des Autos. »Warum klebt da ein Kaugummi?«

»Oh! Das hab ich schon vermisst.« Pepper zupft es ab und steckt es sich in den Mund.

»Bäh! Pepper! Das ist eklig!«

»Das ist Sparen. Im Gegensatz zu gewissen anderen verwöhnten Studentinnen, die vierundzwanzig Jahre Hotel Mama & Papa genießen durften, verdiene ich mein Geld selbst.«

»Und dafür vergöttere ich dich, Miss Ich-steh-auf-meinen-eigenen-Beinen!«, sage ich, während sie übertrieben laut auf ihrem Kaugummi herumschmatzt.

In diesem Moment vibriert mein Handy in der Hosentasche und ich springe förmlich an die Decke. Ein bisschen zu aufgeregt ziehe ich es heraus, und Pepper kennt mich gut genug, um meine Gedanken zu erraten.

»Es ist nicht Leon, Süße.«

Verdammt!

Natürlich hat sie recht.

»Hab ich auch nicht erwartet«, lüge ich. »Holy Fuck!«

Ich starre auf die Flut an Nachrichten, die mein Instagramprofil überschwemmen. Von »Wie geht es dir?« und »Was ist passiert? Habt ihr euch wirklich getrennt?« bis »Melde dich!« ist alles dabei. Seitdem ich mit Leon zusammengekommen bin, ist die Zahl meiner Instagramabonnenten explodiert. Das macht mich nicht zum internationalen Rockstar, aber an der Uni habe ich durch Leon eine gewisse Berühmtheit erlangt. Selbst der Dozent meines Sezierkurses folgt der Seite, die ich in »Cinderemma« umbenannt habe und wo ich überwiegend

Beziehungs-Content poste. Auch wenn weder ich noch Leon bekannt genug für Kooperationsanfragen sind, habe ich die Rückmeldungen genossen. Denn für unsere Follower steht fest, wir sind einfach »zuckersüß«, ein wahr gewordener Traum.

»Was mach ich denn jetzt? Soll ich so etwas wie eine Stellungnahme posten?«

»Ja. Schreib ihnen, dass du gerade in einem Stripclub bist, um all deine Sorgen zu vergessen, und keine Zeit zum Antworten hast.«

»Haha.« Besorgt klicke ich mich durch die weiteren Nachrichten.

»Die sind bloß neugierig«, erklärt Pepper. »Alle lieben etwas Drama. Es ist lustig und lenkt einen vom eigenen Leben ab. Lass dich davon nicht stressen. Deine *Fans* werden das schon verkraften.«

»Eine schreibt: »Bitte lass das ein Prank sein, sonst verliere ich den Glauben an die Liebe.«

Pepper lacht schallend los. »Wenn sie Leon wirklich kennen würde, hätte sie wohl eher den Glauben an deinen Verstand verloren.«

Pepper hält nicht viel von Social Media. Natürlich benutzt sie es, allerdings ist sie eine von denen, die eher beobachten und selbst kaum etwas posten. »Das da draußen ist ein Zirkus, bei dem viel zu viele versuchen, durch die Manege zu tanzen. Ich bleib lieber sitzen und genieße mein Popcorn«, sagt sie immer.

»Irgendwas muss ich posten.« Ich kaue nachdenklich auf meiner Lippe, während ich mir Leons Storys ansehe. In einer zieht er einen Schmollmund und schreibt »Wenn das Leben dir Zitronen schenkt, mach 'ne Limo draus.« In der nächsten umarmt er Alex. »In schweren Zeiten merkt man, wie wichtig Freunde sind.«

»Ja, genau. Mach einen auf Mitleid. *Du* wolltest doch die Scheißpause«, knurre ich wütend und versenke das Handy vorerst wieder in der Jackentasche.

»Wir finden eine geile WG für dich«, schwört Pepper und reicht mir den kleinen Finger. Ich hake meinen in ihren, wie wir es immer machen, wenn wir uns etwas schwören.

»Der Wohnungsmarkt ist eine Katastrophe«, sage ich wenig optimistisch, aber sie winkt lässig ab.

»Du kennst mich. Wenn ich etwas will, bekomme ich es.«

Das stimmt. Bei ihr wirkt es so, als könnte man das Leben mit frechen Sprüchen und einem Lächeln meistern.

»Ich liebe deine Eltern«, fährt sie fort. »Sie sind wie Bonnie und Clyde in alt, unkriminell und weniger verrückt, aber du musst dein eigenes Leben leben. Du weißt schon. Erwachsen werden.«

»Ich bin erwachsen.«

»Du wäschst nicht mal deine Wäsche selbst.«

»Aber nur, weil meine Mutter meint, es wäre einfacher, wenn …«

Sie unterbricht mich. »Es ist nicht nur das. Irgendwann muss man sich lösen. Du weißt schon. Durchdrehen, Fehler machen. Den ganzen Scheiß mitnehmen, der zum Erwachsenwerden dazu gehört.«

»Du hast ja recht, aber die letzte bezahlbare Wohnung, die ich mir angesehen hab, hätte ich mir mit einer fetten Kakerlake namens Karla geteilt.«

»Das war die Kellerwohnung eurer Nachbarin Trude. Und soweit ich weiß, war das die erste und einzige Wohnung, die du dir je angesehen hast.«

»Wenn Leon in einem Monat vielleicht …«

»Vielleicht was?«, unterbricht mich Pepper. »Der Mistkerl weiß nicht, was er will, und er wird es nie wissen. Glaub mir, wenn du einen Monat wartest, wartest du dein Leben lang.«

Sie lenkt ihren Wagen rückwärts in die kleinste Parklücke der Welt. Für einen Moment befürchte ich, dass sie die Hecke über den Haufen fährt, aber wenn Pepper etwas gut kann, dann ist es einparken.

Eigentlich kann sie alles gut.

Dann quetscht sie sich aus dem Auto und marschiert auf ein Büro zu. Auf einem Schild neben dem Eingang steht klein: »Pepper&Salt – Wir klären auf«.

Eigentlich heißt sie Pepperline Salt. Ihre Mutter kommt aus Massachusetts, einem Bundesstaat in den USA, den kaum ein Deutscher aussprechen kann. Ihr Vater aus Berlin. Bei der Namensgebung konnten sie sich nicht einigen. Ihre Mutter war für Pepper, ihr Vater für Pauline. Da keiner nachgeben wollte, kam es zu diesem Kompromiss.

Die meisten halten Pepper für ein Model oder jemanden, die mit ihrem Aussehen Geld verdient. Die wenigsten würden erwarten, dass sie selbstständige Privatdetektivin ist. Zu ihrer Enttäuschung klärt sie bei ihrer Arbeit allerdings keine Morde oder spektakuläre Raubüberfälle auf, sondern überführt weitestgehend Fremdgänger. Hin und wieder sucht sie auch vermisste Katzen.

Das Büro sieht aus, als hätte der Innenarchitekt mit den Möbeln Tetris gespielt. Allerdings verschwindet der Großteil der Einrichtung unter Aktenordnern und Zetteln. Lediglich der Schreibtisch in der Mitte des Raumes ist aufgeräumt.

Im hinteren Teil befinden sich Peppers Wohnräume. Ein winziges, vollgestelltes Wohnzimmer mit offener Küche, das gleichzeitig auch als Schlafzimmer dient, und ein Badezimmer.

Pepper wirft ihre Schuhe in eine Ecke und deutet aufs Sofa. »Setz dich. Entspann dich! Ich mach uns was zu trinken.«

Gerade versinke ich zwischen weichen Sofakissen, als das

Handy erneut vibriert. Dieses Mal ist es meine Kommilitonin Sarah.

SARAH: Oh nein! Ich hab das von dir und Leon gelesen. Das ist ja schrecklich, Emma! Ganz schrecklich! Wie geht es dir? Dumme Frage. Wahrscheinlich bist du am Boden zerstört ...

Als ich ihr antworten will, ergänzt sie plötzlich:

SARAH: Wer ist denn die hübsche Brünette auf Leons Party? Ich will dich ja nicht noch mehr stressen, aber die wirken vertraut! Findest du nicht?

In seinen Storys habe ich keine Brünette gesehen, aber Sarah ist mir ein paar Schritte voraus und schickt mir einen Screenshot von Alex' Posts. Darauf zu sehen ist ein beleuchteter Whirlpool, in dem Leon gerade mit besagter Brünette sitzt und einen Cocktail in die Höhe hält. Ein Stich der Eifersucht jagt mir durchs Herz und ich vergrößere den Abschnitt. Minutenlang starre ich in seine Augen, als würden sie mir verraten, was da gerade vor sich geht.

SARAH: Wow! Jetzt weiß ich, woher sie mir bekannt vorkommt! Das ist Larissa Moreau. DIE Larissa. Ich wusste gar nicht, dass Leon sie kennt.

Ehe ich nachfragen kann, schickt sie mir einen Link, der mich zu einem Instagramprofil leitet. Laut ihrer Biografie ist Larissa erfolgreicher Content-Creator und studiert Psychologie.

»Wer ist das?«, fragt Pepper, die mir über die Schulter guckt.

»Leons Whirlpool-Bekanntschaft.«

»Mit der würde ich auch gerne baden gehen.«

»Pepper!«

»Sie sieht wirklich heiß aus. Das muss man mal so ganz objektiv festhalten.«

»Ja. Ich weiß«, stimme ich zerknirscht zu und scrolle mich weiter durch ihren Feed. Sie hat langes, dunkles Haar. Volle Lippen. Und große Rehaugen, die von dichten Wimpern umsäumt sind. Außerdem macht sie verdächtig oft Werbung für *Natural Shine* – eine vegane und vollkommen überteuerte Haarpflegeserie. »Peps, glaubst du, sie ist der Grund für unsere Pause?«

Der Gedanke nagt an mir, will mich nicht loslassen und so klicke ich mich immer weiter durch ihr Profil, bis mir Pepper sanft Handy und Weinglas aus der Hand nimmt. Letzteres, weil sie befürchtet, dass ich vor Aufregung das Glas zerdrücke.

»Ich weiß, wie du dich fühlst.«

»Ich weiß selbst nicht, wie ich mich fühle.«

»Ich stalke heute noch Du-weißt-schon-wen«, fährt Pepper fort und legt ihren Arm um mich.

»Vicky?« Überrascht von diesem Geständnis sehe ich auf. Victoria Lin. Das Mädchen, das Pepper das Herz gebrochen hat.

»Sie hat mittlerweile einen Mann und zwei Kinder. Süße Zwillinge.« Pepper gießt sich selbst Wein ein und lässt sich neben mich aufs Sofa fallen. »Es tut weh und trotzdem macht man es. Es ist wie ein kleiner Selbstzerstörungstrieb, der in einem lauert. Eine Sehnsucht. Eine stille Hoffnung. Man will unbedingt ein Zeichen finden, dass diese Person einen vielleicht ein kleines bisschen vermisst. Dass sie ihre Entscheidung bereut, aber … es passiert nicht.«

»Oh, Peps!« Jetzt bin ich diejenige, die sie umarmt. Ich schlinge meine Arme um sie, so fest, dass sie quiekt. So helfen Umarmungen am meisten.

»Glaub mir, ich weiß, wie hart es ist loszulassen. Aber wenn man einen Monat wartet, wartet man für immer«, flüstert sie in mein Ohr. Dann löst sie sich sanft von mir. »Mach nicht denselben Fehler wie ich. Das verdienst du nicht.«

»Vicky ist blöd«, flüstere ich. »Weißt du noch, wie sie in Bio gefragt hat, ob man Gehirne transplantieren könnte.«

Jetzt ist Pepper diejenige, die losprustet.

»Und trotzdem hat sie jetzt einen Mann und Kinder, die zum Kotzen süß sind. Ihr Leben wirkt ziemlich perfekt. Ich hingegen … Ich suche Katzen.«

»Du jagst Fremdgänger«, korrigiere ich sie. »Und nebenher rettest du täglich deine beste Freundin. Du bist der Knaller, Pepperline Salt.«

»Danke. Du auch. Du bist treu, lustig und klug. Außer, was Männer und Wäschewaschen angeht.«

»Ich rede mit Pflanzen und habe mich im Sezierkurs so schrecklich gegruselt, dass ich zweimal durch die Prüfung gefallen bin«, widerspreche ich.

»Hast du nicht versucht, die Ratte wiederzubeleben?«, erinnert sich Pepper kichernd.

»Ja.«

»Du verdienst jemanden, der dich zu schätzen weiß. Mit all deinen kleinen liebenswerten Macken. Und nicht jemanden wie Leon, der zwar verdammt gut aussieht, aber tief in sich drin immer nur eins sucht. Selbstbestätigung.«

Ich weiß, dass sie recht hat. Dabei hat Leon von Herzog alles. Zumindest alles, was man sich mit Geld kaufen kann, und trotzdem ist er immer auf der Suche nach mehr, denn das ist es, was sein Vater ihm eingebläut hat. »Ein von Herzog gibt sich nur mit dem Besten zufrieden. Merk dir das, Junge.« Ich habe seinen Vater nur einmal getroffen und konnte ihn nicht leiden. Das beruhte auf Gegenseitigkeit, denn in seinen Augen war ich zu laut und hatte zu viele verrückte Ideen. Ich benahm mich einfach nicht, wie junge Damen sich eben benehmen. Genau diese Dinge waren es, die Leon an mir mochte, aber ich weiß, dass er die Vorstellungen seines Vaters nie ganz abgelegt hat und immer noch versucht, die Erwartungen zu erfüllen, auch wenn sie mit seinen eigenen Wünschen unvereinbar sind.

Ich werfe das Handy, auf dem immer noch Larissa zu sehen ist, auf den Tisch. »Ich glaube, wir brauchen Alkohol.«

Pepper wirft mir einen skeptischen Blick zu. »Bist du sicher? Ich erinnere mich an das letzte Mal …«

»Das war lustig«, protestiere ich.

»Du hast mit einer Straßenlaterne geknutscht.«

»Das war eine sehr nette Straßenlaterne.«

»Deine Lippen sind festgefroren.«

»Aber du hast mich gerettet.« Ich versuche, eine Schokopraline aus der Toffifeepackung zu drücken, aber es will einfach nicht klappen. Mit einem Seufzen nimmt Pepper mir die Schachtel aus der Hand und drückt gekonnt drei Stück heraus. Das meinte ich. Bei ihr sieht alles so einfach aus.

»Sicher, dass du dich in diesem Zustand betrinken willst?«

»Ganz sicher!«, verkünde ich optimistisch. »Ab diesem Zeitpunkt kann es nur besser werden.«

Vier Gläser Gin Tonic später kauere ich unter dem Couchtisch und singe »Hello darkness, my old friend«, während ich mir Fotos von Leon ansehe.

»Ich habe es geahnt«, seufzt Pepper, während sie mir über die Haare streicht. »Du verträgst doch nichts.«

»Ich glaube, ich sollte auf diese Party fahren und die Brünette im Pool ertränken«, überlege ich.

»Nein«, sagt Pepper. »Ich fürchte, das ist illegal und moralisch verwerflich.«

»Was soll ich sonst machen? Ich fühle mich schrecklich und ich bin sauer.«

»Ich weiß. Komm. Ich habe eine Idee, die dich nicht ins Gefängnis bringt.« Sie schnappt sich mein Handy und tippt darauf herum.

»Wird Gin und mir das gefallen?«, frage ich misstrauisch.

»Das wird es.« Nach ein paar Minuten verkündet sie triumphierend: »Tadaaa! Während ich etwas koche, kannst du dir ein paar süße Typen ansehen.«

Mit diesen Worten drückt sie mir mein Handy in die Hand. Ein pinkes Werbebanner leuchtet vor mir auf und dort steht mit glitzernden Buchstaben: Happy Ending – *Finde deinen Seelenverwandten, denn ein Happy End kann es nur zu zweit geben!*

»Du hast eine Flirt-App heruntergeladen? Auf meinem Handy?«

Sie nickt.

»Wie konntest du das entsperren?«

»Ich bin Privatdetektivin, schon vergessen?« Sie zwinkert mir zu. »Außerdem hast du den dümmsten Pin der Welt. 1234. Ist das dein Ernst?«

Plötzlich weiten sich ihre Augen und sie beugt sich über meine Schulter. »Uhhhh! Den kenn ich. Das ist Rick. Der arbeitet für mich. Als Lockvogel. Der ist wirklich heiß. Nichts für eine längere Beziehung, aber definitiv etwas, um die Leons dieser Welt zu vergessen.«

Ich wage einen Blick und der Gin ist sofort begeistert. »Ja, sein Sixpack sieht nett aus.«

Viel mehr sehe ich auf dem Foto auch nicht. »Was muss ich tun?«

»Nach links wischen heißt Nein. Nach rechts wischen Ja.«

»Das krieg ich hin, meint der Gin.« Während ich mir Fotos angucke, geht Pepper in die Küche. Wenig später kommt sie mit Butterbroten, Suppe und einem dampfenden Tee zurück. »Geht es dir jetzt besser?«

»Weiß nicht. Ich will immer noch jemanden killen.«

Sie schnappt sich den Gin aus meiner Hand und schiebt mir stattdessen einen Tee hin. »Wie wäre es statt ungesundem Alkohol mit einer Trash-Party?«

Unsere Vorstellung für den perfekten Abend bestehend aus Gesichtsmasken, gegenseitiger Kopfmassage, gutem Essen, Unmengen an Chips und Schokolade sowie Trash-Filmen.

Ich strahle sie an. Manchmal glaube ich, sie sitzt direkt in meinem Kopf und weiß, was ich brauche, noch bevor ich es selber tue. Betrunken kuschele ich mich an sie und warte ungeduldig, dass sie den Film, Sharknado, einstellt und anfängt, meinen Kopf zu kraulen. Ich stelle mir vor, ein Hai würde Leons Poolparty crashen, und fühle mich ein wenig besser. Es dauert nicht lange, bis ich an Pepper gelehnt eindöse.

Pepper und ich kennen uns schon seit der Schulzeit. Als ich sie das erste Mal gesehen habe, kam sie neu in unsere Klasse. Durch ihr Aussehen hatte sie im Nu alle Jungs verzaubert.

Ich hingegen war nicht begeistert, dass sie ausgerechnet den freien Platz neben mir bekam. »Ich mag sie nicht. Wir passen null zusammen«, hatte ich meiner Mutter erzählt.

Drei Tage später waren wir unzertrennlich.

Jetzt liege ich mit dem Rücken zu ihr, während sie immer noch meine Haare krault. Der Fernseher ist inzwischen aus und Pepper hat uns mit einer Decke zugedeckt.

Durch ihr Parfüm *Jil Sander – Style* liegt immer ein weicher, blumiger Hauch in der Luft. Wie ein Strauß aus Magnolien und Veilchen.

»Seit wann trägst du bitte schön Spitzentangas?«, fragt Pepper plötzlich und kneift mir in den Po. »Fandest du die nicht einmal – ich zitiere – albern, ungesund und unbequem.«

Ich stöhne. »Sind sie! Sie scheuern und kneifen, aber ich bin davon ausgegangen, dass Leon und ich heute Abend unseren Zusammenzug … feiern.«

»Ja und?«

»Meine 100-Prozent-Baumwollunterwäsche hat ihn nicht vom Hocker gehauen.«

»Weil er ein Arsch ist«, sagt Pepper und zupft an meinem Ohr. »Ich finde, du siehst bezaubernd aus in Baumwolle.«

»Warum kann ich nicht auf Frauen stehen?«, seufze ich. »Dann würde ich was mit dir anfangen.«

Pepper lacht leise in mein Ohr. »Ja, meine Kraultechnik ist die pure Verführung.«

»Würdest du auf mich stehen?«, frage ich neugierig.

»Du meinst, ob Prinzessinnen, die so leidenschaftlich leiden können wie du, mein Beuteschema sind?«

»Du bist doof«, protestiere ich. »In Filmen steht der schwule beste Freund auch immer auf den Protagonisten.«

»Tja, ich muss dich enttäuschen. Außerdem weiß ich, worauf die Frage in Wahrheit abzielt.«

»Was meinst du?«, frage ich unschuldig.

»Du willst hören, dass du gut aussiehst.«

»Das würde meinem gebeutelten Ego ganz guttun. Ja.«

Zur Antwort streckt sie mir ihre Zunge ins Ohr, das mit einem Ploppen zugeht.

»Ihhhhh!«, quieke ich und will sie von mir runterschubsen.

»Für so blöde Fragen hast du das verdient«, hält sie mir vor und startet einen neuen Angriff. Ich versuche ihr zu entkommen, indem ich sie mit meinem Hintern vom Sofa drücke. Erfolgreich. Sie fällt mit einem Plumps zu Boden. Lachend packt sie mein Bein und zieht daran. Ich klammere mich an einem

Kissen fest, habe aber keine Chance. Ihre Zunge landet in meinem Auge und sie fährt darüber, wohl wissend, dass das das ekligste Gefühl der Welt ist.

»Ihh! Pepper! Tu das nicht!«

»So was von verdient!«

Natürlich weiß ich, dass sie nicht heimlich in mich verliebt ist. Seitdem wir uns kennen, sieht sie mich als ihre kleine Schwester, die sie beschützen muss, und nicht als potenzielle Partnerin.

Nach einem kurzen Kampf liegen wir keuchend auf dem Boden. Kichernd dreht sie sich zu mir um und sieht mich mit ihren himmelblauen Augen an.

»Nur weil ich auf Frauen stehe, heißt das nicht, dass ich auf alle Frauen stehe.« Ihre Stimme ist ruhig, aber ich kann ein leichtes Zittern darin hören und kenne sie gut genug, um zu wissen, dass ich mit meiner scherzhaften Frage alte Wunden wieder aufgerissen habe. Erinnerungen an die Schule, den Sportunterricht, die Umkleide und die Blicke der anderen Mädchen, die sich vor ihr »nicht sicher fühlten«.

Ich greife Peppers Hand und drücke sie ganz fest. »Tut mir leid.«

»Ich weiß.« Sie dreht ihren Kopf in meine Richtung und sieht mich an.

»Willst du drüber reden?«

»Gerade nicht.«

»Okay.« Also warten wir. Sehen uns an, halten uns fest und warten, bis die Schatten aus ihrem Gesicht verschwinden und sie wieder lächelt.

»Keine Sorge, ich bin mir sicher, da draußen ist ein Mann, der so cool, liebenswert und lustig ist wie ich und dich tierisch heiß findet.«

»Danke.« *Für alles. Vor allem dafür, dass du da bist und mir den Kopf wäschst, wenn ich es brauche.*

Die letzten Worte sage ich zwar nicht, aber sie weiß, was ich meine.

Wir klettern zurück aufs Sofa und decken uns zu. Es ist so klein, dass wir nur in eine Richtung gucken können, aber ein Bett hat sie nicht.

»Hab dich lieb, Prinzessin«, murmelt Pepper und wenig später ist sie eingeschlafen.

5

Die Sache mit der Titanic

Als ich am nächsten Morgen erwache, ist Pepper bereits geduscht und springt durchs Zimmer.

»In einer Stunde kommt meine erste Klientin. Klingt nach einem typischen Fremdgeh-Debakel«, begrüßt sie mich und reicht mir eine Tasse Kaffee. Zusammen mit einer Packung Paracetamol.

Seit dem gestrigen Gin-Exzess plagen mich höllische Kopfschmerzen. Also greife ich gierig nach dem Kaffee und spucke ihn gleich wieder aus. »Bääääh.«

Wenn Pepper Kaffee macht, ist er so stark, dass man damit die Tiere unseres Sezierkurses wiederbeleben könnte. *Vielleicht hätte ich das anstelle der Herzdruckmassage bei der toten Ratte versuchen sollen.*

Ich stelle den Kaffee auf die Anrichte und gieße mir stattdessen ein Glas Wasser ein.

»Wie kommt sie darauf?«

»Sie hat eine Spy-App auf sein Handy geladen.«

»Was?«

»Das macht man heutzutage so«, erklärt Pepper. »Damit kann man überprüfen, wann sich der Partner wo aufhält. Und sie hat festgestellt, dass er in letzter Zeit an seltsamen Orten war. Zum Beispiel in der Praxis einer Schönheitschirurgin.«

»Vielleicht hatte er einen Termin.«

»So hat er sich auch rausgeredet. Trotzdem ist meine Klientin misstrauisch.« Pepper zieht ein enges Top, einen schwarzen Rock und eine Lederjacke aus ihrem Kleiderschrank. Sie sieht meistens so aus, als wäre sie auf dem Weg zur nächsten Party, um eine Frau aufzureißen. Allerdings weiß ich, dass sie im Herzen eine echte Spießerin ist, die von der großen Liebe und einem Haus im Grünen träumt.

Inklusive Golden Retriever.

Noch etwas, das Pepper Salt mich gelehrt hat: Beurteile einen Menschen nicht nach seiner Kleidung! Pepper zieht sich nicht an, um anderen zu gefallen, sondern liebt es einfach, mit Mode zu experimentieren. Ich wünschte, ich könnte dasselbe über mich sagen, aber tatsächlich würde ich, wenn mir die Meinung der anderen so egal wäre wie ihr, nur noch in Jogginghose das Haus verlassen.

»Ich habe Neuigkeiten für dich.« Pepper schnappt sich ihr Parfüm und verteilt es über den noch feuchten Haaren, bevor sie in die Küche tänzelt, eine Wolke von Magnolien und Veilchen hinter sich herziehend. »Halt dich fest. Ich, beste Freundin der Welt, habe eine Lösung für dein Wohnungsproblem. Ein Zimmer in einer WG. Nicht allzu teuer.«

Sie fischt ein Brot aus dem Toaster und belegt es mit Hummus und frischen Tomaten. Als sie meinen hungrigen Blick bemerkt, verdreht sie kurz die Augen, reicht es mir und schmiert sich ein neues. »Wer braucht einen Golden Retriever, wenn er dich hat? Kuschelbedürftig und verfressen.«

»Wuff!«, bestätige ich mit vollem Mund.

»In der WG wohnt der Freund eines Freundes. Ungefähr unser Alter.« Pepper zögert. »Sein Name ist Dirk.«

»Dirk. Wo ist der Haken?«

»Er ist der Freund eines schrägen Freundes ...«

»Oh.«

»Aber das muss nichts heißen«, winkt sie ab. »Das Gute ist, dieser Dirk ist ein Mann, und wer weiß, vielleicht ist er sogar ganz süß und bringt dich auf andere Gedanken.«

»Mhm.« Ich bin nicht überzeugt.

»Und du kannst jederzeit Nein sagen und wieder bei Bonnie und Clyde einziehen. Aber ich wette, Bonnie wird dich bei der nächsten Gelegenheit mit dem Sohn ihrer Nachbarin verkuppeln. Wie heißt dieser stramme Jäger noch gleich? Rufus? Rupert?«

»Ruben«, erinnere ich mich und mein Herz sinkt. »Okay. Ich seh es mir an.«

»Super! Ich schick dir die Adresse.«

»Vielleicht schaffe ich es, noch vor der Uni hinzufahren«, überlege ich, während ich meinen Stundenplan auf dem Handy checke. »Mein erstes Pflichtseminar ist heute Nachmittag. Das passt.«

Die Vorlesungen würde ich – mal wieder – ausfallen lassen.

»Ähm, Pepper ... Kann ich dein Auto leihen?«

»Natürlich, Schatz. Wie überlebst du bloß ohne mich?«, fragt sie spöttisch, während sie in ihr Büro verschwindet.

Ich esse meinen Toast auf. Dann verschwinde ich im Badezimmer, um mich zu duschen. Eigentlich liebe ich es, morgens unter dampfendem, heißem Wasser zu stehen, bis meine Haut rot und schrumpelig ist, aber bei Pepper ist das Wasser nur lauwarm, fast kalt. Nach einer kurzen Katzenwäsche krame ich in meinem Koffer und finde einen weiteren Spitzentanga. Ich beäuge das Ding, das die Bezeichnung Kleidungsstück nicht verdient hat. Dann stopfe ich es zurück in die Tasche und schnappe mir stattdessen eine Unterhose mit viel Stoff und süßen Katzen. Hundert Prozent Baumwolle.

Hallo Single-Me!

Ich schlüpfe in eine viel zu enge Hose, die ich mit einer schicken, pastellfarbenen Bluse und Goldkettchen kombiniere. Kurz ziehe ich meine regenbogenfarbenen Gute-Laune-Converse aus dem Koffer, die ich schon ewig nicht mehr anhatte. Sie wurden zusammen mit der Baumwollunterwäsche verbannt, als ich beschlossen habe, meine Rolle an der Seite von Leon einzunehmen. Es war ein eher schleichender Prozess gewesen, ein langsames Angleichen an ein neues Leben mit Leon an meiner Seite, ein Leben voller exklusiver Partys, pompöser Dates und kitschiger Fotos, die einen Traum vermittelten, aus dem ich nun selbst so brutal geweckt wurde. Dabei war ich mir nicht einmal selbst sicher, ob es wirklich Leons Vorstellungen waren oder doch eher die seines Vaters, denen ich mich angepasst habe. Weg von dem lauten Mädchen mit den bunten Chucks zu jemandem, der trotzdem nie gut genug für die von Herzogs sein würde.

Nach kurzem Zögern lege ich meine Converse beiseite und entscheide mich wieder für die Stiefeletten. Da ich keine Zeit mehr habe, meine Haare zu legen, binde ich sie im lockeren Dutt zusammen und werfe mir meinen Rucksack über die Schulter.

Ein paar Minuten später parke ich vor einem vierstöckigen Reihenhaus. Da ich noch ein paar Minuten Zeit habe, rufe ich Instagram auf. Sofort strahlen mir eine Reihe Pärchenfotos entgegen. Auf dem letzten Bild haben wir einen Ausflug gemacht und auf der Motorhaube gepicknickt. Aber nur fürs

Foto. In Wahrheit war das zu unbequem und Leon hatte Angst, dass wir den Lack zerkratzen.

»Mein Engel! Ich liebe dich«, hat er kommentiert. Ob er es da schon wusste? Natürlich tat er das. Die Entscheidung, eine Beziehungspause zu machen, wird schließlich nicht über Nacht gekommen sein. Und doch sieht man ihm nichts an. Er strahlt alle Zweifel beiseite. Genau wie ich. Für einen Moment kann ich nicht glauben, wie wenig Zeit zwischen dieser Emma und mir liegt. Innerhalb weniger Minuten hat sich meine Welt gedreht und auf den Kopf gestellt.

Unter dem Foto haben sich einige neue Kommentare angesammelt und ich bin überrascht, wie viele Menschen an meiner Trennung Anteil nehmen. Immerhin sind Leon und ich keine Superstars.

»Sag, dass das nicht wahr ist«, schreibt ein Mädchen.

»Was ist denn passiert?«, fragt eine andere.

»Cinderemma, ich weiß genau wie du dich fühlst«, schreibt Nicole, zusammen mit ihrer persönlichen Trennungsgeschichte, die eine komplett andere ist als unsere. Trotzdem scheint sie sich mir verbunden zu fühlen.

Ich sehe auf Leons Seite vorbei. Laut seiner Story räumt er gerade mit Alex seine Dachterrasse auf. Dazu schreibt er. »Dankbar für die besten Freunde der Welt. Was für ein Abend.«

In der nächsten Story erfahre ich, dass es ihm schwerfällt, »im Moment allein zu sein«, weshalb er sich mit seinen Jungs treffen will.

Vielleicht vermisst er mich.

»Wenn er dich vermissen würde, würde er dir schreiben«, sage ich zu mir, laut genug, um die innere Stimme, die zu hoffen wagt, zu verdrängen.

Seufzend versenke ich das Handy in der Hosentasche und öffne die Fahrertür, um auszusteigen.

Du bist eine starke, unabhängige Frau, Emma.

Die Wohnung ist ganz oben. Bei jedem Schritt protestiert mein Kopf und erinnert mich mit einem ständigen Pochen daran, warum ich normalerweise keinen Alkohol trinke.

»Auf geht es«, feuere ich mich selbst an und klingele. Es dauert nicht lange, bis ich Schritte höre und die Tür aufgeht. Dahinter steht ein junger Mann mit wirrem hellbraunem Haar. Sein T-Shirt springt mir ins Auge, auf dem in großen Buchstaben »Leave me alone. I am introverting.« steht.

»Ja?« Grüne Augen gucken mich über Brillengläser hinweg an.

»Ähhhhh ... Ich bin wegen der Wohnung hier. Emma Kühn«, stelle ich mich vor.

»Mhm.« Er rührt sich keinen Millimeter. Also wippe ich verunsichert von einem Bein aufs andere.

»Komm ich ungelegen?«

»Nein. Was studierst du?«

»Biologie«, sage ich verwirrt. »Wieso?«

Seine Augen weiten sich. »Heißt das, du hast keine Angst vor Krabbeltieren?«

Mein Herz sinkt. »Oh nein. Sag nicht, dass hier auch eine Kakerlake namens Karla lebt.«

»Karla?« Dirk zieht irritiert die Stirn kraus. »Nein. Ich meinte eher Spinnen.«

»Spinnen?« *Himmel!* Ich hoffe, dieser Dirk sammelt keine Taranteln. Alle Spinnen mit Haaren bescheren mir Albträume. »Bist du etwa ein Sammler?«

»Oh nein.« Dirk lacht, als hätte ich etwas wirklich Abstruses gesagt. »Aber eine wichtige Voraussetzung an eine neue Mitbewohnerin ist, dass sie kein Problem hat, die Spinnen wegzumachen.«

»Was?«

»Na. Einer muss es ja tun und ich kann die Viecher nicht ausstehen. Also? Ist das ein Problem?«

»Ähm. Überhaupt nicht«, lüge ich und versuche ein überzeugendes Lächeln.

»Entzückend. Dann komm rein.«

Zaghaft trete ich ein und sehe mich um. In einem kleinen Flur stehen eine Garderobe und ein Schuhschrank mit zwei Paaren ausgeleierter Turnschuhe und einem Paar Hausschuhe.

Links geht es in eine geräumige Küche. Ein solider Holztisch steht auf der einen Seite. Anrichte und Küchenutensilien auf der anderen Seite. Alles sieht überraschend ordentlich aus, was man von Dirks Frisur nicht gerade behaupten kann.

»Jeder von uns hat ein eigenes Zimmer. Küche und Bad benutzen wir gemeinsam. Da müssen wir uns absprechen, damit wir uns mit dem Kochen nicht in die Quere kommen«, sagt Dirk.

»Oder … wir kochen zusammen.«

»Nur, wenn es sich nicht vermeiden lässt.« Er dreht sich um und verlässt die Küche. Ich folge ihm zurück in den Flur, an dessen Ende eine Tür mit einem großen Schild steht.

»Kein Zutritt!!!«

»Das ist mein Zimmer. Das darfst du unter keinen Umständen ohne Aufforderung betreten.«

Verwirrt gucke ich ihn an. »Warum nicht?«

»Weil ich dich in dem Falle töten müsste, um meine Identität als Geheimagent zu wahren.«

Ich lache auf, bis ich merke, dass er ernst bleibt. »Du bist kein Geheimagent.«

»Nein. Aber du darfst trotzdem nicht in mein Zimmer.«

»Ich soll nicht in dein Zimmer kommen und wir kochen nicht zusammen? Aber wir reden schon miteinander, oder?«

»Wenn wir uns zufällig treffen, sage ich Hallo und wünsche dir einen guten Tag.«

»Bist du sicher, dass du eine Mitbewohnerin willst und keine Lampe, die du in die Ecke stellen kannst?«, hake ich nach.

»Es ist eher eine Zweckgemeinschaft. Und Lampen zahlen weder Miete noch eignen sie sich als Spinnenschreck. Leider«, seufzt Dirk und stößt eine Tür gegenüber vom Badezimmer auf. Ernüchtert luge ich an ihm vorbei. Das Zimmer ist klein, aber durch den hellen Parkettboden gemütlich. Es hat bereits einen Einbauschrank und, weil wir direkt unter dem Dach wohnen, eine kleine Schräge mit einem Veluxfenster. Für einen Moment vergesse ich meinen miesepetrigen Mitbewohner und mein Herz schlägt höher. Wenn ich da das Bett hinstelle, kann ich direkt in den Himmel gucken. Davon habe ich als kleines Mädchen und Entdeckerin immer geträumt.

»Wow! Das ist wirklich schön«, sage ich.

»Gut. Dann willst du es nehmen?«

»Ich weiß nicht, ob wir dieselbe Vorstellung von dem Konzept Wohngemeinschaft haben«, gestehe ich, auch wenn mir das Zimmer gefällt. Im Gegensatz zu Dirk strahlt es etwas Einladendes aus. Nicht so luxuriös wie Leons Apartment, aber die Schräge mit dem Fenster schlägt für mich den Whirlpool auf dem Dach um Längen. Im Bett liegen und in die Sterne sehen, während man sich in seinen Träumen verliert.

»Du wohnst hier und ich da. Was ist das Problem?«

»Na ja. Ich dachte, in einer WG lernt man sich kennen, quatscht, unternimmt Sachen miteinander.«

»Ich suche keine neuen Freunde.«

»Aber wir werden zusammen wohnen.«

»Ich dachte eher an eine unverbindliche Nachbarschaft.«

»Meine Nachbarn kenne ich aber recht gut.«

»Im Ernst?«

»Ja, meine Mutter lädt sie einmal im Monat zu Kaffee und Kuchen ein.«

»Das ist ja schrecklich …« Dirk sieht mich an, als hätte ich ihm einen Mord gestanden. »Meinen winke ich hin und wieder zu und hoffe, dass sie mich nicht ansprechen. Das klappt wunderbar, nur bei Francesca aus dem Erdgeschoss nicht. Wenn man da nicht schnell genug verschwindet, erzählt sie einem ihre ganze Lebensgeschichte.« Er reibt sich die Hände, als er plötzlich eine Idee hat. »Wenn dir nach Reden ist, könntest du bestimmt mit ihr ein Käffchen trinken.«

Ich verschränke die Arme. »Francesca ist aber nicht meine Mitbewohnerin. Wenn ich für dich Spinnen fangen soll, würde ich schon gerne ein paar Sachen über dich wissen.«

»Was denn zum Beispiel?«

Das Wichtigste zuerst. »Bist du ein Psychopath, der mich im Schlaf ermordet?«

»Himmel nein! Ich kann kein Blut sehen.«

Das glaube ich ihm sogar.

»Hattest du schon mal andere Mitbewohner?«

»Ja, aber die sind meistens nicht lange geblieben.«

Das wiederum wundert mich nicht.

»Beschreibe dich selbst mit drei Worten.«

»Ich. bin. Dirk.«

Haha.

»Ich. Glaube. Wir. Passen. Nicht. Zusammen«, verkünde ich.

»Glücklicherweise nicht«, stimmt Dirk mir zu. Er zieht seine Augenbrauen zusammen und runzelt die Stirn. »Ich war von Anfang an skeptisch. Mit Liebeskummer komm ich nämlich nur ganz schlecht klar.«

Ich starre ihn an. »Moment … *Was*?«

»Das ist mir viel zu anstrengend.«

»Woher weißt du das?«

»Ich hab recherchiert«, sagt er und zieht wie zum Beweis sein Handy aus der Tasche, wo mir mein Instagramaccount entgegenblickt. »Das macht man heutzutage so, wenn man wissen will, wen man sich ins Haus holt.«

»Großartig. Und? Was weißt du jetzt über mich?«

»Du wärst gerne Influencerin und deine Seite ist eine Hommage an den Kitsch. Es wundert mich, dass du noch keine tränenüberströmte Stellungnahme zur Trennung gepostet hast.«

»Wir machen nur eine Pause.« Und ich bin *keine* Möchtegern-Influencerin! Was bildet sich der Kerl eigentlich ein?

»Eure Beziehung hatte nie eine Chance.« Er deutet auf eines der Fotos. »Wer posiert denn bitte schön wie Rose und Jack aus *Titanic*?«

»Wir haben einen Segeltörn gemacht und ... Ich glaube nicht, dass du was von Romantik verstehst.«

»Du offenbar auch nicht. Immerhin hat Rose Jack umgebracht, weil sie zu egoistisch war, sich mit ihm ihre Holztür zu teilen.«

»Sie ... das Floß war zu klein.«

»War es nicht. Es war bloß eine Tür.«

»Auf Türen hat man zu zweit Platz.«

»Woher willst du das wissen?«

»Wir können es gerne mal ausprobieren.« Er deutet auf meine Zimmertür, und eh ich mich versehe, hat er sie aus den Angeln gehoben und auf den Boden gelegt. »Komm leg dich drauf.«

»Vergiss es.«

»Willst du es wissen oder nicht?«

»Na ja.« Ein bisschen interessiert es mich schon. Auch wenn ich es im Moment nicht zugeben würde, hatten Pepper und ich dieselbe Diskussion, als wir uns *Titanic* das erste Mal ansahen. Seufzend gebe ich nach und eine Minute später liegen wir zusammen auf der Tür.

»Siehst du?«, verkündet Dirk selbstzufrieden, während er sich an meinen Rücken drückt. »Wir können auch noch andere Stellungen ausprobieren. Spontan würden mir vier weitere einfallen. Zum Beispiel könnten unsere Beine zur Mitte zeigen. Oder du liegst auf meinem Rücken. Oder ...«

»Nein danke.«

»Dann gib es zu! Es war eiskalter Mord und ihre Liebe einfach nur eine große Lüge.«

»Ich denke, ich werde mich nach einer anderen Wohnung umsehen.«

Seufzend lasse ich mich auf den Autositz fallen und hole tief Luft. Was war das? Dieser Kerl hatte doch nicht alle Tassen im Schrank. Ich ziehe mein Handy aus der Tasche und rufe erneut meine Instagramseite auf. Mit Grauen stelle ich fest, dass noch viel mehr Nachrichten in meinem Posteingang gelandet sind. Kommilitonen, aber auch Menschen, die ich nicht zuordnen kann, haben mir geschrieben. In der ersten steht: »Tut mir so leid. Wenn du was brauchst, melde dich.«

Es klingt nett, auch wenn ich mir sicher bin, dass ich mit der Schreiberin in der Realität noch nie ein Wort gewechselt habe.

»Du schuldest uns Antworten, Cinderemma!«, steht in einer weiteren Nachricht. »Seid ihr echt getrennt?«

»Nein. Wir machen eine verfickte Pause«, tippe ich wütend.

»Warum?«

»Wegen eines Klospruchs.« Das Letzte schick ich nicht ab.

Ich sollte eine Story aufnehmen, eine Stellungnahme wie Dirk meinte, um Klarheit zu schaffen. Vielleicht würde es dann Ruhe geben.

Also schalte ich meine Kamera an und schaue in dunkle Augenringe. Schnell lege ich einen Filter drüber, der meine Wangen rosig macht, meine Lippen größer und meine Augen strahlender. Die Aufnahme startet und ich hebe meinen Arm, um zu winken. Allerdings erschlafft er gleich daraufhin und landet wieder in meinem Schoß. Ich weiß einfach nicht, was ich sagen soll, denn eigentlich weiß ich selbst nicht, wie es dazu gekommen ist. Und das Gefühl, dass es da noch mehr gibt, als Leon gesagt hat, lässt mich nicht los.

Nachdem ich ein paar Minuten wortlos auf mein filterverzerrtes Ich gestarrt habe, vibriert das Handy und eine Nachricht von meiner Mutter taucht auf.

MAMA: Wie geht es dir? Hattest du einen schönen Abend mit Pepper?

EMMA: Ja. Danke.

MAMA: Das freut mich. Hattest du schon Glück mit einer neuen Wohnung?

EMMA: Ich arbeite dran.

MAMA: Soll ich für heute eine Yogamatte herrichten?

EMMA: Nein, ich schlaf wieder bei Peps.

MAMA: Wenn du was brauchst, sag Bescheid. Hab dich lieb! PS: Vermisst du uns schon?

EMMA: Ich hab dich auch lieb und ja, ich vermiss euch schrecklich.

Meine Eltern sind mein sicherer Hafen. Genau wie Pepper. Auch wenn man irgendwann auslaufen muss, um seine eigenen Erfahrungen zu machen, weiß ich, dass ich jederzeit zurückkehren kann.

Um dann auf einer Yogamatte zu schlafen … Aber immerhin.

6

Das Déjà-vu

Viel zu spät komme ich in der Uni an und sprinte zu den Sälen, wo unser Kurs schon angefangen hat. Der Dozent wirft mir einen tadelnden Blick zu, als ich so unauffällig wie möglich in den Raum schlüpfe und zu meinem Platz husche.

»Wissen Sie, wie viel Prozent durch diesen Kurs fallen, Frau Sie-werden-eine-von-denen?« *Haha.*

»Tut mir leid«, murmele ich und steuere meinen Platz an. Ich meine die Blicke meiner Kommilitonen im Rücken zu spüren, die mir folgen. Einige stecken die Köpfe zusammen und fangen an zu flüstern.

Vermutlich weiß mittlerweile jeder hier im Saal das von Leon und mir …

Schnell nehme ich meinen Platz vor einem Mikroskop ein und versuche mich so klein und unscheinbar wie möglich zu machen.

»Da bist du ja«, flüstert Sarah. Sie mustert mich von der Seite, während ich das richtige Präparat heraussuche und es unters Mikroskop lege.

»Hey«, begrüße ich sie und widme mich schnell wieder meiner Aufgabe, in der Hoffnung, dass sie mich nicht über die Sache mit Leon ausquetscht.

Eckige und runde Strukturen, durchzogen von Straßen. Das, was ich da sehe, könnte ein abstraktes Gemälde sein. Aber ebenso gut Gegenstand meiner nächsten mündlichen Prüfung. Es wäre also wirklich sinnvoll, dem Dozenten zuzuhören.

Das sieht Sarah offenbar nicht so.

»Alles okay bei dir?« Vertrauensvoll rückt sie an mich heran. »Das mit Leon und dir war ein richtiger Schock für mich.«

Das glaube ich ihr. Immerhin hat sie mir um die fünfzig Nachrichten bei WhatsApp und Instagram geschrieben.

»Ich hab mir solche Sorgen gemacht. Seit gestern hast du gar nichts mehr gepostet und auch deinen Beziehungsstatus nicht aktualisiert. Und dann auch noch die Sache mit *Larissa*. Ich hasse sie. Also, eigentlich war ich ein Riesenfan von ihr. Sie macht tolle Make-up-Tutorials und wirkt immer so real. Du weißt, was ich meine, aber für dich hasse ich sie jetzt.«

»Ähm … Danke?«

»Ehrensache.«

Sarah ist die neugierigste Person des Semesters und sie ist eine richtige Quasselstrippe, die jeden Gedanken, der ihr durch den Kopf schießt, ausspricht.

»Alles gut. Ich war bei Pepper und wir haben uns einen gemütlichen Abend gemacht«, entgegne ich, um einen unverfänglichen Plauderton bemüht, da ich keine Lust habe, ihr mein Herz auszuschütten.

»Verstehe. Gut, dass du nicht alleine warst. Ich wäre wahrscheinlich Amok gelaufen, wenn mich mein Freund abgeschossen hätte und noch am selben Abend mit einer anderen Person im Whirlpool sitzt.«

Plötzlich beugt sich Noah, ein großer Typ mit Hornbrille, von der anderen Seite heran. »Wolltet ihr nicht zusammenziehen? Wo schläfst du denn jetzt?«

Ich korrigiere. Noah ist die neugierigste Person im Semester.

»Sie wohnt doch bei ihren Eltern«, sagt Sarah.

»Ich suche gerade nach einer neuen Wohnung«, unterbreche ich sie.

Noah bricht in Gelächter aus. »Der Wohnungsmarkt ist eine Katastrophe. Wie blöd, dass Leon dich abgeschossen hat. In seinem Luxusapartment würde ich auch gerne leben.«

»Er hat mich nicht *abgeschossen*. Wir gönnen uns nur eine Pause«, versuche ich verärgert zu erklären, auch wenn ich das Gefühl habe, dass es mit jedem Mal dümmer klingt.

»Jaaaa«, murmelt Sarah und wirft Noah einen vielsagenden Blick zu.

Ich beiße mir auf die Zunge. »Was ist?«

Noah verdreht die Augen, als wäre die Antwort mehr als offensichtlich. »Er will gucken, ob er was Besseres kriegt, aber noch nicht richtig Schluss machen, falls er nichts findet. Sprich: Er stellt dich warm. Wie Resteessen vom Vortag.«

»Noah!«, protestiert Sarah empört.

»Was? Ist doch wahr! Wir alle wissen es.«

»Du hättest es netter verpacken können.«

»Das weiß sie doch selbst. Immerhin ist Leon heiß, beliebt und reich. Sie hingegen ist … Emma.«

»Danke, Blödmann«, knurre ich und werfe ihm kurzerhand meinen Kugelschreiber an den Kopf.

»Cinderemma ist eine Legende«, unterbricht ihn Sarah.

»Ich mein ja nur. Sie sollte sich keine falschen Hoffnungen machen.«

Während die beiden streiten, wende ich mich meinem Mikroskop zu und versuche, mich auf die abstrakt wirkenden Strukturen zu konzentrieren, die vor meinen Augen verschwimmen. Ich blinzele, aber es fällt mir schwer, mich zu konzentrieren.

»Du kannst so ein Arsch sein! Siehst du nicht, dass es ihr schlecht geht?«

»Im Prinzip sollte sie froh sein, dass sie ihn los ist.«

»Die beiden waren … supersüß«, widerspricht Sarah. »Und endlich hat es mal jemand von uns Biologen zu den coolen Partys geschafft.«

»Ich schaffe es regelmäßig zu den coolen Partys.«

»Wer's glaubt, wird selig. Wer würde dich schon einladen?«

»Die Agrarwissenschaftler.«

»Die sind nicht cool.« Sarah verdreht die Augen.

»Doch sind sie. Du hast nur eine vollkommen falsche Vorstellung von coolen Menschen und coolen Partys.«

In dem Moment donnert eine Faust vor uns auf den Tisch. Wir sehen empor und blicken in das gerötete Gesicht unseres Dozenten, der verärgert auf uns herunterguckt. »Verzeihen Sie bitte! Ich versuche hier einen Kurs zu führen, falls Ihnen das entgangen sein sollte.«

»Tut uns leid.«

»Und auch wenn das schockierende Liebesaus von Frau Kühn und Herrn von Herzog sicher sehr diskussionswürdig ist, muss ich darum bitten, dass Sie Ihre Aufmerksamkeit jetzt wieder dem Stoff der nächsten Prüfung zuwenden.«

Die übrigen Studenten brechen in Gelächter aus und der Dozent marschiert zurück nach vorne. Ich kann sie spüren. Die neugierigen und amüsierten Blicke der anderen, die mich von allen Seiten durchbohren. Bestimmt stalken sie in dem Moment unsere Storys, um zu gucken, ob es Neuigkeiten gibt. Klatsch und Tratsch hat die Menschen immer schon interessiert. Ich bin da keine Ausnahme. Nur ist es anders, wenn man selbst das Zentrum der Aufmerksamkeit ist.

»Ich muss auf die Toilette«, murmele ich und springe auf, um aus dem Saal zu fliehen.

»Wie viel Prozent, Frau Kühn?«, höre ich den Dozenten rufen.

Ist mir scheißegal!, antworte ich, aber nur in meinem Kopf.

Mein Sichtfeld verschleiert sich. Ich will nicht weinen, aber das interessiert meine Tränen nicht. Wenn sie glauben, ihre Zeit ist gekommen, nehmen sie keine Rücksicht auf Verluste.

Sieben Monate sind keine Ewigkeit, aber doch genug, um sein Herz an jemanden zu verlieren. Und genau jetzt beschließt mein verräterisches Gehirn, mich mit Erinnerungen zu bombardieren.

Wir liegen auf dem Bett. »Du bist etwas ganz Besonderes«, flüstert Leon mir ins Ohr. »Das wusste ich von dem Tag an, als du mich umgerannt hast.«

»Ich bin halt umwerfend«, lache ich.

»Besonders umwerfend.«

Laut Pepper ist »besonders« das einfallsloseste Kompliment, das man jemanden machen kann. »Das sagt man nur, wenn einem sonst keine Vorzüge einfallen. Aber da jeder gerne hört, wie einzigartig er ist, funktioniert es immer.«

Leon zieht mich ganz fest an sich und schließt die Arme um mich. »Ich bin so froh, dass wir uns gefunden haben.«

»Das sagst du nur, weil du den Schokokuchen von meiner Mutter verputzt hast«, flüstere ich, auch wenn es um mein Herz ganz warm geworden ist. »Du bist im Zuckerrausch.«

»Oh ja. Aber nicht wegen des Kuchens.« Er sah mich mit seinen

eisblauen Augen an. Dann dreht er sich plötzlich auf mich und flüstert mir ins Ohr: »Sondern wegen dir.«

In einer geschmeidigen Bewegung zog er sein T-Shirt aus, aber anstatt seinen Adoniskörper anzuhimmeln, verziehe ich mein Gesicht.

»Was hast du?«

»Mir kommt gleich der Kuchen hoch.«

»Hab ich etwas Falsches gesagt?«

»Nein. Aber du sitzt auf meinem Magen. Kannst du dich runterrollen? Sonst platzt er …«

»Tut mir leid. Na gut, machen wir stattdessen ein Foto?«

»Ich weiß nicht.«

»Ach komm. Das wird supersüß. Du hast sogar noch Schokolade an der Wange kleben.«

Ich biege um die Ecke und krache in jemanden hinein. Eine Frau schreit erschrocken auf und springt zur Seite. Gleichzeitig verliert mein Opfer das Gleichgewicht, stürzt in Zeitlupe zu Boden und ich obendrauf.

Verfluchte Sch…

»Emma?«, höre ich eine Stimme, die mir erschreckend vertraut vorkommt.

Das kann mein Leben nicht ernst meinen!

Ich sitze auf Leon.

»Hi …«

»Hi«, begrüßt er mich mit seinem Lächeln, das Eisberge zum Schmelzen bringt. »Umwerfend, wie immer.«

Schnell rappele ich mich auf und hoffe, dass er nicht sieht, wie rot ich geworden bin.

Natürlich sieht er es. Wenn ich angespannt bin, bekomme ich Stressflecken am Hals, die sich bis zu den Schläfen ausweiten. Und je mehr ich versuche, mich zu beruhigen, desto schlimmer werden sie.

In dem Moment räuspert sich Leons Begleitung und ich erstarre, als ich Larissa von der gestrigen Party erkenne. Zu meinem Leidwesen sieht sie in echt sogar noch besser aus als auf den Fotos.

Es entgeht mir nicht, dass sie etwas näher an Leon heranrückt, der sich verlegen am Kopf kratzt.

»Hey«, begrüßt sie mich.

»Hallo …«

»Alles okay?« Sie deutet auf meine Augen. »Du bist etwas … zerlaufen.«

Verdammt. Meine Mascara hat sich selbstständig gemacht. Während die beiden mich mitleidig ansehen, versuche ich, das Dilemma mit einem Taschentuch zu retten.

»Alles super … Und bei euch?«

»Wir wollten gerade Kaffee trinken gehen«, verkündet Larissa mit süßem Lächeln, aber Leon starrt mich immer noch an.

»Lari … äh … Kannst du schon mal vorgehen? Ich komm gleich nach, ja?«

Lari schiebt die Unterlippe vor, nickt aber. »Okay. Was soll ich dir bestellen?«

»Ach, such du was aus.« Eine typische Leon-Antwort.

Sie beäugt mich ein letztes Mal, bevor sie auf ihren Lederstiefeln davonstolziert.

Betreten stehen Leon und ich voreinander.

»Und? Wie geht es dir wirklich?«, fragt er schließlich.

»Wie soll es mir gehen? Natürlich blendend, weil mir mein Herz gebrochen wurde! YAY!«

Stattdessen sage ich: »Okay.«

Ich könnte mich selbst schütteln, spüre aber bereits den wachsenden Kloß im Hals und weiß, er würde bei jedem weiteren Wort platzen.

»Ich kann verstehen, wenn du sauer bist, Ems. Wirklich. Alex' Streich war alles andere als cool, aber vielleicht hat er uns auch nur in die richtige Richtung gelenkt. Und jetzt haben wir die Chance festzustellen, was wir wirklich wollen.«

Er legt seine Hand auf meine Schulter, eine kleine Geste und die Dämme brechen wieder.

»Oh nein. Nicht wieder weinen!«, flüstert er und zieht mich an sich. Ich bette mein Gesicht auf seine Brust, schließe die Augen und atme seinen vertrauten Geruch ein. Am liebsten würde ich vergessen, dass meine perfekte Liebesblase zerplatzt ist, seine Hand nehmen und mit ihm zum Uni-Café gehen. Die Kassiererin vergöttert uns, seitdem sie unsere Instagramaccounts entdeckt hat.

Aber heute wartet dort Larissa auf ihn. Und wahrscheinlich eine ziemlich enttäuschte Kassiererin. Also schiebe ich Leon wieder von mir weg und wische mir die Augen trocken.

»Was haben deine Eltern gesagt? Kannst du bei ihnen wohnen bleiben?« Leon versucht es mit einem Lächeln. »Wie ich sie kenne, sind sie bestimmt froh, dass du ihnen noch erhalten bleibst.«

»Sie haben aus meinem Zimmer einen Yogaraum gemacht.«

»Oh, Ems. Sorry. Echt.« Sein Blick ist so bedauernd, dass ich ihn nicht ertragen kann. Also recke ich das Kinn vor und kratze jedes bisschen Würde, das ich noch finden kann, zusammen. »Darum wohne ich nicht länger bei ihnen.«

Leon runzelt die Stirn. »Nicht?«

»Ich ziehe in eine WG«, verkünde ich. »Hab meinen Mitbewohner heute Morgen kennengelernt.«

»Oh.« Die Überraschung auf seinem Gesicht ist für mich wie ein Schauer an Genugtuung und sorgt dafür, dass ich ein Stückchen wachse.

»Ich saß auf gepackten Kisten, Leon. Ich dachte, wir ziehen

zusammen, und dann sehe ich, dass du deinen Status änderst. Warum willst du überhaupt die Pause?«

Plötzlich wirkt er verunsichert. »Das hab ich dir doch erklärt.«

»Nicht wirklich«, erinnere ich mich. »Du meintest nur irgendwas von wegen Klospruch.«

»Ja genau«, stimmt er zu, so als würde das alles sagen.

»Tut mir leid, aber das reicht als Erklärung nicht.«

Leon gehen offenbar die Worte aus, denn er versucht es mit seiner Geheimwaffe. Dem Hundewelpenblick, den er so perfekt beherrscht. Eine Mischung aus süß und sexy, die bei mir immer funktioniert. Manchmal frage ich mich, ob er diese Taktik auch später vor Gericht anwenden will.

»Du solltest gehen. *Lari* wartet auf dich.«

»Larissa? Du denkst, wir haben was?« Seine Augen weiten sich vor Überraschung, so als wäre das total abwegig. Als er sieht, dass ich es ernst meine, hält er inne. »Larissa ist die Schwester von Alex.«

»Von Alex?«

»Ich hab dir doch von ihr erzählt. Wir hatten früher regelmäßig Kontakt und dann … nicht mehr.«

»Weil ihr etwas hattet?«

»Nein. Sie … es ist kompliziert«, erklärt Leon und rückt wieder näher an mich heran. »Es tut einfach gut, mit ihr zu reden. Sie studiert Psychologie und hat eine interessante Art, Dinge zu beleuchten.«

Er hat wirklich eine Gabe dafür, die verdächtigsten Dinge als ganz logisch und harmlos hinzustellen. Dazu schaut er einem tief in die Augen, macht dieses schräge Lächeln, dem man alles verzeihen möchte, und spannt seinen Bizeps an.

Ich hasse es, wenn er das tut, denn ich schmelze jedes Mal dahin. Für einen Moment schwanke ich, aber da fällt mein Blick wieder auf die Cafeteria und auf Larissa, die davorsteht und wartet.

»Sie beobachtet uns.«

Als sie unsere Blicke bemerkt, verzieht sie ihren Mund zu einem breiten Lächeln und winkt.

»Sie ist sehr fürsorglich«, sagt Leon.

»Jetzt wackelt sie fürsorglich mit ihren Brüsten.«

»Du übertreibst«, winkt er ab. »Außerdem hast du mir gerade erzählt, dass du mit einem anderen Kerl in eine WG ziehst.«

»Ja, nachdem du mich versetzt hast.«

»Aber ich ziehe mit niemand anderem zusammen.« Ich kann sehen, dass es an ihm nagt. Wahrscheinlich hatte er nicht einmal den Hauch eines Zweifels, dass ich weiter bei meinen Eltern bleibe und still und brav auf ihn warte. Diese Vorstellung ärgert mich, denn auch, wenn ich mich ihm und seinem Leben angeglichen habe, bin ich immer noch Emma Kühn. Und ich werde nicht auf der Ersatzbank warten.

»Mach's gut, Leon. Ich muss zu meinem Kurs zurück.«

»Ems, warte!« Er will mich festhalten, aber ich drehe mich um und stolpere wie fremdgesteuert um die nächste Ecke. Kaum bin ich außer Sichtweite, renne ich los und ein paar Minuten später verbarrikadiere ich mich auf der Toilette.

Dann rufe ich Pepper an.

»Hey, was gibt's?«, flötet sie.

»Ich habe Leon umgerannt!« Ich ringe nach Luft. Erst jetzt bemerke ich, wie außer Atem ich bin. Als wäre ich einen Marathon gelaufen. »Er war nicht allein. Diese Larissa war dabei. Und sie gehen jetzt zusammen Kaffee trinken.«

»Ich hoffe, du hast den beiden so richtig die Meinung gegeigt?«

»Na ja …« Ich zögere. »Für meine Verhältnisse schon.«

»Sprich: Du hast ihnen ein Eis geschenkt und dann seid ihr

zusammen um einen Regenbogen der Vergebung und des gegenseitigen Verständnisses getanzt?«

»Nein. Ich hab ihm das mit der WG erzählt. Pepper, ich nehme dieses verdammte Zimmer, und wenn es das Letzte ist, was ich tue!«

»Uhhh.« Sie klingt begeistert. »Sehr gut, Emma. Zeig ihm, dass du keine verzweifelte Märchenprinzessin bist, die im Turm Däumchen dreht.«

»Er hat gesagt, Larissa und er wären nur Freunde. Sie würde ihm bei gewissen Dingen helfen.«

»Was denn für Dinge?«, lacht Pepper. »Druckprobleme? Du willst nicht ernsthaft weich werden?«

Mein »Nein« klingt nicht so überzeugend, wie ich es gerne hätte. Was, wenn er die Wahrheit gesagt hat und diese Pause für uns macht? Und ich nun alles kaputt mache, indem ich bei diesem Dirk einziehe?

»Emma!« Peppers Stimme dringt aus der Ferne zu mir durch. »Ich weiß, du bist gerade an einem verletzlichen Punkt, aber denk dran: Leon ist ein Arsch!«

»Ja …«, brumme ich blinzelnd. Wenn ich die Augen schließe, kann ich sein Aftershave noch riechen. Etwas in mir zieht mich zurück. Es war ein Fehler wegzurennen. »Ich sollte kämpfen. Um ihn! Diese Larissa hat noch nicht gewonnen!«

»Nein, Emma! Was ist unser Motto?«

»Wir essen Fast Food bis zum Morgengrauen?«

»Das andere!«

»Trashfilme vor Herzschmerzromanzen?«

»Wir haben zu viele Mottos«, bemerkt Pepper. »Triff dich mit Rick. Hab Leon-vergessen-Sex, um auf andere Gedanken zu kommen, und lass ihn ziehen. Es kommen so viele Arschlöcher ungefragt in unser Leben, da müssen wir nicht noch welche einladen … Versprich mir, dass du nichts Dummes machst.«

»Ich verspreche es.«

»Gut. *Oh!* Ich muss aufhören! Ich bin gleich dran.«

»Gleich dran?«

»Ich bin bei der Schönheitschirurgin.« Sie senkt verschwörerisch ihre Stimme. »Meine neue Mission … Du weißt schon.«

»Du hast da einen Termin?«, frage ich ungläubig.

»Du kennst mich. In meinem Job gebe ich alles«, flötet sie. Ich weiß, dass sie den Nervenkitzel liebt. Das Undercoversein, das Recherchieren und das Aufdecken von schmutzigen Geheimnissen. »Also? Was könnte ich an mir ändern lassen wollen?«

»Nichts.« Ich meine es ernst.

»Ich weiß …« Sie seufzt theatralisch. »Dr. Fettweg wird sofort bemerken, dass da etwas faul ist. Ich sehe einfach zu gut aus.«

7

Vanilla-Pommes-Burger

Nach der Uni hole ich Pepper von ihrem Termin ab. Zuerst habe ich aus Gewohnheit zu meinem Handy gegriffen, aber während Instagram die letzten sieben Monate für mich ein Wohlfühlort war, zieht sich mein Magen jetzt jedes Mal zusammen, wenn ich das Symbol der App sehe. Stattdessen öffne ich die Flirt-App, *Happy Ending,* die Pepper mir installiert hat. Ihr heißer Lockvogel hat mir drei Fotos von sich geschickt, auf denen er sein Sixpack aus verschiedenen Winkeln präsentiert.

RICKTHEDICK: Hey Sexy, wir sind ein Match.
Lust auf ein Treffen mit diesem heißen Sixpack?
Kuss, Rick

Ich entscheide mich für eine ehrliche Antwort. Kurz. Knackig und direkt.

PLÖTZLICHSINGLE: Nein.

Dann werfe ich das Handy auf die Rückbank und drehe das Radio laut. Gerade läuft *Seven Nation Army* und ich trommele mit meinen Händen auf dem Lenkrad zum Takt der Musik. Kaum geht der Text los, stimme ich mit ein. Ich liebe es zu singen, auch wenn ich keinen einzigen Ton treffe und mich laut Pepper anhöre wie ein Meerschweinchen im Stimmbruch.

In dem Moment fliegt die Tür der Praxis auf und Pepper stürmt mit hochrotem Gesicht heraus. Wütend reißt sie die Autotür auf und versinkt im Beifahrersitz.

»Fahr los!«, befiehlt sie finster, während sie das Radio ausschaltet.

»Milchshake?«, frage ich. Sie sieht so aus, als könnte sie einen gebrauchen. Also parken wir wenig später auf dem Parkplatz von McDonald's, schlingen Burger in uns rein und trinken Milchshake. Eigentlich benutzen wir immer den Drive-in, um dann gemütlich im Auto zu essen. Ohne gestört zu werden.

»Diese unverschämte Ärztin wollte alles an mir ändern! Alles«, wütet Pepper nun und beißt in ihren Burger. »Sie meinte, ich sei zu dünn. Mein Po sei zu flach. Meine Brüste zu klein. Meine Hüfte zu schmal und meine Nase zu spitz.«

»Peps. Was hast du erwartet? Die will Geld verdienen«, lache ich.

»Die will Menschen ihr Selbstbewusstsein rauben!« Peppers Augen funkeln. »Aber nicht mit mir. Ich habe ihr gesagt, dass das Bodyshaming der übelsten Art ist. Und dass keine ihrer komischen Instrumente eine Pepperline Salt noch heißer machen kann, weil ich perfekt bin, so wie ich bin.« Sie beißt erneut von ihrem Burger ab. »Da hat sie nicht schlecht gestaunt. Der Blick war Gold wert, sag ich dir.«

»Und dann?«

»Hat sie mich rauswerfen lassen … Von einer echt heißen Security-Frau, ganz nebenbei bemerkt.« Pepper seufzt und wirft mir einen Blick von der Seite zu. »Jetzt brauche ich eine neue Undercover-Ermittlerin. Du …«

»Ich geh auf keinen Fall da rein«, stelle ich klar. »Du weißt, dass ich als Agentin nichts tauge.«

Einmal sollte ich für sie den Lockvogel spielen und einen Typen im Park ansprechen. Ich habe vier Anläufe gebraucht, um mich überhaupt neben ihn auf die Bank zu setzen, und war so nervös, dass der Kerl glaubte, ich hätte zu viel Aufputschmittel intus.

»Ich geb dir kein Geld für Drogen«, hat er gesagt, bevor er einfach aufstand und ging.

»Du hast recht«, bestätigt Pepper. »Ich brauche Rick. Der kann gut mit Ärztinnen …«

Sie schnappt sich meinen Milchshake und nimmt einen kräftigen Schluck.

»Hey!«, protestiere ich. »Das ist meiner. Du hast deinen eigenen.«

»Ja, aber ich hab gerade mehr Lust auf Erdbeere.«

»Warum lass ich mich so behandeln?«, brumme ich.

»Weil ich die Beste bin und dir eine Wohnung besorgt habe?«, flötet sie.

»Ich weiß gar nicht, ob ich sie überhaupt bekomme«, gestehe ich. »Dirk und ich waren … nicht sehr angetan voneinander. Und er hat mir noch nicht geantwortet.«

»Hat er nicht?« Pepper schürzt die Lippen, wie immer, wenn ihr etwas missfällt. Dann zückt sie ihr Handy. »Ich regel das.«

»Wie? Erpresst du ihn?«

»Quatsch. Ich kenn ihn doch gar nicht, aber … Ich lasse meine Kontakte spielen.«

Ich werfe mir eine Pommes in den Mund. »Ich weiß nicht, ob das wirklich so eine gute Idee war. Eigentlich hab ich das mit dem Umziehen nur gesagt, weil ich Leons mitleidigen

Blick nicht ertragen hab. Aber der Typ war echt seltsam. Wir haben zusammen auf einer Tür gelegen.«

»Sieht er wenigstens gut aus?«

»Keine Ahnung.« Ich zucke die Schultern. Tatsächlich ist mir außer seinen grünen Augen nicht viel in Erinnerung geblieben.

»Kein Bizeps, der dir den Kopf verdreht? Kein Sixpack?« Pepper zieht geräuschvoll an ihrem Strohhalm, ohne mich aus den Augen zu lassen.

»Nein.«

Sie klopft mir auf die Schulter. »Super. Dann setzt dein Gehirn wenigstens nicht gleich aus.«

»Pepper!« Ich pike ihr eine Pommes in die Wange. »Mein Gehirn ist voll funktionsfähig.«

»Bei Für-dich-werde-ich-zum-besseren-Menschen-Leon ist es das definitiv nicht.«

»Doch.«

»Ich wette, du fragst dich gerade, was er macht. Und ob Larissa bei ihm ist.«

»Nein, zufällig *weiß* ich, dass sie nicht bei ihm ist, weil ich sie gestalkt habe«, entgegne ich und nicke vielsagend in die Richtung meines Handys. »Sie ist im Fitnessstudio, um ihren perfekten Körper zu stählen, während ich meinen Kummer in Zucker und Fett ertränke. Nur so aus Interesse. Wie teuer ist es, sich bei der Schönheitschirurgin Fett absaugen zu lassen?«

»Wir sind nicht bis zur Preisliste gekommen«, berichtet Pepper.

»Hm. Meine Hosen sind in den letzten Monaten verdächtig eng geworden.«

»Ach, die sind bestimmt nur eingelaufen«, winkt Pepper ab, hält aber plötzlich inne und starrt mich an. »Oder bist du etwa doch schwanger?«

»Jetzt hast du mich erwischt«, lache ich und trommele bedeutungsvoll auf meinem Bauch herum.

»Ich hoffe, ich werde Patentante.«

»Natürlich. Es wird Vanilla-Pommes-Burger heißen«, informiere ich sie.

Mit Pepper ist alles leichter. Wenn ich bei ihr bin, brauche ich keinen Filter, denn mit ihr sind die Stunden immer bunt.

8

Ein Albatros-Weibchen unter lauter Seepferdchen

Am nächsten Tag schleppe ich mich mit steifem Nacken in die Uni. Die Vorlesung rauscht an mir vorbei. Auch wenn ich versuche, den Worten des Dozenten zu folgen, werden meine Augenlider immer schwerer und ich will nur eins.

Schlafen.

»Hey. Alles gut?«, flüstert Sarah besorgt. »Du siehst schrecklich aus.«

»Zu wenig geschlafen«, erkläre ich gähnend.

»Bestimmt wegen Leon!«

»Nein. Pepper schnarcht.« Und zwar schlimmer als meine Großeltern zusammen. In der ersten Nacht war ich betrunken und damit ausgeknockt genug, um es zu überhören. Heute jedoch nicht. Jeder Atemzug klang, als würde sie im Schlaf ersticken, und ab drei Uhr war ich kurz davor, Beihilfe zu leisten.

»Du hast gar nicht auf meine Nachrichten geantwortet.«

»Ja, tut mir leid. Wir waren so beschäftigt.« Tatsächlich habe ich mein Handy sogar auf dem Rücksitz von Peppers Auto vergessen und erst heute Morgen wieder daran gedacht.

»Du hast nicht mal eine Story gepostet.«

»Das mach ich doch nie, wenn ich mit Peps unterwegs bin. Sie ist nicht so der Selfietyp.« Aber das ist nur die halbe Wahrheit, denn wenn ich bei ihr bin, habe auch ich nicht das Bedürfnis, etwas zu teilen. »Manche Momente sind zu gut, um sie zu posten. Man muss sie einfach erleben.«

»Oh, das klingt gut. Von wem ist das?« Sarah tippt aufgeregt auf ihrem Handy herum.

»Von mir. Gerade eben erfunden.«

»Das klingt so tiefsinnig.«

»Ich habe meine hellen Momente.« Ich luge über ihre Schulter und sehe, wie sie mein Zitat teilt.

»Könnt ihr bitte ruhig sein?«, stöhnt Noah. »Ich versuche hier gerade Wissen anzuhäufen.«

Sarah verdreht die Augen und bleibt in ihr Handy vertieft. Ich hingegen richte meine Aufmerksamkeit nach vorne.

»Albatrosse sind in Sachen Liebe sehr wählerisch«, sagt der Dozent gerade. »Sie suchen den einen perfekten Partner.«

»Das ist so romantisch«, flüstert Sarah und sieht nun doch auf.

»Die Suche kann mitunter wirklich lange dauern«, fährt der Dozent fort. »Immer wieder treffen sie potenzielle Kandidaten, tanzen zusammen und lernen sich kennen. Wenn sie merken, es passt nicht, ziehen sie weiter. Aber die ganz große Liebe finden sie nur einmal. Den einen Partner, bei dem sie für immer bleiben.«

»Ich glaub, ich bin ein Albatros«, seufzt Sarah verträumt. »Uh. Das werde ich in meine Insta-Bio schreiben. Albatros-Weibchen auf der Suche nach ihrem Traummann.«

»Leider existieren deine Traummänner nur in Büchern«, kommentiert Noah, woraufhin sie ihm einen Knuff versetzt.

Der Dozent ruft die nächste Folie auf. »Seepferdchen umschwärmen ihren Wunschpartner ebenfalls sehr romantisch. Lange wurde geglaubt, dass sie wie Albatrosse monogam leben und ihrem Partner ein Leben lang treu bleiben. Tatsächlich aber betrügen sie ihre Partner bis zu 25-mal pro Tag.«

»Ein Albatros-Weibchen unter lauter Seepferdchen«, korrigiert Sarah. »*Das* werde ich schreiben.«

»Du solltest schreiben: ein Albatros-Weibchen, das sich ständig in Seepferdchen verliebt und hofft, dass diesen auf magische Weise Flügel wachsen«, korrigiert Noah trocken. »Ach, halt. Das war Emma.« Er lehnt sich vor und grinst mich an. »Wie läuft die Beziehungspause?«

»Pausiert«, brumme ich und werfe ihm meinen leeren Pappbecher an den Kopf.

Nach der Vorlesung hole ich mir einen weiteren Kaffee und eine Zimtschnecke. Als ich bezahlen will, schüttelt die Verkäuferin nur mit dem Kopf. »Das passt schon, Schätzchen.«

»Wieso? Hab ich etwas gewonnen?«

»Nein, aber ich weiß Bescheid.« Sie zwinkert mir zu. »#Cinderemmaeverafter.«

»Okay …« Da ist es wieder. Das legendäre Okay, wenn mich etwas sprachlos macht. »Danke.«

»Keine Ursache! Ich bin auf deiner Seite.«

Schnell nehme ich meine Bestellung und gehe zurück zum Saal. Die Kombination aus Koffein und Zucker schafft es endlich, meine Energiereserven so weit zu füllen, dass ich es in der zweiten Vorlesung hinbekomme mitzuschreiben.

»Leon lädt schon wieder zu einer Party ein«, flüstert mir Sarah zu. »Ich bin in der Gruppe gelandet.«

Ihre Augen leuchten und auch, wenn sie versucht, es zu verstecken, ist ihr die Aufregung deutlich anzusehen. Leons private Partys sind berühmt-berüchtigt. »Hättest du was dagegen, wenn ich … also, wenn ich da hingehen würde? Ich sprech auch nicht mit Leon. Ich mein, als ob der mit mir sprechen würde … Ich glaube, der weiß nicht einmal, dass ich existiere. Die Einladung hab ich nur wegen einer Bekannten, die in seinem Semester ist, bekommen.« Sie lacht verunsichert. »Aber ich kann ihn ausspionieren, wenn du das willst. Ihn und Larissa im Auge behalten … Oder ich geh nicht. Wenn das für dich seltsam ist, geh ich nicht.«

»Schon gut«, beruhige ich sie. »Ich habe nichts dagegen.«

»Oh super. Das könnte meine Chance sein, einen Albatros zu finden, weißt du.«

»Als ob«, stöhnt Noah und verdreht die Augen. »Du würdest nicht mal einen erkennen, wenn er direkt vor dir steht.«

»Du bist nur neidisch, weil du nicht eingeladen bist.«

»Ich bin eingeladen.« Er hält ihr sein Handy unter die Nase, woraufhin Sarah enttäuscht das Gesicht verzieht. »Zufällig kenn ich Leon nämlich persönlich, und zwar schon länger als Emma.«

»Im Ernst?« Ich starre ihn an.

»Ja, wir waren früher in einer Klasse.«

»Das hast du nie gesagt.«

»Da gibt es auch nicht viel zu sagen. Hast nichts verpasst.« Und damit ist das Thema für ihn beendet.

»Was ist mit dir?«, fragt mich Sarah. »Hast du heute etwas vor?«

»Umziehen.«

»Du hast wirklich eine Wohnung gefunden?«

»Ja. Dank Peps kann ich heute schon einziehen. Also mach dir keine Sorgen. Ich werde den ganzen Nachmittag beschäftigt sein.«

Und mit etwas Glück werde ich heute schon die erste Nacht in meinen eigenen vier Wänden schlafen. Unter meinem Veluxfenster, von dem aus ich die Sterne sehen kann. Vielleicht ist so ein Neuanfang genau das, was ich gerade brauche. Die Gedanken bezüglich meines zweifelhaften Mitbewohners schiebe ich lieber zur Seite …

Als gegen Mittag alle zum Essen in die Mensa gehen, klinke ich mich aus und hole mir stattdessen einen weiteren Kaffee. In den Lernboxen bei der Bibliothek gibt es Einzeltische, jeder mit einer Trennwand umzogen, wo ich ungestört bin. Heute ist nicht viel los, also schlüpfe ich in eine der Boxen und zücke mein Handy.

Tatsächlich macht Leon heute wieder eine Whirlpoolparty, zu der er jede Menge Leute aus der Uni eingeladen hat.

Larissa schreibt: »Ich freu mich so.«

Leon gefällt das.

Ich spüre einen Stich, direkt im Herzen, und rufe zum wiederholten Mal ihr Profil auf, klicke mich durch ihre Storys, starre auf die Fotos und sehe mir sogar gespeicherte Livestreams an, in der Hoffnung, mehr über sie zu erfahren. Als ich ihren Account fertig analysiert habe, fühle ich mich schlechter als zuvor.

Sie ist heiß, lustig, liebt Partys, gutes Essen und hat jede Menge Freunde.

Mit der kann ich nicht mithalten, schießt es mir durch den Kopf.

Muss ich auch nicht, denn Liebe ist kein Wettkampf, versuche ich mich zu erinnern. Ich kann Leon nicht zwingen, sich für mich zu entscheiden. Und darauf sollte ich auch nicht warten.

In diesem Moment erinnert mich die Flirt-App, *Happy Ending,* daran, dass ich unbeantwortete Nachrichten habe.

Ich habe nie viel von Dating Apps gehalten. Für mich wirken diese Plattformen oberflächlich und unpersönlich. Eine Art Massenveranstaltung, bei jeder hofft, den Jackpot in Sachen Liebe zu knacken, aber niemand ernsthaft damit rechnet. Mit Chancen ähnlich verzweifelt wie beim Lottospielen, aber vielleicht war ich vorschnell.

Warum sollte es nicht jemanden wie mich dort geben?

Frustriert und verletzt. Auf der Suche nach Ablenkungen.

Oh wow, Emma.

Du bist wirklich der Jackpot!

Ich öffne mein Postfach, wo mich einige Nachrichten erwarten. Die meisten sind schnell gelesen, denn sie bestehen aus »Hi«. Einzig Ronald hat sich die Mühe gemacht, etwas mehr zu schreiben. Laut seinem Profil ist er auf der Suche nach einer Frau, die ihn zum Lachen bringt.

RONALDSUCHTLIEBE: Liebe Emma, ich bin auf dein Profil gestoßen und war sofort begeistert. Gerne würde ich dich näher kennenlernen.

Klingt eigentlich ganz nett. Wäre da nicht die Nachricht, die er zehn Minuten nach der ersten abgeschickt hat.

RONALDSUCHTLIEBE: Da du nicht antwortest, hast du wohl kein Interesse, du Miststück. So hässlich wie du bist findest du eh keinen. Also sei nicht so eingebildet. Hochmut kommt vor dem Fall. Schönen Tag noch und verrecke.

Trotz dieses weniger vielversprechenden Anfangs will ich nicht so schnell aufgeben und klicke mich durch weitere, laut der App »sorgfältig ausgewählte« Profile, hinter denen sich mein potenzieller Traumpartner verstecken könnte. Einer davon ist Dominik, mit dem die App 89 Prozent Gemeinsamkeiten feststellen konnte.

Interessen: Girls 😉, Party, Fun
Auf der Suche nach: Girls 😉, Party, Fun
Über mich: Ich bin ein verrückter und lustiger Typ, der für jeden Scheiß zu haben ist.
Stärken: Ich bin total crazy drauf. 😉
Wie sollte meine Traumfrau sein: temperamentvoll, sexy, Kurven an den richtigen Stellen, Latina.

Ich, blass und rothaarig, bin mir sicher, dass er mit »richtigen Stellen« nicht meinen Bauch und die Oberschenkel meint. Dann klicke ich mich weiter durch die Profile. Bis ein Marcel aufs Ganze geht und mir ein Foto von seinem strammen Mini-Marcel schickt.

MIGHTYMARCEL69: Happy End gefällig? Klick auf den Link und du siehst das ganze Video.

Das ist der Moment, in dem ich die App schließe.
Stattdessen fische ich meinen Laptop aus dem Rucksack und öffne mein Disaster-Diary.

Dear Disaster-Diary,

ich glaube, Dating Apps sind echte Beziehungsretter. Ja wirklich. Wenn man zu viel Zeit auf ihnen verbringt, schraubt man seine Erwartungshaltung an die große Liebe so weit herunter, dass man am Ende des Tages zu seinem Exfreund zurückkriecht. Ganz egal, welche Probleme man vorher hatte. Man denkt sich, eigentlich war er doch gar nicht so übel ...

9

Neue Wohnung, neues Glück

Nach der Uni holt mich Pepper ab und wir fahren zu meinen Eltern, um die ersten Kartons einzulagen. Dann geht es zu meiner neuen Wohnung.

Meiner ersten eigenen Wohnung.

»Aufgeregt?«, fragt Pepper, als wir vor der Tür warten und ich kaum stillstehen kann. Nervös trete ich von einem Bein aufs andere.

»Ich weiß nicht, ob es das Richtige ist, bei jemanden einzuziehen, den ich überhaupt nicht kenne.«

»Das ist in den meisten WGs so. Und nach einer Woche streitet man sich schon, wer den Müll runterbringt oder wer dran ist, das Badezimmer zu putzen. Du wirst es lieben.«

Die Tür öffnet sich und Dirk lehnt im Rahmen, heute mit einer Schürze, auf der »Too many people outside« steht. Aber das ist nicht alles. Auf seinem Kopf trägt er eine Schutzbrille und in der Hand einen Bunsenbrenner.

»Hey, Titanic«, begrüßt er mich mit irrem Grinsen.

In dem Moment wird mir klar, dass ich schon immer auf

einer Yogamatte schlafen wollte. Also mache ich auf dem Absatz kehrt, aber Pepper hakt sich bei mir unter und drückt mich an sich.

»Titanic?«, fragt sie nach.

Dirk nickt unschuldig. »Ihre Beziehung ist im ewigen Eismeer der Realität versunken.«

»Meine Beziehung *pausiert*«, knurre ich genervt.

»Sag ich doch.«

Pepper prustet los, woraufhin ich sie mit meinem Ellenbogen zum Schweigen bringe. Meine Lippen formen ein lautloses »Verräterin«, aber sie kann nicht aufhören zu kichern.

»Ich hätte nicht gedacht, dass du doch Interesse an der Wohnung hast«, sagt Dirk.

»Und ich hätte nicht gedacht, dass du mich nimmst.«

»Ich hatte die Wahl zwischen dir, einem fünfzigjährigen Hausmeister mit einem gruseligen Puppenhobby und einer Musikstudentin, die Tuba und Posaune spielt und mindestens fünf Stunden täglich üben will. Da erschien mir eine Mitbewohnerin mit Liebeskummer das geringste Problem.«

»Wie nett …«

»Was ist deine Ausrede?«

»Ich werde gezwungen«, brumme ich. *Von meinem Stolz.*

Pepper klatscht begeistert in die Hände. »Das klingt wie der Beginn einer wunderbaren WG-Erfahrung! Dirk, ich hätte gerne einen Ersatzschlüssel.«

Mein neuer Mitbewohner starrt sie entgeistert an. »Warum?«

»Weil ich Emmas beste Freundin bin.«

»Na und?«

»Und du einen Bunsenbrenner in der Hand hältst«, verkündet sie. »Gib mir lieber den Ersatzschlüssel. Ich habe keine Lust, auf den Dietrich zurückzugreifen.«

»Das ist ziemlich sicher illegal.«

»Wenn Gefahr im Verzug ist, nicht.« Pepper zuckt mit den Schultern. »Und wenn ich meine Emma nicht erreiche, gehe ich vom Schlimmsten aus. Immerhin kennen wir dich ja gar nicht und … du hältst immer noch einen Bunsenbrenner in der Hand.«

»Na schön.«

»Danke!«

Als sie ihren Ersatzschlüssel in Empfang genommen hat, führe ich sie in mein Zimmer. Es ist noch genauso gemütlich, wie ich es in Erinnerung habe, und ich gehe auf das Fenster zu.

»Es sieht toll aus«, bestätigt Pepper.

»Nur dieser Dirk ist seltsam. Ich hoffe, er ist nicht doch ein Psychopath, der in seinem Zimmer Menschen zerlegt und verbrennt.«

»Also, ich bin schockverliebt.«

Zuerst glaube ich, das wäre ein Scherz, aber sie fügt hinzu: »Im Ernst. Er ist hundertmal sympathischer als Mister-Ich-versprech-dir-die-Welt-und-behalte-sie-für-mich-Leon.«

»Ich weiß nicht …«

Sie zuckt die Schultern. »Mich mochtest du zuerst auch nicht.«

»Das war etwas anderes.«

»War es das? Wir stecken Menschen zu schnell in Schubladen. Hin und wieder lohnt es sich, da noch mal reinzugucken und umzusortieren.«

»Ich weiß«, seufze ich, lasse mich auf den Boden gleiten und lege den Kopf in den Nacken, um in den Himmel zu sehen. »Es ist nur …«

»Ich weiß, Schatz. Aber ich glaube fest daran, dass du dich hier wohlfühlen wirst, und wenn nicht, bin ich nur einen Anruf entfernt.«

Sie kniet sich neben mich und pustet ein paar verirrte Strähnen ihrer blonden Haare aus dem Gesicht. Dann greift sie in ihre Tasche und zieht etwas hervor, das sie mir feierlich überreicht. Es ist ein Schlüsselanhänger in Form eines Milchshakes.

»Herzlichen Glückwunsch zur ersten Wohnung!« Sie drückt auf einen winzigen Knopf und der Anhänger beginnt zu blinken.

»Oh, Peps!«, rufe ich verzückt aus und falle ihr um den Hals. »Danke!«

»Ich bin stolz auf dich. Du hast zwar ein paar Jahre länger gebraucht, aber jetzt hast du den Schritt in die Unabhängigkeit gewagt. Soll ich dir noch schnell zeigen, wie die Waschmaschine funktioniert?«

Zur Antwort werfe ich mich auf sie.

»Sicher?«, prustet sie lachend und versucht, mich von sich runterzuschieben.

»Ganz sicher. Auch wenn du es nicht glaubst, bin ich durchaus fähig, alleine zu überleben, wenn es sein muss.«

In diesem Moment ertönen seltsame Geräusche aus Dirks Zimmer und wir werfen uns einen verwirrten Blick zu. Piepen. Surren. Tuten. Gefolgt von einem Klirren und Fluchen.

»Was macht er da?«

Weiteres Fluchen.

Pepper und ich fangen an zu lachen.

»Sollen wir nachsehen?«

»Lieber nicht«, seufze ich. »Sein Zimmer ist tabu, hat er gesagt. Es sei denn, eine Spinne verirrt sich da rein. Dann muss ich sie wegmachen. Stand sogar im Mietvertrag, den er mir gemailt hat.«

Pepper schmunzelt amüsiert. »Ich dachte, deine Mutter fängt die immer, weil du und dein Vater kreischend das Weite suchen?«

»Psst!«, zische ich. »Ich bin Biologin. Das schaff ich schon.«

Daraufhin bricht Pepper wieder in Gelächter aus. Sie kichert immer noch, als wir die anderen Kisten aus dem Auto holen sowie Pamela und eine Luftmatratze, die ich vorübergehend benutzen kann, bis mein Vater die Möbel bringt. Ich stelle die Schirmpalme auf die Fensterbank und fühle mich bei ihrem Anblick bereits besser.

Pepper tritt von hinten an mich heran und legt mir einen Arm um die Schulter. »Ich weiß, du hast dir das mit deiner ersten Wohnung anders vorgestellt, aber das Leben ist voller Überraschungen und wer weiß, vielleicht findest du Dirk schon morgen gar nicht mehr so übel.«

»Mag sein«, gebe ich zu. Auch wenn ich keine Ahnung habe, wie dieser Dirk mich überraschen soll.

Aus seinem Zimmer ertönt ein Knall und wir sehen uns an.

»Lass uns was trinken gehen.«

»Zwei Tage in der Woche Alkohol?«, frage ich skeptisch. »Das geht nicht. Ich muss an Vanilla-Pommes-Burger denken.«

»Wir waren schon ewig nicht mehr im *Selfie*«, bettelt Pepper und ich habe eine Vorahnung, warum sie unbedingt dahin möchte.

»Ich weiß nicht. Eigentlich muss ich morgen früh in die Vorlesung. Die nächste Prüfung wird ein Albtraum und ich hinke eh schon hinterher.«

»Bitte, Emma! Bitte. Bitte.« Pepper klammert sich um meinen Arm und klimpert mit ihren langen, dichten Wimpern. »Anni arbeitet dienstags. Außerdem kenne ich dich. Wenn du hierbleibst, stalkst du Leon und versinkst in Selbstmitleid.«

»Er lädt heute wieder auf eine seiner legendären Whirlpoolpartys ein.«

Und dank verlässlicher Quelle – Instagram – weiß ich, dass Larissa ihm beim Aufbau hilft. Auf einem Foto in seiner Story legt er den Arm um sie und strahlt, als hätte er seinen gesamten Bleachingvorrat auf einmal verschluckt.

»Ein Grund mehr für einen Abend im *Selfie*. Mit Alkohol, jeder Menge heißer Typen für dich und heißer Bräute für mich.«

Ich muss lächeln, denn insgeheim wissen wir beide, dass wir in Sachen Liebe keine Aufreißer sind, sondern die, die in der Ecke sitzen, uns hinter Cocktails verstecken und darüber philosophieren, wer zu wem passen könnte.

»Okay«, sage ich. »Lass uns ins *Selfie* gehen.«

10

Das Selfie

Eine knappe Stunde später stehe ich vor dem Spiegel im Badezimmer. Pepper hat mir ein Umstyling verpasst, mit dem sie auf YouTube durch die Decke gehen würde.

»Durch den dunklen Lidschatten kommen deine Augen richtig zur Geltung«, erklärt sie zufrieden.

»Ich sehe aus wie ein Pandabär.«

»Wie ein heißer Pandabär«, korrigiert sie und zupft an meinen Haaren, die in vollendeten Wellen über die Schulter fallen. Dann reicht sie mir ein schwarzes Kleid, das meine Kurven perfekt inszeniert.

Pepper selbst trägt einen silbernen Hauch an Nichts, gepaart mit schwarzer Lederjacke. Dabei sieht sie wie immer absolut umwerfend aus.

Zurück in meinem Zimmer, zieht sie ein Paar silberne High Heels aus einer Umzugskiste.

»Wow! Wer seid ihr zwei Hübschen denn?«, schmachtet sie. »Gibt es etwas Heißeres als vierzehn Zentimeter pure Sexyness?«

»Ägyptische Schlachter trugen früher High Heels, um ihre Füße vor Blut zu schützen.«

»Ernsthaft? Na ja, immerhin sahen sie beim Schlachten heiß aus ...«, sagt Pepper und probiert die Schuhe an, die perfekt passen, da wir die gleiche Schuhgröße haben. Mit dem Unterschied, dass Peppers Füße süß und schmal aussehen und meine irgendwie ... platt.

»Ich hab keine Ahnung, wie man in den Dingern laufen soll«, sage ich, während Pepper gekonnt um die Umzugskisten tänzelt.

»Warum hast du sie dann?«

»Leon ... Er liebt hohe Schuhe und ich wollte ihn beeindrucken. Spoiler: Hat nicht geklappt. Hab mir fast den Knöchel gebrochen.«

Ich gehe zu der Umzugskiste und wühle nach gemütlicheren Schuhen, als mein Blick auf die regenbogenfarbenen Converse fällt.

»Ihr schon wieder ... Verfolgt ihr mich in letzter Zeit?«, flüstere ich.

»Früher hast du die jeden Tag getragen«, erinnert sich Pepper.

»Ja ...« Ich schließe die Augen und fahre über die alte Sohle.

Pepper und ich am See. Wir fahren mit einem Tretboot zur Badeinsel, wo wir den ganzen Tag bleiben und uns vorstellen, dass es unser eigenes privates Reich ist. Wir liegen auf unseren Handtüchern, lesen und essen Schokolade, die zu lange in der Sonne gelegen hat.

Wenn mich jemand fragt, was Glück ist, dann denke ich daran. Zeit mit einem Menschen zu verbringen, mit dem man lachen und weinen kann, der einen liebt, obwohl und gerade weil man einfach man selbst ist.

»Die zieh ich an«, verkünde ich prompt.

»Ich mag sie. Wenn du sie trägst, lächelst du mehr.« Pepper

streckt ihr Bein. »Ich hingegen setze auf die 14-Zentimeter-Schlachterschuhe.«

Dann schnappt sie sich mein Handy und zieht mich für ein gemeinsames Foto an sich. Überrascht sehe ich sie an.

»Sonst geben deine Fans noch eine Vermisstenanzeige auf«, erklärt sie und lädt das Foto für mich bei Instagram hoch. #Happytime. #meinlebenistschön. #mädelsabend. »Soll Leon ruhig sehen, was er verpasst, nicht wahr?«

Es dauert nicht lange und die Reaktionen folgen. Herzchen und Kommentare fliegen mir nur so zu. Es fühlt sich so an, als würde man einen roten Teppich betreten, beinahe wie ein Star, dem für wenige Minuten alle Aufmerksamkeit gebührt. Ein Rausch, der dazu führt, dass man sich gesehen fühlt. Bestätigt. So war es bei jedem Bild, das Leon und ich geteilt haben. Bei jedem Kommentar, der uns versicherte, wie unglaublich süß wir seien, habe ich das Gefühl bekommen, dass er die einzig richtige Wahl ist.

»Du bist so heiß, Süße!«

»You rock, girls! Viel Spaß!«

»Lass dich nicht unterkriegen und zeig dem Leon, was er verpasst.« Das Letzte kommt von dem Dozenten meines Sezierkurses.

Nur Miss_Sunshine ist nicht überzeugt. »Ist das Kleid nicht etwas zu eng? Nur meine Meinung. Kein Hate oder so …«

Die Euphorie lässt schlagartig nach und ich trete erneut vor den Spiegel. Unsicher zupfe ich am Saum, aber Pepper nimmt mir das Handy aus der Hand und legt einen Arm um mich.

»Hör nicht auf sie. Du siehst heiß aus.«

Ich weiß, ihre Stimme sollte mehr wert sein als die von Miss Sunshine, die ich nicht einmal persönlich kenne, und trotzdem sind ihre Worte nicht so leicht abzustreifen. Ich sehe erneut auf das Foto, unter dem es sich Bullshit.everywhere nun zur Aufgabe gemacht hat, mich zu verteidigen.

BULLSHIT.EVERYWHERE: Behalte deine negativen und verbitterten Vibes für dich, Miss_Sunshine

MISS_SUNSHINE: Man wird ja wohl noch ehrlich sein dürfen.

MAMA.MIT.HERZ: Was ist denn nun mit Leon, Süße? Magst du uns da auf dem Laufenden halten. Kuss

Kurzerhand lösche ich das Foto wieder und atme erleichtert auf, als ich damit alle zum Schweigen bringe. Pepper sieht mich fragend an.

»Lass uns einfach losgehen«, entgegne ich und lasse das Handy in die Handtasche gleiten.

Kurze Zeit später spazieren wir ins *Selfie*. Pepper besorgt uns meinen Lieblingstisch, direkt an der Aquariumswand. Sofort drücke ich meine Stirn gegen das Becken und gucke den Fischen dabei zu, wie sie ihre Kreise ziehen. Ich könnte sie stundenlang beobachten, ihre schillernden Farben bestaunen und meine eigenen Gedanken im leuchtenden Blau ertränken. Für mich sind Aquarien faszinierend und beruhigend zugleich.

»Ems? Hörst du mir überhaupt zu oder träumst du schon?«, fragt Pepper und stupst mich an.

»Sie haben neue Neonfische«, informiere ich sie. »Sind die nicht cool?«

»Ich finde Fische gruselig.«

Und trotzdem setzt sie sich jedes Mal für mich an diesen Platz. Während ich Fische anschmachte, schlägt sie die Beine übereinander und späht die Bar aus.

»Anni ist wieder da«, verkündet sie seufzend. Sie hat schon seit Ewigkeiten ein Auge auf die Barkeeperin geworfen und schmachtet sie immer, wenn wir hier sind, an.

»Geh hin und rede mit ihr.«

Aber Pepper bewegt sich keinen Millimeter. »Ich weiß doch gar nicht, ob sie auf Frauen steht.«

»Dann frag sie.«

»Das ist leichter gesagt als getan. So was kann man schlecht nebenbei fragen …«

»Du bist Detektivin«, erinnere ich sie. »Du hast Pepperwege.«

»Pepperwege?«

»Instagram.«

»Hab ich schon probiert, aber ich konnte ihre Seite nicht finden. Als wäre sie ein Phantom.«

»Dann geh hin«, ermutige ich sie ein weiteres Mal. »Normalerweise gehst du auf Leute zu, strahlst sie an und entlockst ihnen mit deinem Charme all ihre Geheimnisse.«

»Du hast recht! Ich habe Superkräfte.« Pepper streicht sich die blonden Haare aus der Stirn und holt tief Luft, bevor sie aufsteht. »Ich werde uns einfach Cocktails besorgen und ihr ›Hi‹ sagen.«

»Genau!« Ich nicke ermutigend, aber bevor Pepper den ersten Schritt gemacht hat, sitzt sie wieder.

»Ich habe keine Ahnung, was ich nach dem ›Hi‹ sagen soll …« Verzweifelt sieht sie mich an. »Was sagt man zu Leuten, die man nicht kennt, aber kennenlernen will?«

Das meine ich. Pepper ist die schönste Frau, die ich kenne, und trägt das Herz auf der Zunge, aber wenn es um die Liebe geht, erkennt man sie nicht wieder.

»Frag sie, welche Cocktails sie empfehlen kann«, schlage ich vor.

»Okay.« Pepper erhebt sich ein weiteres Mal und versucht es.

»Hi. Ich würde gerne zwei Cocktails bestellen. Für meine Freundin und mich. Also nicht meine feste Freundin. Meine beste Freundin … Wir sind nicht zusammen … *Oh Gott!* Was rede ich da? Welche Cocktails kannst du für zwei nicht verliebte beste Freundinnen empfehlen?«

Sie sieht mich an und ich nicke. »Das war doch schon ganz okay. Vielleicht betonst du das mit dem nicht verliebt etwas weniger?«

»Ja.« Sie macht einen zögernden Schritt vor, dann noch einen.

»Viel Spaß mit Anni«, necke ich sie.

»Viel Spaß mit deinen Fischen!«

»Vielleicht ist ein verzauberter Prinz dabei«, sage ich und strecke die Zunge raus.

»Die Prinzen sind immer die langweiligsten«, entgegnet sie, zupft ihr Kleid zurecht und wirft mir einen letzten fragenden Blick zu. »Wie sehe ich aus?«

»Wie die unglaublichste Frau auf diesem Planeten.« Ich tue so, als würde ich bei ihrem Anblick in Ohnmacht fallen. Während ich mir Luft zufächele, marschiert sie auf ihren 14-Zentimeter-High-Heels in Richtung Bar.

»Jetzt sind nur noch wir beide hier«, raune ich der Plastikpflanze zu, mit der im *Selfie* jeder Tisch dekoriert ist. »Beobachtest du auch so gerne Fische?«

In diesem Moment räuspert sich jemand. Ich hebe den Blick und erblicke den heißesten Kerl, den ich je gesehen hab. Im Ernst. Wenn Leon eine 10 ist, ist dieser hier eine 12. Die Sexyness von Chris Hemsworth kombiniert mit der Ausstrahlung von Tom Hiddleston.

»Ähm … Ja?«

Der heiße Kerl lächelt mich an und stellt zwei Cocktails auf den Tisch, die er offenbar für uns geholt hat. »Ich … Ich hab nichts bestellt«, sage ich.

»Ich weiß. Ich geb einen aus.« Er zwinkert mir zu.

»Danke, aber ich nehme keine Drinks von Fremden an.«

»Aber wir kennen uns doch.« Völlig unerwartet zieht er sein enges Shirt hoch, um mir sein Sixpack zu zeigen.

»Öhm …« Ich laufe rot an und klammere mich an die Plastikpflanze.

Kurt.

Die Pflanze sieht aus wie ein Kurt.

»Ich bin's«, sagt Mister 12 und sieht mich an, als müsste bei mir der Groschen fallen.

»Äh, ich glaube, du verwechselst mich«, sage ich gerade, als ich plötzlich feststelle, dass mir sein durchtrainierter Bauch tatsächlich bekannt vorkommt. Vor allem das kleine Flammen-Tattoo an der Seite. »Rickthedick?«

»Genau.« Er nickt zu Pepper rüber, die sich gerade über den Tresen lehnt. »Sie hat mir geschrieben, dass ihr hier seid.«

Verräterin!

Rick setzt sich neben mich und eine herb-würzige Welle an Aftershave-Duft überrollt mich. Nicht so dezent wie bei Leon, sondern deutlich intensiver. Es ist die Art von Geruch, die auch nach Tagen nicht aus der Nase verschwindet, weil sie sich in der Schleimhaut einbrennt.

Mister Einprägsam beugt sich zu mir herunter. »Glaubst du an Liebe auf den ersten Blick oder soll ich noch mal vorbeigehen?«

Ich pruste los. »Du bist also Peppers unwiderstehlicher Lockvogel.«

»Ganz genau.« Er grinst mich an. »Mein Aussehen hat mich dafür qualifiziert. Allerdings sagt Pepper, ich soll nicht so viel reden … Also?«

»Also?«

»Soll ich noch mal vorbeikommen?«

»Nein. Ist schon okay«, winke ich ab.

»Gut.« Rick streicht sich die Haare aus der Stirn. Ich habe den Verdacht, dass er das nur macht, um seinen Bizeps in Szene zu setzen.

Verdammt! Ich hab wirklich eine Schwäche für trainierte Oberarme.

»Wie habt ihr euch kennengelernt?«, frage ich ihn. Er wirkt nicht wie jemand, mit dem Pepper auch nur ein Wort wechseln würde.

»Ich wollte sie abschleppen.«

Okay. Das macht schon eher Sinn.

»Und? Hat sie dich verprügelt?«

»Nein, sie hat mir Pfefferspray ins Gesicht gesprüht. Später hat sie mir einen Job angeboten. Wahrscheinlich aus Mitleid. Ich hab ziemlich heftig auf das Zeug reagiert, sprich, mein Kopf ist auf das Doppelte seiner Größe angeschwollen und ich musste ins Krankenhaus.«

»Das klingt ja schrecklich.«

»Ging eigentlich. Die Ärztin hat alles wieder wettgemacht.« Rick steckt sich den Strohhalm in den Mund und saugt daran, ohne mich aus den Augen zu lassen. »Wow … Mir wird gerade klar, du musst der Grund für die Erderwärmung sein, von der alle reden.«

»Ähm …«

»Okay!« Er hebt abwehrend die Arme. »Der Spruch war too much. Lass uns den Smalltalk einfach überspringen und rummachen.«

»Eigentlich will ich nur Fische beobachten.«

»Und *un*eigentlich willst du mit mir rummachen?« Er lächelt schief und ich verfluche ihn dafür, dass er so gut aussieht. Irgendwie verzeiht man schönen Menschen viel mehr, als man sollte.

»Nein. *Un*eigentlich will ich auch die Fische beobachten.«

»Wow. Es ist Ewigkeiten her, dass ich für Fische versetzt

wurde«, stellt er fest und wirft einen Blick in das Aquarium. »Das müssen ja heiße Fische sein.«

»Sehr heiß«, stimme ich ihm zu. »Neonfische. Sie sind neu.«

»Sorry. Ich kenne nur Goldfische«, lacht er.

»Neonfische werden auch Neonsalmer genannt. Eigentlich leben sie in Südamerika, in recht dunklen Gewässern. Als einzelner Fisch sind sie aufgrund der Farben eine leichte Beute für Fressfeinde, aber im Schwarm verwirren sie ihre Feinde mit ihrem leuchtenden Auftreten.«

Er guckt mich amüsiert an. »Studierst du Biologie?«

»Jap. Außerdem interessiere ich mich für die seltsamsten Dinge und verbringe viel zu viel Zeit damit, mir Fun Facts anzueignen.«

»Cool. Was muss ich sonst noch über dich wissen?«

»Ich spreche mit Pflanzen.« Ich werfe einen Blick auf die Plastikpflanze vor mir. Sogar mit denen, die nicht echt sind … »Das ist Kurt.«

Wow, Emma. So langsam verlierst du den Verstand.

»Ich züchte Gras. Du kannst gerne mal zum Plaudern vorbeikommen«, sagt Rick, zupft die Physalis von seinem Cocktail und schiebt sie sich zwischen die Lippen.

In diesem Moment ruft eine vertraute Stimme meinen Namen und ich entdecke Sarah, die mit einem Tablett Cocktails auf uns zukommt. Verwundert sieht sie von mir zu Rick. »Was machst du denn hier?«

»Trinken. Sitzen. Atmen. Nichts Besonderes«, antworte ich, während Rick so süffisant grinst, dass es aussieht, als hätten wir ein schmutziges Geheimnis.

»Ich bin Rick«, stellt er sich vor.

»Sarah.«

»Das Top steht dir verdammt gut, Sarah. Du glitzerst wie der Sternenhimmel«, verkündet er, woraufhin sich ihre Wangen röten.

»Da-danke. Das hab ich im Sale ergattert«, stottert sie und nickt hektisch zu einem Tisch etwas weiter weg. Dort sitzen Noah und einige andere meiner Kommilitonen.

»Wir glühen vor. Und ähm …« Sarah druckst herum, bevor sie endlich mit der Sprache rausrückt. »Danach wollen wir zu Leons Party gehen. Du hast ja gesagt, es sei okay …«

»Klar. Ist es auch.« Meine Finger wandern zu Kurt, aber ehe ich die Plastikpflanze erreiche, landet Ricks Hand auf meiner.

»Mach dir keine Gedanken, Sarah. Emma ist euch nicht böse, denn sie hatte einen wirklich heißen Alternativplan – mich«, verkündet er souverän. Beruhigend drückt er meine Hand und rückt näher an mich heran.

»Einen sehr aufdringlichen Alternativplan«, ergänze ich, aber lasse seine Hand nicht los.

»Oh.« Sarahs Blick wandert von ihm zu mir. »Ihr könnt euch gerne zu uns setzen, wenn ihr wollt.«

»Ja! Setzt euch zu uns«, ruft Noah aufgeregt und bedeutet uns herzukommen.

Ich bin mir sicher, dass er es kaum erwarten kann, mehr zu erfahren, nur um auf der Party dann alles brühwarm zu berichten. Wenn man will, dass etwas auf jeden Fall die Runde macht, erzählt man es Noah. Er ist schneller als der Semesterverteiler.

»Nein. Schon okay.« Ich sehe Rick an und hoffe, er bemerkt das stumme Flehen in meinem Blick.

Tut er nicht.

Stattdessen springt er auf und reißt mich mit sich in die Höhe.

»Klar. Ich freu mich, deine Freunde kennenzulernen.« Schon nimmt er seinen Cocktail und begleitet Sarah zu ihrem Tisch. Ich nehme einen großen Schluck, bevor ich ihm innerlich fluchend folge.

»Hallo, Emma«, begrüßt mich Noah. Seine Augen ploppen vor Neugierde fast aus den Höhlen. »Wir dachten, du heulst dir die Augen aus wegen der Leon-Sache, aber offenbar haben wir dich falsch eingeschätzt. Du siehst umwerfend aus!«

Noah schafft es mit seinen bissigen Kommentaren jedes Mal, mich sprachlos zu machen. Weshalb ich ihn häufig mit Dingen bewerfe.

»Emma muss sich wegen nichts und niemandem die Augen ausheulen«, antwortet Rick lässig an meiner statt und fährt sich durchs Haar.

»Offensichtlich. Und du bist?«, fragt Noah, während er seine Brille zurechtrückt.

»Rick. Emmas Date.« Er grinst breiter als die Grinsekatze aus Alice im Wunderland, während er einen Arm um mich legt. Natürlich weiß er, dass alle Blicke auf ihm ruhen, und genießt es.

Ich hoffe nur, dass er nicht noch mal sein Shirt hochzieht …

»Und was machst du so, Rick?«, quetscht Noah ihn aus.

»Meistens sehe ich einfach gut aus und hoffe auf das Beste.«

»Also bist du ein Callboy, den Emma engagiert hat?«

Das ist der Moment, in dem ich überlege, ein Ananasstückchen vom Cocktail zu pflücken, um es Noah ins Gesicht zu werfen. Allerdings kommt mir Rick zuvor.

»Wieso fragst du?«, säuselt er und schmiegt sich vertrauensvoll an Noah, der daraufhin große Augen bekommt. »Willst du mich etwa buchen, Süßer?«

»Nein! Wie kommst du …? So meinte ich das nicht.«

»Gut, du bist nämlich nicht ganz mein Typ.«

Sarah zieht mich auf den Platz neben sich. »Hast du deswegen deinen Status noch nicht geändert?«, flüstert sie mir ins Ohr.

»Was?«

»Deinen Status? Du bist bei Facebook immer noch ›vergeben‹. Doch nicht etwa wegen ihm?«

»Rick und ich sind nicht zusammen. Wir kennen uns nicht mal«, stelle ich klar.

»Das hätte mich auch gewundert. Aber ich kann verstehen, dass du nach der Sache mit Larissa erst mal Ablenkung brauchtest. Und wenn man es genau nimmt, ist das Timing dafür absolut perfekt, Emma!«

»Perfekt?« Verwirrt sehe ich sie an.

»Na, du machst Leon eifersüchtig, damit er bemerkt, wie sehr er dich vermisst, und zu dir zurückkommt.«

»Nein. Das war nicht der Plan«, stottere ich, aber Sarah ist immer noch völlig aus dem Häuschen.

»Egal, was Noah und die anderen denken. Ich bin ein Fan von euch und glaube, dass ihr die Pause übersteht. Das wusste ich von dem Moment an, als Leon dir beim Winterball hinterhergesprungen ist. Das war der größte Liebesbeweis überhaupt.«

Ein richtiger Liebesbeweis wäre gewesen, mir gleich von einem zu engen Corsagenkleid abzuraten, denn nur deswegen bin ich halb ohnmächtig in den Pool gefallen …

»Jedes einzelne Foto ist ein Beweis dafür, wie gut ihr zusammenpasst. Darum wird Leon in dem Moment, in dem er dich mit Rick sieht, alles stehen und liegen lassen, um zu dir zurückzukommen. Ihr seid wie Anabella und Clark aus *Love Me a Hundred Times*.«

Ich ziehe skeptisch die Augenbrauen hoch. »Bringt Anabella sich nicht am Ende um?«

»Sie versucht es, aber Clark rettet sie im letzten Moment«, bestätigt Sarah. »In *Forgive Me a Hundred Times* kommen sie dann wieder zusammen. Zumindest bis Anabella Clarks dunkles Geheimnis erfährt. Sie trennen sich und am Ende hat Clark einen schrecklichen Unfall. Während er in *Die With Me a Hun-*

dred Times mit dem Tod ringt, bemerkt Anabella, wie sehr sie ihn liebt, und verzeiht ihm alles. Sein Fremdgehen. Seine Lügen. Alles. Es ist so romantisch.«

»Oh …« Ich nehme einen großen Schluck von meinem Cocktail, während ich bete, niemals wie Anabella zu enden.

»Leon ist ein ähnlich tragischer Charakter wie Clark. Auch wenn ich hoffe, dass er nicht den Tod seiner Schwester mitansehen musste«, erzählt sie. »Er tut immer so unbeschwert und locker, aber in ihm ist eine tiefe, traurige Leere. Das spüre ich.«

Auch wenn ich Sarahs Buchgeschmack nicht unbedingt teile, muss ich ihr in einem Punkt recht geben. Leon ist jemand, der aufblüht, wenn Menschen um ihn sind. Er bringt jeden Raum zum Strahlen und versteht es, Leuten das Gefühl zu geben, sich zu Hause zu fühlen, aber wenn er allein ist, verblasst sein Licht und er fürchtet sich vor der Einsamkeit. Es ist dieser Zustand des Alleinseins, den er nicht erträgt. Also ist er nie allein.

»Ihr seid füreinander bestimmt. Das *weiß* ich einfach.« Sarah zwinkert mir zu. Dann wirft sie Rick einen schmachtenden Blick zu. »Auch wenn dieser Kerl echt aussieht wie der wahr gewordene Grayson aus *Hotter Than Ever*. Wo hast du ihn gefunden?«

»Er hat mich gefunden.«

Vor drei Minuten.

»Und? Ist er ein Albatros oder ein Seepferdchen?«, fragt sie aufgeregt.

»Tatsächlich glaube ich, dass er ein Glühwürmchen ist.« Als sie mich verwirrt ansieht, ergänze ich: »Ausgewachsene Glühwürmchen fressen nichts mehr und leben nur noch von Luft und Liebe. Sprich. Sie haben Sex. Sex, bis ihnen das Licht ausgeht. Das sind keine Romantiker. Das sind Schwerenöter. Genau wie Rick. Strahl ihn an und er springt mit dir in die Kiste.«

Sarah grinst mich verschwörerisch an. »Dann solltest du ihn

definitiv mit zur Whirlpoolparty nehmen. Komm! Ich mach ein Foto von euch für Insta. Leon werden vor Eifersucht die Augen rausfallen, glaub mir.«

»Du klingst wie meine Mutter.«

»Oh. Hat sie auch *Never Forget This Heart* gelesen?«

»Nein. Frauenzeitschriften beim Friseur«, brumme ich und nehme einen weiteren großen Schluck von meinem Cocktail, bevor sie uns zusammendrückt, um ein Foto zu schießen. Ich lächle gequält. Rick spannt seine Muskeln an.

»Na los! Lade es hoch!«, quiekt Sarah.

»Ach nein. Das ist doch albern.«

»So funktioniert das eben. Komm, mach wenigstens eine Story. #girlsjustwannahavefun. Leon lädt auch schon den ganzen Abend welche hoch.«

Tut er das? Ich muss mich zusammenreißen, nicht sofort nachzusehen.

»Später, okay?«

Aber Sarah hat bereits den nächsten Plan und der ist viel schlimmer. »Rick! Ihr müsst unbedingt mit auf die Whirlpoolparty kommen. Das wird der absolute Wahnsinn!«

11

Whirlpoolparty wider Willen

Pepper knufft mich mit ihrem Ellbogen in die Seite und grinst, als hätte sie eine Glühbirne verschluckt. »Ich wusste gleich, dass Rick dein Typ ist.«

»Wir haben nichts gemeinsam«, widerspreche ich.

»Ach. Ihr findet bestimmt was.« Pepper winkt ab. »Immerhin studierst du Biologie und er … erforscht Feuchtgebiete.«

Ich verziehe das Gesicht, aber Pepper gibt nicht auf.

»Komm, Süße. Er wird dich etwas ablenken.«

»Die Fische hätten mich auch abgelenkt.«

»Die Fische haben keinen Bizeps.« Sie beugt sich vor. »Versuch es, Em! Er kann echt ganz süß sein. Vertrau mir.«

Ich drehe mich um und zeige auf Rick, der gerade sein Shirt hochzieht, um Sarah sein Sixpack zu zeigen. »Süß?«

Aber sie zuckt nur die Schultern. »Er ist eben Rick.«

Während sie jeden anderen Mann für diese Aktion verflucht hätte, nimmt sie ihn in Schutz. Das tut Pepper nie ohne Grund. Vielleicht gibt es noch eine Seite an ihm, die er versteckt. Verdammt gut versteckt.

Ich seufze. »Wir wollen noch etwas mit Sarah und den anderen unternehmen. Was ist mit dir? Bleibst du noch hier?«

»Anni und ich haben heute das erste Mal geredet. Sie hat gesagt, sie hätte mich schon öfter hier gesehen. Ich bin ihr aufgefallen, Em!« Sie quiekt vor Aufregung und ich weiß, sie quiekt nur, wenn sie jemanden wirklich gut findet.

»Das freut mich für dich. Wirklich.«

Pepper drückt mich zum Abschied. »Schieß den Leon endlich ab und hab einen schönen Abend mit Rick. Wir warten nicht auf Arschlöcher, okay?«

Kurz überlege ich ihr zu sagen, wohin wir gerade gehen wollen, aber in letzter Sekunde reiße ich mich zusammen und sage: »Das werde ich.«

Sie verdient es, einen schönen Abend zu haben ohne ein Emma-Disaster.

»Lieb dich!«

»Ich dich auch«, antworte ich und gehe zu Tür, wo Rick und eine kichernde Sarah auf mich warten.

»Rick hat mir seine Tattoos gezeigt.« Erst jetzt bemerke ich, dass ihre Wangen rot sind und ihre Augen besorgniserregend glänzen.

Rick schiebt auch für mich den Bund seiner Hose ein bisschen runter und enthüllt ein »Big Rick« mit einem Pfeil nach unten. Ich verdrehe die Augen. »Vergisst du deinen eigenen Namen so oft oder warum steht der auf deiner Haut?«

»Ich habe sogar eine Telefonnummer auf meinem Oberschenkel stehen«, sagt Rick grinsend, während wir den anderen zur Bushaltestelle folgen.

»Deine eigene?«

»Nicht mehr«, gesteht er. »Dummerweise hab ich den Anbieter gewechselt und jetzt gehört sie jemand anderem. Einem Hupert Schröder, der sich wundert, warum er so oft von tollen Frauen angerufen wird.«

»Wow. Was für eine Anekdote«, stöhne ich, während wir auf den Bus zulaufen, der bereits an der Haltestelle steht. Noah hat den Busfahrer bequatscht zu warten und bedeutet uns mit Armbewegungen, schneller zu laufen.

»Du hattest recht. Mit dem Glühwürmchen, meine ich, aber weißt du was? Es ist mir egal. Wenn du Leon zurückhast, werde ich mir Rick schnappen«, keucht Sarah außer Atem, während sie sich an Noah vorbeidrängt.

»Ich dachte, du suchst einen Albatros«, erinnere ich sie.

»Schon. Aber für zwischendurch darf es auch mal ein Glühwürmchen sein! Zumindest, wenn es so aussieht wie er.«

»Klar. Wer will heutzutage noch Charakter?«, mischt sich Noah ein, dessen Laune schlechter als sonst zu sein scheint.

»Sei kein Miesepeter. Ich mag es, wenn Männer Humor haben.«

»Ich bin auch lustig.«

»Seit wann?«

»Schon immer.« Er klingt ein bisschen verunsichert, als er sich zu mir beugt und flüstert: »Bin ich doch, oder?«

»Na ja … Du hast einen eigenen Humor«, versuche ich es diplomatisch, woraufhin er sich auf die Lippe beißt.

Sarah winkt Rick zu. »Willst du neben mir sitzen?«

»Tut mir leid. Ich bin mit Emma hier und ich bin nicht multitaskingfähig. Darum hatte ich auch noch nie einen Dreier. Ja, schockierendes Geständnis. Ich weiß.«

Zu ihrer Enttäuschung nimmt er meine Hand und zieht mich in eine freie Reihe.

»Was zahlt Pepper dir eigentlich dafür, dass du mich nicht aus den Augen lässt?«, stelle ich ihn zur Rede.

Er hebt die Hände. »Nichts. Sie hat bloß deutlich gemacht, dass sie mich auf qualvolle Weise tötet, falls du keinen schönen Abend haben solltest.«

Ich nicke. »Das klingt nach Pepper.«

»Aber abgesehen von den Morddrohungen genieße ich die Zeit mit dir.« Er zwinkert mir zu. Er zwinkert so oft, dass man meinen könnte, er hätte eine Augenentzündung. Eine sexy Augenentzündung, wenn so etwas möglich ist. »Natürlich würde ich es noch mehr genießen, wenn wir, du weißt schon …«

»Wir rummachen würden. Ich weiß«, knurre ich und bringe Abstand zwischen uns.

»Was ist zwischen dir und diesem Whirlpool-Leon überhaupt passiert?«

»Wir haben eine Beziehungspause«, erkläre ich und kaue auf meiner Unterlippe.

»Die Warmhalte-Taktik«, versteht Rick und lehnt sich vor. So nah, dass sein Atem eine Gänsehaut auf meinem Hals hinterlässt. »Dann ist es genau richtig, dass wir auf diese Party fahren. Du solltest ihm zeigen, dass du keine Frau bist, die sich auf die Reservebank verbannen lässt.«

»Sorg einfach dafür, dass ich diese Whirlpoolparty überlebe.«

»Keine Sorge. Das werde ich«, verspricht er und breitet die Arme aus. »Ich meine, sieh mich an. Niemand macht mir Konkurrenz.«

»Ich bewundere dein Selbstvertrauen.«

»Es ist wichtig, sich selbst zu lieben«, erklärt Rick ernst. »Darum sage ich voller Stolz: Ich bin der verdammte Jackpot.«

»Du klingst wie Narziss, der sich in sein eigenes Spiegelbild verliebt hat«, stöhne ich.

»Dieser Narziss klingt nach einem sympathischen Typ.«

»Er ist tot«, kläre ich auf. »War so selbstverliebt, dass er vor seinem Spiegelbild verhungert ist.«

»Oh.«

Das ist alles eine ganz dumme Idee, Emma. Du solltest einfach nach Hause gehen. »Leon wird wissen, dass ich nur da bin, um ihn eifersüchtig zu machen.«

»Natürlich.« Rick nickt. »Warum auch sonst? Wenn man verlassen wird, dann ist das immer ein Tritt in die Eier des eigenen Egos. Es gibt nur zwei Möglichkeiten. Entweder man versinkt in Selbstmitleid. Oder man steht auf und bricht Herzen.«

»Man könnte das Ganze auch einfach mit Würde und Fassung tragen. Immerhin sind wir alt genug, um …«

Rick wirft den Kopf in den Nacken und lacht schallend. »Niemand trägt eine Trennung mit Würde und Fassung, Emma. Wenn Gefühle im Spiel sind, drehen alle durch. Auf die eine oder andere Art und Weise.«

»Großartig.«

»Du wirst Spaß haben«, verspricht er mir. »Und zur Not zieh ich mein Shirt aus und strippe ein wenig im Whirlpool. Das funktioniert immer.«

Als wir die Party erreichen, ist sie bereits in vollem Gange. Die Terrasse ist von Lichterketten und Fackeln erleuchtet. Es riecht nach Kohle, Grill und einer Schwade Chlor, die von dem Whirlpool aufsteigt. In einer Ecke steht ein Pult, an dem ein Freund von Leon Musik auflegt, umschwärmt von einer Gruppe angeheiterter Partygäste, die tanzen.

Mein Herz schlägt mir bis zum Hals, als ich die Terrasse betrete. Alles hier kommt mir so vertraut vor und erinnert mich an die Momente, in denen wir Arm in Arm im Whirlpool gelegen und den Ausblick genossen haben.

Ich entdecke Leon, der freudestrahlend meine Kommilitonen begrüßt. Küsschen rechts. Küsschen links. Er liebt die Rolle des Gastgebers und er beherrscht sie verdammt gut.

Es war ein Fehler herzukommen.

Larissa kommt aus dem Haus und schleicht sich von hinten an ihn heran. Dann hält sie ihm lachend die Augen zu.

Ein großer Fehler!

»Lari?« Leon windet sich aus ihrem Griff, beugt sich vor und flüstert ihr etwas ins Ohr. Ganz sicher hat er nicht nur als zukünftige Psychologin Interesse an ihr. Es sei denn, dies ist eine völlig neue Form der Körpertherapie.

»Du siehst aus, als müsstest du heulen und explodieren. Zur selben Zeit«, flüstert Rick und legt seinen Arm um mich. Er hat recht. Meine Gefühle fahren Karussell. Ärger. Trauer. Enttäuschung. Zweifel. Alles dreht sich im Kreis und verschwimmt zu einer undefinierbaren Masse an Herzrasen und Übelkeit. Am liebsten würde ich auf dem Absatz kehrtmachen und verschwinden, aber Rick nimmt mich an den Schultern und dreht mich zu sich, damit ich die beiden nicht länger sehe. »Komm. Ich weiß, was hilft.«

»Wenn du jetzt Rummachen sagst, schlage ich zu.«

»Eigentlich meinte ich Essen.« Fürsorglich navigiert er mich zu dem Buffet und dann, nachdem ich meinen Teller gefüllt habe, zu einem Tisch in der Ecke. »Schlachten sollte man niemals mit leerem Magen schlagen.«

»Ich hätte nicht herkommen sollen«, flüstere ich und versuche, nicht zu Larissa und Leon zu gucken, die miteinander scherzen.

»Oh doch«, widerspricht Rick. »Du siehst verdammt heiß aus in diesem Kleid. Es wäre eine Schande, das nicht auszunutzen.«

»Aber ich will den beiden nicht beim Herumturteln zusehen.«

»Dann turtel einfach mit mir.« Er stützt sein Kinn in die Hände.

Ich stöhne und beiße demonstrativ von meinem Kräuterbaguette ab. »So ... Ich habe soeben Knoblauch gegessen und bin somit unküssbar.«

Aber Rick lässt sich nicht abschrecken. Stattdessen schnappt er sich den Rest Brot und isst ihn auf. »Wenn wir es beide essen, ist es nicht schlimm. Nur für die anderen.«

»Du bist echt unausstehlich.«

»Darum lieben mich alle.«

Während ich meine fettigen Finger an einer Serviette abwische, sehe ich, wie Larissa Leon erneut an sich zieht und ihm kichernd etwas ins Ohr flüstert.

»Bei denen läuft was«, stellt Rick fest.

»Das sehe ich auch«, murmele ich, während sich meine Eingeweide verkrampfen.

»Die Arme«, höre ich jemanden am Nachbartisch flüstern und zucke zusammen.

»Warum ist sie überhaupt hier?«

»Entschuldige mich.«

Ich stehe auf und stürme in Richtung Badezimmer, reiße die Tür auf und hechte hinein. Schwer atmend stütze ich mich auf das Waschbecken, drehe den Hahn auf und lasse mir kaltes Wasser über die Hände fließen, um mich zu beruhigen.

An den Wänden hängen Sprüche wie »Du lebst nur einmal« und »Du kannst alles erreichen, wenn du nur willst«.

Verdammt, Emma. Was machst du hier? Du solltest nicht hier sein!

Auf einmal macht mir die Vorstellung, wieder da rauszugehen, Angst. Ohne darüber nachzudenken, klettere ich in die Badewanne und ziehe den Vorhang zu. Es ist, als würde man die Welt für einen kleinen Moment ausschließen und in seiner eigenen Bubble schweben, seinem Keramikraumschiff. In dieser kleinen weißen Welt versuche ich, meine Gedanken zu sortieren, aber die Bilder von ihm und Larissa haben mich selbst hierhin verfolgt. Der Leon, den ich da draußen gesehen habe, ist nicht mein Leon, sondern der, der er vor uns war. Der Leon, der gerne Partys schmiss, flirtete und die Aufmerksamkeit genoss. Nicht der Leon, der sich für mich ändern wollte, mir Blumen geschenkt und mich auf spektakuläre Dates ausgeführt hat. »Ich will mein Glück in die ganze Welt hinausschreien. Alle sollen wissen, wie sehr ich dich liebe«, sagte er, als er mich überredet hat, bei Instagram aktiver zu werden.

Was ist mit meinem Leon passiert?

Neben mir entdecke ich sein vertrautes Shampoo. Das Shampoo, das er täglich benutzt und das ich mir hin und wieder geborgt habe, um den ganzen Tag nach ihm zu riechen. Wider besseres Wissen lasse ich den Deckel aufschnappen und schnuppere. Sofort steigen Erinnerungen in mir hoch, denn es ist der Geruch, an den ich mich die letzten Monate so gewöhnt habe. Den ich liebgewonnen habe. Den ich jeden Morgen aufs Neue in mir aufnehmen wollte.

Und jetzt?

Jetzt wird die süße Erinnerung zu einer bitteren.

Okay, Emma, du musst jetzt stark sein. Steh auf und misch dich wieder unter Leute, bevor jemand bemerkt, dass du dich hier versteckst. In Leons Badewanne. Und bei der nächsten Gelegenheit verschwindest du.

In dem Moment klopft es. »Emma?«

Mein Herz macht einen Satz und ich reiße den Vorhang beiseite. Mit einem Sprung bin ich bei der Tür und öffnete sie, so unschuldig wie nur möglich.

Vor mir steht Rick.

»Alles gut?«

»Klar.«

»Warum kuschelst du mit einer Shampooflasche?«

»Was? Oh. Verdammt!« Ich stelle sie ab, schiebe mich an Rick vorbei. »Lass uns gehen!«

»Jetzt schon? Ich wollte noch den Pool ausprobieren.«

»Herzukommen war eine blöde Idee.«

»Natürlich«, bestätigt Rick. »Ich liebe blöde Ideen. Ich dachte, das wäre dir klar.«

»Ems?«

Ich bleibe wie angewurzelt stehen, als ich meinen Namen höre und ein vertrauter Geruch heranweht. Dieses Mal aber nicht aus der Shampooflasche, sondern von der Person, die ich für immer mit dem Geruch verknüpft habe.

Leon trägt eine Badehose und ein weißes aufgeknöpftes Hemd, durch das man seinen trainierten Körper sehen kann. Er guckt mich mit seinen eisblauen Augen an, die nicht nur den Nordpol zum Schmelzen bringen, sondern meinen Verstand gleich mit, und für einen Moment ertrinke ich in dem vertrauten Blick.

»Was machst du denn hier?«

»Ich …« *Ich weiß es nicht …*

Rick gleitet an mir vorbei und streckt Leon die Hand entgegen.

»Hi. Ich bin Rick. Sehr erfreut.«

»Der neue Mitbewohner?«, hakt Leon nach, und auch wenn er lächelt, sehe ich die feine steile Falte, die zwischen seinen Augenbrauen entstanden ist.

»Nein. Emmas *Begleitung* für heute Abend«, korrigiert Rick und sorgt dafür, dass Leons Lächeln noch ein bisschen mehr gefriert. Sein Blick wandert fragend zu mir und ich gerate ins Stottern.

»Tut mir leid. Wir waren mit Sarah und Noah was trinken und dann …«

»Haben sie gefragt, ob wir nicht mitkommen wollen«, beendet Rick meinen Satz.

»Ah. Okay.« Leon nickt. »Klar. Kein Problem.«

In diesem Moment taucht Larissa hinter ihm auf und sorgt jäh dafür, dass sich meine Gefühle wieder im freien Fall befinden.

»Hi«, sagt sie und reicht mir die Hand. »Ella, oder?«

»Emma«, korrigiere ich sie, auch wenn ich wette, dass sie genau weiß, wie ich heiße.

»Leon hat mir von dir erzählt.« Wie selbstverständlich legt sie einen Arm um ihm. »Cool, dass ihr auch hier seid.«

Subtext: Warum zum Teufel seid ihr hier?

»Ja, cool«, bestätigt Leon.

Wow, wir sind echt alle so cool miteinander, dass wir zusammen der Klimaerwärmung entgegenwirken könnten.

Leon räuspert sich, aber ihm fällt nichts ein, um die unangenehme Stille, die nun folgt, aufzulösen.

»Wir wollten gerade in den Pool«, erklärt Larissa schließlich und wendet sich an uns. »Wollt ihr mit?«

»Whirlpools sind wahre Brutstätten für Keime. In der Wärme können sich Bakterien rasend schnell vermehren«, kläre ich sie auf. Als ich ihren verwirrten Blick sehe, ergänze ich schnell: »Sorry. Nein. Keine Badesachen.«

»Nicht, dass das ein Problem wäre«, ergänzt Rick leichthin und lässt seine Hüften kreisen. »Ich bade gerne nackt.«

»Wir wollten eigentlich gerade gehen«, mische ich mich schnell ein.

»Was? Wieso das denn?«

Weil ich nie hätte herkommen sollen!

»Ihr solltet noch etwas bleiben. Gönnt euch was von meiner bescheidenen Bar«, beharrt Leon, wohl wissend, dass nichts in seinem Apartment bescheiden ist.

Rick ist natürlich sofort Feuer und Flamme. »Oh, soll ich dir einen Cocktail machen? Darin bin ich wirklich gut.«

»Ich …«

»Komm schon, Ems«, fleht Leon, so als wäre es nicht total seltsam, dass ich hier bin. Ausgerechnet seine Ex! Bin ich das denn? Seine Ex? Oder doch eher die Freundin auf dem Abstellgleis. Wer bitte schön macht so etwas verwirrend Unkonkretes wie Beziehungspausen?

»Okay …«

»Großartig.« Rick klatscht in die Hände und eilt von dannen, um seine Cocktailkünste unter Beweis zu stellen.

»Wie schön, dass wir dich überzeugen konnten.«

»Klar.«

Will er wirklich, dass ich hierbleibe?

Leon schenkt mir ein breites Strahlen und für einen Moment habe ich das Gefühl, dass alles so sein könnte wie früher. Dass er mich an der Hand nimmt und zu den Lichterketten führt, wo wir die letzten Tage vergessen und uns küssen. Aber dann räuspert sich Larissa und jäh holt mich die Realität ein.

»Wollten wir nicht in den Whirlpool?«

»Oh ja. Ich komme. Es macht dir doch nichts aus, oder, Ems?«

»Mach ruhig.« *Ich würde dich nur zu gerne darin ertränken!*

Er lächelt entschuldigend und dackelt davon, während ich mich zu Sarah und Noah geselle.

Irgendwie hab ich das Gefühl, dass ich die Entscheidung hierzubleiben noch bereuen werde.

12

Let it go

Von unserem Tisch aus haben wir einen guten Blick auf den Whirlpool, in dem Leon, Larissa, Alex und ein paar andere Leute sitzen. Leon wirkt unkonzentriert, obwohl Larissa sich wirklich Mühe gibt, seine Aufmerksamkeit zu bekommen. Immer wieder huscht sein Blick zu uns herüber und ich erwische ihn dabei, wie er mich ansieht.

»Ich wusste, er kann heute nicht die Augen von dir lassen«, säuselt mir Rick ins Ohr und rückt vertraut näher an mich heran.

Ja. Ich spüre förmlich, wie sich Leons Blick in mich hineinbrennt, aber immer, wenn ich nachsehe, wendet er schnell den Kopf ab.

»Rick. Du bist doch ein Mann.«

»Offensichtlich.«

»Meine Mutter behauptet, dass es Männer besonders anspornt, wenn eine Frau schwer zu bekommen ist. Stimmt das?«

»Nun, es gibt Männer, die stehen auf so etwas, aber glaub

mir, wenn ich dir sage, das sind oft keine Männer fürs Leben, sondern welche mit einem sehr kleinen Ego.«

»Ich glaube nämlich, dass es bei Leon wirklich funktioniert. Seitdem er uns beide gesehen hat, benimmt er sich seltsam.«

»Und was sagt dir das über ihn?«

»Na, dass Leon noch Gefühle für sie hat«, mischt sich Sarah ein und hebt begeistert ihren Cocktail in die Höhe. »Ich wusste, unser Plan geht auf.«

»Euer Plan?«, fragt Noah skeptisch und Sarah klärt ihn auf.

»Das ist doch Unsinn«, murmelt der. »Emma, du willst den Kerl doch nicht wirklich zurückhaben?«

»Warum denn nicht?«

»Weil er sich nicht ändern wird. Er war schon in der Schule so.«

»So beliebt?«, hakt Sarah nach.

»So umtriebig«, korrigiert Noah. »Er blüht nur dann auf, wenn alle Aufmerksamkeit auf ihm liegt. Du hast das echt nicht nötig.«

»Wow. Du kannst ihn echt nicht ausstehen«, sagt Sarah.

»Stimmt.«

»Oder bist du neidisch?«

Noah sieht sie sprachlos an. »Neidisch? Worauf denn bitte?«

»Na. Das alles hier.« Sarah kichert, aber Noah scheint das nicht sehr witzig zu finden.

»Du spinnst.«

»Ich glaube, du bist es. Weil er sich all das leisten kann.«

»Du hast zu viel getrunken.«

Eine angespannte Stille legt sich zwischen die beiden.

»Lassen wir die ernsten Themen und haben Spaß«, versucht Rick, die Stimmung wieder anzuheben. »Kommt, Leute!«

Zur Antwort kippe ich einen weiteren Kurzen herunter und verkünde: »Ich muss mal.«

»Ich komm mit«, sagt Sarah und steht geräuschvoll auf. Als

wir außer Hörweite sind, flüstert sie: »Er ist wirklich nur neidisch.«

»Ach, das glaub ich nicht.«

»Warum ist der Miesepeter dann hier, wenn er Leon nicht ausstehen kann?«

Wahrscheinlich wegen dir, wäre die Antwort, die für mich so offensichtlich erscheint.

»Er tut so, als wäre er unser Aufpasser. Ich kann das nicht ausstehen.« Sie hakt sich bei mir ein, während wir den Whirlpool passieren. Erneut kann ich spüren, wie Leons Blick uns folgt. »Aber Rick hat recht. Wir sollten Spaß haben und den Abend genießen.«

Als wir von der Toilette zurückkommen, stellt sich uns plötzlich jemand in den Weg.

Es ist Leon.

Ich sehe, dass ihm etwas auf dem Herzen brennt, aber er war nie gut darin, Dinge anzusprechen. Eher auszusitzen. Zu ignorieren. In der Hoffnung, dass sie sich irgendwann in Luft auflösen.

»Emma? Können wir reden?« Seine Stimme ist rau und belegt. Wahrscheinlich hat auch er sich etwas Mut angetrunken.

»Okay.«

»Ich lass euch mal lieber allein, ihr Süßen. Nehmt euch Zeit.« Sarah wirft mir noch einen vielsagenden Blick zu, bevor sie weitertänzelt.

»Sie glaubt, wir sind wie das Paar in *Love Me a Hundred Times*«, erkläre ich Leon.

»Fängt Clark nicht was mit Anabellas Mutter an?«

»Ja, auch wenn er zu dem Zeitpunkt nicht weiß, dass es ihre Mutter ist.«

»Du hast das Buch gelesen?«

Ich beuge mich vor und flüstere vertraulich: »Nur die Zusammenfassung bei Wikipedia. Was ist mit dir?«

Leon verzieht das Gesicht. »Alex und ich haben uns die Verfilmung angesehen und jedes Mal, wenn Anabella Clarks Namen stöhnt, einen Kurzen getrunken …«

Ich muss lachen. Durch den Alkohol fühle ich mich leichter, beinahe losgelöst und ich hätte Lust, Leon an den Händen zu nehmen und ihn zur Tanzfläche zu ziehen.

»Ems … Es tut mir leid«, bricht es aus ihm heraus.

»Was? Hattest du etwa was mit meiner Mutter?«

»Himmel. Nein.«

»Was ist es dann?«

Er ringt mit den Worten. »Das mit der Pause war eine dumme Idee.«

»Ja«, stimme ich zu. Die Leichtigkeit verschwindet jäh und ich habe das Gefühl, dass sich mein Magen um sich selbst dreht. »Aber warum wolltest du sie dann? An einem Tag wollen wir zusammenziehen. Am nächsten brauchst du Bedenkzeit. Ich verstehe es einfach nicht …«

»Ich … Ich hoffe, du weißt, dass du wirklich etwas Besonderes bist.«

Da ist es wieder. Das legendäre »besonders«.

»Besonders?«, hake ich nach.

»Ja. Als du heute mit diesem Rick aufgetaucht bist, ist es mir erst richtig klar geworden wie besonders.«

»Rick meint, das hat mit dem Ego zu tun«, erkläre ich. Alkohol führt nicht nur dazu, dass meine Gefühle Achterbahn fahren, sondern auch, dass ich alles ausspreche, was mir in den Sinn kommt.

»Was?«

»Ach, nichts. Tut mir leid. Ich wollte dich nicht unterbrechen.«

»Hey Leon! Hey Cinderemma!« Eine Gruppe von Studentinnen quetscht sich kichernd an uns vorbei. In dem Versuch, Platz zu machen, werden wir aneinandergedrückt. Ganz nah. Ich spüre Leons warmen, vertrauten Körper auf meinem, höre seinen Herzschlag und halte den Atem an.

Ich kann die Blicke der anderen Gäste förmlich spüren und bin sicher, dass sie uns genau beobachten. So war es schon, als wir noch zusammen waren, aber heute sind wir die Attraktion des Abends.

»Pepper hat recht. Menschen lieben Drama.« Vorsichtig löse ich mich wieder von ihm, aber er hält mich fest.

»Warte«, haucht er in mein Ohr.

»Worauf?«

Sein Gesicht ist so nahe vor meinem, dass sich unsere Nasenspitzen fast berühren.

Ein Kichern unterbricht uns. »Ihr seid so süß«, verkündet eine der Frauen und mustert uns neugierig. »Also, gebt euch endlich einen Ruck und kommt wieder zusammen. Ja?«

Ich laufe rot an, aber unser Fan ist noch nicht fertig. »Meine Freundin ist total in euch verschossen. Sie stalkt euch täglich auf Insta. #Cinderemmaeverafter!«

Mit diesen Worten verschwindet sie und Leon zieht mich den Flur entlang, die Treppe hinauf. Unsere Flucht bleibt nicht unbemerkt. Ich sehe, wie Gäste ihre Köpfe aus der Küche stecken und wieder anfangen zu flüstern.

»Ich weiß nicht, ob es süß oder verrückt ist, aber solche Nachrichten bekomme ich seit unserer Pause täglich«, berichtet Leon, während er mich in sein Schlafzimmer schiebt und die Tür zuzieht. Die Partygeräusche dringen nur noch gedämpft herein und wir haben für einen Moment Ruhe. »Selbst die Dame in der Cafeteria hat sich nach dir erkundigt.«

»Die Nette, die uns immer Extrakekse schenkt?«

»Sie ist nicht länger nett. Heute gab es für mich keinen Keks … Und ich denke, sie haben recht. Wir zwei, Emma, wir sind wie füreinander gemacht. Absolut perfekt.«

»Perfekt wie unser Instagramfeed«, murmele ich und plötzlich schießt mir ein anderer Gedanke durch den Kopf. »Vielleicht ist das das Problem. Wir haben viel zu viel Zeit damit verbracht, perfekt zu wirken, aber niemand ist immer perfekt.«

»Wir waren nahe dran, oder nicht? Ich will das nicht verlieren. Als ich dich heute mit Rick gesehen habe, wurde mir das so klar wie noch nie.«

Ich lasse mich auf sein Bett fallen und er setzt sich neben mich. So nah, dass sich unsere Knie berühren.

»Ems, ich habe einen großen Fehler gemacht.« Er nimmt mein Kinn in seine Hand und dreht mein Gesicht zu sich hin.

»Fehler?«

Bevor wir weiterreden können, klopft es energisch an der Tür.

»Ich hab gesehen, wie du da reingegangen bist, Casanova!«, bellt Alex, der selbsternannte Anstandswauwau.

»Hör auf zu lauschen, Alex. Emma und ich haben was zu bereden.«

»Lari wartet auf dich«, sagt sein Freund, und die Art, wie er den Namen seiner Schwester betont, lässt keinen Zweifel daran, dass er Leon am liebsten persönlich aus dem Zimmer schleifen würde. »Also lass dir nicht zu lange Zeit, sonst … Du weißt schon!«

»Ja ja.«

»Ich meine es ernst, Leon!«

»Verschwinde!«

Ich sehe ihn verwirrt an und mein Magen vollführt eine weitere Drehung. »Was meint er?«

Leon wartet, bis Alex' wütende Schritte verklungen und wir wieder allein sind, dann nimmt er meine Hand.

»Lari und ich … Wir …« Er ringt mit den Worten, darauf bedacht, nichts Falsches zu sagen, aber trotzdem spüre ich, wie sich eine Schlinge um meinen Hals legt. »Ich glaube, sie …«

»Ich … ich habe es gesehen. Ihr seid jetzt zusammen«, flüstere ich erstickt, aber Leon hält mich fest.

»Warte, Ems«, sagt er. »Sie erhofft sich mehr, aber ich … Ich habe nicht die Gefühle für sie, die sie sich wünscht. Es ist kompliziert, immerhin ist sie Alex' Schwester und ich will sie nicht vor den Kopf stoßen.«

»Das ist alles?«

»Das ist alles.« Er zieht mich näher an sich heran. »Ich bin mir sicher, dass ich nur dich will.«

»Warum dann die Pause?«

»Ich denke, ich hab einfach Panik bekommen. Weil wir so perfekt sind. So besonders. Wenn wir zusammengezogen wären, hätte sich alles verändert, verstehst du?« Sein heißer Atem kitzelt meine Wange.

»Aber zu einer Beziehung gehört mehr als nur Höhen. Man muss auch ehrlich miteinander sein und über unangenehme Dinge reden können«, flüstere ich und weiche zurück, aber er fängt mich wieder ein und zieht mich erneut an seine feste Brust.

»Nicht heute Abend«, haucht Leon. »Ich will dich.«

»Ich will dich auch«, gestehe ich. »Aber nicht, bevor wir nicht ein paar Dinge geklärt haben.«

»Jetzt?«

»Ja, Leon.« Es kostet mich viel Kraft, gegen seine Anziehung, die mich wie ein Magnet in seine Arme zieht, anzukämpfen. Und während ich versuche, meine Fragen zu sortieren, singt der Alkohol in meinem Kopf: »Let it go«.

»Können wir nicht *danach* reden?« Nur wenige Millimeter trennen seine Lippen von meinen. Sein Atem hinterlässt ein Kribbeln, das in meine Haut sinkt und knisternd die Nervenbahnen entlangjagt. Er streicht mir eine Haarsträhne hinters Ohr und kommt noch näher. Ich will die Augen schließen und loslassen. »Du bist so sexy in diesem Kleid, weißt du das?«

Seine Hände vergraben sich in meinen Haaren und mein Herz schlägt noch schneller. Wir sind uns so nahe, dass ich auch seins spüren kann. »Wusstest du, dass sich der Herzschlag von Paaren irgendwann synchronisiert und ihre Herzen wirklich im Einklang schlagen?«

»Nein.« Er sieht mich verwirrt an.

»Ich glaub, deins schlägt schneller, aber um das genau beurteilen zu können, müsste ich …«

»Emma«, unterbricht er mich und legt seinen Zeigefinger auf meine Lippen, um mich zum Schweigen zu bringen.

»Warte!« Ich sehne mich nach seinen Lippen, aber … »Ich liebe Fun Facts. Außerdem spreche ich mit Pflanzen.«

»Was?«

»Wir haben uns in den letzten Monaten nur mit Filter gesehen. Wenn wir es wirklich noch mal miteinander versuchen, dann sollst du dieses Mal die echte Emma kennenlernen.«

Auch wenn ich mir einreden wollte, dass unsere Beziehung traumhaft war, habe ich tief in mir drinnen gespürt, dass er seine Maske nie ganz hat fallen lassen. Und ich auch nicht.

»Die echte Emma?«

»Ja. Ungefiltert und unzensiert. Und ich will den echten Leon.«

In diesem Moment ertönt hinter uns ein überraschter Schrei. Als wir zum Fenster rennen, sehe ich gerade noch, wie Rick splitterfasernackt in den Whirlpool springt.

13

Statusbericht und Standpauke

»Ja, ich will die echte Emma kennenlernen.«

Das hat Leon gesagt, kurz bevor er mich auf der Schaukelbank sitzen ließ, um uns »ganz schnell« etwas Wein zu holen. Das ist nun zwanzig Minuten her. Da ich genug davon habe, Rick und seine Schar an neuen Fans im Whirlpool zu beobachten, ziehe ich mein Handy aus der Handtasche.

PEPPER: Statusbericht, Agentin E?

Peppers Nachricht blinkt penetrant auf der oberen Hälfte des Bildschirms auf. Es ist mittlerweile die fünfte und ich komme nicht länger drum herum, ihr zu antworten.

EMMA: Alles super.

PEPPER: Das freut mich. Wo seid ihr? Was macht ihr?

Das wird ihr nicht gefallen …

EMMA: Leons Whirlpoolparty.

PEPPER: WAS?

EMMA: Keine Sorge. Dein Lockvogel sitzt nackt im Whirlpool und ich habe mit Leon gequatscht und einige wichtige Dinge für die Zukunft erkannt. Du siehst, alles ist okay. Wir haben Spaß.

PEPPER: Ich hol euch ab.

Kein Emoji. Das heißt, dass sie sauer ist. Ich verziehe das Gesicht und sinke auf die Schaukelbank, die auf der Terrasse hängt, mit einem herrlichen Ausblick auf den Park nebenan. Leon ist immer noch nicht zurückgekehrt. Also lehne ich mich an, während ich mit meinen Füßen die Schaukel zum Wippen bringe. Weitere zwanzig Minuten verstreichen und Leon taucht nicht wieder auf.

Dafür erscheint Pepper.

Wie eine strenge Mutter, die ihre Kinder von einer eskalierten Party abholt und dabei nicht scheut, sie in Grund und Boden zu blamieren, marschiert sie zuerst auf Rick zu und zitiert ihn vor seinen Badepartnerinnen aus dem Whirlpool. Dann wendet sie sich mir zu.

»Emma. Wir gehen!«

»Ich … Ich warte auf Leon. Er wollte nur kurz …«

»Emma! Bist du betrunken?«

»Nur ein bisschen, aber …«

»Komm mit.« Ihr Blick sorgt dafür, dass ich aufspringe. Nachdem ich mich ein letztes Mal umgesehen habe, folge ich ihr.

Rick ist mit nicht mehr als einem Handtuch bekleidet und lässt jeden, der es sehen will, noch einmal voll auf seine Kosten kommen, indem er hinter Peppers Rücken wie eine griechische Marmorstatue posiert.

»Mach das noch einmal, dann erwürge ich dich«, knurrt Pepper, ohne sich umzudrehen.

»Sorry, Chefin.«

Schweigend klettern wir auf die Rückbank des Taxis, während Pepper vorne neben dem Fahrer Platz nimmt.

»Ich nehme nur bekleidete Gäste mit«, bemerkt der.

»Sie sollten sich freuen. Woanders muss man für so einen Anblick viel Geld bezahlen«, seufzt Rick und lässt sein Handtuch fallen.

»Rick«, knurrt Pepper drohend.

»Schon gut. Ich mach mich wieder jugendfrei.« Er durchsucht den zusammengeknüllten Stapel an Klamotten und zieht sich wieder an. Allerdings nicht ohne eine weitere Show.

»Bewunderst du meine Tattoos?«, säuselt er, als er bemerkt, dass ich ihn anstarre.

»RICK!«

»Schon gut.« Brummend steigt er ins Auto.

Für einen Moment ist es still. Beunruhigend still. Wie die Ruhe vor dem Sturm, der unweigerlich kommen wird. Besorgt schiele ich zu Rick hinüber, der meinen Blick erwidert.

Dann geht es los.

Pepper holt tief Luft und dreht sich um. »Leons Whirlpoolparty? Im Ernst? Kann man euch keine Minute alleine lassen?«

»Tut mir leid, Chefin, aber ...« Er wird jäh mit einer Geste zum Schweigen gebracht.

»Du hattest nur eine Aufgabe. Eine! Auf Emma aufpassen. Und was machst du? Führst sie in die Höhle des Löwen. Obwohl ich dir hundertmal gesagt habe, dass ihr Gehirn in seiner Nähe den Geist aufgibt.«

»Tut es nicht«, protestiere ich. »Wir hatten ein wirklich gutes Gespräch und ...«

»Für euch zwei habe ich die Möglicherweise-Frau-meines-Leben sitzen lassen. Ist euch das klar?«

»Bin ich jetzt gefeuert?«, fragt Rick besorgt.

»Ich werde euch jetzt nach Hause fahren bzw. mein Lieblingstaxifahrer Manni hier wird euch freundlicherweise fahren, weil ich zu viel getrunken habe. Leider nicht genug, um mir diese Situation schönzutrinken.«

»Da können wir Abhilfe schaffen. Wir ...« Ehe Rick weitersprechen kann, werfe ich ihm einen warnenden Blick zu. »Oder wir tun, was du sagt, und fahren nach Hause, Chefin!«

Das Taxi setzt sich in Bewegung.

Als ich sicher bin, dass Pepper nicht guckt, ziehe ich vorsichtig mein Handy aus der Handtasche.

Keine neue Nachricht von Leon, dafür gefühlt zwanzig von Sarah, die wissen möchte, »was da zwischen uns gelaufen ist« und »ob unser genialer Plan funktioniert hat«. Außerdem möchte sie wissen, »wo der heiße Grayson aus *Hotter Than Ever* abgeblieben ist«.

Enttäuscht lasse ich das Handy wieder verschwinden. Für einen Moment hatte ich zu hoffen gewagt, dass wir einen Neustart hinbekommen. Dass auch er sich öffnen würde und uns vielleicht doch ein Happy End bestimmt ist. Und dann? Dann hab ich auf der Schaukelbank darauf gewartet, dass er mit Wein zurückkommt, aber er kam nicht ... Vielleicht hätte ich das mit den Pflanzen nicht sagen sollen.

»Das ist die falsche Richtung, Chefin«, bemerkt Rick.

»Manni wird uns zuerst zu McDonald's fahren«, brummt Pepper. »Ihr zwei werdet Manni und mir einen Milchshake ausgeben. Das haben wir uns verdient. Oder, Manni?«

14

Happy Ends

Am nächsten Tag holt mich mein Vater nach der Vorlesung ab. In seinem VW-Bus befindet sich mein auseinandergebautes Bett und weitere Umzugskisten, die wir in meine neue Wohnung bringen wollen.

»Und? Wie geht es dir?«, fragt er lächelnd, während ich auf den Beifahrersitz klettere.

»Gut«, flunkere ich. Ich habe den ganzen Tag noch keine Nachricht von Leon erhalten, was mich an meinem Urteilsvermögen vom Vorabend zweifeln lässt. Aber auch keine von Pepper und das ist noch schlimmer. Immerhin schickt sie mir sonst regelmäßig Sprachnachrichten, so fühle ich mich ihr, auch wenn wir uns nicht sehen, ganz nah. Und wir haben uns immer etwas zu erzählen, auch wenn wir uns nur über Menschen im Straßenverkehr aufregen.

Ob sie sauer ist?

»Nächste Woche beginnt dein Praktikum«, sagt mein Vater und reißt mich aus meinen Gedanken. »Bist du schon aufgeregt?«

»Mhm.« Allein bei dem Gedanken sinkt mir das Herz in die Hose. Bisher haben mich das Drama mit Leon und der Umzug erfolgreich davon abgelenkt, aber jetzt, wo mein Vater es anspricht, kommt die Aufregung zurück. Genauso wie die Zweifel.

»Dann lernst du meine Arbeit kennen.«

»Yay! Ich werde Scheiße mikroskopieren.«

Mein Vater nickt und hebt den Zeigefinger. »Zum Wohle der Menschheit.«

Sein ehemaliges Labor untersucht Stuhlproben von Patienten, um Zusammenhänge von Darmbakterien und Erkrankungen festzustellen. Eigentlich eine coole Sache und mir fallen jede Menge lustige Fun Facts zum Thema Darm und Ausscheidungen ein, aber so richtig euphorisch bin ich bei dem Gedanken noch nicht. »Papa, du hast deine Arbeit doch geliebt, oder?«

Er nickt.

»Warum hast du dann aufgehört?«

»Ich hatte durchaus Erfolge, habe Paper rausgebracht, Konferenzen besucht, aber … Dort weiterzumachen hätte Nachtschichten bedeutet. Arbeit am Wochenende. Sogar einen Umzug ins Ausland. Irgendwann kam ich an den Punkt, wo ich mich entscheiden musste, was ich will, und ich habe meine Familie gewählt.«

»Aber du sagst immer, das hätte dein Lebenswerk werden können. Dass du davon geträumt hast, ein Kühn'sches Darmbakterium zu entdecken.«

Sein lautes Lachen erfüllt das Auto. »Du bist mein Lebenswerk, Hase. Meine beste Entdeckung.«

»Hast du es je bereut?«

»Keine Sekunde«, schießt es aus ihm heraus. »Als Lehrer zu arbeiten hat mir regelmäßigere Arbeitszeiten ermöglicht, und auch, wenn ich meinen Job als Wissenschaftler geliebt habe, wollte ich vor allem Zeit für meine Familie haben. Für mich war es die beste Entscheidung, die ich hätte treffen können.«

»Du hast dein Happy End gefunden.«

Er nickt.

»Woher wusstest du es? Dass Mama die Richtige ist?«

»Sie hat mir nie einen Grund gegeben, etwas anderes zu denken. Wir hatten ähnliche Vorstellungen vom Leben, konnten stundenlang miteinander reden und noch mehr miteinander lachen. Ich hatte das Gefühl, einen besten Freund gefunden zu haben und gleichzeitig eine Gefährtin, die alles besser machte.«

Bei ihnen klingt es so leicht. Genau wie in romantischen Filmen und Büchern, wo der Richtige plötzlich vor einem steht und man instinktiv spürt, dass man seinen Seelenverwandten gefunden hat. Und heute? Schlägt einem eine App Traumprinzen vor, die sich nur eine Art von Happy End wünschen.

Ein unverbindliches.

»Gab es nie … Zweifel?«, frage ich nach.

»Nun. Meine Eltern waren von Charlotte nicht sehr angetan. Sie hätten sich jemand anderen gewünscht, aber weißt du … Niemand kann so eine Entscheidung für dich treffen. In der Liebe ist man seines eigenen Glücks Schmied.«

In dem Moment vibriert mein Handy und mein Herz macht einen Sprung. Ich ziehe es aus der Tasche. Im ersten Moment bin ich enttäuscht, als ich sehe, dass die Nachricht nicht von Leon ist. Im zweiten unsagbar erleichtert. Denn sie ist von Pepper.

PEPPER: Wie geht es dir?

EMMA: Okay. Und dir?

PEPPER: Tut mir leid, dass ich gestern so eine Furie war. Ich wollte dich nicht blamieren oder bevormunden, nur beschützen. Hoffentlich bist du nicht sauer. Hab dich lieb!

EMMA: Ich könnte nie sauer auf eine Pepperline Salt sein. Außerdem hattest du ja recht. Es war eine dumme Idee, auf diese Party zu gehen.

PEPPER: Wenn du Aufmunterung brauchst, fliege ich nach der Arbeit mit Eiscreme vorbei.

EMMA: Alles gut. Papa ist da und wir wollen nachher noch Pizza bestellen.

PEPPER: Grüß ihn ganz lieb!

Erleichtert lehne ich mich zurück, ein breites Grinsen auf dem Gesicht. Auch wenn ich in meinem Leben nie das Glück haben sollte, die eine große Liebe zu treffen, habe ich doch schon verdammtes Glück, eine Freundin wie Pepper gefunden zu haben.

15

Das achte Weltwunder

Als mein Vater und ich die ersten Kisten in den obersten Stock geschleppt haben, schließe ich auf. Dirk ist nicht da. Oder er hat sich in seinem Zimmer verbarrikadiert, was mich nicht wundern würde, da er fest entschlossen scheint, mir aus dem Weg zu gehen.

Nach und nach laden wir alle Kisten aus. Zuletzt kommt eine große Werkzeugkiste, die mein Vater schwungvoll in meinem Zimmer öffnet. Dann bleibt er mit gerunzelter Stirn sitzen.

»Du hast keine Ahnung, wie wir das Bett wieder zusammenbauen, oder?«, stelle ich fest.

»Na ja. Das Abbauen war einfacher«, gesteht er. »Vielleicht kann Pepper helfen.«

»Ja, aber sie arbeitet.«

»Uh! Ein neuer Fall?« Mein Vater liebt es, Peppers Geschichten zu hören, und findet sie besser als jede Soap im Fernsehen.

»Irgendwas mit einer Schönheitschirurgin … Was ist mit Mama?«

»Auf keinen Fall. Wenn ich sie deswegen aus ihrem Yogakurs

klingele, bin ich einen Kopf kürzer.« Er räuspert sich. »Wir sind erwachsene Menschen. Wir kriegen das hin.«

Natürlich kriegen wir es nicht hin.

Nach einer Stunde gibt mein Vater auf und ruft meine Mutter per Facetime an. Sie trägt ein pinkes Sweatband um den Kopf. Offensichtlich ist sie mitten im Seminar, denn im Hintergrund erkenne ich mein umgestaltetes Zimmer, das nun mit bunten Matten gepflastert ist.

»Stören wir, Charlotte?«, fragt mein Vater.

»Gar nicht.« Sie dreht sich demonstrativ um und verkündet den anderen Teilnehmern: »Ich muss leider Pause machen. Das hier ist sehr, sehr wichtig. Ein familiärer Notfall.«

»So schlimm ist es ni…«, unterbricht sie mein Vater.

»Psssssst!« Sie stürmt aus dem Zimmer. Kaum ist die Tür hinter ihr zugezogen, fährt sie mit gedämpfter Stimme fort: »Wir trinken seit zwei Stunden Entschlackungs-Tee, um unseren Körper zu reinigen, und lauschen Walklängen, während wir uns verrenken. Ich spüre meine Beine nicht mehr, muss jede zehn Minuten aufs Klo und habe eine Zerrung im Hintern.« Sie lehnt sich seufzend an die Wand. »Also, was gibt's?«

»Ach. Nichts Besonderes, aber deine Tochter hat dich vermisst und wir dachten …«

»Jetzt sag nicht, du bekommst das Bett nicht aufgebaut. Bernhard. Ich habe dir doch gestern YouTube-Videos mit Anleitungen geschickt, wie man so etwas macht.«

»Aber ich hab keine Ahnung, welches Brett wohin muss und wie rum.«

»Das ist ein Bett und nicht das achte Weltwunder. Baue es so auf, dass es wie ein Bett aussieht. Himmelherrgott! Das kann doch nicht so schwer sein.«

Sie nimmt die Treppe hinunter in die Küche. Sekunden später hören wir ein verräterisches Knistern und meine Mutter beißt in einen Schokoladenriegel.

»Oh mein Gott. Du bist meine Rettung, Mister Snickers«, säuselt sie mit vollem Mund. »Bernhard, das nächste Mal, wenn ich mich zu einem Yogaseminar anmelden will, halte mich auf. Okay?«

Mein Vater nickt ergeben.

»Ich fasse es nicht, dass ich für diese Folter auch noch Geld bezahle.«

»Ich habe dir gleich gesagt, dass …«

»Das nächste Mal sage es lauter, Bernhard! Gut. Ich helfe euch. Immerhin hab ich dann eine Ausrede, nicht zurückzumüssen. Zeigt mal her.«

Eine Stunde später haben wir es tatsächlich geschafft und bestellen uns zur Belohnung Pizza. Mein Magen knurrt, als ich dem Pizzaboten die duftenden Pappkartons abnehme und in die Küche trage.

Während mein Vater Teller aus dem Schrank nimmt, schnappe ich mir ein Stück. Ich kann keine Sekunde länger warten und beiße direkt hinein.

Mein Vater hingegen besitzt die Geduld, sein Stück zuerst mit Messer und Gabel zu zerschneiden. So als würde er in einem Restaurant sitzen. Er hat sich sogar ein Stück Küchenpapier in den Ausschnitt seines T-Shirts gesteckt.

»Und wie läuft es sonst so bei dir? Irgendetwas … Aufregendes passiert?« Die Art, wie er es fragt, macht mich misstrauisch.

»Du weißt von gestern?«

»Na ja.« Mein Vater ist der schlechteste Lügner auf der Welt. Er kann nicht mal Geburtstagsgeschenke für sich behalten. »Pepper hat etwas angedeutet.«

»Was hat sie angedeutet?«

»Dass du mit Leon gesprochen hast. Was ich gut finde. Offen miteinander reden ist, du weißt schon, immer gut.«

»Ja. Eigentlich war es ein gutes Gespräch. Dachte ich …«

»Und dann?«

»Hat er mich sitzen lassen.«

»Oh.«

»Ich versteh ihn einfach nicht. Manchmal ist es, als gebe es mehrere Versionen von ihm. Den Leon, der er mir gegenüber ist, und den Leon, den er dem Rest der Welt präsentiert.«

»Vielleicht weiß Leon selbst noch nicht, wer er sein möchte. Soll ich dir etwas verraten?«

»Kommt jetzt ein weiser Vater-Rat?«

»So etwas in der Art.« Mein Vater lächelt mild. »Man kann andere Menschen nicht ändern. Das können nur sie selbst. Also sollte man nicht allzu viel seiner eigenen Zeit damit verbringen, jemanden zu ändern, der noch nicht bereit dazu ist. In dem Falle ist es meistens das Beste, einfach loszulassen.«

»Das ist schwer.«

»Das glaube ich dir. Du weißt, ich mochte Leon. Sehr sogar. Aber wenn es um dich geht, versteh ich keinen Spaß.«

Ich spüre, wie mir das Schlucken schwererfällt und meine Augen mit einem Male feucht werden. Sofort springt mein Vater auf, um mich in den Arm zu nehmen. Als er sich wieder von mir löst, kullern ihm Tränen über die Wange und allein der Anblick sorgt dafür, dass nun auch meine fließen.

»Nicht weinen, Papa«, schluchze ich.

»Tue ich nicht. Hab nur auf eine scharfe Peperoni gebissen«, murmelt er wenig überzeugend.

»Du hast gar keine Peperoni drauf.«

Er räuspert sich. »Ich will, dass du weißt, dass Mama und ich verdammt stolz auf dich sind. Immer.«

»Danke, Papa.«

»Du hast eine schwere Zeit und trotzdem fasst du den Mut,

neue Wege zu beschreiten. Bist du sicher, dass du dir nicht zu viel zumutest?«

»Keine Sorge. Ich werde keine Massenbestellung an Pflanzen aufgeben«, verspreche ich.

»Pflanzen sind heilsam. Egal, was die anderen behaupten«, sagt er. »Wenn etwas ist, ruf an und ich hol dich ab. Jederzeit. Mama hat wahrscheinlich mittlerweile schon alle Yogamatten aus dem Fenster geworfen, aber wir haben noch ein Sofa.«

16

Arachno-Clean

Als mein Vater gegangen ist, werfe ich mich auf das achte Weltwunder und starre durch das Fenster in die Sterne. Es fühlt sich seltsam an, niemanden in der Nähe zu haben, mit dem man sich unterhalten kann. Sonst waren meine Eltern immer nur eine Treppe entfernt, aber jetzt, das erste Mal allein in der neuen Wohnung, bemerke ich die Stille.

»Immerhin bist du noch da, Pam. Aber du bist halt eher von der schweigsamen Sorte.«

Seufzend schnappe ich mir mein Handy.

Keine Nachricht von Leon. Seit gestern Abend hat er sich nicht mehr gemeldet und auch keine Storys hochgeladen, obwohl sein Instagramaccount normalerweise eine Art Livetracker für sein Leben ist. Er postet dort alles. Vom Aufstehen bis zum Zähneputzen, aber seit unserem Beinahekuss herrscht auch dort Funkstille.

»Soll ich ihm schreiben?«, frage ich Pamela, die auf der Fensterbank steht und mich beobachtet.

Sie schenkt mir ihren typischen Blick.

»Ein kleines, unverfängliches ›Hey, wie geht es dir?‹ kann doch nicht schaden, oder?«

Ich schiele zu ihr hinüber, aber sie bleibt hart.

»Vielleicht ist ihm was passiert?«

Sie verdreht ihre Augen.

»Pepper hatte recht. Ich komme nur auf dumme Gedanken, wenn ich allein bin.«

Ich öffne mein Postfach, in dem noch jede Menge Nachrichten von Leuten auf mich warten, die wissen wollen, wie es mir geht.

»Melde dich, wenn du reden willst«, schreibt mir die freundliche Cafeteriadame zusammen mit einem Keks-GIF. Ich kenne sie kaum, aber vielleicht ist es manchmal hilfreich, mit jemandem zu sprechen, der mehr Abstand hat. Einen Versuch ist es wert.

CINDEREMMA: Danke. Es ist ein Auf und Ab.

Ich habe keine Ahnung, wie ich meine Gefühlslage sonst nennen soll. Kurze Zeit später herzt sie meine Nachricht.

BRIGITTEKEKSENGEL: Du Arme …

Mehr kommt vorerst nicht. Wahrscheinlich ist sie gerade beschäftigt. Okay, ich weiß nicht, was ich erwartet habe, aber wirklich besser fühle ich mich nicht. Eine Pepper-Umarmung wäre jetzt echt schön oder ein heißer Kakao, den mir mein Vater manchmal abends gemacht hat, wenn ich einen schlechten Tag hatte.

Ein Kommentar von Mama.mit.Herz unter unserem letzten Post fällt mir ins Auge: Ich finde es schon seltsam, dass Cinderemma gar nichts sagt. Hab gehört, sie ist fremdgegangen.

Für einen Moment bin ich einfach nur sprachlos. Dann lösche ich den Kommentar und werfe frustriert das Handy beiseite. Für ein paar Minuten liege ich einfach nur da und schaue aus meinem Fenster. Wie kommt die darauf, dass ich fremdgegangen sei? So eine blöde Kuh!

»Soll ich sie anschreiben und sie fragen?«

Pamela ist dagegen.

Ich schnappe mir meinen Laptop und versuche, mich abzulenken, indem ich Fun Facts google. (Für die meisten Leute ist es unmöglich, ihren Ellbogen anzulecken. Ich versuche es und stelle fest, dass ich zur Mehrheit gehöre.) Dann fange ich einen Film an, irgendeine Verwechslungsliebeskomödie bei Netflix, aber meine Gedanken kreisen immer wieder um Leon, unseren Beinahekuss und Mama.mit.Herz sowie all die anderen Leute, die sich so für unsere Beziehung interessieren und es dadurch noch schwerer machen.

»Vielleicht ist er sauer, dass ich einfach von seiner Party verschwunden bin.«

Pamela sieht mich ungläubig an.

»Ja, er hat mich vierzig Minuten warten lassen, aber … Du hast recht. Ich sollte frische Luft schnappen.«

Kurze Zeit später schlüpfe ich in meine Regenbogenchucks und husche in den Hausflur. Ich mag es, durch Häuser zu gehen, wenn alle schlafen. In der nächtlichen Stille herrscht eine ganz besondere Stimmung.

Gerade will ich zu meinem Spaziergang aufbrechen, als mir auffällt, dass es eine weitere Treppe gibt, die nach oben führt.

Es muss der Zugang zum Dach sein, denn wir befinden uns bereits im obersten Stockwerk. Ich folge den Stufen zu einer verrosteten Metalltür und drücke den Griff hinunter. Zu meiner Überraschung springt sie mit einem Quietschen auf.

Nachtluft weht herein und hinterlässt einen angenehmen Schauer auf meiner Haut. Frische Kälte, die mit der Dunkelheit kommt. Die Stille ist hier unter dem Sternenhimmel beinahe greifbar. Ich lege meinen Kopf in den Nacken und schaue zum Himmel hoch.

Da ertönt ein schrilles Piepen direkt neben mir und ich sehe ein Licht, das auf mich zurast. Schreiend weiche ich aus, stolpere und lege mich der Länge nach hin, während sich etwas über mein Bein hermacht.

Fuck!

Benommen rappele ich mich auf und wende mich dem Angreifer zu. Eine Mischung aus Staubsauger-Roboter und UFO macht sich über meine Jogginghose her. Erschrocken versuche ich das Ding abzuschütteln, aber es hat sich an mir festgesaugt. Ich schüttele fester.

Endlich!

Das Ding fliegt mit einem schrillen Ton im hohen Bogen davon und landet krachend auf dem Dach.

»Hast du dich verletzt?« Dirk hechtet auf mich zu.

»Nein. Geht schon …«

»Nicht du, Titanic«, faucht er mich an und beugt sich über den angriffslustigen Roboter. »Ich meine *Arachno-Clean*.«

»Arachno-Clean?« Ich starre von ihm zu dem seltsamen Roboter-Ding, dessen Rollen wild rattern. Dirk dreht ihn um und tätschelt beinahe liebevoll über die Metallverkleidung.

»Hat dich diese böse Frau angegriffen?«

»Genau genommen hat *Arachno-Clean* versucht, meine Hose zu fressen.«

»Das tut er nicht.« Dirk wirft mir einen genervten Blick zu. »Er ist darauf programmiert, Spinnen zu jagen.«

»Sehe ich wie eine Spinne aus?«, hake ich nach.

»Offenbar schon.«

Der Roboter summt, als würde er ihm zustimmen.

»Ich sehe ziemlich sicher nicht wie eine Spinne aus!« Erst jetzt bemerke ich, dass der Boden mit kleinen Krabbeltier-Attrappen übersäht ist.

»Wofür ist das gut?«

»Das war meine Idee«, erklärt Dirk mit strahlender Begeisterung. »Dieser Roboter wird allen Krabbeltieren den Kampf ansagen und Wohnungen ab sofort sicherer machen.«

»Ich will dich ja nicht desillusionieren, aber die Erfindung gibt es schon. Nennt sich Staubsauger!«

Seine Begeisterung erlischt und er rollt stattdessen mit den Augen. »Ich hab mir schon gedacht, dass du das nicht verstehst. Staubsauger bieten einem keine Sicherheit. Manchmal überleben Spinnen und klettern wieder raus. Und dann kriechen sie einem nachts in den Mund und üben Rache.«

»Dass man im Schlaf Spinnen isst, ist ein Gerücht«, widerspreche ich. »Es ist sehr unwahrscheinlich, dass dir eine Spinne in den Mund kriecht. Aus dem einfachen Grund, dass es dort keine Insekten gibt.«

»Sie macht es ja auch nicht, um Insekten zu fressen. Sondern *mich*!« Er schaudert. »Im Prinzip hast du mich zu dieser Erfindung inspiriert.«

»Ich?«

Er nickt. »*Arachno-Clean* wird mich in Zukunft beschützen. Dann werde ich nicht länger auf Mitbewohnerinnen angewiesen sein, und wenn sie ein Verkaufsschlager wird, kann ich mir auch die Wohnung allein leisten. Zwei Fliegen mit einer Klappe geschlagen.«

Er grinst zufrieden, während ich ihn anstarre.

»Du machst das, um mich loszuwerden?«

»So schnell wie möglich.«

»Reizend!«

Dirk setzt den Roboter wieder auf dem Boden ab. Er gibt ein schrilles Piepen von sich, dreht sich um die eigene Achse und fegt die Spinnenattrappen zur Seite, ohne auch nur eine von ihnen aufzusaugen.

»Ich glaub, du wirst mich noch eine Weile an der Backe haben«, kommentiere ich trocken. Plötzlich schießt *Arachno-Clean* erneut auf mich zu und saugt sich am Schuh fest.

»*Ahhhh!*« Ich versuche ihn abzuschütteln, aber er bekommt meine Schnürsenkel zu fassen, die mit einem *Plopp* verschwinden. Es folgt ein Brummen und ungesundes Knatschen.

»Shit!« Dirk springt vor, als dunkler Rauch aus dem Roboter hervorquillt, und schaltet ihn aus. »Du hast ihn kaputt gemacht.«

»Ich würde gerne zugeben, dass das zu meinem diabolischen Plan gehört, länger hier wohnen zu bleiben, aber dafür kann ich nichts.« Ich verschränke die Arme. »Es sieht so aus, als würde *Arachno-Clean* wollen, dass ich noch etwas bleibe.«

»Nein.« Dirk kniet sich vor mir hin und versucht den Roboter von mir lösen. Der jedoch bleibt fest mit meinem Schuh verwachsen. »Was machst du überhaupt hier oben?«

»Ich wollte bloß frische Luft schnappen.«

»Frische Luft?« Dirk mustert mich von unten. »Mitten in der Nacht? Warum?«

Die Wahrheit wäre »Liebeskummer«. Aber diese Blöße will ich mir natürlich nicht geben. Darum sage ich stattdessen: »Ist gut für die Gesundheit.«

Dirk hebt belustigt die Augenbraue. »Hat dir das deine Pflanze erzählt?«

»Das hat sie«, verkünde ich. *Woher weiß er davon?* »Und jetzt befrei mich von diesem Ding!«

Dirk erhebt sich und zeigt auf eine Sitzecke mit Sonnenliegen. Auf eine davon lasse ich mich fallen, während er einen Werkzeugkoffer öffnet, um sich meinem anhänglichen Problem zu widmen. »Vielleicht liegt es an ihren Sensoren?«, überlege ich und begutachte die Spinnenattrappen auf dem Boden.

»Vielleicht siehst du auch einfach aus wie eine Spinne«, brummt Dirk und zieht ein Taschenmesser aus seiner Tasche. »Brauchst du deinen Schuh noch?«

»Ähm … ja!«

»Wirklich? Unser Schuhregal quillt über, seitdem du eingezogen bist. Da wird ein Paar mehr oder weniger doch nicht auffallen.«

»Aber das hier sind meine Lieblingsschuhe. Also wehe, du machst sie kaputt«, rufe ich erschrocken.

»Die sehen schon ziemlich demoliert aus …«

»Sie sind nicht demoliert, sondern von Erinnerungen gezeichnet. Wenn du sie zerschneidest, lege ich dir heute Nacht höchstpersönlich eine Spinne in den Mund!«

»Ganz ruhig«, murmelt Dirk. »Ich werde vorsichtig sein.«

»Gut.« Erleichtert atme ich auf und beobachte ihn, wie er sich in seine Arbeit vertieft. Tatsächlich scheint er sein Wort halten zu wollen.

Ich deute auf die Liege, auf der ich sitze. Sie steht neben einem Tisch und einem winzigen Buchregal mit zwei Fächern, das von einer Plastikplane abgedeckt wird. Zwei Blumentöpfe, in denen Basilikum wächst, sorgen dafür, dass sie nicht wegfliegt.

»Was ist das hier? Dein Rückzugsort?«

»Für gewöhnlich ja. Nur ich habe einen Schlüssel«, erklärt Dirk und befreit einen der Schnürsenkel. »Es wäre also besser, wenn du den anderen Nachbarn nicht sagst, dass es das hier gibt.«

»Deal«, sage ich und sehe mich erneut um. »Es ist gemütlich.«

»Nun, es gibt keinen Whirlpool, aber …«

»Es ist perfekt«, unterbreche ich ihn und das meine ich ernst. Während Leons Terrasse wie aus einem Einrichtungskatalog aussieht, sehen die Möbel hier wie Überlebende vom Sperrmüll aus. Die Witterung hat ihr Übriges getan. Stellenweise blättert bereits roter Rost vom Rahmen der Liege ab. Der Sonnenschirm ist an einigen Stellen zerrissen und durchlöchert. Die Bücher in dem Buchregal zerfleddert, als wären sie schon hunderte Male gelesen worden. Und trotzdem strahlt dieser Ort einen Charme aus, der mir gefällt. Er ist persönlicher, wärmer und erzählt eine Geschichte. Wenn ich über den abgenutzten Stoff der Möbel streiche, spüre ich die Erinnerungen, die an ihnen haften. Eine Aura des Geheimnisvollen, die nur alten Gegenständen anhaftet.

Vielleicht versteht Dirk meine nostalgischen Gefühle bezüglich der Regenbogenconverse doch besser, als ich erwartet habe.

»Es ist so ruhig hier.«

»Es *war* ruhig.« Vorsichtig öffnet er das Gehäuse des Roboters, um den zweiten Schnürsenkel zu befreien. »Bis du kamst …«

»Zusammen ist man weniger alleine.«

»Ich bin gerne allein.«

»Ich muss mich erst mal daran gewöhnen. Ich bin zwar nicht jemand, der ständig Menschen um sich braucht, aber ich habe meine Lieblingsmenschen schon gerne in meiner Nähe. Vor allem meine Eltern und Pepper. Ist das bei dir nicht so?«

»Nein«, antwortet Dirk und untersucht meinen Schnürsenkel, der sich im Inneren an einem Rädchen verhakt hat.

»Ist dir denn nicht langweilig?«

»Nein. Redest du immer so viel?« Dirk wendet sich von meinem Schuh ab und wühlt erneut in der Werkzeugkiste.

»Bist du immer so schlecht drauf?«

»Nur, wenn du da bist.«

Wow. Er macht wirklich keinen Hehl daraus, wie wenig er mich mag, dabei hab ich echt versucht, ein nettes Gespräch anzufangen. *So ein Miesepeter!*

»Schön. Dann befreie mich endlich von *Arachno-Clean* und ich bin weg.«

»Bin dabei.« In diesem Moment wird Dirk fündig und zieht etwas aus dem Werkzeugkasten.

»Warte … Was willst du mit der Säge?«, frage ich und ziehe meine Beine mit dem Roboter an.

»Wenn ich deinen Fuß amputiere, bleibt der Schuh heile. Das wolltest du doch.«

»Ich will beides behalten«, kreische ich.

»Stell dich nicht so an. Heutzutage gibt es gute Prothesen.«

»Finger weg!« Ich balle meine Hände, um mich notfalls mit Gewalt zu verteidigen, aber Dirk lacht bloß.

»Moment! War das ein Scherz?« Ich starre ihn an.

»Hin und wieder hab ich auch Humor.« Amüsiert zieht er eine Pinzette heraus, um meinen Schnürsenkel aus dem Inneren des Roboters zu zupfen.

»Du war aber nicht lustig.«

»Also, ich habe gelacht. Dein Gesichtsausdruck war zu komisch.«

»Haha.« Zugetraut hätte ich ihm so eine verrückte Aktion allemal.

Endlich lehnt er sich zurück und verkündet: »Geschafft! Du bist frei.«

»Na endlich.«

Er packt das Werkzeug zurück in die Kiste und verstaut den nach verbranntem Kunststoff stinkenden Roboter.

»Wo gehst du hin?«

»Rein. Oder hast du damit ein Problem, Titanic?«

»Überhaupt nicht. Ich genieße die Ruhe nämlich auch lieber allein als mit einem Wahnsinnigen«, verkünde ich mit verschränkten Armen. Die Tür fällt ins Schloss und mit einem Mal ist es still.

Ich wende mich an die zwei Basilikumpflanzen. »Und? Wie geht es euch so?«

17

Kaffee und Zimtschnecken

Als ich am nächsten Morgen aufwache, strecke ich mich kurz, um mit zwei Fingern die Jalousien meines Dachfensters auseinanderzuschieben. Die aufgehende Sonne färbt den Himmel golden und vertreibt die grauen Reste der Nacht.

Seufzend lasse ich mich wieder in mein Kissen fallen und pflücke das Handy vom Nachttisch.

Immer noch keine Nachricht von Leon.

Pepper hatte recht. Sieh es ein, Emma, und hör auf zu warten.

Aus Gewohnheit öffne ich Instagram. Irgendwie ist es meistens Gewohnheit oder Langweile, die einen dazu bringt, sich durch endlose Social-Media-Feeds zu scrollen und viel zu lange Zeit darin zu versacken.

Leon hat immer noch keine neuen Storys hochgeladen, dafür Larissa. Wie ferngesteuert klicke ich auf der Suche nach Antworten darauf.

»Guten Morgen, meine Süßen.« Sie sieht wie immer absolut perfekt aus in ihrem rosafarbenen Seiden-Pyjama mit Fellimitat. *»Wenn ich morgens aufstehe, brauche ich neben meinem Kaffee*

dringend etwas, um in die Gänge zu kommen. Ich habe diese coole Maske von My Sparkle Face entdeckt und die ist so, so gut. Sie riecht toll und meine Haut fühlt sich danach einfach nur weich und gepflegt an. Das ist genau das Richtige, um in einen stressigen Tag zu starten. Denkt immer daran, auch etwas für euch zu tun. Und wie könntet ihr das besser als mit etwas Glitzer. Bussi!«

Mit einem Luftkuss endet die Story. Erleichtert, Leon nicht in ihrem Bett gesehen zu haben, atme ich auf.

Dann schlurfe ich ins Badezimmer, wo mir eine höchst unmotiviert und zerknirscht aussehende Emma aus dem Spiegel entgegenstarrt.

Vielleicht sollte ich auch mal diese *Sparkle*-Maske probieren. Denn während Larissa morgens offenbar aussieht wie die aus der Muschel geschlüpfte Aphrodite, sehe ich sogar nach einer heißen Dusche aus wie ein Vampir, der zu lange in der Gruft gelegen hat. Aber mit dieser Maske wäre ich immerhin ein glitzernder Vampir.

Ich binde mir einen Dutt und gehe in mein Zimmer zurück, um in meinen Kisten etwas zum Anziehen zu suchen. Heute gibt es definitiv wieder gemütliche Unterhosen mit Tiermotiv. So viel steht fest!

Die Frage ist, werfe ich mich in Schale, um Leon, falls ich ihn zufällig treffe, vom Hocker zu hauen, oder nicht? Eigentlich wollte ich ihm ja mehr von der echten Emma zeigen.

»Ungefiltert und unzensiert«, äffe ich meine eigenen Worte nach. »Hat ja wunderbar geklappt. Nach der Androhung hat er gleich Reißaus genommen.«

Ich könnte schwören, dass Pamela sich ins Blättchen lacht.

Da ich mich heute nur mit Sarah und Noah für ein paar Stunden zum Lernen verabredet habe, entscheide ich mich dagegen, mich schick zu machen. Die Bibliothek ist meiner Erfahrung nach kein Ort, den Leon gerne besucht, denn er zieht die angesagten Cafés um die Universität herum vor.

Also wühle ich in meinen Umzugskisten, bis ich meine schwarze Cordlatzhose finde, die vor sieben Monaten zu meinen Lieblingsstücken gehört hat. Leon hat nie etwas gegen meinen Modegeschmack gesagt, aber irgendwie hatte ich das Gefühl, dass Lederstiefeletten, enge Jeanshosen und Blusen besser für jemanden, der an Leons Seite auftaucht, passen würden. Ich wollte mithalten.

»Ja, Pam. Es war wie in diesen Märchenfilmen. In denen bleibt das unscheinbare Mädchen auch nicht länger unscheinbar, wenn sie die Aufmerksamkeit des Prinzen erregt hat. Sie bekommt ein Make-over und haut plötzlich alle vom Hocker. Wer geht schon in einer Latzhose auf den Ball? … Auch wenn das definitiv das coolere Ende wäre.«

Einer plötzlichen Idee folgend, klappe ich meinen Laptop auf.

Dear Disaster-Diary,

gibt es einen Film, wo sich die hübsche Sexbombe für ihre große Liebe endlich fallen lässt und froh ist, das Make-up in die Tonne zu kloppen? Das würde das Bild der großen Liebe doch deutlich besser repräsentieren, oder nicht?
Ist es nicht erst dann die große Liebe, wenn der Partner einen für den inneren Schlumpf liebt und nicht für die innere Prinzessin? Wenn man sich am Wochenende ungeduscht aufs Sofa hauen kann, wenn man sich auch oder gerade in Jogginghose heiß findet, sich lieber miteinander unterhält, als bei Instagram rumzudaddeln, und sich nicht schämt, Pizza mit extraviel Knoblauch zu bestellen … Wenn man jemanden findet, bei dem man nicht perfekt sein muss, sondern einfach man selbst ist.

»Fuck!« Ich bin zu spät. Schnell ziehe ich meine Latzhose an und kombiniere sie mit einem lockeren, weißen Shirt. Meine Converse sorgen für die nötige Farbe.

»Zufrieden?«, frage ich Pamela.

Die Schirmpalme ist begeistert.

Ich lasse meinen Laptop im Rucksack verschwinden und renne aus dem Zimmer. Mit dem Bus fahre ich zur Uni und lege die letzten Meter zur Bibliothek im Laufschritt zurück.

»Tut mir leid«, keuche ich, als ich den vereinbarten Treffpunkt erreiche. Die beiden anderen sind schon da und zwischen ihnen stapeln sich Bücher, Notizen und Stifte.

Es riecht nach Kaffee und Zimt. Obwohl Essen und alle Getränke außer Wasser im Lernbereich verboten sind, hat Sarah eine ganze Tüte mit Minizimtschnecken hereingeschmuggelt, bei deren Anblick mir das Wasser im Mund zusammenläuft.

»Wie siehst du denn aus?«, fragt Noah und starrt mich an.

»Wieso?«

Er runzelt besorgt die Stirn. »Bist du krank? Du bist blass wie eine Tapete.«

»Nein. Ich hab mich nicht geschminkt … und ›krank‹ ist nun mal mein natürlicher Hautton. Möchtest du noch weiter darauf rumreiten?« Gerade hole ich meine Bücher aus der Tasche, da bemerke ich, dass die beiden mich immer noch neugierig mustern. »Was ist?«

»Willst du uns nicht sagen, was mit dem heißen Callboy gelaufen ist?«, platzt es aus Noah.

»Mit Rick?«

»Ja. Wohin seid ihr nach der Whirlpoolparty verschwunden?«

»Noah glaubt, da sei was gelaufen«, ergänzt Sarah.

»Stimmt. Pepper hat uns mit dem Taxi abgeholt und wir haben vor ihren Augen auf der Rückbank losgelegt.«

»Was?«

»Natürlich nicht«, stöhne ich.

»Hab ich doch gesagt. Sie hat noch Gefühle für Leon«, raunt Sarah Noah zu und ich komme nicht umhin zu bemerken, wie erleichtert sie aussieht. Sie hat recht. Ich habe noch Gefühle für Leon. Ärger und Enttäuschung allen voran, aber unter einem Berg davon wartet immer noch ein kleines bisschen Hoffnung, auch wenn ich die am liebsten zerknüllen, auf sie drauftreten und sie verbrennen würde.

»Schade, dass der im Anschluss was mit Larissa hatte«, bemerkt Noah.

»Was?« Mein Herz krampft sich zusammen, auch wenn ich versuche, mir nichts anmerken zu lassen. War das der Grund, warum er nicht wie versprochen mit Wein zurückkam? Und warum ich noch nichts von ihm gehört habe?

Das war's, Hoffnung! Ich werde dich vernichten. Ein für alle Mal!

»Keine Sorge«, beruhigt mich Sarah. »Er wollte etwas mit ihr besprechen und beide sahen sehr ernst aus. Ich glaube nicht, dass da wirklich etwas gelaufen ist.«

»Dafür waren sie aber ziemlich lange weg.«

»Weil ernste Gespräche Zeit brauchen. Außerdem warst du auch lange weg, Noah.«

»Ich war auf dem Klo.«

»Wer's glaubt ...«

»Moment? Bist du etwa eifersüchtig?«

»Wegen dir?« Sarah verschränkt die Arme. »Träum weiter. Bevor ich dich auch nur in Betracht ziehe, bleibe ich lieber für alle Zeit Single.«

»Aber nur, weil du meine Vorzüge nicht siehst.«

»Du hast keine.«

»Außer, dass ich den besten Kaffee der Welt koche«, erinnert Noah uns und wedelt mit seiner großen, silbernen Thermoskanne und drei mitgebrachten Bechern.

»Außer das«, gibt Sarah mit einem leichten Lächeln zu und lässt zu, dass er uns einschenkt.

Manchmal wirken die beiden wie zwei pubertierende Teenager und gleichzeitig wie ein altes, streitendes Ehepaar. Als ich ihnen das einmal gesagt habe, ist Noah rot angelaufen und Sarah hat tagelang mit mir geschmollt, weil sie diese Feststellung als Beleidigung empfand.

»Wollten wir nicht lernen?«, versuche ich das Thema zu wechseln. »Ich will für das Praktikum nächste Woche einigermaßen vorbereitet sein.«

»Echt krass, dass du es in das Labor von Prof. Dr. Norbert Schulze geschafft hast. Da ist es schwer reinzukommen«, sagt Sarah und schnappt sich eine klebrige Zimtschnecke. »Und man hört so einiges. Sophia wollte da ein Praktikum machen, aber der Betreuer war wohl ein echter Kotzbrocken. Sie hat abgebrochen.«

»Kotzbrocken?«, hake ich nach.

»Ja, der nimmt Studenten regelmäßig auseinander«, erklärt Noah und mein Herz sinkt. »Das weiß doch jeder.«

»*Ich* wusste das nicht.«

»Weil du die letzten sieben Monate, als wir über Praktika geredet haben, zu beschäftigt mit Leon warst.«

»Na, großartig.« Deprimiert lasse ich meinen Kopf auf das Buch fallen.

»Aber wir können zusammen Mittag essen«, versucht mich Sarah aufzumuntern. »Zufällig ist mein Labor im gleichen Gebäude.«

»Wunderbar …« Ich seufze in das aufgeschlagene Buch und bleibe einfach liegen.

»Dann kannst du mir jeden Tag die neusten Leon-News berichten.«

Ich brumme etwas Unverständliches in die Buchseiten. Sarah scheint, was Leon betrifft, noch anhänglicher zu sein als ich.

»Entschuldigt mich kurz«, sagt sie und steht auf. »Ich muss auf Toilette.«

»Sie kann ganz schön anstrengend sein«, sagt Noah, als hätte er meine Gedanken erraten. Seine Stimme ist dabei so überraschend weich, dass ich das Kinn hebe und ihn ansehe. »Aber sie ist echt ein großer Fan von euch.«

»Leider …«

»Für sie seid ihr *das Traumpaar*. Ein Vorbild. Sie ist einfach schrecklich romantisch, aber angesichts ihrer Familie kann man es vielleicht verstehen.«

»Ihrer Familie?«, hake ich nach. Auch wenn ich in der Uni viel Zeit mit Sarah verbringe und sie sich brennend für meine Beziehung interessiert, redet sie wenig über ihr eigenes Privatleben. Hin und wieder schwärmt sie von Männern, aber das war es auch schon. Über ihre Familie spricht sie nie. Zumindest nicht mit mir.

»Ihre Mutter ist gestorben, als sie elf war, und einen Vater gab es nicht. Also ist sie bei ihrer Großmutter aufgewachsen. Das war wohl nicht immer leicht, aber die Bücher haben ihr über die schwere Zeit hinweggeholfen.«

»Das hat sie dir erzählt?«

Noah zuckt die Schultern. »Hin und wieder streiten wir auch nicht.«

Sarah ist jemand, die immer gute Laune zu haben scheint. Die Art von Person, die anfängt zu strahlen, sobald der Wecker klingelt. Und niemals müde wirkt. Aber vielleicht kenne ich auch nur diese Seite, weil sie die andere so gut versteckt.

Ich schaue zu ihrem Platz. Aus ihrer Tasche lugt wieder einer ihrer rosaroten Liebesromane. Auf ihren Collegeblöcken und Ordnern kleben wie immer Fotos und Illustrationen von Schauspielern und Zitate aus ihren Lieblingsgeschichten, so als würde sie ihre kleine heile Welt mit sich herumtragen.

»Hab ich was verpasst?«, fragt Sarah, als sie zurückkehrt und sich auf ihren Stuhl fallen lässt.

»Nichts«, winkt Noah ab. »Emma und ich haben die Zeit genutzt, um endlich über dich zu lästern.«

Sie verpasst ihm einen Knuff und schenkt sich etwas von seinem Kaffee ein.

»Emma Kühn?«, fragt plötzlich eine Stimme hinter mir.

Als ich mich umdrehe, entdecke ich einen Mann mit der Uniform eines Kuriers.

»Ähm. Ja?«

Er zückt einen Strauß mit roten Rosen aus dem Karton. Beim Anblick der Blumen stößt Sarah ein Quieken aus, das so klingt, als wäre jemand auf ein Meerschweinchen getreten.

»Die sind bestimmt von Leon!«, ruft sie und springt auf, um dem Mann den Strauß abzunehmen.

Mein Herz schlägt höher und mein Mund ist mit einem Mal trocken. Ja, Rosen sind sein Markenzeichen. Noch dazu in dunklem, kräftigem Rot.

Ich kann nicht mehr zählen, wie oft ich welche bekommen habe. Den ersten Strauß habe ich an meiner Decke aufgehängt, um sie zu trocknen und so für die Ewigkeit zu konservieren. Als Andenken an unsere Liebe. Und jetzt? Jetzt liegen sie in einem der Umzugskartons, den ich im Keller meiner Eltern gelassen habe. Zusammen mit allen Sachen, die ich nicht brauche, von denen ich mich aber auch noch nicht trennen kann.

Sarahs Augen leuchten, als sie wieder und wieder ihre Nase in die Blumen drückt und an ihnen riecht. »Ich wünschte, mir würde mal jemand Blumen schicken. Das ist so romantisch!«

»Ich habe dir schon Blumen geschenkt.«

»Das war dein vertrocknetes Kräuterbeet, das ich retten sollte.« Sarah verdreht die Augen, bevor sie sich mir zuwendet. »Na los. Schreib ihm.«

EMMA: Hey Leon. Hab gerade Blumen gekommen. Sind die von dir?

Eine Antwort lässt nicht lange auf sich warten.

LEON: Besondere Frauen verdienen besondere Blumen. Ich denk an dich. Kuss, Leon

»Er denkt an dich? Siehst du?«, jubelt Sarah, die mir über die Schulter sieht. »Ich wusste, dass er noch vollkommen verrückt nach dir ist.«

»Der ist ein Schwätzer. Nichts weiter«, sagt Noah. »Du willst dich doch nicht wieder mit ihm treffen, oder, Emma?«

»Natürlich wird sie das. Hast du nicht gesehen, wie er sie auf seiner Party angestarrt hat? Es war genau wie bei Clark, als er Anabella mit ihrem neuen Freund im Theater sieht.«

»Ziemlich psycho und besitzergreifend?«, hakt Noah nach.

»Romantisch«, korrigiert Sarah. »Ich wette, er hat gemerkt, dass er Emma nicht teilen will, weil …«

»… weil er psycho und besitzergreifend ist?«

»… weil er sie liebt. Du weißt einfach nichts über die Liebe«, zwitschert Sarah und klatscht in die Hände. »Männer sind wie Zimtschnecken.«

»Ungesund?«

»Nein, Dummkopf. Am Ende des Tages können wir nicht ohne sie.«

»Moment! Hast du mich gerade süße Zimtschnecke genannt?«, hakt Noah grinsend nach, aber sie verschränkt nur ihre Arme.

»Du bist ein trockenes Brot ohne Butter, auf das man gerne verzichten kann.«

18

Pizza Pasta Pläne

Mit einer vollen Einkaufstüte und Leons Rosenstrauß schiebe ich mich in die Wohnung und streife meine Schuhe ab. Als Erstes lade ich die Einkaufstüten auf dem Esstisch ab. Dann suche ich nach einer Blumenvase. Meine Eltern haben ganze Schränke voll davon, aber Dirk scheint keine zu besitzen und ich habe keine mitgebracht. Kurzerhand entscheide ich mich für einen Messbecher, fülle ihn mit Wasser und stelle die Rosen rein.

Dann reiße ich mit knurrendem Magen eine Tiefkühlpizza auf und schiebe sie in den Ofen. Während sie warm wird, räume ich die Einkäufe aus. Als alles verstaut ist, gehe ich in mein Zimmer und öffne WhatsApp.

»Was?«, frage ich Pamela, die mich skeptisch ansieht. »Ich weiß, was ich tue! Dies ist seine letzte Chance! Die allerletzte!«

EMMA: Hey. Noch mal danke für die Blumen. Wie wäre es mit einem Treffen, damit wir unser Gespräch fortführen können?

»Na, wie klingt das?«, frage ich Pam, die sich nicht die Mühe gibt zu antworten.

»Mir geht es nicht ums Rummachen«, stelle ich klar. »Ich will nur mit ihm reden, ihm meine Gedanken mitteilen und mir seine anhören. Ganz erwachsen.«

Pamela schweigt verbissen weiter.

Dafür dauert es nicht lange, bis Leon antwortet.

LEON: Kirmes heute Abend?

EMMA: Kirmes?

Nicht unbedingt der Ort, an den ich gedacht habe …

LEON: Am Riesenrad?

EMMA: Okay.

»Siehst du, Pam? Heute Abend wird sich alles klären. Ich werde ihn nicht eher von dem Riesenrad steigen lassen, bis ich alles angesprochen habe, was mir auf dem Herzen liegt.«

Sie ist nicht überzeugt.

Nachdenklich lege ich das Handy beiseite und starre durch das Dachfenster in die Wolken. Meine Gedanken fliegen davon, verlieren sich in der endlosen Weite des Himmels.

»TITANIC!«, schallt es durch die Wohnung.

Im selben Moment rieche ich den beißenden Geruch von verbranntem Essen.

»Oh verdammt!« Ich sprinte los. Als ich in die Küche springe, steigt eine schwarze Rauchwolke aus dem Ofen. Dirk ist schon da und reißt ihn auf, woraufhin noch mehr dunkler Rauch herausquillt.

»Ups«, entfährt es mir und ich schnappe mir ein Geschirrhandtuch, um Qualm wegzuwedeln. Dirk reißt das Fenster auf. Dann fischt er ein schwarzes Stück Pizza aus dem Ofen und versenkt es im Mülleimer.

»Vielleicht sollte ich lieber einen Roboter bauen, der aufpasst, dass du nicht unsere Wohnung abfackelst«, brummt Dirk.

»Gibt es schon. Nennt sich Feuermelder, aber der hat wohl auch kaputte Sensoren.«

Wir lugen in den Flur, wo die weiße Scheibe an der Decke fröhlich schweigt. Offenbar unbeeindruckt von meinem Unfall in der Küche.

»Was sollte das überhaupt werden?«, fragt Dirk.

»Pizza Pasta«, erkläre ich ihm. »Das klang so abgefahren. Ich meine Pizza und Pasta in einem Gericht? Welches Genie hat das erfunden?«

Zu meiner Überraschung schmunzelt Dirk. »Du hast noch nie Pizza Pasta gegessen?«

»Eigentlich wollte ich unbedingt diese Schokoladenpizza probieren, über die ganz Instagram berichtet hat, aber die gibt es nicht mehr.«

»Ich kann nicht fassen, dass du diese gewaltige Lücke in deiner Allgemeinbildung hast.«

»Was soll ich sagen? Ich bin ein Spätzünder«, gestehe ich.

»Tja, sieht nicht so aus, als könntest du deine Pizza noch retten.«

»Leider. Dann muss ich wohl auf der Kirmes essen.« Ein Blick auf die Uhr verrät mir, dass die Zeit knapp wird.

»Kirmes? Gehst du da mit Mister Titanic hin?« Dirk nickt in die Richtung der Rosen, die auf dem Tisch stehen, und strahlt plötzlich. »Habt ihr euch vertragen?«

»Hoffst du etwa, dass ich ausziehe?« Ich verschränke die Arme.

»Nein!« Unschuldig hebt er die Arme. »Ich freu mich nur

auf weitere süße Instagramposts. #ewigeLiebe #cutestcouple #cinderemmaeverafter #zumkotzensüß.«

»Ich habe deinen Mietvertrag gelesen und weiß genau, dass ich bei einer spontanen Kündigung noch drei Monate Miete zahlen muss.«

»Drei wunderbare, ruhige Monate für mich. Drei wunderbare Monate voller Rosenblüten und romantischer Champagnerbäder für dich«, seufzt Dirk. »Wäre das nicht das Beste für uns beide?«

»Sicher …«

Ich weiß, worauf er anspielt. Es war Leons Idee, zum Valentinstag seine Badewanne mit Champagner zu füllen. Superromantisch, fanden auch unsere Follower bei Instagram. In Wirklichkeit hab ich eine Stunde zitternd in einer kalten Wanne verbracht und mit Blumen posiert, bis wir das perfekte Foto hatten. Was gar nicht das Schlimmste war. Denn, was Leon nicht wusste, ist, dass man bei einem »Champagnerbad« nicht wirklich Alkohol in eine Wanne gießt, sondern es lediglich mit Gasen zum Sprudeln bringt. Dementsprechend hatte ich im Anschluss eine Blasenentzündung und einen Hautausschlag.

#bestsurpriseever

In dem Moment klingelt es an der Tür.

Dirk und ich gucken uns verwundert an. »Vielleicht Mr Titanic?«

Er ist es nicht.

»Hey, ihr Süßen!«, flötet Pepper.

»Oh nein. Es ist nur die Freundin«, stöhnt Dirk.

»Ist es nicht schön, mich wiederzusehen?« Sie schiebt sich an uns vorbei und rümpft die Nase. »Was riecht hier so?«

»Emma wollte die Wohnung abfackeln.«

»Wollte ich nicht!«

Wie vom Blitz getroffen bleibt Pepper stehen und starrt in

die Küche. Ich fluche innerlich, als sie sich langsam umdreht. »Von wem sind die Blumen?«

»Dirk!« Die Antwort ist mehr ein Reflex, um Schlimmeres abzuwenden.

»Stimmt das?« Sie dreht sich zu meinem Mitbewohner, der überhaupt keinen Grund sieht, mich zu decken.

»Auf keinen Fall. Ich hasse Rosen.«

»Schön«, gebe ich zu. »Leon hat sie mir geschickt, aber mach dir keine Sorgen. Sie stehen da nur, weil ich es zu schade fand, sie wegzuwerfen.«

»Ist klar ...« Pepper verschränkt die Arme.

»Warum bist du hier?«, wechsele ich das Thema.

»Ich will dich für die Kirmes abholen«, verkündet sie und mein Herz zieht sich zusammen.

»Kirmes? Heute? Wieso?«

»Weil ich deine Unterstützung brauche. Außerdem dachte ich, du könntest etwas Abwechslung gebrauchen. Und Zuckerwatte ...« Lauernd fügt sie hinzu: »Es sei denn, du hast schon andere Pläne?«

»Hab ich nicht ... Also, nicht mit Leon. Ganz sicher nicht. Allerdings wollten Dirk und ich was kochen«, versuche ich es. Leider habe ich das Unvermögen, souverän zu lügen, von meinem Vater geerbt und werde dabei jedes Mal rot. Ganz zu schweigen davon, dass ich vor Nervosität zu stottern anfange.

»Stimmt das, Dirk?«, fragt Pepper misstrauisch.

»Ach. Das können wir gerne verschieben. Geht ruhig zur Kirmes«, antwortet der Verräter grinsend. Wie konnte ich auch nur eine Sekunde hoffen, dass mich der Mitbewohner, der mich nicht ausstehen kann, decken würde?

»Gut, dann ist es beschlossen!«

Seufzend ergebe ich mich in mein Schicksal. »Na schön. Was hast du vor? Und warum trägst du deinen besten Lippenstift?«

»Wir werden Anni auf der Kirmes treffen. Rein zufällig, versteht sich.«

»Was für ein Zufall, weil …« Ehe Dirk ausreden kann, bringe ich ihn mit einem Tritt auf den Fuß zum Schweigen.

»Nur ein Wort und ich …« Ich imitiere mit meinen Händen die Bewegung einer Spinne, was glücklicherweise reicht, meinen Mitbewohner zum Schweigen zu bringen.

19

Kirmesgeflüster und gebrannte Mandeln

Die Kirmes ist bereits überlaufen, als wir ankommen. Bunte Buden, geschmückt mit Lichtern, Musik und die Gerüche nach Zuckerwatte und Grillkohle empfangen uns. Menschen schieben sich zwischen den Zelten und Attraktionen hindurch, aber Pepper scheint ein bestimmtes Ziel vor Augen zu haben, denn sie geht schnurstracks in die Richtung der Schießbuden.

»Okay. Wie sieht der Plan aus? Hoffst du, Anni zufällig über den Weg zu laufen?«

»Ich überlasse nichts dem Zufall«, widerspricht Pepper mit dem Ausdruck in den Augen, den sie häufig hat, wenn sie zu Undercovereinsätzen aufbricht. »Beim letzten Treffen habe ich ihren Namen bei Instagram in Erfahrung gebracht und kann sie jetzt stalken. Sie trifft sich in zwanzig Minuten mit Freunden beim Schießstand in der Nähe der Geisterbahn.«

»Wo wir auch in zwanzig Minuten sein werden«, mutmaße ich.

»Bingo.«

Als wir die Geisterbahn erreichen, erwartet uns dort eine weitere Überraschung.

Rick. Er lehnt lässig in seiner schwarzen Lederjacke an einem Maschendrahtzaun, in der einen Hand eine rosa Zuckerwatte, auf den Haaren ein silbernes Horn. Und trotz seiner verrückten Maskerade gehen die Frauen langsamer, wenn sie ihn passieren. Einige flirten ihn sogar an, was er sichtlich genießt. Manche Menschen sehen selbst in einem Hot-Dog-Kostüm unwiderstehlich aus. Genau so einer ist Rick.

»Pepper! Hast du ihn eingeladen?«, protestiere ich.

»Klar«, antwortet sie.

»Ich dachte, wir hätten das geklärt?«, stöhne ich. »Ich will nichts von ihm.«

»Jaja. Ich wollte nur nicht, dass du allein bist, wenn das zwischen Anni und mir läuft wie geplant«, zwitschert Pepper zuversichtlich. »Nicht, dass du auf dumme Gedanken kommst.«

Sie zwinkert mir zu, woraufhin mir vor Schreck das Herz in die Hose rutscht. Ob sie etwas von meinem Plan für heute weiß?

Natürlich ahnt sie es, so schlecht wie du lügst. Außerdem hat Pepper einen siebten Sinn für Geheimnisse.

Ich bin mir sicher, dass mir mein Entsetzen übers ganze Gesicht geschrieben steht, aber sie geht nicht weiter darauf ein, sondern dreht sich zu Rick um. Der stößt sich vom Zaun ab und schlendert lässig auf uns zu, ein schiefes Lächeln auf den Lippen.

»Hey, Chefin. Hey, Emma.« Seine Haare fallen ihm lässig in die Stirn, wobei jede Strähne genau zu wissen scheint, wo sie hingehört.

»Warum hast du dich als Einhorn verkleidet?«, frage ich.

Er zuckt die breiten Schultern. »Ich liebe Einhörner.« Dann setzt er sein Horn ab und steckt es mir auf den Kopf.

»Steht dir gut«, flirtet er frech. Erneut sehe ich, wie eine

Gruppe Frauen vorbeikommt und Rick interessierte Blicke zuwirft. Er zwinkert ihnen zu und ruft: »Ich arbeite beim ADAC. Wenn ich jemanden abschleppen soll, sagt Bescheid.«

Sie kichern.

Ich mache Würggeräusche, auch wenn ich anerkennend zugeben muss, dass Rick der einzige Mensch ist, den ich kenne, der diese bescheuerten Anmachsprüche rüberbringen kann, ohne dass es seltsam wirkt.

»Hört zu, ihr zwei«, unterbricht uns Pepper. »Wir werden in genau sieben Minuten ganz zufällig Anni über den Weg laufen und ihr müsst mir helfen, Kontakt aufzunehmen.«

Rick legt wie selbstverständlich seinen Arm um meine Schulter. »Okay, Chefin. Aber warum machst du das nicht selbst?«

»Weil in der Nähe von Anni ihre gnadenlos selbstsichere Pepper-Seite neutralisiert wird«, erkläre ich.

»Was?« Ricks Augen weiten sich. »Haben wir etwa die Schwachstelle der furchteinflößenden Pepperline Salt gefunden?«

»Ihr Kryptonit«, bestätige ich.

»Was ist Kryptonit?«

Ich starre ihn ungläubig an. »Der Grund, warum wir beide keine Zukunft haben. Wer kennt denn bitte schön Superman nicht?«

»Ich kenne Superman«, rechtfertigt sich Rick und zupft sich eine Ecke von der Zuckerwatte ab. »Das ist der Muskelprotz mit dem Schild.«

»Du meinst Captain America.«

»Nein. Das ist der Grüne.«

»Psst, ihr Pappnasen.« Pepper reckt den Hals, um sich einen Überblick über die Menge zu verschaffen. »Ich brauche für Mission Anni eure ungeteilte Aufmerksamkeit. Das seid ihr mir für die Whirlpoolpartyaktion schuldig. Wenn es klappt, dürft ihr meinetwegen rumknutschen. Oder Karussell fahren. Oder was auch immer ihr machen wollt. Klar, so weit?«

»Klar, Chefin!«

»Nicht klar.« Ich verschränke die Arme. »Ich will nämlich gar nicht mit Rick Karussell fahren.«

Von anderen Dingen ganz zu schweigen.

Rick rückt näher an mich heran und säuselt in mein Ohr: »Weißt du, was dich von dieser Zuckerwatte unterscheidet?«

»Eine Menge, Rick«, schnaube ich und gebe ihm den Einhornhaarreif zurück. »Eine Menge. Farbe, Konsistenz, Aufbau, Haltbarkeit ...«

»Nein, du bist noch süßer.«

Ich verdrehe die Augen, aber er hält sein Grinsen so zuversichtlich aufrecht, dass ich gegen meinen Willen schmunzeln muss.

»Du gibst nie auf, oder?«

»Niemals«, bestätigt er und beißt zufrieden in seine Zuckerwatte.

»Ihr zwei Turteltäubchen seid ja wirklich süß, aber ich meine es ernst. Reißt euch zusammen! Da kommt sie«, drängt Pepper. »Seht ihr sie?«

»Es ist schon etwas gruselig, die Chefin so zu sehen«, flüstert Rick.

In dem Moment löst sich Anni aus der Menge und schlendert zum Schießstand, wo ihre Freunde auf sie warten. Ihre dunklen Locken wippen auf und ab, als sie den beiden lachend in die Arme springt.

»Okay.« Pepper holt tief Luft und schiebt uns vor sich her. »Seid ihr bereit?«

Ich stimme ihr zu, während ich Anni einen Blick zuwerfe. Ein breites Lächeln liegt ihr auf dem Gesicht. Bisher kennen wir sie nur in ihrer Arbeitskleidung, aber jetzt sieht man ihren ganz eigenen Stil. Eine Mischung aus süß, cool und tough. Um den Hals trägt sie ein Samtband. Dazu hat sie ein übergroßes Shirt an, Leggings und schwarze Dr. Martens an ihren Füßen.

Pepper stößt mich an. »Und? Sieht sie nicht unglaublich aus?«

»Ihr würdet ein süßes Pärchen abgeben«, bestätige ich.

»Meinst du?« Sie kaut auf ihrer Lippe und ich nehme ihre Hand, um sie zu drücken.

»Na los«, ermutige ich sie. »Wer nicht wagt, der nicht gewinnt.«

Langsam nickt sie und räuspert sich. »Du hast recht. Aber du musst mich zusammenflicken, wenn es schiefgeht.«

Es ist typisch für sie, sich in Sachen Liebe selbst im Weg zu stehen. Die Romance hat noch nicht einmal begonnen und sie hat bereits Angst vor dem, was schiefgehen könnte.

»Mit Kopfmassage und jeder Menge Kalorien«, verspreche ich ihr.

Dann lässt sie meine Hand los, wirft die Haare in einer vollendeten Geste über die Schulter und räuspert sich. »Auf geht's … Hey, Anni!«

Wir folgen ihr auf den Fersen.

Rick geht mit einnehmendem Grinsen auf die Gruppe zu, die neben Anni aus zwei Mädchen mit auffallend bunten Haaren besteht. »Wow. Ich glaube, hier sind gerade Sterne vom Himmel gefallen und sie tragen eure Namen«, sagt er an die Frauen gewandt.

»Ich sorg gleich dafür, dass du Sterne siehst«, faucht Pepper. Zu Anni und den anderen gewandt, sagt sie entschuldigend: »Tut mir leid. Darf ich vorstellen? Das sind meine Freunde Rick und Emma.«

»Hey«, erwidert Anni lächelnd. »Das sind Alex und Danni. Leute, das ist Pepper. Das Mädchen aus der Bar, von dem ich euch erzählt habe.«

»Wem darf ich eine Rose schießen?«, fragt Rick strahlend.

Als kein Arm in die Höhe schießt, wendet er sich mir zu. »Emma? Es gibt auch Einhornkondome!«

Ich überlege, ihn zu erwürgen. »Großartig. Danke!«

»Kein Problem. Ich werde sie für dich gewinnen. Als Beweis meiner unendlichen Anziehung zu dir.«

»Was für eine Ehre.« Ich wende mich an Anni und ihre Freunde. »Wollt ihr auch euer Glück versuchen?«

»Oh, ich bin echt nicht gut darin«, winkt Anni ab. »Wahrscheinlich würde ich dem Besitzer eher ein Auge ausschießen, als einen der Ballons zu treffen.«

»Die Chefin kann dir was schießen«, schlägt Rick mit frechem Grinsen vor. »Selbst mit den verbogenen Kirmes-Gewehren räumt sie ab.«

»Echt?« Anni dreht sich neugierig zu Pepper um, die kein Wort herausbringt. Ich stoße sie mit dem Ellbogen an, aber erzeuge auch damit nur einen schrillen Warnton. Es ist so, als hätte ihre Festplatte beschlossen zu streiken.

»Gibt es denn etwas, das du gerne hättest?«, frage ich an ihrer Stelle. Anni dreht sich um und deutet auf den Hauptgewinn. Einen Star-Wars-Stormtrooper-Helm.

»Von dem träume ich seit Jahren«, gesteht sie kichernd. »Ich bin großer Fan.«

»Echt? Pepper auch! Nicht wahr, Peps?«

Endlich erwacht sie aus ihrer Starre und wankt auf den Schießstand zu. Als sich ihre Finger um das Gewehr schlingen, kehrt ihr Kampfgeist zurück und sie verflucht den Betreiber für die Qualität seiner Schusswaffen.

»Sie müssen ja nicht schießen, Lady«, sagt der gelangweilt. »Kann schließlich nicht jeder gewinnen.«

»Oh, ich werde gewinnen.« Sie legt an, zielt und trifft.

Anni jubelt. Davon angespornt widmet sich Pepper dem zweiten Ballon. Ich weiß, wie sehr sie es liebt, mit ihren Schießkünsten anzugeben.

In diesem Moment vibriert mein Handy in der Hosentasche. Ich riskiere einen kurzen Blick und erstarre.

Leon hat mir soeben seinen Standort geschickt.

Was mache ich jetzt?

Am Schießstand platzt ein weiterer Luftballon. Pepper ist mehr oder weniger die Alte, als sie sich umdreht und im Applaus badet.

So kann ich sie kurz alleine lassen. *Hoffe ich …*

Gerade will ich davonhuschen, als Rick mich zu einem freien Platz zieht.

»Komm! Lass uns auch schießen.«

»Klar. Ich … ich besorge uns in der Zwischenzeit was zu essen. Mandeln. Genau. Gebrannte Mandeln. Dann lenk ich dich nicht ab!«

»Oh. Die mag ich.«

»Super. Hol dir die Kondome!« Ich klopfe ihm auf die Schulter und drehe mich um. Ehe er weitere Fragen stellen kann, renne ich los und verschwinde in der Menschenmasse zwischen den Zelten.

Als ich einen schnellen Blick über die Schulter werfe, sehe ich erleichtert, dass er mir nicht gefolgt ist.

Okay.

Freie Bahn für Emmas Plan!

Mit pochendem Herzen starre ich auf das Handy und folge der Karte, die Leon mir geschickt hat. Dabei fühle ich mich wie ein Teenager, der sich aus dem Elternhaus geschlichen hat, um seinen Schwarm zu treffen. Nur dass diese Eltern zwei Privatdetektive sind.

Endlich erreiche ich das Riesenrad, das zu meiner Überraschung so aussieht, als wäre es gar nicht in Betrieb. Keine bunten Lampen, keine Musik und keine Gäste. Und das, obwohl die Kirmes gerammelt voll ist.

Mein Handy vibriert erneut.

LEON: Ich warte drinnen.

Okay, Emma.

Langsam gehe ich auf das Häuschen zu, an dem es normalerweise Tickets gibt. Ein Mitarbeiter in Uniform stellt sich mir in den Weg. »Tut mir leid. Wir sind für eine private Veranstaltung reserviert«, sagt er.

»Ich bin mit Leon von Herzog verabredet?«, versuche ich es und zu meiner Überraschung flackert Verstehen in seinen Augen auf.

»Dann kommen Sie herein.« Er tritt zur Seite und hebt die Absperrung hoch, damit ich meinen Weg mit klopfendem Herzen fortsetzen kann. Gerade als ich in die unterste Kabine des Riesenrads klettere, erwacht es zum Leben. Lichter erstrahlen in allen Farben um mich herum und fröhliche Musik schallt aus den Lautsprechern.

Mir schießt das Blut in den Kopf und ich nehme Platz. Vor mir auf der gegenüberliegenden Bank liegt ein Korb, gefüllt mit Rosen, golden eingepackten Schokoladenpralinen, die die Form eines Herzens haben, und einer Flasche Champagner.

Das sind genau die Art von Dates, die Leon liebt.

Romantisch und pompös. Er schafft es jedes Mal, dass ich mich wirklich wie eine Prinzessin fühle oder die Protagonistin aus einem kitschigen Film.

Endlich höre ich Schritte und drehe mich um, aber anstelle von Leon erwartet mich eine andere Überraschung.

20

Überraschung im Riesenrad

Alex.

»Was willst du denn hier?«, frage ich erschrocken, als er den Korb beiseiteschiebt und mir gegenüber Platz nimmt. »Wo ist Leon?«

»Vorerst musst du mit mir vorliebnehmen.«

Er langt in seine Tasche und zieht ein mir bekanntes Handy heraus. *Leons Handy!*

»Was soll das? Warum hast du das?«

»Dreh jetzt nicht durch, aber ich hab dich eingeladen.«

»Du hast mir die Nachrichten geschickt … Warum?«

»Um mit dir zu reden.« Seine Lippen sind aufeinandergepresst.

»Worüber?«, frage ich, auch wenn ich es mir schon denken kann.

»Leon.« Er stiert mich mit einer Intensität an, die mir Angst macht. »Ich weiß, dass er dir auf der Whirlpoolparty wieder Hoffnung gemacht hat. Und ich weiß, dass er dir Blumen geschickt hat.«

»Und ich wüsste nicht, was dich das angeht«, entgegne ich mit verschränkten Armen.

»Es geht mich sehr wohl etwas an, wenn es um meine Schwester geht«, knurrt er.

»Larissa …«

Die beiden sehen sich wirklich ähnlich, aber während sie die fröhliche Instagram-Leichtigkeit verkörpert, wirkt er mit seinen zusammengekniffenen Augen und der gerunzelten Stirn immer so, als hätte er gerade auf eine Zitrone gebissen. Zumindest in meiner Gegenwart.

»Ich weiß, dass du, aus welchen Gründen auch immer, etwas gegen mich und unsere Beziehung hast, aber Leon will uns eine weitere Chance geben.«

»Hat er dir das gesagt?«

»Schon … Ja …«

Die Furchen auf seiner Stirn werden noch tiefer. »Komm mit. Ich muss dir etwas zeigen.«

Ich rühre mich keinen Millimeter. »Vergiss es. Ich gehe nirgendwo mit dir hin.«

Aber Alex hat nicht vor, mein Nein zu akzeptieren. Er packt mich am Arm und zieht mich mit einem Ruck aus der Gondel.

»Au«, protestiere ich, als sich seine Finger in mein Fleisch bohren. »Lass mich sofort los!«

Ohne ein weiteres Wort zieht er mich zu dem abgedunkelten Tickethäuschen und schubst mich ins Innere.

»Lass mich gehen«, protestiere ich, als er die Tür hinter uns schließt. Meine Finger wandern zu meiner Handtasche, während mir das Herz bis zum Hals schlägt.

»Letzte Warnung.« Ich schaue ihm tief in die Augen. »Eins …«

Innerlich spanne ich mich an und gehe die Schritte im Kopf durch. Pepper hat mich letztes Jahr zu diesem Selbstverteidigungskurs mitgeschleppt, damit ich im Notfall weiß, was zu tun ist.

»Zwei ...«

Alex hat sich keinen Millimeter bewegt. Im Gegenteil, er versperrt mit seinem Körper die Tür und damit den Weg nach draußen. »Du gehst nirgendwohin«, knurrt er.

Falsch gedacht!

»Drei!« Ich reiße mein Knie hoch und versenke meinen Oberschenkel zwischen seinen Beinen. Keuchend lässt er von mir ab und krümmt sich zusammen. Gleichzeitig ziehe ich mein Pfefferspray aus der Tasche.

»Was soll der Scheiß?«, knurre ich, während ich mich langsam an ihm vorbei zur Tür bewege.

»Warte«, stöhnt Alex. »Ich wollte dir nur was zeigen!«

»Ich lass mich nicht entführen. Klar?«

»Spinnst du? Ich will dich doch nicht entführen ... Sieh mal. Da!«

Er deutet auf das Fenster, wo in diesem Moment eine vertraute Gestalt erscheint, die mit einnehmendem Lächeln den Angestellten in Uniform begrüßt.

Leon ...

Und er ist nicht allein.

Ehe ich weiß, was ich tue, liege ich neben Alex auf dem Boden.

»Was zum ...?«, flucht der.

»Psssst!«

Ich höre Schritte, gedämpfte Stimmen, Kichern, aber ich rühre mich nicht. Erst als sie vorbei sind, öffne ich die Tür einen Spalt weit und luge hinaus. Am Riesenrad steht Leon, der gerade einer glücklich strahlenden Larissa in die Gondel hilft.

»Und ich dachte, du hättest das Riesenrad gemietet«, flüstere ich an Alex gewandt.

»Warum sollte ich so viel Geld ausgeben, nur um mit dir zu reden? Nein. Das wollte ich dir die ganze Zeit sagen. Leon hat das Rad gemietet«, knurrt Alex. »Nur nicht für dich.«

»Das hättest du auch einfach sagen können, anstatt mich wie ein Irrer hier reinzuschleifen. Ich hätte dir fast Pfefferspray in die Augen gesprüht!«

»Das weiß ich jetzt auch«, knurrt er.

Leon steigt in die Gondel und überreicht Larissa den Korb, den sie verzückt entgegennimmt.

»Ach, Leon! Womit hab ich das denn verdient?«, flötet sie.

»Du weißt, weshalb«, erwidert er. »Eine kleine Entschuldigung, weil ich so ein Arsch war.«

»Dieser kleine Mistkerl«, knurre ich und mache Anstalten, aus dem Häuschen zu stürmen, aber Alex hält mich auf.

»Warte! Was hast du vor?«

»Ihn zur Rede stellen. Was denn sonst?«

»Aber …«

»Ich habe Pamela versprochen, dass ich heute Nacht meine Antworten bekomme!«

»Wer ist Pamela?«

»Meine Palme.« Ehe er mich aufhalten kann, stoße ich die Tür auf und stürme auf die beiden zu. Als ich jedoch vor ihnen stehe und sie mich erschrocken ansehen, bereue ich meinen Entschluss, denn all meine Worte sind mit einem Mal verschwunden. Verpufft.

Er ist ebenfalls sprachlos. »Ems?«

»Was soll das?«, krächze ich kaum hörbar.

»Ich kann das erklären.« Er fuchtelt mit den Armen, während Larissa von einem zum anderen guckt. Eigentlich muss er nichts mehr sagen. Die Situation ist mehr als deutlich.

»Ich glaube, ich brauche keine Erklärungen mehr … Und auch keine weiteren Rosen. Es ist aus. Ein für alle Mal.«

»Ems.«

»Es hat sich ausgeemst«, verkünde ich ein wenig lauter. »Ich lasse mich nicht warmhalten, bis du herausgefunden hast, was oder wen du willst.«

»Das ist es nicht.«

»Was ist es dann, Leon?« Mittlerweile schreie ich. »Sag mir endlich, was dein verdammtes Problem ist!«

»Larissa … Sie ist schwanger.«

Ich erstarre mitten in der Bewegung.

Schwanger?

»Von dir?«

Er muss nichts sagen, denn die Antwort steht ihm übers ganze Gesicht geschrieben.

»Oh …«, entfährt es mir.

In diesem Moment setzt sich das Riesenrad in Bewegung, die Gondeln wippen fröhlich im Takt der Musik. Leon und Larissa werden in die Höhe gehoben, immer weiter von uns weg.

»Verstehst du jetzt?«, fragt Alex, der sich endlich auch aus dem Tickethäuschen gewagt hat.

Ich würde am liebsten toben und etwas kaputt machen, aber stattdessen fühle ich mich dumpf und leer, stehe einfach nur da und lausche den unwirklich glücklich erscheinenden Klängen des Riesenrades.

Sie ist schwanger.

Von ihm.

Wie in Trance drehe ich mich um, um zu verschwinden, aber Alex hält mich am Arm fest, dieses Mal vorsichtiger als zuvor.

»Ist es wirklich das, was du wolltest? Dass dein bester Freund mich verlässt, um mit deiner Schwester zusammenzukommen?«

Alex starrt mich entgeistert an. »Natürlich nicht. Als ich herausgefunden habe, dass sie schwanger ist, habe ich ihm eine reingehauen. Hat nicht geholfen …«

Mir wird schwindelig, meine Gedanken und die Welt drehen

sich um die Wette. Ich lehne mich gegen die Wand des Tickethäuschens und hole tief Luft. »Seit wann ist sie …?«, murmele ich.

»Zwei Monate.«

»Fuck.«

»Fuck«, bestätigt er. »Ich wusste es nicht von Anfang an, aber ich hab mir gedacht, dass da was ist. Die beiden haben seit Jahren eine On-off-Geschichte am Laufen. Und glaub mir, wenn ich gekonnt hätte, hätte ich es unterbunden.«

»Ich werde jetzt besser gehen«, flüstere ich.

»Warte, Ems!«, ruft Leon von oben. »Lass uns reden! Es ist noch nicht zu spät.«

Für mich schon.

Es hat lange gedauert, aber die Tür ist endgültig zugefallen.

21

Graf Dracula und Zuckerwatteküsse

Mit schwirrendem Kopf schiebe ich mich durch die Menge zurück zum Schießstand. Um mich herum sorgen ausgelassene Stimmen für einen beachtlichen Lärmpegel, aber er dringt kaum zu mir durch. Endlich sehe ich Peppers blonden Schopf zwischen den Menschen aufblitzen.

Am liebsten würde ich auf sie zustürmen, mein Gesicht in ihrer Schulter vergraben und ihr alles erzählen. Sie würde mir zuhören, mir über die Haare streichen und diesen Mistkerl leidenschaftlich verfluchen. Das ist genau das, was ich im Moment brauche. Trotzdem bleibe ich stehen.

Anni setzt gerade mit einem breiten Grinsen ihren Helm auf, während sich Pepper kaputtlacht.

Ich will sie nicht stören, denn sie verdient es, diesen Moment des Glücks ohne ein berühmt-berüchtigtes Emma-Dilemma zu genießen. Also stehe ich einfach nur da, stehe still, während die Welt an mir vorbeirauscht. Ich fühle mich leer und betäubt, will gleichzeitig weinen, schreien und weglaufen, aber mein Körper bewegt sich nicht.

Plötzlich landet eine Hand auf meiner Schulter. Ich drehe mich um und gucke direkt in Ricks grinsendes Gesicht. In einer Hand hält er eine Tüte mit regenbogenfarbenen Einhornkondomen, die er nun triumphierend vor meinem Gesicht auf und ab schwenkt.

»Hey, alles klar? Wo sind die Mandeln?«, fragt er mich.

»Was?«

»Du wolltest doch Mandeln besorgen.«

»Ach ja … Die waren ausverkauft.« Es ist eine halbherzige Ausrede, die er mir keine Minute lang glaubt.

»Ich kann den Stand von hier aus sehen. Und sie haben noch jede Menge gebrannte Mandeln. Eigentlich verkaufen sie nur das.«

»Ja. Du hast recht. Ich war nicht da … Ich war …« Tränen schießen mir in die Augen.

»Oh weh. Schon gut.« Er legt einen Arm um mich und schiebt mich sanft in die Richtung des Standes. »Such dir was aus. Zucker hilft.«

Als ich nur unentschlossen auf die Auswahl starre, übernimmt es Rick, eine große gemischte Tüte zu bestellen, die er mir dann in die Hand drückt.

»Besser?«, murmelt er in mein Ohr, als ich mir eine Handvoll in den Mund schiebe.

Ich nicke.

»Weißt du, Emma. Wenn ich mich schlecht oder ungeliebt fühle, denk ich immer an den armen Kerl, der im Schultheater den Baum spielen musste. Das hilft.«

»Ich war der Baum …«

Er sieht mich fragend an, aber ich mache keinen Witz.

»Es war ein Musical und ich kann nicht singen, aber hey … Das war eine sehr verantwortungsvolle Aufgabe. Immerhin musste ich an der richtigen Stelle mit den Blättern rascheln.«

»Ich wette, du warst der heimliche Star.« Rick lacht und streicht mir fürsorglich über den Rücken. »Willst du drüber reden?«

Ich weiß, dass er nicht meine Theatererfahrungen in der Schule meint.

»Können wir vielleicht irgendwo … anders hin?«

»Ich weiß genau, was du jetzt brauchst.«

»Wenn du jetzt Rummachen sagst, dann …«

»Keine Sorge.« Er greift meine Hand und führt mich zielsicher durch die Menschenmenge, bis wir vor einem übergroßen Graf Dracula stehen.

»Die Geisterbahn?«, frage ich zweifelnd, als er sich in die Schlange stellt.

»Es gibt keine coolere Attraktion auf dieser Kirmes. Sie haben sogar einen Graf Dracula.« Rick beugt sich zu mir und setzt mir wieder seinen Einhorn-Haarreif auf, aber dieses Mal protestiere ich nicht. Im Gegenteil.

»Gott sei Dank. Du lächelst wieder. Ich wusste es. Als Einhorn ist alles besser«, ruft Rick aus und legt mir seinen Arm um die Schulter, während er mich in das Zelt führt. Schlagartig wird es dunkel. Die einzige Lichtquelle sind flackernde Kerzenattrappen und die rot leuchtenden Augen der Schädel, die an den Wänden hängen.

Eine quietschende Gondel rollt vor, um uns abzuholen. Rick hilft mir in das Gefährt, das von einem Skelett gesteuert wird, dessen Mund rhythmisch auf- und zuklappt. Mit einem Rucken setzt sich die Gondel in Bewegung und folgt einer weiteren in einen dunklen, muffig riechenden Tunnel.

»Also? Willst du drüber reden?«, fragt Rick.

»Ich bin dumm. Das ist alles.« Erneut steigen mir Tränen in die Augen. »Dumm und hoffnungslos naiv.«

Ich wische sie wütend beiseite, aber sie laufen schneller nach, als ich wischen kann. Ich will nicht weinen. Nicht schon wieder. Pepper hat recht. Leon verdient keine einzige weitere Träne von mir.

»Dein Whirlpool-Lover?«, fragt Rick.

»Ich dachte, er wollte sich mit mir treffen, um noch mal ehrlich über alles zu sprechen. Stattdessen habe ich herausgefunden, dass er eine Affäre hatte, die jetzt schwanger ist.«

»Oh …«

»Oh«, bestätige ich. »Mein Vater und Pepper hatten recht. Es war dumm zu glauben, dass er sich für mich ändern wird.«

Rick zupft ein Taschentuch aus seiner Jackentasche und reicht es mir. »Manchmal sehen wir in anderen Personen nicht das, was sie sind, sondern das, was wir uns wünschen. Wir leugnen, beschönigen und oft versuchen wir, uns oder die andere Person zu verändern, damit es in unsere perfekte Vorstellung passt. Du bist nicht die Einzige, der es so geht!«

»Ich träume nicht länger, glaub mir. Ich wurde aufgeweckt. Mit einem Knall …«

»Sei froh. Es gibt Leute, die weigern sich ihr Leben lang aufzuwachen. Lieber leben sie einen unglücklichen Traum, als Einsamkeit zu riskieren.«

»Ich wusste nicht, dass du so tiefgründige Sätze von dir geben kannst.« Schniefend vergrabe ich mein Gesicht in dem angebotenen Taschentuch.

»Das hab ich aus der Therapie«, lacht Rick.

»Du bist in Therapie?«

»Nein. Aber ich guck mir YouTube-Videos an. Da denkt jeder, er ist der Therapeut von morgen.«

Ich pruste los und muss gestehen, dass ich Rick ein bisschen mag. Nicht wegen seiner Flirtsprüche, sondern wegen der Leichtigkeit, die er ausstrahlt. Sie ist genau das, was ich in diesem Moment brauche. Als hätte ihn mir das Schicksal geschickt.

Nicht das Schicksal, sondern eine beste Freundin.

Plötzlich bleibt die Gondel stehen und ein unheimliches Gelächter erfüllt den Gang. Es zischt, weißer Nebel schießt aus dem Boden und hüllt uns ein, so dass der Rest der Geisterbahn verschwindet. Unter gruseligem Stöhnen erheben sich Untote mit rotglühenden Augen um uns herum.

Rick sieht seine Chance gekommen und zieht mich an seine Brust. Seine verdammt feste und durchtrainierte Brust, wie ich nicht umhin komme zu bemerken.

»Keine Sorge«, murmelt er. »Ich beschütze dich.«

Und auch, wenn ich gar keine Angst habe, lehne ich mich an ihn und genieße seine Umarmung, das Gefühl, gehalten zu werden, nicht allein zu sein.

Die Gondel setzt sich wieder in Bewegung und wir lassen die Untoten hinter uns zurück, damit sie das nächste Pärchen erschrecken können.

»Kennst du das?«, frage ich schließlich. »Leute, die ihr Leben lang in einem unglücklichen Traum leben?«

Er nickt. »Meine Eltern haben das perfektioniert. Sie haben sich ständig gestritten, betrogen und belogen. Eigentlich haben sie alles gemacht. Nur getrennt, das haben sie sich nie. Angeblich sind sie für mich zusammengeblieben, aber ich wäre froh gewesen, wenn sie einfach unterschiedliche Wege gegangen wären, anstatt mich in ihre Abwärtsspirale zu ziehen.« Er hält inne, als ein Gespenst von der Decke auf uns heruntersaust, nur um dann in letzter Sekunde abzubremsen und unheilvoll zu lachen. »Ich glaube, es hat ihnen Angst gemacht. Denn Trennungen machen Angst.«

»Willst du deswegen keine Beziehungen?«, frage ich sanft.

Rick nickt. »Ich habe mir geschworen, nie so zu enden wie sie. Keine Liebe. Keine Kompromisse. Keine Verpflichtungen und kein Stress.«

»Nicht alle Beziehungen sind wie die deiner Eltern.«

»Ich arbeite als Lockvogel für eine Privatdetektei, die Fremdgänger entlarvt«, erinnert er mich. »Nicht der beste Ort, um wieder Vertrauen in die große Liebe zu bekommen.«

»Dann solltest du meine Eltern kennenlernen«, entgegne ich. »Ihre Liebe ist nervtötender als jede Weihnachtsromanze auf Netflix. Ich habe mir genau so ein Märchen gewünscht, und als ich Leon umgerannt habe, dachte ich, das wäre meine perfekte Liebesromanze. Und eine Menge Menschen in der Uni empfanden das ebenso … Empfinden es immer noch.«

Wir passieren einen Friedhof voller Plastikgrabsteine, aus denen wenig überraschend einige Untote kriechen und ihre Arme nach uns ausstrecken.

»Als wir uns das erste Mal getroffen haben, hast du mich gefragt, ob ich an Liebe auf den ersten Blick glaube«, erinnere ich mich und sehe Rick an. Die Lichter der flackernden Kerzenattrappen spiegeln sich in seinen Augen, die mich überrascht ansehen.

»Oh nein. Du verliebst dich nicht gerade in mich, oder? *Verflucht!* Das passiert, wenn man persönliche Sachen erzählt.«

Ich knuffe ihn in die Seite. »Ich verliebe mich nicht, du Blödmann. Ich will nur sagen, dass ich nicht mehr daran glaube. Ich habe Menschen auf den ersten Blick schon viel zu häufig falsch eingeschätzt.«

Und er ist einer davon.

»Nur damit keine falschen Gerüchte aufkommen. Dein erster Eindruck von mir war vollkommen korrekt. Ich bin heiß und ich rieche gut. Keine Frage, aber ich bin auch vollkommen bindungsunfähig, selbstverliebt und werde mich niemals ändern, weil ich so ganz zufrieden bin.«

»Keine Sorge, ich hab nicht vor, dich zu einem Leben der Treue und Monogamie zu überreden.«

»Gut. Das letzte Mal war ich nämlich mit Anastasia in der Geisterbahn und habe ihr die Eiscreme aus dem Dekolletee …«

Bevor er seinen Satz zu Ende sprechen kann, lehne ich mich

vor, um ihn zu küssen. Unsere Lippen streifen sich kurz, dann zuckt er zurück und starrt mich an. Er ist allerdings nicht der Einzige, der von meinem plötzlichen Sinneswandel überrascht ist.

Ich bin es ebenfalls.

Was zur Hölle, Emma?

»Äh, machen wir jetzt doch rum?«, fragt er irritiert. Meine Hände klammern sich auf der Suche nach Halt an den Plastiksitz der Gondel. Ich starre auf seine Lippen, die nur wenige Zentimeter von mir entfernt sind und auf denen das Licht der Kerzen tanzt.

Die Gondel hat mittlerweile angehalten. Wir stehen vor einem großen schwarzen Sarg, vermutlich dem Höhepunkt unserer Geisterfahrt.

»Ja. Warum nicht?«

Rick mustert mich immer noch unschlüssig. »Benutzt du mich, um Leon zu vergessen?«

»Ein bisschen.« Ich beiße auf meine Unterlippe. »Wenn es okay für dich ist?«

»Machst du Witze? Ich bin ein verdammt guter Lückenfüller. Der beste, den du kriegen kannst.«

Mit den Worten lehnt er sich vor und drückt seinen Mund fest auf meinen. Seine Zungenspitze fährt über meine Lippen und hinterlässt ein warmes Kribbeln. Ein bisschen wie Brausepulver. Ich öffne meinen Mund, um sie hereinzulassen. Seine Hände greifen in meine Haare. Gerade fest genug, dass mir angenehme Schauer über den Rücken jagen.

Er schmeckt nach Zuckerwatte, gebrannten Mandeln und vor allem nach Vergessen. Ich will mehr davon. Also schlingen sich meine Arme um seinen Hals und ich ziehe mich noch näher an ihn heran, presse meinen Körper an seinen und drücke meine Lippen noch fester auf seine. Sein Griff in meinen Haaren verstärkt sich und entlockt mir ein Stöhnen.

Wir gleiten von der Plastikbank und bleiben auf dem klebrigen Boden der Gondel liegen, gerade als Graf Dracula sich aus seinem Sarg erhebt. Hier, an Ricks Seite, zwischen Särgen und Untoten sind all meine Sorgen für einen wunderbaren Moment verflogen. Alles, was ich will, ist meine Augen zu schließen und mich ganz dem Kuss hinzugeben.

»Hey. Die Fahrt ist vorbei. Verschwindet und nehmt euch ein Zimmer«, schimpft ein Zombie in einer »Zur letzten Ruhe«-Uniform.

22

Gebrannte Mandeln und Einhornkondome

Kichernd stolpern wir in Ricks Wohnung. Sie ist klein, aber bis auf den Couchtisch aufgeräumt.

Neben dem Wohnzimmer, in dem nicht mehr als Sofaecke und Fernseher Platz finden, gibt es ein Bad und eine kleine Küche. Im größten Raum hat er sein Schlafzimmer eingerichtet, was mich nicht wirklich wundert.

»Siehst du?« Er grinst, nimmt mich an den Händen und zieht mich zu sich heran. »Meine Bettwäsche passt perfekt zu deinen Augen.«

»Deine Bettwäsche ist weiß.«

»Und dein Augapfel ebenfalls. Das muss Schicksal sein.«

Er lehnt sich vor. Mein Herz macht vor Aufregung einen Sprung mit Salto, als sich seine Lippen erneut auf meine drücken und wir wieder in einem atemlosen Kuss versinken. Er ist entschlossen, lässt keinen Zweifel daran, dass er mich will.

Und ich?

Ich will mich fallen lassen, einfach alles vergessen, aber die Wirkung seines Kusses hat nachgelassen und die Gedanken, die ich zu verdrängen versucht habe, kämpfen sich zurück an die Oberfläche. Leon, Larissa und ihr BABY!

Wie konntest du nur so dumm sein, Emma?

»Entspann dich«, knurrt Rick in mein Ohr, bevor er meinen Hals mit Küssen übersät. Er ist ganz darauf konzentriert, mich zu verwöhnen, aber es funktioniert nicht mehr. Ich meine, Larissa ist schwanger! *What the fuck!* Schwanger! Und dazu ist dieses Kind entstanden, als ich noch von unserem Happy End geträumt habe und Umzugskisten gepackt habe.

Plötzlich werde ich hochgehoben und an die Wand gedrückt, während sich Ricks Körper zwischen meine Beine schiebt.

Automatisch schlinge ich meine Schenkel um seine Hüfte und meine Arme um seinen Hals. Ich versuche mich einfach auf seinen Kuss zu konzentrieren, aber die Bilder lassen sich nicht mehr verdrängen, ebenso wenig die Wut, die sie in mir auslösen. Ich will schreien, aber jeder Laut verschwindet zwischen unseren Lippen.

In Filmen sehen One-Night-Stands immer so einfach aus, aber mein Feuer der Leidenschaft brennt auf Sparflamme, weil mein Kopf nur an eins denken kann.

Leon beim Windelnwechseln …

Rick schiebt mich höher. Etwas Hartes bohrt sich in meinen Rücken und ich stöhne auf, was Rick als Lust missinterpretiert und mein Ohr zwischen seine Zähne nimmt. Sanft fängt er an, daran zu knabbern. Gleichzeitig fällt etwas mit einem Klirren zu Boden. Ich verrenke mir den Hals, um zu sehen, was gerade zu Bruch gegangen ist, aber Rick scheint das nicht zu stören. Seine Aufmerksamkeit gilt einzig mir.

Das hier ist ein Fehler, Em!

Er wirbelt mich herum und lässt mich aufs Bett fallen. Dann grinst er mich an, bevor er sich das T-Shirt über den Kopf zieht und seinen trainierten Oberkörper enthüllt. Für einen Augenblick starre ich ihn an.

Doch kein Fehler! Wow!

Er greift neben sich und zieht eine Packung aus seiner Hosentasche.

Glänzende, glitzernde Einhornkondome.

»Die haben nicht wirklich die Form eines Einhorns, oder?«, frage ich skeptisch.

»Lass es uns herausfinden.« Mit einer gekonnten Bewegung schiebt er mir das T-Shirt bis über den Busen hoch und knöpft meine Hose auf.

Oh nein … Warum hab ich mich für die Baumwoll-Pantys mit Katzenbildern entschieden?

Rick dreht mich auf den Bauch.

»Du bist ganz verspannt«, raunt er. »Soll ich dich erst mal massieren?«

»Ja. Das wäre vielleicht ganz gut.« Ich spüre, wie er sich auf meine Oberschenkel setzt und seine geübten Hände über meinen Rücken gleiten lässt. Auch hier scheint er genau zu wissen, was er tut. Erst kümmert er sich um den Nacken, dann knetet er die Schultern und schließlich wandern seine Finger zur Hüfte und erreichen meinen Hintern, der in sexy Katzenunterwäsche steckt.

Ich spanne ihn an, damit er wenigstens fester aussieht.

»Nette Unterhose«, kommentiert Rick und beugt sich vor, um sie besser zu betrachten. »Ist das eine Katze, die mit einem Wollknäuel spielt?«

Ich laufe knallrot an und versenke mein Gesicht in seiner Bettwäsche, damit er es nicht sieht. »Ja«, brumme ich, woraufhin Rick in Gelächter ausbricht.

»Ich hab das nicht geplant«, rechtfertige ich mich. »Sonst hätte ich mich in Spitzenhöschen geworfen.«

»Ist doch egal, was du anhast. Ich zieh es ja eh aus«, feixt er, aber das muntert mich nicht auf.

»Hey, du musst dir keine Gedanken machen«, versucht er es

erneut. »Ob du Schlüpper oder Tangas trägst, ist mir herzlich egal. Ich hatte schon alles.«

»Das glaub ich«, stöhne ich.

»Was ist es dann?«

»Ich hab *so was* ehrlich gesagt noch nie gemacht.«

Rick lässt von mir ab und fällt neben mir aufs Bett. Lässig stützt er sich auf seinen Arm, während er mir mit der freien Hand weiter über den Arm streichelt.

»Du machst dir viel zu viele Gedanken«, stellt er fest.

»Ich weiß«, seufze ich in das Laken. »Aber ich kann einfach nicht mit dem Denken aufhören.«

»Vielleicht sollte ich mir ein Aquarium anschaffen? Würde das beim Entspannen helfen?«

»Ja bitte!« Vorsichtig hebe ich den Kopf und sehe in seine Augen, die immer noch Wärme versprechen.

»Hey, wenn du keine Lust auf Sex hast, ist das auch okay«, beruhigt er mich. Er deutet vielsagend nach unten. »Lass dich von dem hier nicht unter Druck setzen.«

Seine enge Unterhose wölbt sich und es sieht so aus, als würde sie jeden Moment platzen. »Er kann schrecklich aufdringlich sein.«

»Wird er es überleben?«

»Vermutlich nicht. Er liebt Einhörner.«

Ich ziehe mir die Decke bis zum Hals und drehe mich eingerollt wie in einen Kokon auf den Rücken. »Du bist verdammt heiß, aber ich … Keine Ahnung. Ich weiß auch nicht, was mit mir los ist.«

»Immerhin findest du mich heiß. Nicht, dass das überraschend ist, denn jeder findet das.« Rick grinst schief. »Aber bei manchen reicht das nicht aus. Du bist wahrscheinlich eher ein Gefühlsmensch, deren Aufmerksamkeit man nicht mit Aussehen alleine bekommt.«

»Tut mir leid …«

»Du musst dich nicht entschuldigen. Es ist vollkommen okay, seine Meinung zu ändern. Auch wenn man gerade voll dabei ist.« Er streicht mir eine Haarsträhne hinter das Ohr. »Wie wäre es mit einem Kaffee?«

Ich nicke dankbar. »Aber zuerst muss ich für kleine Katzenmädchen. Ganz dringend.«

23

Kleopatra und Instantkaffee

Wenig später schließen sich meine Finger um eine dampfende Tasse bitter schmeckenden Instantkaffee, während ich mit der freien Hand gebrannte Mandeln aus einer Papiertüte fische.

Auf dem Tisch kann ich zwischen jeder Menge Männermode- und Sportzeitschriften Zettel mit Skizzen ausmachen.

»Du zeichnest?«

»Hin und wieder«, antwortet Rick, der neben mir Platz nimmt.

Ich schnappe mir einen Stapel und gehe durch die Bilder. »Die sind wirklich gut.«

»Es entspannt mich, wenn ich viel im Kopf habe. Und ja – hin und wieder habe ich Dinge im Kopf, auch wenn Pepper immer sagt, dass der leerer als ein Vakuum ist.«

»Ist er nicht«, widerspreche ich. »Im Gegenteil, gelegentlich sagst du verdammt vernünftige Sachen.«

»Verrat es keinem, okay?« Rick zwinkert mir zu. »Ich kann mich eh schon vor Angeboten kaum retten. Da kann ich es nicht gebrauchen, wenn sich rumspricht, dass ich auch noch als Seelenklempner tauge.«

»Machst du deswegen diese bescheuerten Anmachsprüche? Damit niemand auf die Idee kommt, dass du in Wirklichkeit ein echt toller Kerl bist?«

»Was? Nein! Meine Sprüche sind super! Was hast du gegen meine Sprüche?«

Ich gucke weiter durch seine Zeichnungen, die überwiegend leicht bekleidete Frauen darstellen.

»Sind das etwa …«

»Frauen, mit denen ich Sex hatte? Ein paar davon«, gesteht Rick und wirft sich neben mir auf das Sofa. Er trägt nur die äußerst enge Boxershorts, die mich ein bisschen bereuen lässt, dass wir nicht beendet haben, was wir begonnen haben.

Schnell konzentriere ich mich wieder auf die Skizzen in meinem Schoß. Bei einer Zeichnung halte ich inne. Das Mädchen darauf sieht aus wie eine nackte Kleopatra. »Das ist schön.«

»Das ist eine Frau, von der ich geträumt habe«, erinnert sich Rick. »Pepper hat mich gezwungen, *Asterix und Obelix in Ägypten* für meine Allgemeinbildung zu sehen.«

»Und prompt hast du von einer nackten Kleopatra geträumt.« Ich nippe an dem bitteren Kaffee, bekomme ihn aber ohne Milch nicht runter und stelle ihn weg.

»Von wem auch sonst? Wobei … Asterix hatte auch was. Erinnert mich ein bisschen an dich.«

»Charmant, dass ich dich an einen bärtigen Gallier erinnere.«

»Einen schlauen bärtigen Gallier.«

»Wusstest du, dass sich Kleopatra zeitlich gesehen näher an der Mondlandung befindet als am Bau der Pyramiden?«

»Was?« Er sieht mich erstaunt an. »Ich dachte, sie hätte die selbst gebaut.«

»Eigentlich wurden sie mehr als zweitausend Jahre eher errichtet«, kläre ich auf. »Da gab es sogar noch Mammuts.«

»Woher weißt du diese coolen Dinge?«

»Ich liebe Fun Facts«, erkläre ich mit leuchtenden Augen. Am liebsten würde ich sofort alles herunterrattern, was mir sonst noch in den Sinn schießt. Zum Beispiel, dass Kleopatra gar keine Ägypterin war, sondern aus einer makedonisch-griechischen Dynastie stammte, die Ägypten erobert hatte. Oder dass sie über zehn Sprachen beherrschte, was ich unglaublich finde, da ich mich nach vier Jahren Französischunterricht an kaum mehr erinnere als »Je suis Emma« und »Je ne comprends pas le français«.

»Du solltest jemanden finden, der das zu schätzen weiß, Miss Superbrain«, sagt Rick und stupst mir mit dem Zeigefinger gegen die Schläfe.

»Ist das nicht seltsam?«

»Nein. Es ist cool. Es gibt so viele langweilige Menschen da draußen. Glaub mir, ich hab mit einigen davon geschlafen, aber du bist keine davon.«

»Danke.« Jetzt weiß ich, was Pepper an ihm mag. »Ich finde, du solltest öfter tiefgründig sein. Mir gefällt der geheime Rick.«

»Bloß nicht«, stöhnt er. »Dann müsste ich ja mit allen Frauen, die ich mit nach Hause nehme, reden.«

»Wäre das so schlimm?«

»Natürlich! Du bist die erste und letzte«, verkündet er und schnappt sich seinen Kaffee.

»Dann bin ich wohl etwas ganz *Besonderes*«, erwidere ich grinsend.

Rick lacht. »Nein. Du bist … schlau.«

»Weil ich Fun Facts kenne?«

Er denkt nach. »Weil du nicht mit mir geschlafen hast. Ich bin froh, dass wir keinen Sex hatten.«

»Warum?«

»Weil ich dich mag. Und ich nicht will, dass sich etwas zwischen uns ändert.«

So wie er mich ansieht, würde ich ihn am liebsten erneut küssen, auch wenn es falsch wäre. Denn ich mag ihn ebenfalls, sehr sogar, aber das mit uns würde nicht gut ausgehen. Dafür sind unsere Ansichten zum Thema Beziehung zu verschieden und ich würde nicht wollen, dass er sich für mich ändert.

Wenn man jemanden wahrhaft liebt, will man nicht, dass er sich ändert. Man liebt ihn so, wie er ist.

»Kann ich vielleicht auf dem Sofa schlafen?«, frage ich, da es bereits spät ist.

»Natürlich. Ich hab sogar etwas für dich, falls du jemanden zum Kuscheln brauchst.« Rick steht auf, schnappt sich ein Kuscheltier vom Regal und wirft es mir zu. Es ist orange, rund, plüschig und hat große Augen, die zu uns herabsehen.

»Was ist denn das?«, frage ich.

»Ein *Plüschie*. Leider sind die Batterien leer.«, sagt Rick und in meinem Kopf klingelt es. *Plüschies* waren vor Jahren der letzte Schrei auf Social Media. Jeder wollte einen der süßen, kuscheligen Begleiter haben. »Der Kleine passt heute Nacht auf dich auf.«

»Danke.«

Er geht in sein Zimmer, um wenig später mit einem übergroßen T-Shirt mit der Aufschrift »Meine Augen sind hier oben, du Arsch« zurückzukommen.

»Mein Gäste-Shirt für die Nacht«, erklärt er feierlich.

»Es ist perfekt.«

Wenig später liegt Rick im Bett, während ich es mir auf dem Sofa bequem mache und Instagram öffne. Ich starre auf den vertrauten Feed meines Accounts, der von Leon dominiert wird und unserem Traum, der sieben Monate gehalten hat. Unsere Dates. Der Segeltörn. Das Champagnerbad. Unser Urlaub in Frankreich. Natürlich sind wir, ganz Klischee, nach Paris gefahren. Mit strahlenden Augen beißen wir in ein Croissant. Ich erinnere mich, dass ich kurz darauf von einer erzürnten Wespe gestochen wurde. Danach sah ich mit meiner angeschwollenen Lippe aus, als hätte ich einen Botoxunfall gehabt, weshalb wir auf weitere Fotos verzichteten.

Ich lösche es.

Ebenso wie alle anderen. Nach und nach fällt die Romantik meiner Instagramseite in sich zusammen.

Nur bei einem Foto zögere ich kurz. Der Wintersemester-Ball. Das Foto, das mit Abstand am meisten Likes abgesahnt hat. Es wundert mich nicht, denn das ist, was Menschen neben dem Drama wollen.

Süße Liebesgeschichten.

»DAS Märchen des Jahres«, hat der Dozent meines Sezierkurses kommentiert.

»Wie süß seid ihr bitte?«

»Ich will auch so einen tollen Freund finden.«

Und auch wenn jeder wissen sollte, dass die Bilder auf Instagram nicht echt sind, dass sie nur die bearbeiteten, gestellten Highlights zeigen, die Sonnenseiten des Lebens, fällt doch jeder darauf herein.

Eingeschlossen derer, die sie posten, denn irgendwie habe ich nicht nur die anderen von unserem Glück überzeugen wollen, sondern auch mich selbst.

Ich hole tief Luft und lösche auch dieses Bild.

Fast habe ich erwartet, es zu bereuen, aber tatsächlich fühle ich mich leichter, befreit und ein Lächeln schleicht sich auf mein Gesicht. Ich öffne die Sprachmemofunktion auf meinem Handy und spreche hinein.

Dear Disaster-Diary,

Loslassen ist schwerer als gedacht. Vor allem, wenn es zur Gewohnheit geworden ist festzuhalten. Oft halten wir nicht an einem Menschen fest, sondern an einem Traum. Einem Traum, den wir von jemandem haben. Wir reden uns Dinge schön, und wenn wir hin und wieder zweifeln, dann teilen wir die schönen Momente auf Instagram und lassen uns bestätigen, dass alles gut ist. Dass der Traum, den wir träumen, echt ist.
Aber irgendwann ist es an der Zeit, aufzuwachen und sich selbst zu hinterfragen, was eines der schwersten Dinge überhaupt ist. Heute habe ich es gewagt und es fühlt sich beängstigend an. Und verdammt gut. Manchmal ist Loslassen das Beste, was wir tun können. Denn es gibt uns die Möglichkeit, neu anzufangen.
Und ja, der letzte Satz klingt wie ein platter Klospruch, aber manchmal ist es wahr.

24

Donutfrühstück

»Ihr hattet Sex.« Pepper lässt ihre Sonnenbrille lässig auf die Nasenspitze rutschen, um über den Rand zu gucken. Es ist bewölkt, fast trübe unter der dunklen Wolkendecke, und ich wette, sie trägt die Brille nur, um mir diesen Blick zuzuwerfen.

»Eine gewagte These, Agentin P«, brumme ich, während ich mich auf den Beifahrersitz fallen lasse. Ich habe dasselbe Outfit an wie gestern. Mit Ausnahme des karierten Flanellhemdes, das mir Rick geliehen hat.

Mit einem verschwörerischen Blick reicht mir Pepper einen Kaffee und eine Papiertüte mit Frühstück. »Ich will alles wissen.«

Betont langsam angele ich mir einen Donut mit bunten Streuseln heraus und beiße ein Stück ab. Danach gönne ich mir einen Schluck Kaffee und lehne mich seufzend zurück.

»So gut war es?«, hakt Pepper nach und ich spüre, wie sie ganz kribbelig wird.

»Eine Lady genießt und schweigt«, verkünde ich und beiße erneut vom Donut ab.

Empört reißt sie mir den Rest des Gebäcks aus der Hand und stopft ihn sich in den eigenen Mund. Dann schnappt sie sich die Tüte mit den restlichen Donuts und hält sie außer Reichweite. »Wenn du mir nichts sagst, Lady, gibt es kein Frühstück!«

»Hey!«, protestiere ich lachend und verschütte bei dem Versuch, an die Donuts zu kommen, Kaffee. »Schon mal was von Privatsphäre gehört?«

»Für beste Freundinnen gilt die nicht!«, entgegnet sie. »Rede oder hungere!«

Ich gebe auf und seufze.

»Da gibt es nichts zu reden. Wir waren artig«, gestehe ich.

»Moment! Kein Sex?« Sie beäugt mich misstrauisch. Als sie sich sicher ist, dass ich nicht gelogen habe, gibt sie mir die Donuts zurück. »Ich hoffe, Oberarsch-Leon ist nicht schuld daran.«

»Nein … Ich …«

»Rick hat zu viel geredet«, mutmaßt Pepper. »Hat er wieder seine Sprüche gebracht?«

»Schon … Aber …«

Sie winkt ab. »Dann verstehe ich dich vollkommen. Wenn er im Flirtmodus ist, ist er unausstehlich. Ich begreife nicht, wie jemand auf diese Sprüche reinfallen kann.«

»Ach, eigentlich ist er echt okay.«

»Natürlich ist er okay«, bestätigt sie. »Sonst hätte ich ihn nicht auf dich angesetzt, aber leider redet er jede Menge Blödsinn.«

»Er ist vielschichtiger als das.«

»Moment! Du magst ihn … *Oh Gott* …« Pepper sieht mich an, als läge ich im Fieber. »Wenn du dich in ihn verliebst, muss ich ihn verschwinden lassen. Er ist netter als Ich-bin-für-immer-auf-der-Suche-und-weiß-nicht-wonach-Leon, aber genauso wenig Boyfriend-Material.«

»Keine Sorge«, winke ich ab. »Auch wenn ich ihn mag, ist mir klar, dass wir nicht zusammenpassen. Nein, wir hatten einfach einen lustigen Abend.«

Pepper bleibt misstrauisch. »Ganz ohne Rummachen?«

»Stellt sich heraus, ich bin ein Gefühlsmensch. Irgendwie hat es sich nicht richtig angefühlt, mit ihm zu schlafen.«

»Oh, Maus. Ich glaub, ich versteh dich.«

»Wirklich?« Ich weiß nicht, warum, aber ein Teil von mir denkt, dass es normaler gewesen wäre, mit ihm im Bett zu landen.

»Klar. Nicht jeder findet in heißem, unvergesslichem Sex die Erlösung und beides ist absolut okay.«

Pepper weiß einfach immer, was sie sagen muss.

»Wie lief es denn bei dir?«, wechsle ich das Thema.

Ihr Grinsen spricht mehr als tausend Worte. »Ich habe Annie den Helm geschossen. Du hättest mich sehen sollen. Hawkeye selbst wäre vor Neid erblasst.«

»Und dann?«

Pepper klatscht in die Hände. »Sie steht offensichtlich auf Frauen.«

»Uhhhh.«

»Und ich denke, sie mag mich.«

»Du hast ihr einen verdammten Star-Wars-Helm geschossen. Sie muss dich lieben!«

»Sagen wir es so. Sie hat sich revanchiert«, verrät Pepper schmunzelnd, worauf mir die Kinnlade runterfällt.

»Ihr wart unartig.«

»Ein bisschen«, bestätigt Pepper und wirkt dabei beinahe verlegen.

»Ich wusste es! Dieses Auto hat auf mich gleich so gewirkt, als würde es ein schmutziges Geheimnis hüten. Und? Wann siehst du sie wieder?«

»Morgen nach der Arbeit. Wir wollen spazieren gehen.«

»Sie hat sich also ein zweites Date mit der großartigen Pepperlinie Salt verdient?«

»Ja, aber ich weiß nicht, ob mir das nicht alles zu schnell geht.« Pepper angelt sich einen Donut aus der Tüte. »Es …«

»Was?«

»Es ist zu schnell, zu perfekt.«

Sprich. Um ihr Herz zu beschützen, hat sie die Schutzmauern hochgefahren. So macht sie es, seitdem ich sie kenne.

»Es fühlt sich an wie ein Traum, weißt du?« Sie kaut auf ihrer Unterlippe, die voller Zuckerguss ist. »Was ist, wenn ich mir wieder etwas einbilde, das nicht da ist? Wenn sie ganz anders empfindet als ich und nur Spaß will?«

»Ich weiß, dass Vicky dir verdammt wehgetan hat …«

»Es ist nicht nur Vicky.«

»Ich weiß.«

»Ich hasse Dating. Es gibt Leute, die sagen, das Kennenlernen und Verlieben ist die schönste und aufregendste Zeit. *Bullshit.* All diese Unsicherheiten, dieses Hin-und-her, auf Nachrichten warten, all diese kleinen Dramen. Darauf kann ich getrost verzichten.«

Sie lehnt ihren Kopf auf meine Schulter und eine Weile gucken wir aus der Frontscheibe ihres Autos. Es hat zu nieseln begonnen und die Tropfen rinnen in endlosen Flüssen über das Glas.

»Als jemand, der gerade aus einem Traum gerüttelt wurde, kann ich dir versichern, es ist scheiße, aber man überlebt es. Zumindest mit Freundinnen an seiner Seite. Versuche es«, flüstere ich schließlich und greife nach ihrer Hand. Ich umschlinge ihre Finger, die von der Zuckerglasur ganz klebrig sind, und halte sie fest. »Du verdienst es, glücklich zu sein. Und wenn es nichts wird, bin ich da. Wir betrinken uns und lästern. Und wenn du willst, werfe ich auch Stinkbomben.«

Pepper lacht leise.

»Du verdienst Liebe, Pepperline Salt, und dafür muss man all seinen Mut zusammennehmen.«

»Okay. Ich versuche es …«

Pepper spricht nicht gerne über sich. Darum wundert es nicht, dass sie schnell von sich ablenkt.

»Vorher brauchen wir aber noch jemanden für dich. Hast du die Dating-App ausprobiert, die ich dir installiert habe?«

»Ja und es war schrecklich!«

Sie schnappt sich mein Handy und öffnet die App. *Happy Ending – Noch nie war wahre Liebe so einfach.* »Dir haben total viele geschrieben!«

»Ich weiß.« Ich luge ihr über die Schulter, während sie sich durch zahlreiche weitere »Hi!« klickt.

Pepper seufzt. »Glauben die wirklich, dass ihre Chancen steigen, wenn sie hundert Frauen diese zwei tiefsinnig-poetischen Buchstaben schicken?«

Ich versinke seufzend im Sitz. »Ehrlich gesagt will ich gerade gar nicht daten. Ich brauch erst mal eine Pause.«

»Aber ich kann nicht rumknutschen, während meine beste Freundin Liebeskummer hat.«

»So ein Quatsch«, widerspreche ich.

»Ich weiß, wovon ich rede …«

»War es so schlimm?«

»Euch beim Knutschen und Anhimmeln zuzusehen? Klar. Das war wunderbar. Sarkasmus Ende. Ihr wart so süß, dass ich am liebsten in Dauerschleife gekotzt hätte.«

»Ich dachte, Leon sei ein Arsch?«

»Ist er ja auch. Weil er dich verletzt hat, und dafür werde ich ihn bis in alle Ewigkeit hassen. So machen beste Freundinnen das nun mal. Aber …« Pepper windet sich. »Er konnte auch süß sein. Manchmal. Selten. Sehr selten. Eigentlich nie. Vergiss es.«

»Ja …« Ich spüre, wie sich mein Herz zusammenzieht. »Ich hab ihn gestern auf der Kirmes gesehen.«

»WAS?« Sie starrt mich fassungslos an.

»Keine Sorge. Du hattest recht. Wenn ich einen Monat warte, warte ich für immer«, ergänze ich. »Ich hätte viel früher auf dich hören sollen. Stattdessen habe ich mich zum Affen gemacht.«

Ihr Blick wird wieder weich und sie streicht mir über den Arm. »Du kämpfst um diejenigen, die dir wichtig geworden sind. Und das ist etwas Gutes, denn ich weiß, auch wenn ich mal einen Fehler machen sollte, wirst du mich nicht einfach abschießen. Du wirst um unsere Freundschaft kämpfen, versuchen mich zu verstehen, vergeben, und das macht dich aus.«

Mir schießen die Tränen in die Augen und ich schlinge meinen Arm um sie, um sie an mich heranzuziehen. So eng es im Auto möglich ist, kuscheln wir uns aneinander, während der Regen auf das Autodach trommelt.

»Ich würde dich nie aufgeben.«

»Gut. Ich hab doch nur dich …«, sagt sie leise und das Geständnis zerreißt mich innerlich.

Die Mauer, die Pepper um ihr Herz gezogen hat, stand schon lange vor Vicky und lange, bevor wir uns kennenlernten. Die ersten Steine wurden errichtet, als sich ihre Eltern scheiden ließen. Als ihre Mutter ohne Tochter zurück nach Massachusetts zog und ihr Vater eine neue Frau fand, mit der er zwei weitere Kinder bekam. Und auch wenn Pepper ein recht gutes Verhältnis zu ihrer Stiefmutter und ihren Halbgeschwistern hat, hat sie sich trotzdem immer wie ein fünftes Rad am Wagen gefühlt.

»Meine Geschichte ist eine Geschichte des Verlassenwerdens«, hat sie einmal zu mir gesagt. »Irgendwann fragt man sich zwangsläufig: Liegt es an mir?«

»Wir zwei sind kein Traum …«, flüstere ich, während ich mein Gesicht an ihrer Schulter vergrabe und mir ihre blonden Strähnen in der Nase kitzeln.

»Nein, wir sind für immer«, bestätigt sie und ich spüre, wie ihr Körper anfängt zu beben. In mir wächst der Wunsch, sie zu beschützen. Auch wenn Pepper wie jemand wirkt, der niemanden braucht, weiß ich es besser. Sie tut nur so, als würde alles an ihr abprallen, dabei ist sie viel verletzlicher, als sie aussieht.

In unserer Schulzeit gab es ein Mädchen, Sophia Antonia Dallingen, das sich »nicht gut damit fühlte«, sich vor »jemandem wie Pepperline« umziehen zu müssen, und eine separate Umkleide gefordert hat. Ihre Eltern sahen sich in der Pflicht, das Thema bei einer Elternversammlung anzusprechen. Für Pepper eine offene Kriegserklärung, aber während sie sich in der Schule kämpferisch gab, plagten sie nächtelang Albträume. Am Ende gab unser Sportlehrer nach und besorgte eine zweite Umkleide. Allerdings nicht für Pepperline, sondern für Sophia Antonia, denn was die nicht wusste: Unser Lehrer war schon seit Jahren in einer glücklichen Beziehung mit dem Schuldirektor. Danach nahmen Sophias Eltern sie von der Schule und einige andere »besorgte Eltern« folgten ihrem Beispiel. Als ich an dem Abend mit Pepper anstoßen wollte, dass »die Schule arschlochfreier« geworden war, brach sie in Tränen aus, und anstatt zu feiern, lagen wir im Bett und guckten uns Trashfilme an.

Auch jetzt kuschele ich mich fest an sie. »Ich liebe dich. Auch wenn ich alt bin, ich kaum noch gucken kann und über meine Verdauungsprobleme klage. Auch dann noch werde ich dich lieben, Pepperline Salt.«

»Und ich liebe dich, Prinzessin. Auch wenn mir die Gespräche über deine Verdauungsprobleme auf den Geist gehen werden.«

»Was rausmuss, muss raus … Apropos … Larissa ist schwanger …«

»WAS?«

25

Ein vertrauter Jäger und verlorene Träume

Nachdem Pepper aus ihrer Ohnmacht aufgewacht ist und mich nach Hause gebracht hat, wartet vor der Wohnungstür eine Überraschung auf mich.

Meine Mutter, aber sie ist nicht allein. An ihrer Seite steht ein zugeknöpfter junger Mann mit ordentlichem Seitenscheitel. Ruben, der Sohn unserer Nachbarin und der Mann, den ich heiraten werde. Zumindest, wenn es nach Trude geht.

»Überraschung«, trällert meine Mutter freudestrahlend.

»Hallo, Emma!«, sagt Ruben. Seine Wangen sind wie immer etwas gerötet, als er mir seine Hand entgegenstreckt. Schon bevor ich sie ergreife, weiß ich, dass sie vor Nervosität feucht ist. »Schön, dich mal wiederzusehen.«

»Gleichfalls«, murmele ich.

»Wir sind zufällig vorbeigefahren und dachten, wir sehen zum Kaffee vorbei. Ganz spontan«, erklärt meine Mutter und ihre Augen blitzen, als ob sie gerade den Grundstein für eine glückliche Ehe legt.

Auch auf die Gefahr hin, unhöflich zu wirken, sage ich: »Ich komme gerade erst nach Hause und bin müde.« Allerdings erwarte ich nicht, dass darauf Rücksicht genommen wird, denn wenn meine Mutter eine Mission hat, lässt sie keine Ausreden gelten.

»Dein Leben möchten wir haben, Emma«, stöhnt sie, als ich den Schlüssel aus der Tasche krame, um meine neue Wohnung aufzuschließen. »Wo kommst du überhaupt her?«

»Ähm. Pepper hat mich gebracht …«

»Warum schläfst du bei Pepper und nicht in deiner eigenen Wohnung?«

»Ich war nicht bei Pepper, Mama. Sie hat mich nur abgeholt.« Mit hochrotem Gesicht stoße ich die Tür auf und marschiere hinein.

»Von wem?«

»Einem Bekannten. Aber das geht dich wirklich nichts an.« Ich streife die Schuhe ab und gehe in die Küche, um dem überraschenden Besuch Kaffee aufzusetzen. Ich könnte auch noch einen vertragen, wenn ich das hier überleben soll.

»Riecht es hier verbrannt?«, will meine Mutter wissen und schielt in den Mülleimer, wo immer noch der Beweis für meinen gestrigen Fauxpas liegt. »Was ist passiert?«

»Pizza im Ofen vergessen.«

»Tiefkühlpizza? Ach, Emma. Ich werde morgen etwas Vernünftiges kochen und es vorbeibringen.«

»Nicht nötig, Mama. Ich komm zurecht.«

»Offensichtlich nicht! Was ist mit deiner dreckigen Wäsche? Soll ich die mitnehmen?«

»Nein, Mama. Nicht nötig.«

An Ruben gewandt fährt sie fort. »Sie hat noch nie in ihrem Leben selbst Wäsche gewaschen.«

»Stimmt nicht!«

»Ach ja. Das eine Mal, wo du meinen Wollschal in die Kochwäsche geworfen hast. Ich erinnere mich.«

Am liebsten würde ich vor Scham im Boden versinken. Glaubt meine Mutter ernsthaft, jemanden mit diesen Informationen von meinen Qualitäten als Traumfrau überzeugen zu können, oder hat sie einfach nur Spaß daran, mich zu demütigen?

»Ruben studiert jetzt Medizin«, berichtet sie, während ich die Tassen auf den Tisch stelle.

»Ja, ich weiß. Seine Mutter erwähnte es …« *So circa hundertmal.* Als ob sie denken würde, dass das Grund genug sei, um vor ihm auf die Knie zu fallen und ihn um einen Ring anzubetteln, weil man doch schließlich sein ganzes Leben auf einen Mann im weißen Kittel gewartet hätte.

»Und wie gefällt dir das Studium, Ruben?«, plaudert meine Mutter unverfänglich weiter.

»Ganz gut.«

»Trude meinte, du gehörst zu den Semesterbesten.«

»Ach, meine Mutter übertreibt …«

»Keine falsche Scheu. Die jungen Frauen sind sicherlich ganz verrückt nach dir.«

Das glaubt meine Mutter nicht wirklich. Immerhin halten sie und Trude ihn für einen hoffnungslosen Dauersingle, der es ohne ihre Hilfe nie schaffen wird, eine Frau zu überzeugen.

»Ähm. Geht so.« Er wirft mir einen unsicheren Blick zu. »Und du, Emma. Wie geht es dir?«

»Kann nicht klagen. Bin gerade erst umgezogen, wie du siehst, und genieße meine Zeit als Single.«

Den letzten Satz betone ich extra, worauf meine Mutter nur die Augen verdreht.

»Ihr Freund hat Schluss gemacht …«

»Nein. *Er* hat unsere Beziehung pausiert. *Ich* habe Schluss gemacht.« Dieses Detail ist mir wichtig, denn *ich* habe Leon von Herzog am Riesenrad stehen gelassen. *Ich* habe unsere gemeinsamen Bilder gelöscht. *Ich* habe diese Entscheidung getroffen.

»Nun gut. Jedenfalls ist sie Single … So wie du, Ruben. Und da ihr beide euch immer so blendend verstanden habt, dachten deine Mutter und ich, es wäre reizend, wenn ihr mal wieder Zeit zum Plaudern hättet.«

»Ganz reizend. Auf jeden Fall«, nuschelt Ruben und versteckt sein Gesicht im Kaffeebecher.

»Sehr schön. Ich werde mich jetzt kurz frisch machen und euch zwei Süßen etwas Zeit allein geben. Sei nett zu unserem Besuch, Emma.«

»Ich bin immer nett. Nett ist mein zweiter Vorname!«

Kaum ist meine Mutter aus der Tür, beuge ich mich über den Tisch und packe Ruben am Arm. »Was soll das?«

Er sieht mich verzweifelt an. »Tut mir leid, Em. Du kennst unsere Mütter. Wenn sie einen Plan haben, kann man sie nicht aufhalten. Spiel einfach mit und wir haben wieder ein halbes Jahr Ruhe.«

Wir beide wissen, was unsere Mütter seit Jahren gekonnt ausblenden. Aus uns wird nie etwas werden. Das ist uns klar, seitdem wir zehn Jahre alt sind, denn während Ruben es lustig fand, anderen Kindern Furzkissen unterzuschieben und Kaugummi in die Haare zu schmieren, habe ich meine Nase in »Was ist Was«-Bücher gesteckt.

Auch heute noch gehen unsere Vorstellungen von Spaß weit auseinander. Bei unserem letzten arrangierten Treffen wollte er eine Stunde Fail-Videos bei YouTube gucken und hat das Video, bei dem jemand von seinem Fahrrad in einen Teich fällt, in Dauerschleife abgespielt. Danach wusste ich, dass wir immer noch nicht denselben Humor haben. Außerdem nerven mich die Geräusche, die er beim Essen macht, und die Art, wie er seine Nase hochzieht. Diese kleinen, unwichtig erscheinenden Dinge, die ein erster Hinweis sind, dass man sich auch bei den großen Dingen nicht einigen wird.

Was er ganz genauso sieht.

Aber auch wenn wir keine Freunde sind und das auch nie werden, verbindet uns mittlerweile der gemeinsame Widerstand gegen die Mission unserer Mütter. Was soll ich sagen? Verzweiflung schweißt zusammen.

»Wir könnten noch mal versuchen, ihnen die Wahrheit zu sagen ...«

»Ganz schlechte Idee«, wehrt er ab.

»Aber du hast doch schon eine Freundin?«

Bei unserem letzten Treffen hatte er mir von Mila erzählt und klang richtig verliebt.

»Ja, aber alles, worüber meine Mutter redet, sind Enkelkinder. Was, glaubst du, wird sie sagen, wenn ich ihr eröffne, dass wir kein Interesse daran haben, Kinder zu bekommen, weil uns beiden gerade Studium und Karriere wichtiger sind? Richtig, sie wird es für eine Phase halten. Genau wie bei unserer Nachbarin Olga, die mit fünfunddreißig angeblich immer noch nicht zur Vernunft gekommen ist.«

»Also sagst du lieber gar nichts?«

»Lieber verbringe ich ein paar Pseudodates mit dir, als zuzulassen, dass meine Mutter Mila die Hölle heißmacht.«

»Verstehe, aber irgendwann wirst du es ihr sagen müssen.«

»Irgendwann ...«

Früher war Ruben einer dieser verwöhnten Jungen, der eine ganz besondere Beziehung zu seiner Mutter hatte. Er hat ihr alles erzählt und sie hat ihn dafür in den Himmel gelobt. Selbst für die Sache mit den Kaugummis, denn die anderen Kinder hatten es sicher nicht anders verdient. Nichts, was er getan hat, hätte ihre Meinung, dass er ihr größtes Geschenk sei, ändern können.

Und dann hatte er beschlossen, auszuziehen und sein eigenes Leben zu leben.

»Was ist mir dir? Willst du wirklich Single sein?«

Ich zucke die Schultern. »Nicht für immer, aber im Moment

tut es ganz gut. Und ich will auf keinen Fall etwas erzwingen, nur um wieder in einer Beziehung zu sein. Außerdem habe ich genug um die Ohren.«

»Oh! Schreibst du noch an diesen seltsamen Geschichten?«

Ruben ist neben Pepper einer der wenigen Menschen, die davon wissen. Allerdings nur, weil er, als wir vierzehn Jahre alt waren, einmal mein Notizbuch gefunden hat, in dem ich meine erste Buchidee festgehalten habe, und natürlich fand er es total lustig, es im Bus laut vorzulesen. (Ich sag ja, wir haben einen anderen Humor.)

»Hin und wieder«, sage ich ausweichend.

»Ernsthaft? Ich erinnere mich, dass wir uns köstlich darüber amüsiert haben.«

»*Du* hast dich köstlich amüsiert.«

»Worum ging es noch mal? Gab es da nicht eine sprechende Pflanze?«

»Ist lange her. Ich erinnere mich kaum.« Natürlich weiß ich genau, wovon er redet.

»Vielleicht versuchst du es ja irgendwann mal wieder. Manche Leute stehen auf so verrückte Sachen.«

»Ähm … Danke?«

»Na, ihr zwei Turteltäubchen«, zwitschert meine Mutter, als sie wieder den Kopf durch die Tür steckt. »Habt ihr euch viel zu erzählen?«

»Ja, Charlotte. Es war eine gute Idee herzukommen«, sagt Ruben strahlend. Als sie zufrieden nickt, stößt er mich unter dem Tisch an.

»Ja, wir werden das bestimmt wiederholen, wenn ich ausgeschlafen habe«, verkünde ich und ihr Lächeln wird noch breiter.

»Das freut mich!«

»Leider muss ich jetzt gehen.« Ruben schiebt seinen Stuhl zurück und steht auf. »War schön, dich wiederzusehen, Emma. Wir sollten definitiv was essen gehen. Ich ruf dich an, okay?«

»Ja. Ganz entzückend.«

Als die Tür ins Schloss fällt, ziehe ich seufzend mein Handy aus der Tasche, nur um einen Nachrichtensturm von Sarah zu entdecken.

SARAH: Sag mir, dass das nicht wahr ist …

SARAH: Du hast alle Fotos gelöscht. Also ist es wahr! Ihr seid getrennt? Endgültig? Nein!!! MEIN HERZ!!!

SARAH: Hast du ihren Beitrag bei Instagram gesehen? Dafür schenke ich ihnen kein Herzchen! Verlass dich auf mich!

26

Badewannenbekanntschaften

Larissa und Leon haben nicht lange gefackelt und beschlossen, ihre neue Liebe auf Instagram offiziell zu machen. Und zwar mit einem dieser verdammten, süßen Pärchenfotos, bei denen beide aussehen, als hätten sie den Jackpot im Lotto geknackt. Im Hintergrund sieht man die bunten Glühbirnen des Riesenrades leuchten.

»Mit dir an meiner Seite ist alles möglich. Warum hab ich dich nicht viel eher gefunden? #happycouple #cutestcouple #happytogether #lieblingsmensch.«

Zum ersten Mal wird mir klar, dass Leon diese Welt nicht nur liebt, sondern sie auch braucht. Diese perfekte Welt, in der er sich inszenieren kann, wie er will. In der er sein kann, wer er will. So viele Möglichkeiten, das Leben zu leben, auf das man Lust hat.

Ich wurde, wenig überraschend, aus diesem Leben entfernt. Mit einem einfachen Klick sind unsere gemeinsamen Bilder verschwunden. Ich scrolle nach unten, um die Kommentare zu lesen. Die meisten wünschen den beiden Turteltäubchen das Beste und schwärmen regelrecht für das neue Paar.

Nur eine erinnert sich noch an mich.

»Wow. Du hast ja schnell ne Neue«, nörgelt Miss_Sunshine und bekommt dafür ein bisschen Zuspruch von der Cafeteriadame, die ein trauriges Emoji hinterlässt.

Prompt werden die beiden zurechtgewiesen. »Ist doch nicht euer Bier. Also lass die beiden mit eurer Negativität in Ruhe und verderbt nicht die Stimmung!«

»Ihr seid doch alle dumm, wenn ihr das glaubt. Alles Fake hier. Hat was mit Politik zu tun. Um uns von wichtigen Sachen abzulenken«, weiß DerAufdecker zu berichten.

Das Erste, was ich tue, ist, Leons Rosen im Mülleimer zu versenken. Dann schnappe ich mir Pamela und meinen Laptop, um mich im Badezimmer in die Wanne zu kauern.

Angezogen.

Früher, als ich noch bei meinen Eltern gewohnt habe, ist das mein Ort zum Nachdenken geworden. Der einzige Platz, an dem mich meine Mutter nicht gestört hat und ich Zeit zum Nachdenken hatte.

Und zum Weinen, denn meine Eltern können es nicht ertragen, mich traurig zu sehen. Während mein Vater dann aus Solidarität mitweint, ist meine Mutter vollkommen überfordert und wiederholt gebetsmühlenartig: »Vom Weinen bekommst du Falten.« Sie meint es nicht böse, aber sie weiß einfach keinen besseren Weg zu helfen.

Jetzt drücke ich meine Stirn an Pamelas kühlen Topf. Dann, als sich meine Gedanken beruhigt haben, klappe ich den Laptop auf.

Dear Disaster-Diary,

auf Instagram erregen manche Geschichten mehr Aufmerksamkeit als andere. Drama und Streit unterhält. Liebe, leicht bekleidete, hübsche Körper und teure Urlaube befeuern die Sehnsüchte. Traurige Geschichten und persönliche Geständnisse geben uns die Chance zu zeigen, dass wir empathische, gute Menschen sind, die sich für das Richtige einsetzen.

Aber am Ende sind wir alle ersetzbar, denn es geht um die Geschichten und jede Person kann jede Geschichte erzählen.

Während ich ganz in den Worten und Sätzen aufgehe, höre ich plötzlich eine vertraute Stimme.

»Alles okay?«

Zögernd spähe ich hinter dem weißen Plastikvorhang hervor und entdecke Dirk, der mit dem Rücken zu mir im Türrahmen steht.

»Ich hab Stimmen gehört, war mir aber nicht sicher, ob ich nachgucken soll …«, sagt er.

»Ich bin allein und angezogen.«

Vorsichtig dreht er sich um und seine Augen weiten sich, als er mich mit Pamela in der Badewanne entdeckt.

»Warum sitzt du angezogen in der Wanne?«, fragt er.

»So bade ich immer«, antworte ich. »Damit ich meine Wäsche nicht waschen muss. Ich hab nämlich keinen Plan, wie man diese verdammte Maschine bedient.«

»Echt nicht?«

»Nein. Das war ein Scherz. Entgegen der allgemeinen Erwartung hat meine Kleidung ihre erste Wäsche einwandfrei überlebt.«

Dirk bleibt stehen, unschlüssig, ob er bleiben oder lieber fliehen soll. Zu meiner Überraschung entscheidet er sich für Ersteres. »Ich habe gesehen, dass du die Blumen von Mister Titanic ermordet hast.«

»Sie waren schon tot … Ich hab sie bloß beerdigt.«

»Also vertragt ihr euch nicht wieder?«

»Nein. Tut mir leid. Du wirst mich weiterhin an der Backe haben.«

»Sicher?«

»Ja, er hat jetzt eine neue große Liebe gefunden.«

»Warum weinst du dann?«

Meine Finger zucken in die Höhe und berühren meine Wangen. Tatsächlich sind sie feucht. Ich habe nicht einmal gemerkt, dass ich zu weinen begonnen habe, aber hier sind sie. Spuren, die man nicht leugnen kann.

»Tränen des Glücks. Ich bin einfach so froh, dass es vorbei ist«, schniefe ich und versinke tiefer in der Badewanne. »So froh …«

»Schön … Ähm … Und wie lange brauchst du noch … mit dem Frohsein?«

»Ein paar Stunden. Vielleicht auch Tage. Schwer zu sagen, denn im Moment kommt so unglaublich viel Glück zusammen.«

»Verstehe. Du, ich will dich nicht drängen, aber könntest du dich etwas beeilen? Ich muss nämlich auf Toilette.« Er kratzt sich am Hinterkopf.

»Ich versuch's.« Sehr unladylike ziehe ich die Nase hoch, weil ich keine Taschentücher griffbereit habe, aber im Moment ist mir das egal.

Im Moment ist mir alles egal.

»Soll ich dir Toilettenpapier anreichen oder …?«

»Ja.«

»Das normale oder das Premiumpapier?«

»Wir haben Premiumtoilettenpapier?«, hake ich nach und wische mir über die Augen.

»Ja, deins. Erst fand ich es komplett schwachsinnig, aber dann habe ich es ausprobiert und *wow* … ich wusste vorher nicht, was ich verpasse. Seidig. Sanft. So weich, als würde man auf Wolken fliegen, und ein neues Gefühl der Sauberkeit.« Strahlend wirft er mir die Packung zu.

»Dirk … Das sind meine Abschminktücher.«

»Was?«

»Tücher, die man benutzt, um Make-up zu entfernen?«

»Oh.«

Er guckt so entsetzt, dass ich nicht anders kann, als zu lachen.

27

Diabetes Typ Schokoladenpizza

Ich starre in den Himmel über meinem Bett, als mir ein süßer Geruch in die Nase steigt. Nussig. Schokoladig. Er erinnert mich an zu Hause, an nasse Sonntage, an denen ich auf der Couch bleibe und dem Regen lausche. An stundenlange Cafébesuche mit Pepper. Kurzum, an Gemütlichkeit und Glück.

Kurze Zeit später klopft es an der Tür und mein Mitbewohner schaut herein.

»Für jemanden, der nichts mit mir zu tun haben will, bist du heute aber verdammt anhänglich«, bemerke ich.

»Ich dachte, ich tu etwas für deine Allgemeinbildung«, erwidert er und präsentiert einen Teller. Um seine Lippen kräuselt sich der Anflug eines Lächelns.

»Was ist das?«

»Schokoladenpizza. Die sollte jeder einmal in seinem Leben gekostet haben«, antwortet er und fährt sich durch das dichte, immer etwas wirr aussehende Haar.

»Wo hast du die gefunden?«

»Selbst gebacken.«

Ich setze mich kerzengerade auf. »Für mich?«

»Nein, für Pamela. Übrigens hast du mir nicht gesagt, dass ihr hier zu zweit einzieht. Ich sollte das Doppelte an Miete verlangen.« Er grinst mich schief an, als ich ihm den Teller aus der Hand reiße.

»Das ist genau das, was ich jetzt brauche«, gestehe ich, auch wenn ich dem plötzlichen Sinneswandel nicht recht traue. »Warum bist du plötzlich so nett? Oder ist die vergiftet?«

»Ja. Mit Zucker. Das ist der Plan. Dich mit einem Zuckerschock außer Gefecht zu setzen, um die Wohnung für mich zu haben.«

»Pech für dich, dass ich dank jahrelangem Milchshake-Training immun gegen solche süßen Angriffe bin«, verkünde ich und beiße hinein. Schokolade zerfließt in meinem Mund und übersättigt meine Geschmacksknospen mit einer süßen Flut, die alle schweren Gedanken mit sich reißt.

»Das ist echt gut«, nuschle ich und beiße ein weiteres Mal ab.

Erneut zucken seine Mundwinkel nach oben und ich stelle fest, dass ich es mag, wenn er lacht. Er sieht dadurch viel netter aus und nicht wie der Mitbewohner, der einen so bald wie möglich wieder loswerden will.

Viel zu schnell wird Dirk wieder ernst. »Tut mir leid. Wegen …«

Ich winke ab. »Muss es nicht. Er war ein Arsch.«

»Ich meinte wegen der Abschminktücher.«

Wieder müssen wir lachen und dieses Mal schaffe ich es, die letzten meiner Sorgen abzuschütteln. Meine Gedanken sind nicht länger bei dem Riesenrad, sondern hier. Hier in meiner neuen Wohnung, meinem Neuanfang, in dem ich ganz und gar Emma bin.

»Wie läuft es mit *Arachno-Clean*?«, frage ich und Dirks Gesicht hellt sich auf.

»Es gab einen kleinen Durchbruch. Stellte sich heraus, er hatte kaputte Sensoren.«

»Was? Das hab ich doch gesagt!«

»Tatsächlich? Muss ich überhört haben.«

»Überhört haben? Ich …« In dem Moment verstehe ich es. »Oh! Du willst dich bei mir bedanken. Nur zu gerne. Frag einfach die Staubsaugerflüsterin deines Vertrauens!«

Dirk lässt sich auf dem Schreibtischstuhl nieder und dreht sich um die eigene Achse. »Er saugt mittlerweile die Spinnenattrappen ein. Allerdings habe ich keine Ahnung, wie ich sie wieder rauskriegen soll.«

»Raus?«

»*Arachno-Clean* wird irgendwann voller toter Spinnen sein. Er muss sich also irgendwie selbst reinigen. Erst dachte ich an Verbrennen, aber dabei hat fast mein ganzes Zimmer Feuer gefangen.«

»Hast du keine Angst, dass ein Roboter voller toter Spinnen rachsüchtige Verwandte anlockt?«

Er starrt mich an. »Wie meinst du das?«

»Bei Wespen ist das so. Die stoßen beim Sterben einen ›Alarm‹-Duft aus, der andere anlockt, und schwupps, bist du Staatsfeind Nr. 1.«

»Nicht dein Ernst.«

»Doch.« Ich versuche cool zu tun, kann aber angesichts seines panischen Blicks nicht länger ernst bleiben. Schallend lache ich los. »Keine Sorge. Bei Spinnen gibt es das Phänomen, soweit ich weiß, nicht.«

»Du hast mich verarscht.«

»Hin und wieder hab ich auch Humor.«

»Das ist nicht lustig.«

»Also, ich habe gelacht. Dein Gesichtsausdruck war zu komisch«, zitiere ich ihn aus unserem Gespräch von der Dachterrasse, nur dass wir dieses Mal die Rollen getauscht haben.

»Trotzdem wäre es besser für dein Karma, die Tiere nicht einfach zu töten. Sie sind nämlich nützlich.«

»Du weißt viel«, gibt Dirk zu.

»Ach. Das ist nichts … Ich merke mir nur manchmal verrückte, aber vollkommen nutzlose Dinge, die ich im Internet gelesen habe.«

»Manchmal sind nutzlose Dinge ziemlich cool«, widerspricht er. »Ich weiß, dass manche Leute meine Ideen für bescheuert halten, aber das ist okay. Ich liebe es, an ihnen zu werkeln, auch wenn sie nicht zum Verkaufsschlager werden sollten. Es macht mich glücklich.«

Ich werfe ihm einen verstohlenen Blick zu und mustere ihn zum ersten Mal genauer. Sein Kinn und die etwas zu große Nase. Ebenso wie die leicht abstehenden Ohren unter dem wirren Haar, die irgendwie ganz süß aussehen.

Süß?

Die Schokoladenpizza muss mir den Verstand verzuckert haben!

»Hab ich da was?«, fragt er irritiert und fährt sich durchs Gesicht.

»Du bist komisch«, verkünde ich und gucke schnell wieder weg.

»Du auch, Titanic«, erwidert er mit einem leichten Grinsen.

28

Lasagne à la Mama

Es ist Samstag und ich bin so in mein Buch über Darmbakterien vertieft, dass ich nicht mitbekomme, dass es an der Tür klingelt. Kurze Zeit später landet eine Hand auf meiner Schulter und ich schrecke hoch.

Dirk steht hinter mir. »Da stehen zwei Leute vor der Tür, die behaupten, deine Eltern zu sein.«

»Meine Eltern?«

»Behaupten sie«, korrigiert er.

Ich recke meinen Kopf. »Wo sind sie jetzt?«

»Noch vor der Tür. Ich habe gesagt, dass ich dem erst mal nachgehen muss. Es gibt einige Sekten, die alles behaupten würden, um Zutritt zur Wohnung zu bekommen.«

»Dirk!« Ich springe auf und eile zur Tür, die tatsächlich geschlossen ist, und reiße sie auf.

Davor stehen meine Eltern.

»Überraschung!«, trällert meine Mutter. »Wir kommen wie versprochen mit Essen, damit du keine verbrannte Pizza essen musst.«

»Mama!«, protestiere ich. »Ich hab euch doch geschrieben, dass ich keine Zeit habe. Ich muss mich auf das Praktikum vorbereiten.«

Meine Mutter winkt ab und zwängt sich an mir vorbei. »Es gibt drei gute Gründe für unser Erscheinen hier. Erstens: Lernen hin oder her. Du musst etwas essen. Zweitens: Ich wollte wissen, ob es dir gut geht. Jetzt, wo Leon seine neue Liebe auf Instagram zelebriert. Ich bin ihm natürlich entfolgt, aber ich stalke Larissa, um auf dem neusten Stand zu bleiben. Sie macht Werbung für so vegane Sportleggings, bei denen ich fast in Versuchung gekommen wäre … Aber gut. Das ist ein anderes Thema. Drittens, und das ist der wichtigste Grund: Ich will endlich den ominösen Dirk kennenlernen, mit dem meine Tochter zusammenwohnt.«

»Aber …«

»Ich habe Lasagne mitgebracht. Hast du nicht mal Zeit für eine Lasagne?«

Bei dem Geruch nach saftiger Tomate, Oregano und geschmolzenem Käse beginnt mein Bauch verräterisch zu knurren.

»Ich wusste, dass ich dich damit kriege.« Meine Mutter nickt überzeugt. »Dass dir deine Eltern egal sind, wundert mich nicht, aber zu Essen sagst du niemals nein.«

»Ihr seid mir nicht egal!«

»Wann haben wir uns das letzte Mal gesehen?«

»Gestern, als du unangekündigt mit Ruben vorbeigekommen bist …«

»Ach, das zählt nicht. Wir waren nicht mal eine halbe Stunde hier.«

Dirk versucht unbemerkt in sein Zimmer zu gelangen, aber er kommt nicht weit, da versinkt er bereits in den Armen meiner Mutter. »Du musst Dirk sein.«

»Nein. Ich bin ein Außerirdischer, der so tut, als wäre er ein

Mitbewohner«, murmelt Dirk, aber meine Mutter ignoriert ihn. »Du isst doch bestimmt mit uns. Es gibt Lasagne.«

Es ist mehr eine Feststellung als eine Frage.

»Ich …«

»Oh, keine Sorge, mein Lieber. Wir werden dich auch nicht mit ödem Smalltalk langweilen. Solche Eltern sind wir nicht«, verspricht meine Mutter, die das Wort »Nein« einfach aus ihrem Wortschatz gestrichen hat. »Also gut. Wascht euch die Hände und setzt euch, Kinder.«

Sie krempelt die Ärmel hoch und hebt die schwere Auflaufform aus der Tüte. Sofort umgibt uns der Duft von cremiger Tomatensoße, verfeinert mit einem Hauch Muskat und Knoblauch. Die Lasagne muss frisch aus dem Ofen gekommen sein, denn sie dampft noch, als sie den Deckel abnimmt.

Mit knurrendem Magen wackeln wir ins Bad.

»Kinder? Sie weiß schon, dass wir über zwanzig sind?«, flüstert mir Dirk zu.

»Ich bin über fünfzig«, mischt sich mein Vater ein, der sich hinter uns am Waschbecken anstellt. »Man gewöhnt sich dran.«

Als wir zurückkommen, ist der Tisch gedeckt und meine Mutter erwartet uns strahlend.

Dirks Augen fangen bei dem Anblick des üppig beladenen Tischs an zu glänzen und ich weiß, meine Mutter hat sich bereits in sein Herz gekocht. Das ist ihre geheime Superkraft. Wenn alle Menschen auf der Welt ihre Kochkünste kosten würden, gäbe es keinen Krieg mehr. Alle würden satt und zufrieden in der Ecke liegen und sie würde regieren. Eine Königin, gegen die sich keiner auflehnen würde, weil sie einfach zu gut kocht.

Sie verteilt die Stücke und lässt Dirk in Ruhe essen. Erst als er sich zufrieden zurücklehnt und sich in Sicherheit wiegt, beginnt sie mit ihrem Verhör.

»Also, Dirk! Was machst du so?«

»Programmieren und Sachen bauen.«

»Und was genau?«

»Ich erfinde Roboter. Im Moment sitze ich an dem Modell *Arachno-Clean*.«

»Es kann Spinnen einfangen«, ergänze ich.

Die Augenbrauen meiner Mutter ziehen sich zusammen. »Tatsächlich? Das wäre doch etwas für dich, Bernhard.«

»Wieso? Ich hab doch dich.«

Meine Mutter verdreht die Augen. »Zeig mal her, Dirk.«

»Es ist aber noch in der Probephase«, warne ich sie, während Dirk aufsteht und mit dem Roboter zurückkehrt.

Er hält ihn vorsichtig, wie ein Ei, das zerbrechen könnte, und zögert kurz, ihn aus den Händen zu geben. Ich bemerke es nicht zum ersten Mal, nehme es aber erst jetzt richtig wahr. Genauso wie das Leuchten seiner Augen, das immer dann aufstrahlt, wenn er seine Erfindung ansieht oder über sie redet. Wie ein Sonnenstrahl, der die Schatten in seinem Gesicht vertreibt.

Meine Mutter öffnet ihre Handtasche, um eine Brille herauszuziehen. Diese setzt sie sich bedeutungsvoll auf die Nase, bevor sie *Arachno-Clean* untersucht. »Sieht aus wie ein Staubsauger. Oder, Bernhard?«

»Nun ja. Schon«, stimmt ihr mein Vater zu.

»Dein Mitbewohner erfindet also Staubsauger«, resümiert sie kritisch.

»Nein. Spinnenfänger«, korrigiere ich nachdrücklich. »Ich finde das bewundernswert.«

»Und unsinnig«, widerspricht meine Mutter knallhart. »Tut mir leid, Dirk, dir das so sagen zu müssen. Aber man kann Spinnen auch einfach wegsaugen.«

»Oder tierfreundlich einfangen«, unterbricht sie mein Vater. »Ich habe von einem Nachbarn einen Snapy geschenkt bekommen. Das ist ein Fanggerät.«

»Warum hast du das dann noch nie benutzt?«, fragt meine Mutter skeptisch.

»Ich kann mich nicht mehr erinnern, wo ich es hingelegt habe …«

»Ein Snapy?«, fragt Dirk und da ist es wieder. Das Funkeln in den Augen, das alle Künstler haben, wenn ihnen eine Idee kommt. Wenn ein einzelner Gedanke sich in ihrem Kopf verfängt, wie ein winziger, bedeutungsloser Faden, der plötzlich zu einem ganzen Garnknäuel heranwächst. »Das ist die Idee! Ich könnte ein Snapy integrieren, damit *Arachno-Clean* die Spinnen weit wegbringt! Ja. Ja, das könnte funktionieren. Dann würde ich das Problem der Selbstreinigung umgehen.«

»Und dein Karma wäre gerettet«, bestätige ich.

Seine Finger zucken und ich spüre seine Ungeduld. Er würde sich am liebsten in sein Zimmer zurückziehen, um in seiner Welt zu versinken. Ich kenne das gut und plötzlich spüre ich etwas, das ich schon lange nicht mehr gefühlt habe. Sehnsucht. Verzehrende Sehnsucht, meinem eigenen Funken nachzugehen. Darauf zu warten, dass er in einem Feuerwerk explodiert.

Diese Art von Leidenschaft ist für meine Mutter nicht nachvollziehbar. »Kann man davon leben? Von verrückten Ideen und Robotern? Oder wie finanzierst du die Wohnung hier?«

»Oh, ich hab den Jackpot im Lotto gewonnen.«

»Tatsächlich?«

»Nein.«

»Mama, das geht dich nichts an«, mische ich mich ein. »Wenn er Roboter bauen will, soll er Roboter bauen.«

»Das wäre so, als würdest du dein Studium abbrechen, um zu schreiben.« Sie lacht auf, als wäre das die dümmste Idee der Welt.

Interessiert dreht sich Dirk zu mir um. »Du schreibst?«

»Nicht wirklich. Ich habe mal darüber nachgedacht, ein Buch zu schreiben, aber im Moment ordne ich einfach nur das Chaos in meinem Leben, indem ich es auf Papier bringe.«

»Cool. Hätte ich gar nicht gedacht.«

»Ja ja. Cool, aber sind wir mal ehrlich. Wer schreibt heutzutage nicht? Ich kenne bereits drei Leute, die denken, sie hätten originelle Ideen, die noch nie jemand vor ihnen hatte«, winkt meine Mutter ab. »Eine von ihnen schreibt seit Jahren eine Autobiografie. Dabei interessiert es nicht einmal ihre eigenen Kinder, was sie erlebt hat.«

»Aber Anna Green ist mit ihrer Sündenreihe doch recht erfolgreich«, erinnere ich mich.

Anna heißt eigentlich Eva Kopfsalat, aber mit dem Grünzeug lassen sich keine Romane verkaufen und erst recht keine Erotikromane. Ihr aktuelles *Sünden in der Nacht* gleicht seinen Vorgängern *Sünden im Spargelfeld*, *Sünden im Fußballstadion*, *Sünden hinterm Gemüseregal* und *Sünden im Kofferraum*. Die vollbusige Cover-Frau lernt heiße Kerle kennen und hat mit ihnen den besten Sex ihres Lebens, so gut, dass er sie sogar von ihrer Depression heilt.

Auch wenn meine Mutter es nie zugeben würde, weiß ich, dass sie alle Teile gelesen hat. Ursprünglich nur, um über Anna zu lästern, aber dann ist es erstaunlich ruhig geworden.

»Mein Punkt ist, von solchen Dingen kann man meistens nicht leben. Darum wundere ich mich, wie dein Mitbewohner sein Leben finanziert. Helfen dir deine Eltern?«

Dirk schüttelt den Kopf. »Sicher nicht.«

Er schaut zu Boden und ich sehe den Schatten, der über sein Gesicht huscht.

»Mama, sei nicht so neugierig«, flüstere ich.

»Schön. Reden wir über was anderes.« Sie wirft uns ein verdächtig liebes Lächeln zu. »Bist du vergeben, Dirk?«

Dirk verschluckt sich fast vor Schreck.

»Was? Ich habe doch gesagt, ich mag keinen öden Smalltalk. Also, gibt es da jemanden?«

Dirk sieht aus, als wollte er im Lasagnerest untertauchen und auf Nimmerwiedersehen in der Tomatensoße verschwinden.

»Mama. Auch das ist seine Sache!«

»Ach, Kinder. Ihr seid so verschlossen«, seufzt sie frustriert. »Ich will doch bloß an eurem Leben teilhaben.«

»Aber das ist vielleicht doch etwas zu privat, Charlotte«, mischt sich nun auch mein Vater ein.

»Ich bin nicht vergeben«, murmelt Dirk.

»Kein Grund, schüchtern zu werden. Emma hier ist auch Single.«

»Mama!« Jetzt verschlucke ich mich beinahe.

»Was? Irgendjemand muss etwas gegen diesen Zustand unternehmen.«

»Ich bin gerade mal einen Tag richtig getrennt. Und was ist mit Ruben?«

»Ach, aus euch wird schon seit über zehn Jahren nichts. Darauf kann ich mich nicht verlassen.«

»Ich will meine Zeit als Single nutzen, um mich selbst besser kennenzulernen und …«

»Papperlapapp. Du hattest vierundzwanzig Jahre Zeit, dich kennenzulernen«, unterbricht mich meine Mutter ungeduldig. »Jetzt ist es an der Zeit, anderen die Chance zu geben.«

»Eine Partnerschaft ist nicht jedermanns erklärtes Ziel. Manche sind auch als Single glücklich.«

»So ein Quatsch …«

»Die Tochter unserer Nachbarin, Olga, wirkt sehr zufrieden«, wirft mein Vater ein. »Ich denke, man muss nichts überstürzen. Unsere Emma macht das schon.«

»Musst gerade du sagen! Du bist doch alleine gar nicht lebensfähig, Bernhard. Ich mach mir eben Sorgen.«

»Was soll das denn heißen? Ich bin nicht lebensfähig?«, fragt mein Vater.

»Wer musste dich gestern erst vor dem Chihuahua unserer Nachbarn retten?«

»Das Ding ist wirklich gefährlich.«

Meine Mutter seufzt und will erneut etwas sagen, aber die Hand meines Vaters landet auf ihrer, ganz sanft, und sie hält inne. Ich weiß, dass sie es gut meint, auch wenn sie dabei gelegentlich übers Ziel hinausschießt. Dafür hat sie meinen Vater, der ihr in diesen Situationen den Spiegel vorhält. So wie jetzt, wo eine einzige Berührung reicht, um sie zu beruhigen.

»Okay, Kinder. Ihr macht das schon.« Sie nickt langsam und lässt das Thema ziehen. »Wer will eine Runde Uno spielen?«

»Oh ja. Ich habe heute eine Glückssträhne, ganz sicher.«

»Vergiss es. Du hast keine Chance, Bernhard. Vor euch steht die ungeschlagene Meisterin des Uno.«

Als meine Eltern gegangen sind, verschwindet Dirk sofort in seinem Zimmer, wo ich ihn werkeln höre. Am Anfang fand ich ihn seltsam. Er war der typisch schräge Eigenbrötler, mit dem ich nicht viel anfangen konnte, aber mittlerweile empfinde ich Bewunderung für ihn. Er macht das, woran er Spaß hat, und zieht es durch, egal was andere von ihm denken, und ich weiß nur zu gut, dass so etwas Mut erfordert.

Dear Disaster-Diary, schreibe ich, den Laptop auf meinem Bauch, während ich auf dem Bett liege und in die Sterne gucke.

> Wir können andere Menschen nicht ändern. Und wenn wir es versuchen, sind wir am Ende diejenigen, die sich ändern. Schritt für Schritt, so langsam, dass wir es kaum bemerken. Erst sind es bloß Schuhe, dann ein neuer Style und am Ende sind es Träume, die plötzlich auf dem Weg liegen bleiben. Träume, die nach und nach ersetzt werden, bis wir sie vergessen.

Es gibt Menschen, für die wir selbst Sachen loslassen, die uns erfüllen. Menschen, für die wir uns die Flügel stutzen, um besser zu ihnen zu passen. Dabei sollten wir uns Menschen suchen, die uns inspirieren zu fliegen.

29

Palmelock Holmes und die Märchenprinzessin

Als ich am Sonntag wach werde, habe ich keine Lust aufzustehen. Nur noch ein Mal schlafen und mein Praktikum fängt an. Also muss ich diesen Tag noch einmal so richtig genießen, bevor jeden Morgen der Wecker klingelt.

Ich bleibe im Bett liegen und widerstehe dem Drang, wie gewohnt zum Handy zu greifen, nur um Stunden im glamourösen Instagram- oder quietschbunten TikTok-Feed zu versinken. Es ist einer der wenigen Orte, an denen man sich übersättigt und leer zugleich fühlt.

Übersättigt im Kopf.

Leer im Herzen …

Stattdessen öffne ich ein Dokument auf dem Laptop, an dem ich schon lange nicht mehr gearbeitet habe. Sieben Monate, um genau zu sein, denn mit Leon ist es ein bisschen wie mit Social Media. Im Nachhinein kommt mir die Zeit mit ihm wie ein Augenaufschlag vor. Ein Blinzeln und sieben Monate waren um. Ein Blinzeln voller berauschender Dates und schillernder Partyabende ohne große Bedeutung.

Übersättigt und leer zugleich.

Ich starre auf den Laptop, auf dem sich schwarz auf weiß Buchstaben aneinanderreihen und Worte formen. Worte, die nur zusammen Sinn ergeben und Bilder zaubern.

Ich fliege durch die Seiten und vor meinem inneren Auge erwacht die Geschichte zu neuem Leben. Die Geschichte, die ich seit Jahren mit mir herumtrage. Viel zu schnell bin ich am Ende angekommen und die folgende weiße Seite starrt mich an.

Erwartungsvoll.

Voller Versprechen.

Zögernd bewege ich meinen Zeigefinger, lasse ihn über die Tastatur gleiten und halte inne.

Ich habe das Gefühl, dass das erste Wort nach so langer Zeit etwas Besonderes sein sollte, aber ich finde es nicht. Weiß nicht, wie die Geschichte weitergehen sollte.

»Ich weiß nicht, ob ich es noch kann, Pam«, stöhne ich. Auch wenn ich sie spüre. Die Flamme in meinem Inneren. Die Flamme, die diese Geschichte gefüttert hat. Früher war sie heiß und verzehrend. Jetzt ist sie kaum mehr als ein kleines Kerzenflackern, das gegen den Windzug kämpft. Aber es ist noch da. Und erinnert sich an die Zeit, in der meine Finger wie von selbst über die Tastatur flogen, nicht schnell genug für die Gedanken, die sich in meinem Kopf formten.

Meine Finger zucken zurück und ich klappe den Laptop wieder zu. Stattdessen gehe ich in die Küche, um mir einen Kaffee und Frühstück zu holen. Auf der Suche nach Inspiration wühle ich mich durch den Kühlschrank und sämtliche Küchenschränke, bis ich einen Sandwichtoaster entdecke. Ich starre auf das schwere Gerät, dessen glänzende, leicht fettige Außenhülle davon zeugt, dass es nicht mehr unbenutzt ist, und mir läuft das Wasser im Mund zusammen. Wir hatten früher einen, bis meine Mutter ihn entsorgt hat, weil sie keine Lust mehr auf die Sauerei hatte. Dabei ist ein gegrilltes Käsesandwich jede Sauerei wert. Pepper hat ihn aus unserer Mülltonne gerettet und adoptiert.

Gerade belege ich meinen Toast mit Käse, als etwas Schimmerndes im Müll meine Aufmerksamkeit erregt. Es ist ein Brief, wie ich überrascht feststelle, aber nicht irgendeiner, sondern einer, der wichtig aussieht.

Dickes, teures Papier und goldene Schnörkel.

Ich bücke mich, um ihn aufzuheben. Vorsichtig drehe ich den Umschlag in meinen Händen. Er ist an Dirk adressiert. Von der Firma RobToy. Der Name sagt mir etwas, auch wenn ich nicht weiß, woher. Neugierig geworden klappe ich ihn auf und entdecke einen Brief aus demselben teuren Papier darin. Für Werbung oder eine Rechnung definitiv zu teuer, aber was könnte es sonst sein?

In dem Moment höre ich Schritte und verstecke den Brief hinter meinem Rücken, genau in dem Moment, als Dirk in der Tür erscheint. Er schlurft zum Tisch und lässt sich fallen. Mit wirren Haaren und zerknautschtem Gesicht sieht er mich an.

»Warst du … warst du noch lange fleißig?«, begrüße ich ihn wenig einfallsreich und versuche, dabei nicht auszusehen wie jemand, der im Müll seines Mitbewohners herumschnüffelt.

»Mhm.«

»Willst du … einen Kaffee?« Der Brief in meiner Hand wird immer schwerer und ich suche verzweifelt nach einer Gelegenheit, ihn wieder dahin zu befördern, wo ich ihn gefunden habe.

»Mhm.«

Als er seinen Kopf auf die Tischplatte legt, sehe ich meine Chance gekommen, aber ehe ich den Beweis meiner Neugierde losgeworden bin, fragt Dirk: »Was versteckst du da hinter deinem Rücken?«

»Nichts.« Mit einem Schlag bin ich knallrot. Dirk greift nach dem Kaffee und nimmt einen Schluck, ohne mich aus den Augen zu lassen.

»Dein Augenlid zuckt. Was hast du ausgefressen?«

»Nichts … Ich … Na schön.« Ich lege den Brief vor ihm auf den Tisch. »Den hier hab ich ganz zufällig gefunden.«

»Du meinst, aus dem Müll geangelt?«

»Ja. Was ist das?«

»Schon mal was von Privatsphäre gehört?«

»Du hast gestern meine Mutter kennengelernt. Was glaubst du wohl?«

Er zuckt mit den Schultern, als wäre es nichts Wichtiges. »Bloß eine Einladung für einen Roboter-Wettbewerb.«

»Wie cool! Warum liegt er dann im Müll?«

»Weil ich nicht hingehen werde.«

»Okay …« Dirk ist offenbar nicht gewillt, mehr zu erzählen, aber so ganz bin ich noch nicht bereit aufzugeben. »Warum nicht?«

»Sie ist von dieser Firma. RobToy.«

»Die sagt sogar mir was.« Plötzlich fällt es mir wieder ein. »Hat die nicht die *Plüschies* rausgebracht?«

»Ja.«

»Was ist dann das Problem?«

»Mein Bruder wird da sein.« Dirk schnappt sich ein heißes Sandwich, das ich aus dem Toaster hole, und beißt hinein, aber selbst beim Kauen sehen seine Kiefer angespannt aus.

»Versteht ihr euch nicht so gut?«

Er nickt, aber schluckt seinen Bissen tapfer herunter und räuspert sich. »Wir haben nicht mehr miteinander geredet. Seit dieser Sache …«

»Oh.« Ich würde gerne mehr über *diese Sache* erfahren, aber Dirk wirft mir einen Blick zu, der unmissverständlich klarmacht, dass er nicht weiter darüber reden will. Er zupft mir den Brief aus der Hand, um ihn wieder im Mülleimer zu versenken.

Eine Weile widmen wir uns schweigend unseren Käsetoasts, aber ich war noch nie jemand, der Stille besonders lange aushalten konnte.

»Wolltest du schon immer Erfinder werden?«

»Ja. Ich glaube schon«, brummt Dirk. »Wenn ich an meinen Robotern baue, dann blende ich die Welt aus und vergesse alles um mich herum.« Erneut sehe ich das Lächeln auf seinen Lippen und das Strahlen seiner Augen, wenn er an seine Arbeit denkt. »Was ist mit dir und deinem Buch?«

»Ich hab es irgendwann aus den Augen verloren …«

»Hat es Spaß gemacht?«

»Schon. Ja.« Ich nicke zaghaft. »Es hat sich angefühlt wie Fliegen.«

»Dann gibt es keinen Grund, damit aufzuhören.«

Zögernd gebe ich zu: »Ich habe heute Morgen versucht, ein paar Worte zu schreiben, aber ich schätze, ich bin noch nicht ganz bereit.«

»Wie heißt es denn?«

Zögernd dreht mein Finger über dem Tisch Kreise. »Die geheimen Memoiren einer Schirmpalme.«

Dirk verschluckt sich fast an seinem Kaffee und ich zucke zusammen, als er laut loslacht. Leon hat auch gelacht, als ich ihm die erste Seite vorgelesen habe. »Ach, Ems«, hat er gesagt. »Manchmal bist du echt komisch.« Und es hat nicht nach einem Kompliment geklungen, zumindest wollte er sich danach nie wieder etwas anhören.

»Die Memoiren einer Schirmpalme?«, echot Dirk, immer noch nach Atem ringend. »Oh mein Gott. Das klingt EPISCH.«

Etwas peinlich berührt male ich weiter unsichtbare Kreise.

»Worum geht es? Hat es etwa was mit deiner Palme zu tun?«

Ich schüttle den Kopf und hole tief Luft. »Nein. Keine Angst, es ist keine Autobiografie. Im Gegensatz zu Mamas Freundin weiß ich, dass ich nicht spannend genug bin. Es ist … ein seltsamer Krimi.«

»Ein Krimi?«

»Ja. Nachdem der Besitzer der Palme stirbt, wird sie in seiner Familie herumgereicht. Dabei kommt sie nach und nach allen Geheimnissen der Familienmitglieder auf die Spur und findet Stückchen für Stückchen heraus, wer der Täter ist. Es geht also um Mord und die ungewöhnlichste Aufklärerin aller Zeiten. Palmelock Holmes. Natürlich hat sie noch einen Sidekick. Die einzigartige Elenor Watson. Der einzige Mensch, der mit Pflanzen sprechen kann.« Ich halte inne und blase die Wangen auf. »Ich weiß, es hört sich komisch an, aber …«

»Es hört sich immer noch ziemlich genial an«, widerspricht Dirk überraschend ernst. »Und es ist definitiv nicht das, was ich erwartet habe.«

»Was hast du denn erwartet?«

Er zuckt die Schultern. »Von Miss Titanic? Eine schnulzige Romance voller Herzschmerzmomente und Champagnerbäder?«

Ich gebe ein unwirsches Knurren von mir. »War ja klar.«

»Kann ich es lesen?«

»Auf keinen Fall. Ich darf nicht mal in dein Zimmer. Also glaub ja nicht, dass ich dir meine einzigartige Palmelock Holmes vorstelle.« Ich verschränke die Arme, um zu verstecken, dass seine Worte ein warmes Kitzeln direkt in der Magengegend heraufbeschworen haben.

»Du bist ganz anders, als ich erwartet hab.« Er runzelt die Stirn und mustert mich durch seine leicht schief sitzende Brille.

»Ja, mit seinen Mitbewohnern reden, kann wirklich wunderbar sein, oder nicht?«

»Es ist zumindest nicht immer übel.«

30

Erste Tage und leere Flure

Es ist Montag und ich bin bereits fünfzehn Minuten bevor mein Wecker mich aufgeweckt hätte, geduscht und angezogen.

Vor meinem ersten Praktikumstag habe ich kein Auge zubekommen. Immerhin werde ich in das alte Labor meines Vaters gehen und will unbedingt einen guten Eindruck hinterlassen.

Oder zumindest keinen schlechten.

Ich trage eine dunkle Hose, kombiniert mit weißer Bluse und Cardigan. Dazu schwarze Chucks, damit ich schick, aber nicht zu schick aussehe. Ein Labor ist immerhin keine Unternehmensberatung und ich erwarte zerknitterte weiße Kittel und Birkenstocksandalen.

Um Zeit zu vertreiben, kontrolliere ich zum wiederholten Mal meine Tasche, bevor ich Pepper schreibe.

EMMA: PANIK!!!!!

Dazu ergänze ich jede Menge verängstigter Emojis, aber wie zu erwarten ist sie noch nicht wach. Genauso wenig wie Dirk. Ich habe ihn noch bis spät in der Nacht in seinem Zimmer werkeln hören. Vermutlich immer noch an der Snapy-Idee, die ihm mein Vater in den Kopf gepflanzt hat.

Als ich in die Küche komme, finde ich eine Tasse unter der präparierten Kaffeemaschine. Es ist eine langweilige graue Werbetasse für Versicherungen, die ich nur wegen ihrer bauchigen Form benutze, denn sie liegt überraschend gut in der Hand und es passt doppelt so viel rein wie in andere Tassen. An ihr ist ein Zettel, auf dem »Drück mich« steht. Und darunter hat mein Mitbewohner eine weitere Nachricht hinterlassen. »Versuche den ersten Tag zu überleben.«

Er kann echt nett sein, wenn er will.

Mit einem Grinsen im Gesicht mache ich mir den Kaffee und setze mich an den Tisch, um etwas Müsli herunterzuwürgen. Währenddessen bombardiere ich Pepper weiter mit Nachrichten. Als ich es nicht mehr aushalte, mache ich mich auf den Weg.

Viel zu früh erreiche ich mein Ziel. Einen modernen Gebäudekomplex. Breite weiße Stufen führen zum Haupteingang, wo ein Pförtner mit gelangweiltem Gesicht sitzt. Ich melde mich bei ihm an und er zeigt wortlos in die Richtung der Fahrstühle, ohne von seinem Handy aufzusehen.

»Danke«, sage ich, aber er hört mir nicht zu. Das Video von einer Katze, die Skateboard fährt, ist spannender.

Wenig später stehe ich am vereinbarten Treffpunkt.

Erstes Obergeschoss. Direkt vor den Konferenzräumen.

So weit, so gut.

Ohne Schlüsselkarte komme ich nicht in den Bereich mit den Laboren. Darum treffe ich mich hier mit dem Doktoranden, der mich betreuen soll.

Eugen Stephans.

Ich ziehe mein Handy, dieses Mal nicht aus Langeweile oder Gewohnheit, sondern um etwas zu haben, an dem ich mich festhalten kann. Irgendwie fühlt man sich weniger verloren, wenn man es in der Hand hält und geschäftig auf den Tasten herumdrückt.

Fünfzehn Minuten zu früh.

Immerhin ist Pepper endlich aufgewacht und hat mir Kleeblatt und Herzchenemojis zurückgeschickt. Ich schicke ihr einen »Agentin E ist gelandet« zusammen mit einem erhobenen Daumen, um ihr zu signalisieren, dass ich noch nicht vor Aufregung in die Ecke gekotzt habe. Ungeduldig trete ich von einem Bein aufs andere. Manchmal, wenn ich nervös bin, versuche ich mir vorzustellen, was Pepper tun würde.

Sofort straffe ich meine Schultern, verschränke die Arme und nehme eine gerade Haltung an. Ich bewundere sie dafür, dass sie immer so souverän wirkt, so als könnte sie nichts aus der Fassung bringen.

Na ja, nichts außer Anni.

Plötzlich öffnet sich eine Tür und ich sinke wieder in mich zusammen. Eine Gruppe Frauen und Männer strömt aus einem Raum, in dem sie gerade ihr morgendliches Meeting abgehalten haben. Weiße Kittel sehe ich keine und nur einer trägt Birkenstocksandalen. Stattdessen hat wirklich jeder eine Tasse mit Tee oder Kaffee in der Hand. In Gespräche vertieft eilen sie an mir vorbei zu den Laboren und ich bin wieder allein.

Fuck.

Was ist, wenn dieser Eugen mich vergessen hat?, denke ich.

Verunsichert ziehe ich mein Handy aus der Tasche und kontrolliere meine letzte Mail, obwohl ich sie bereits in- und auswendig kenne.

Ich bin eindeutig am richtigen Treffpunkt. Zur richtigen Zeit am richtigen Tag.

Mein Daumen fliegt über die Tastatur, um Pepper jede Menge panischer Emojis zu schicken.

PEPPER. Ganz ruhig, Agentin E. Vielleicht verspätet er sich.

Eine halbe Stunde später ist klar.

Ich wurde vergessen!

Ich frage den gelangweilten Herrn an der Pforte. Er sieht kurz von seinem Handy auf, nippt an seinem Kaffee und verkündet souverän: »Dafür bin ich nicht zuständig.«

»Und wer ist es?«

»Frag mal die Nicole.« Er zeigt auf einen Gang, in dem ich, wie ich vermute, »die Nicole« finde. »Dritte Tür links. Sie hat den Durchblick.«

»Danke.«

Ich folge der gewiesenen Richtung, nur um wenig später vor der Tür einer *Nicole Kruse, Sekretariat* zu stehen. Vorsichtig klopfe ich an. Einmal. Zweimal. Ich presse mein Ohr an die Tür, höre aber nichts. Dann drücke ich die Klinke herunter. Die Tür springt auf und enthüllt einen überfüllten Schreibtisch.

»Ähm. Hallo«, sage ich.

Nicole Kruse guckt mich säuerlich über den Rand ihrer Brille an. Hinter ihr an der Wand hängt eine Postkarte auf der steht: »Lach doch mal«, ein sicheres Zeichen für Passiv-Aggressive. »Was gibt es?«

»Heute beginnt hier mein Praktikum, aber niemand hat mich abgeholt, und jetzt weiß ich nicht, wo ich hinsoll. Eigentlich sollte ich mich mit Eugen Stephans treffen. Einem Doktoranden«, erkläre ich.

Sie guckt auf ihre Uhr und schürzte ihre rot gefärbten Lippen. »Sie sind zu spät. Die Praktika beginnen um Punkt 8.00 Uhr.«

»Ich war zwanzig Minuten eher da, aber …«

Sie unterbricht mich mit einem skeptischen: »Name?«

»Emma Kühn.«

Sie mustert mich mit zusammengekniffenen Augen und ich frage mich, ob ihr bei dem Nachnamen ein Licht aufgegangen ist und sie denkt, dass ich mir auf den Namen meines Vaters was einbilde, oder ob sie einfach hofft, dass ich mich in Luft auflöse, wenn sie finster genug guckt.

»Welches Labor?«, fragt sie schließlich.

»Mikroskopische Biomedizin von Prof. Dr. Schulze.«

In Zeitlupe nimmt sie den Hörer ab und drückt ein paar Tasten.

»Hier ist eine Emma Kühn. Gehört die zu euch? … Gut … Kann die jemand abholen? … Zeitnah bitte.«

Nach dem Telefonat bedeutet sie mir, draußen zu warten, allerdings ist dort kein Stuhl. Also stehe ich da und hoffe, nicht allzu deplatziert zu wirken. Natürlich starrt mich jeder, der vorbeikommt, an, als ob mir »Lost« auf der Stirn steht. Ungeduldig trete ich von einem Fuß auf den anderen, während ich mir eine Mitarbeitertafel an der Wand ansehe, als wäre sie das Spannendste der Welt.

Nach unendlichen zehn Minuten höre ich Schritte und ein junger Mann mit dunklem, verstrubbeltem Haar schlurft auf mich zu.

»Hey, ich bin Antonio. Ich soll dich abholen. Eugen wartet.«

Ich folge ihm, erleichtert, nicht mehr verloren in einem Gang herumstehen zu müssen.

»Du kommst mir bekannt vor«, stellt Antonio fest, während er mich von der Seite mustert.

»Tatsächlich?«

»Ja«, grübelt er weiter. »Aber ich komm nicht drauf, woher.«

Mit seiner Schlüsselkarte kommen wir zu den Laboren, wo er schließlich eine Tür aufstößt.

»Da ist ja endlich unser verlorenes Lämmchen!«, begrüßt mich ein hochgewachsener junger Mann mit nach hinten gekämmten Haaren und rahmenloser Brille, den ich als Eugen Stephans identifiziere. »Eigentlich fangen wir um acht Uhr an. Es wäre also schön, wenn du morgen pünktlich kommst.«

»Ich war pünktlich, aber es hat mich niemand abgeholt«, protestiere ich, aber Eugen unterbricht mich.

»Leute, das hier ist Emma. Sie macht ihr Praktikum bei uns.«

Alle gucken kurz von ihren Mikroskopen auf und murmeln eine Begrüßung, bevor sie sich wieder in ihre Arbeit vertiefen.

Okay, Emma! Versuche deinen ersten Eindruck noch zu retten.

»Ich freu mich, hier sein zu dürfen«, sage ich zu Eugen und bemühe mich um ein freundliches Lächeln, bereit zu vergessen, dass ich gleich am ersten Tag stehen gelassen wurde.

»Wunderbar! Wir werden hier bestimmt eine spannende Zeit haben.«

Ich bin mir da plötzlich nicht mehr so sicher. Dieser Eugen hat es innerhalb weniger Sätze geschafft, mir gänzlich unsympathisch zu werden.

»Ich weiß, woher ich sie kenne!«, erinnert sich Antonio genau im richtigen Moment. »Du bist die Ex-Freundin von Leon.«

»Leon?« Ich gucke ihn verwirrt an. »Du kennst ihn?«

»Klar kenn ich ihn. Das ist der neue Freund von Larissa Moreau …«

Eugen sieht ihn genervt an. »Dein heimlicher Crush?«

»Sie ist wirklich ein herzensguter Mensch und gibt echt tolle Tipps zu Selbstliebe und Timemanagement.«

»Mhm. Die kann ich dir auch geben. Hier der erste: Hör auf, deine Zeit bei Instagram zu verschwenden, und stell dein Paper fertig.«

»Musst du gerade sagen. Wie lange sitzt du nun schon an deinem Paper?«, murmelt Antonio kaum hörbar und geht zu seinem Platz. Eugen sieht auf sein Handy, während er sich an mich wendet.

»Okay, Emma. Dahinten sind ein paar Proben und Objektträger, die gereinigt werden müssen. Könntest du dich netterweise nützlich machen und dich darum kümmern?«, fragt er abwesend und tippt eine Nachricht..

»Na ja.«

»Gibt es ein Problem?« Seine Stimme verrät, dass er von Widerrede nicht viel hält.

»Nein, aber …«

»Gut. Ich muss nämlich heute früher weg und habe keine Lust, dass du etwas kaputt machst.« Mit den Worten führt er mich zu einer Spüle, neben der jede Menge schmutziges Mikroskopiermaterial wartet. »Viel Spaß!«

Erste Tage sind scheiße … Und bei mir ist das wortwörtlich zu verstehen.

31

Leidenschaftliches Leiden

PAPA: Hey Hase, wie war dein erster Tag?

Meine Hände sind vom vielen Putzen trocken und rau und allein bei der Vorstellung, morgen wieder herkommen zu müssen, zieht sich mein Magen zusammen.

EMMA: War super. Total interessant.

Eine Notlüge, um ihn nicht zu beunruhigen. Laut meiner Mutter ist er so stolz, dass ich in seinem alten Labor arbeite, dass sogar der Postbote Bescheid weiß.

PEPPER: Und? Wie lief es?

Bei Pepper hingegen sehe ich keinen Grund, die Dinge zu beschönigen.

EMMA: BESCHISSEN!

PEPPER: Muss ich jemanden verprügeln?

EMMA: Lieber nicht. Das könnte Auswirkungen auf meine Note haben, aber dieser Eugen ist ein echter Kotzbrocken.

PEPPER: Dann Popcorn und Kino heute Abend?
PS: Ich würde Anni fragen, ob sie mitkommt.
Wäre das okay?

EMMA: Klar!!! Ich will sie unbedingt näher kennenlernen.

Plötzlich höre ich hinter mir meinen Namen und Schritte nähern sich.

Ich drehe mich um und sehe Sarah mit wehenden Haaren auf mich zueilen. Außer Atem kommt sie vor mir zum Stehen.

»Ich muss auch zum Bus«, keucht sie, Handtasche und Jacke an sich gepresst.

»Wie war dein erster Tag?«, frage ich, als wir uns gemeinsam auf den Weg machen.

Sie stöhnt und verdreht die Augen. »Ich werde weitergereicht wie eine heiße Kartoffel. Die Doktoranden wechseln sich ab, mich rumzuführen, aber immerhin bekomme ich viel zu sehen. Und wenn sich gerade keiner um mich kümmert, hab ich Zeit zum Lesen.« Sie zieht ein Buch aus ihrer Handtasche. »Es ist so, so gut. Es geht um Stacy und Liam. Sie versucht aus ihrem Leben zu fliehen und zieht nach New York. Dabei trifft sie den düsteren und geheimnisvollen Liam. Stacy ist etwas nervig, aber Liam würde ich sofort heiraten. Ich wünschte, ich könnte nach New York ziehen. Einen Job in einem kleinen Café anfangen und Kaffee ausschenken, bis mein Liam vorbeikommt.« Ihre Wangen glühen bei dem Gedanken.

»Wusstest du, dass im Leitungswasser von New York Krabben leben, die man nicht herausfiltert? Die Eiweißzulage für jeden Kaffee.«

»Ihhh! Emma! Hör auf, so einen Unsinn zu erzählen.«

»Das ist kein Unsinn. Wenn du nach New York ziehst, duschst du in Krebstieren, auch Kopepoden genannt.« Ich strecke ihr die Zunge raus. »Kannst es gerne googeln.«

Sie versetzt mir einen Stoß mit ihrem Ellenbogen. »Manche Dinge will man einfach nicht wissen.«

»Ich finde es spannend.«

»Schön«, seufzt sie, pustet sich eine verirrte Haarsträhne aus dem Gesicht und stopft das Buch zurück in ihre Tasche. »Ziehe ich halt nicht dahin und hoffe, meinen Liam hier zu finden. Apropos … Ich habe da einen sehr vielversprechenden Kandidaten in Aussicht.«

Sie lässt die Augenbrauen tanzen und hält mir ihr Handy unter die Nase, auf dem ich eine vertraute App entdecke.

Happy Ending – Dein Glück ist so nahe.

Sie klickt auf das Foto von einem jungen Mann mit trägem Lächeln, der mir sehr bekannt vorkommt. Mir will nur nicht einfallen, woher. Ich kneife die Augen zusammen. Wenn man sich eine Brille dazu-, die weichgefilterte Haut wegdenkt und die breiten Schultern etwas verschmälert, dann …

»Ach, du Scheiße!«

»Und?«, quiekt Sarah. »Ist er nicht umwerfend?«

»Das ist Eugen!«

»Du kennst ihn?«

»Gerade kennengelernt. Er ist mein Praktikumsbetreuer. Ein echtes …« *Ekel!* »… gewöhnungsbedürftig … Er ist sehr gewöhnungsbedürftig.«

»Er ist wirklich schlau und wir haben die gleichen Interessen.«

Das kann ich mir nicht vorstellen. »Sicher?«

»Ich weiß, was du denkst. *Happy Ending* ist nicht gerade dafür bekannt, dass man hier den Menschen fürs Leben trifft, aber mit ihm ist es anders. Das spüre ich.«

»Ich …« *weiß nicht, was ich sagen soll.*

»Wir überlegen, uns heute zu treffen, was perfekt wäre, denn ich brauche dringend Ablenkung. Mein letztes Date hat mir auf keine meiner dreiundfünfzig Nachrichten geantwortet. Dafür spamt mich Noah mit irgendwelchen Unisachen voll. Das ist doch der perfekte Moment, jemand Neuen kennenzulernen.« Plötzlich hat sie eine Idee. »Hast du heute Abend schon was vor?«

»Pepper und ich gehen ins Kino.«

Sie klatscht in die Hände. »Großartig. Eugen und ich könnten doch auch mitkommen.«

»Ernsthaft?« Ich verziehe mein Gesicht angesichts der Vorstellung, dass ich meinen Praktikumsleiter schneller als erwartet wiedersehen muss.

»Klar!« Sarah hakt sich beschwingt bei mir ein und strahlt wie ein Honigkuchenpferd. »Ihr kennt euch doch bereits.«

»Na ja …«

»Komm schon! Das wird superlustig.«

Das wage ich zu bezweifeln.

Als ich geduscht und umgezogen bin, setze ich mich in die Küche und lege seufzend meine Stirn auf den Tisch. Eigentlich hat sich ein Kinoabend mit Pepper nach der perfekten Abendplanung angehört, aber im Moment würde ich am liebsten einfach zu Hause bleiben.

»Was ist denn hier für eine Weltuntergangstimmung?«, fragt Dirk, der beladen mit Einkaufstüten hereinkommt.

»Mein erster Praktikumstag war eine absolute Katastrophe und zu allem Überfluss muss ich meinen unsympathischen Betreuer auch noch gleich wiedersehen.« Demotiviert gleite ich vom Stuhl und bleibe auf dem Boden sitzen. »Ich werde mich einfach hier verstecken, bis die Welt vergessen hat, dass ich existiere.«

»Ihr trefft euch?«

»Er ist Sarahs Date und wir gehen mit Pepper und Anni ins Kino. Das stehe ich nie alleine durch, aber niemand sonst hat Zeit.«

Ich habe schon Rick gefragt, aber der hat was anderes vor. Wahrscheinlich Sex … Und Noah hat angeblich Kopfschmerzen, aber ich wette, er will Sarah einfach nicht mit ihrem Date sehen müssen.

Plötzlich kommt mir ein Gedanke und ich setze mich kerzengerade auf. »Was ist mit dir? Willst du nicht mit?«

»Freut mich sehr, dass du mich als letzte Option in Betracht ziehst, aber nein.«

»Du kannst nicht nur allein in deinem Zimmer herumhängen!«

»Tu ich nicht.« Irgendwie klingt er besser gelaunt als sonst. Er summt sogar vor sich hin, während er die Einkäufe ausräumt.

Misstrauisch mustere ich ihn genauer. Irgendwie sieht er verändert aus. Seine Brille sitzt zur Abwechslung mal nicht schief und sein sonst so zerzaustes Haar ist gekämmt, sogar mit etwas Haarwachs in Form gebracht. Er trägt eine dunkle Jeans statt Jogginghose. Ein weißes Hemd und sogar … *Aftershave?*

»Wer bist du und was hast du mit meinem Mitbewohner gemacht?«, frage ich.

»Ich bekomme Besuch und werde etwas kochen.«

Ich springe so schnell auf, dass ich mir das Knie an der Tischkante stoße. »Besuch?«

»Ja«, bestätigt Dirk.

»Moment, du hast Freunde, Mister Ich-interessiere-mich-nicht-für-Menschen?«

Er dreht sich zu mir um und verdreht die Augen. »Natürlich hab ich Freunde. Introvertiert zu sein bedeutet nicht, dass ich ein verrückter, sozialinkompetenter Einsiedler bin.«

»Genau den Eindruck hatte ich bei meinem Einzug.«

»Weil ich dich nicht sonderlich mochte.«

»Du hattest einen Bunsenbrenner in der Hand.«

»Für gewöhnlich klappt das, um Mitbewohner schnell wieder zu vergraulen und die drei Monatsmieten einzustreichen.«

Ich mustere sein weißes Hemd. »Du hast dich richtig schick gemacht! Moment … Ist das ein *Date*?«

Etwas in meinem Inneren zieht sich zusammen. Nicht schmerzhaft, eher so, als würde jemand in meinen Magen zwacken.

Er seufzt. »Nicht alles ist ein Date, Titanic. Ich werde Pizza backen und dann werden wir ein bisschen quatschen. Vielleicht noch einen Film gucken. Mal sehen.«

»Das klingt …«, *nach einem perfekten Date*. »… nett.«

»Wann musst du denn los?«, fragt Dirk, der es offenbar gar nicht erwarten kann, dass ich gehe.

»Jetzt.« Stöhnend verkrieche ich mich wieder unter dem Tisch. »Aber ich habe noch nicht aufgehört zu leiden.«

32

Zwischen Popcorntüten und heißen Küssen

Pünktlich um 18 Uhr holt mich Sarah ab. Sie hat sich herausgeputzt und trägt ein enges, rosafarbenes Kleid, dessen Farbe toll zu ihren hellbraunen Haaren passt.

»Zu viel?«, fragt sie mich unsicher und zupft es zurecht.

»Ähm …« Ich gucke an mir herunter. Da ich kein Date habe, habe ich mich nicht schick gemacht. Stattdessen trage ich eine schwarze Röhrenhose, ein schlichtes weißes Shirt mit einem großen rosafarbenen Milchshake darauf und einen grauen Hoodie. »Nein. Du siehst toll aus.«

»Hast du da Krümel im Haar?«, fragt Sarah und lehnt sich vor.

»Oh, das kann sein. Ich habe bis eben unter dem Küchentisch gelegen.«

Sarah starrt mich an. »Das klingt versaut.«

»Nur etwas dreckig«, erwidere ich und klappe den Sonnenschutz herunter, um mich im Spiegel anzusehen.

»Und mit wem warst du da?«

»Mit meinem Mitbewohner.«

»Deinem Mitbewohner … Ein *Er* … Moment! Ich wusste gar nicht, dass es ein Mann ist.« Ich hätte es nicht für möglich gehalten, aber ihre Augen werden noch größer. »Ist *er* heiß?«

»Ich finde, er sieht okay aus.«

Sarah springt fast von ihrem Sitz auf. »Ich will Fotos. Ist er auf Facebook oder Instagram?«

»Ich … weiß es gar nicht. Aber er wirkt wie jemand, der sich nicht viel daraus macht«, versuche ich, ihren Euphorieschub zu bremsen.

»Okay, das klingt unheimlich. Jeder normale Mensch ist da.«

»Ja, aber nicht jeder teilt dort sein ganzes Leben.«

»Du verteidigst ihn«, flötet Sarah. »Das heißt, du magst ihn.«

»Er ist okay, wenn er nicht gerade versucht, mich loszuwerden.«

»Uhhh. Vielleicht hab ich mich geirrt und du bist doch nicht Anabella, sondern Violetta, die sich in einen geheimnisvollen WG-Bewohner verliebt. Wer weiß, vielleicht hat deiner auch ein Geheimnis?«

»Ja … Irgendwas ist mit seinem Bruder. Die verstehen sich nicht besonders.«

Sarah zieht scharf die Luft ein. »Der hat bestimmt jemanden überfahren. Vielleicht sogar die große Jugendliebe deines Mitbewohners, was zu einer Spaltung innerhalb der Familie geführt hat.«

»Sarah. Wir leben nicht in einem Buch.«

»Was sehr bedauerlich ist«, verkündet sie. »Warum kommt er nicht mit?«

»Er hat schon was vor.«

»Oh.« Sarahs Grinsen fällt enttäuscht wieder zusammen. »Ein Date?«

»Nicht alles ist ein Date.« Ich versinke tiefer in meinem Sitz, während Sarah ununterbrochen weiterplappert. Überwiegend über Chatverläufe mit ihrem neuen Albatrosanwärter Eugen, den sie regelrecht zu vergöttern scheint.

Als das Auto geparkt ist, zupft Sarah erneut besorgt an ihrem Kleid. »Hab ich wirklich nicht übertrieben? Ich werde bestimmt die Einzige sein, die sich so aufgedonnert hat!«

Ist sie nicht.

Pepper steht in einem Jeansrock vor dem Kino, der die Bezeichnung »Rock« nicht verdient, da er mehr wie ein breiter Gürtel aussieht. Aber wenn jemand so etwas tragen kann, dann sie. Dazu trägt sie eine weiße Bluse und rote Pumps. Anni hingegen trägt wieder Schwarz, was ihr wirklich gut steht, und ein Barett auf dem Kopf, das ich einfach nur unsagbar cool finde. Sie tauschen diese Blicke aus, die sich nur Frischverliebte zuwerfen. Dazu das Tuscheln und Kichern, was allen außer den Betroffenen tierisch auf den Geist geht. Aber Pepper hat es verdient.

»Da ist er!« Sarah stößt ein Quieken aus, das mich an einen panischen Hamster erinnert, und deutet auf Eugen, der auf uns zugeschlendert kommt. Ich hatte geplant, ihm neutral zu begegnen, noch mal von vorne anzufangen, aber allein sein überhebliches Grinsen bringt alle Vorsätze ins Wanken.

Sarah hält meinen Arm so fest, dass ich den unteren Teil nicht mehr spüren kann. Außerdem sieht es so aus, als hätte sie plötzlich aufgehört zu atmen. Zumindest hat sich ihr Brustkorb seit einer besorgniserregend langen Zeit nicht mehr bewegt.

Ich stoße sie an. »Stirb nicht!«

Sie holt Luft.

»Hey, Ladys.« Eugen winkt in die Runde. Dann lehnt er sich vor, um Sarah zu umarmen. »Du siehst umwerfend aus. Ich hoffe, du hast dich für mich so schick gemacht.«

»Für wen denn sonst?«, erwidert Sarah aufgeregt und deutet auf mich. »Das ist meine Freundin Emma.«

»So schnell sieht man sich wieder.«

»Komm morgen nicht wieder zu spät.«

»Ich war nicht zu spät. Ich wurde vergessen«, brumme ich zähneknirschend.

»Na klar.«

»Und das sind Pepper und Anni«, fährt Sarah schnell fort. »Ich glaub, wir sind vollzählig, oder?«

»Wow! Geh ich etwa mit vier umwerfenden Ladys ins Kino?«, fragt Eugen. »Wo sind die anderen Männer? Ich dachte, das wäre ein Gruppendate.«

»Ist es auch«, bestätigt Pepper und drückt Anni demonstrativ einen Kuss auf den Mund. »Diese bezaubernde Frau an meiner Seite ist meine Verabredung.«

»Oh. Verstehe. Das sieht man mittlerweile ja immer öfter. Cool.« Eugen versucht sie mit einem Zwinkern für sich zu gewinnen, aber ich sehe Pepper an, dass er bei ihr ebenfalls keinen Sympathie-Orden gewinnt, auch wenn sie sich bemüht, es nicht zu deutlich zu zeigen.

Er wendet sich an mich. »Was ist mit dir, Emma?«

»Ich bin Single.«

»Das erklärt einiges.«

»Was zum Beispiel?«

»Deine schlechte Laune.«

Die gerade noch mal tiefer gesunken ist, aber nicht wegen meines Singledaseins.

»Nicht jeder Single ist unglücklich.«

»Du schon. So wenig, wie du lachst.«

Bevor ich ihn lynchen kann und mir damit zweifellos mein Abschlusszeugnis versauen würde – was es allerdings wert wäre –, wechselt Sarah das Thema.

»In welchen Film gehen wir?«

»Ich richte mich ganz nach euch, Ladys. Wenn ihr einen Frauenfilm sehen wollt, nur zu!«

»Eigentlich dachten *die Ladys* an den neuen Star Wars«, sagt Anni und greift in ihren Rucksack, um den Helm herauszuziehen, den ihr Pepper auf der Kirmes geschossen hat.

Peppers Augen werden groß. »Den hast du dabei?«

»Klar, Süße.« Grinsend zieht sich Anni den Helm über. »Es ist das coolste Geschenk, das ich je bekommen habe.«

»Awww.« Pepper schließt Anni in die Arme und die beiden küssen sich. Sie sind einfach purer Zucker und mein Herz schmilzt bei dem Anblick, Pepper so glücklich zu sehen.

Wenig später sitzen wir beladen mit Popcorn und Cola im Kino. Ich in der Mitte. Zu meiner Linken Pepper, die nicht die Hände von Anni lassen kann.

»Ist sie nicht unglaublich?«, flüstert sie mir zu.

Ich drücke ihre Hand. »Das ist sie.«

Rechts von mir saugt Sarah jedes Wort auf, das Kotzbrocken Eugen von sich gibt, als wäre es Gold. Dabei ist es nicht mehr wert als das, was ich von den Objektträgern schrubben durfte.

»Wow. Du bist wirklich schlau.«

Er badet in ihrer Bewunderung. »Tja, nicht jeder schafft es in das Labor von Prof. Dr. Norbert Schulze. Da muss man schon ein bisschen was auf dem Kasten haben. Obwohl. Hin und wieder verirren sich auch Nieten zu uns.«

Ich könnte schwören, dass er in meine Richtung guckt, tu aber so, als hätte ich nichts gehört.

»Wo hat sie den denn her?«, flüstert Pepper mir zu.

»Happy Ending.«

»Warum will sie ihn nicht loswerden?«

»Gute Frage.«

Endlich geht der Film los und es kommt, wie es kommen

muss. Ich starre auf die Leinwand, während zu beiden Seiten geknutscht wird. Das Gute an Kinos ist jedoch, dass es egal ist, wenn man das fünfte Rad am Wagen ist. Man muss nicht verzweifelt versuchen, sich an Gesprächen zu beteiligen. Stattdessen kann man einfach in seinem Sitz versinken, sich Popcorn in den Mund schieben und den Film gucken.

Trotzdem wandern meine Gedanken davon und landen ausgerechnet bei Dirk.

Was er wohl macht?

Ich ziehe mein Handy aus der Hosentasche und tippe eine schnelle Nachricht.

EMMA: Hey, was macht die Pizza?

Eigentlich erwarte ich keine Antwort, da er ja Besuch hat, und trotzdem bekomme ich schon wenige Sekunden später eine Nachricht.

DIRK: Backt. Was macht der Kotzbrocken?

EMMA: Knutscht.

In dem Moment wird mir von hinten ein Popcorn an den Kopf geworfen.

»Hey, schalt das Handy aus! Das blendet!«

33

Das betrunkene Lama

Als ich nach Hause komme, ist die Küchentür zu. Dahinter hört man gedämpfte Stimmen und Gelächter. Offenbar sind Dirk und sein angeblicher *Nicht-Date*-Besuch bester Stimmung.

Ich schlurfe ins Bad, schminke mich ab und putze mir die Zähne. Erleichtert ziehe ich mich aus, streife BH und Socken ab und genieße das damit verbundene Gefühl von Freiheit. In Jogginghose und Kuschelhemd trotte ich in mein Zimmer und lasse mich aufs Bett fallen.

»Hab ich was verpasst?«, frage ich Pamela.

Offenbar nicht.

»Du auch nicht. Nur frisch verliebte Pärchen, viel Herumgesäusel und ein mega Arschloch. Keine Ahnung, was Sarah an dem findet.«

Ich gucke auf die Uhr. Es ist schon nach elf, Zeit, ins Bett zu gehen. Also kuschle ich mich unter die Decke und surfe noch ein paar Minuten bei Wikipedia (der längste Nachname der Welt hat zwischen 590 und 666 Buchstaben), bevor ich wider besseres Wissen Instagram öffne, wo Leon Larissa küsst.

In Slow Motion.

Dazu schreibt er: »Mit dir ist endlich alles so, wie es sein sollte.«

Wow, Leon. Danke dafür.

Mich ärgert weniger die Tatsache, dass die beiden zusammen sind, als die Erkenntnis, wie einfach es ist, jemanden zu ersetzen. Aber das ist Instagram. Ich könnte meinem Ärger dort Luft machen, aber egal, was ich schreibe, es wird mir keine Genugtuung bringen. Einige würden mich verstehen, andere nicht. Und nach ewigem Hin und Her würde ich mich müde und ausgelaugt fühlen.

»Du hast recht, Pam. Ich sollte meine Zeit sinnvoller nutzen. Vielleicht, indem ich einigen Personen den Hals umdrehe!«

Gesagt. Getan.

Ich öffne auf meinem Laptop das Dokument *Die geheimen Memoiren einer Schirmpalme* und halte inne.

»Wobei man das mit einem werdenden Vater vielleicht nicht machen sollte? Oder?«

Pamela scheint diesbezüglich kein schlechtes Gewissen zu haben.

»Nun gut, ein bisschen leiden lassen sollte okay sein.«

Pamela nickt zustimmend. Also haue ich in die Tasten. Der Ärger fließt aus mir heraus, als Elena Watson und Palmelock Holmes sich mit jeder Menge düsterer Geheimnisse, einem unglaublich nervigen Polizisten mit randloser Brille, einem Fremdgeh-Debakel und einer unerwarteten Schwangerschaft auseinandersetzen müssen. Und mit jedem Wort, das ich schreibe, spüre ich, wie das kleine, verkümmerte Kerzchen in mir von Neuem aufflackert, bis es in einem Feuerwerk explodiert.

Mit glühenden Wangen schließe ich den Laptop. Ich fühle mich befreit, so als hätte ich ein Work-out hinter mir, das schon seit Ewigkeiten überfällig war, und nun rauschen die Endorphine durch meinen Körper. Ich habe mir den Ärger und den Frust einfach von der Seele geschrieben, aber mehr als das. Ich habe ihn dazu benutzt zu erschaffen, anstatt zu zerstören. Das ist das Wunderbare an der Kunst.

Summend stehe ich auf, um mir einen Tee zu holen.

In dem Moment, als ich auf den Flur trete, öffnet sich die Küchentür und ich erstarre, als mir eine Welle Aftershave entgegenrollt.

»Rick?«

»Emma?«

Da steht er vor mir. Der Beweis, dass rosafarbene T-Shirts nicht nur für Frauen gemacht wurden. Und auch, wenn ich mir nicht erklären kann, was er hier macht, bin ich froh, dass er Dirks ominöser Besuch ist.

Also wirklich kein Date.

Es sei denn ...

Wir starren uns an. Dann wendet sich Rick an Dirk. »Moment. DIE Emma ist deine legendäre neue Mitbewohnerin? Die mit dem chronischen Liebeskummer und dem Schuhtick?«

Ich drehe mich empört zu Dirk um. »DAS hast du über mich erzählt?«

»Na ja ... Nicht nur! Ich ... Ich hab auch gesagt, dass du guten Appetit hast.«

»Na immerhin. Das macht das Bild von mir doch gleich viel runder.«

Rick starrt mich wieder an, dann scheint der Groschen endlich zu fallen. »Natürlich. *Du* bist die Freundin, für die Pepper so schnell eine neue Wohnung gesucht hat. *Ich* habe das Ganze hier vermittelt.«

»Und was machst du hier?«

»Na. Didi besuchen. Er ist mein bester und ältester Freund.«

Rick strahlt, während ich vom einen zum anderen gucke. Das hatte ich nicht erwartet. Immerhin wirken die beiden so verschieden wie Tag und Nacht.

»Und woher kennt *ihr* euch?«, mischt sich *Didi* ... Dirk ein.

»Oh, Emma hat letzte Woche bei mir übernachtet«, erzählt Rick leichthin.

»Auf der Couch«, ergänze ich schnell und laufe sofort rot an. »Ich hab auf seiner Couch geschlafen.«

»Vorher hab ich auf der Kirmes Einhornkondome gewonnen«, erzählt Rick amüsiert. Ich würde ihm am liebsten etwas gegen den Kopf werfen. Etwas Großes. Schweres.

»Verstehe.« Dirk nickt langsam. »Ihr hattet Spaß.«

»Nein!«, rufe ich.

»Wir hatten keinen Spaß?«, fragt Rick und fasst sich entsetzt ans Herz. Mich beschleicht das Gefühl, dass er die Situation ein wenig zu sehr genießt.

»Nicht so ... Nicht ... Wir hatten Spaß, aber keinen ... Ich sag jetzt nichts mehr.«

»Emma konnte nicht abschalten«, eilt mir Rick, zuvorkommend, wie er ist, zu Hilfe und ich wünschte, ich könnte mich in Luft auflösen. Einfach »Puff« machen und für ein paar Monate verschwinden.

In dem Moment landet Ricks Arm auf meiner Schulter. Er zieht mich an sich. Mit dem anderen Arm tut er dasselbe mit Dirk.

»Ich freu mich, dass ihr beide euch gefunden habt. Wirklich. Ich habe da so ein Gefühl bei euch zweien.«

»Was denn für ein Gefühl?«, frage ich verwirrt.

»Dass du diese WG nicht so schnell verlassen wirst wie deine Vorgänger. Ja. Vielleicht schaffst du es sogar, dass Didi sich mal wieder öfter bei mir, seinem besten Freund, meldet.«

»Ich hab halt viel zu tun«, rechtfertigt sich Dirk.

»Is klar«, schnaubt Rick. Er wendet sich an mich. »Er braucht im Durchschnitt drei Wochen, um auf die simple Frage ›Wie geht es dir?‹ zu antworten.«

»Hey, so schlimm ist es nicht«, protestiert Dirk, woraufhin ihm Rick sein Handy unter die Nase hält.

»Ich warte immer noch auf deine Antwort auf mein ›Gute Nacht. Schlaf gut. Kuss-Emoji‹ vor über einem Monat.«

»Gute Nacht«, antwortet Dirk.

»Danke. War das so schwer?«

Rick wendet sich wieder an mich. »Wir wollen uns was zu essen holen, kommst du mit?«

»Habt ihr nicht gerade erst Pizza gegessen?«

»Ja. Es ist auch noch was übrig«, erinnert mich Dirk.

»Es ist *alles* übrig«, korrigiert Rick. »Didi hier hat sie verbrennen lassen.«

»Nein!« Jetzt bin ich es, die schockiert tut. »Wer lässt denn Pizza verbrennen?«

»Wir haben uns verquatscht und dann die Zeit vergessen«, entgegnet Dirk zerknirscht. Er weiß sehr gut, worauf ich anspiele, aber ich setze noch einen obendrauf.

»Du solltest einen Roboter bauen, der verhindert, dass du die Wohnung abfackelst.«

»Haha. Willst du nun mit oder nicht?«

»Da ich immer so einen guten Appetit habe, gerne«, verkünde ich und eile in mein Zimmer, um meine Jacke zu holen.

Wenig später sind wir auf dem Weg zu einem Imbiss, der ein paar Straßen entfernt ist. Rick ist bester Laune und grüßt jeden, den wir zu dieser späten Stunde noch treffen. Einen älteren Mann mit Hund, der daraufhin die Straßenseite wechselt, und eine Gruppe zurechtgemachter Teenager auf dem Weg zur nächsten Party, die ihm schmachtend hinterhersehen.

»Einhornkondome?«, fragt Dirk nach.

Ich knirsche mit den Zähnen. »Frag nicht!«

Wir erreichen den Imbiss, der sein Angebot selbst als »Mittelmeer-Spezialitäten« zusammenfasst. Sprich, man bekommt alles von Pommes über Gyros und Döner bis Pizza. Die Jungs bestehen darauf, dass es der »beste Imbiss« der Stadt sei.

Rick holt sich einen Döner, Dirk und ich bestellen Pommes und dazu eine Cola. Mit unserer Beute lassen wir uns auf einer verwitterten Steinmauer nieder, von der aus man einen guten Blick auf die Straße und auf die Bar gegenüber hat, die den schönen Namen *Das betrunkene Lama* trägt. Ein paar Leute in ähnlichem Zustand wie das Tier aus dem Barnamen stehen davor, schießen Fotos und amüsieren sich grölend über die Resultate.

Ich lasse meine Füße mit den Regenbogen-Converse baumeln, während ich mir eine Pommes aus der Pappschale angele. »Also? Wie habt ihr euch kennengelernt?«

»Schule«, antwortet Dirk. »Rick war ein richtiges Arschloch.«

»Das stimmt. Ich war wütend, immer kurz vorm Explodieren und auf der Suche nach Streit. Zu Hause war bei mir zu dem Zeitpunkt echt die Hölle los. Keine Entschuldigung, aber eine Erklärung für mein schlechtes Benehmen. Dirk hingegen schien immer so entspannt, so in sich ruhend … Ich konnte ihn also auf den Tod nicht ausstehen.«

»Du konntest niemanden ausstehen«, ergänzt Dirk lächelnd.

»Ja, am allerwenigsten mich selbst.«

»Wie kam es dann, dass ihr Freunde wurdet?«

»Ich habe gecheckt, wie verdammt schlau Didi ist, und hab ihn bedroht, damit er meine Klausur schreibt.«

»Und dann?«

»Er hat absichtlich alles falsch beantwortet und ich hab eine Sechs bekommen. Danach war ich fest entschlossen, ihn zu verprügeln, aber ich wurde erwischt und samt meinen Eltern vor den Schuldirektor zitiert. Sie haben mir Hausarrest gegeben, aber rate mal, wer am nächsten Tag geklingelt hat.«

»Didi?«

»Genau. Auch wenn mir nach wie vor vollkommen schleierhaft ist, warum. Er hat mir ein hässliches orangenes *Plüschie* vorbeigebracht, das er selbst gebaut hat. Das hat mich beeindruckt. Er ist nicht nur mutig, sondern hat ein großes Herz.«

»Du spinnst«, murmelt Dirk verlegen.

Zwei Frauen gehen vorbei und wie erwartet bleibt ihr Blick an Rick hängen. Sie mustern mich kurz und überlegen, ob die Frau in Jogginghose mit diesem heißen Model zusammen sein könnte.

Eher nicht.

Also zwinkern sie Rick zu.

Er ruft ihnen nach: »Nur ich kann so viel Pech haben, dass an dem Tag, wo ich Döner esse, Venus selbst vorbeiläuft.«

»Und wer von uns wäre das?«, kichert eine der beiden.

»Die mit der Lederjacke … oh Moment! Ihr tragt beide eine.« Schon drückt Rick Dirk seinen angebissenen Döner in die Hand und springt von der Mauer. Während er auf die beiden zuschlendert, dehnt er beiläufig seine Arme über dem Kopf, so dass ihm sein rosafarbenes Shirt hochrutscht und sein Sixpack hervorblitzt.

»Hey, was mach ich jetzt mit dem Döner?«, ruft Dirk.

»Essen?«

Grummelnd verpackt Dirk ihn in Alufolie und legt ihn neben uns auf die Mauer. »Typisch Rick. Ich hasse, wenn er das tut.«

»Er hält viel von dir.«

»Das beruht auf Gegenseitigkeit. Er hat sich wirklich zum

Positiven geändert, es geschafft, seinen Ärger und den Frust hinter sich zu lassen. Und jetzt sorgt er dafür, dass sich die Menschen in seiner Nähe gut fühlen. Er zieht niemanden runter, um sich selbst besser zu fühlen. Im Gegenteil. Er scheint immer zu wissen, wie er andere aufmuntern kann.«

Man kann spüren, wie sehr Dirk ihn mag, und das, was er über Rick sagt, berührt mich. Er hat recht. Rick ist jemand, den man schnell falsch einschätzt, ein typischer Kerl, der dem Spaß hinterherjagt, ohne je etwas in seinem Leben zu erreichen. Dabei hat er das Wichtigste schon erreicht. Zufriedenheit.

»Ich weiß, was du meinst«, bestätige ich. »Er hat mir auch sehr geholfen.«

»Mit Mister Titanic?«

»Ja. Und ich rede nicht von den Einhornkondomen oder seinen Witzen. Nein, er war einfach da.«

»War bei meiner Ex-Freundin damals auch so.«

»Ex-Freundin?« Ich horche auf.

Dirk dreht sich zu mir um. »Warum so überrascht, Titanic? Der Typ mit dem Bunsenbrenner kommt tatsächlich hin und wieder aus seiner Wohnung raus … Und nur um gleich mit Gerüchten aufzuräumen: Nein, sie war kein Roboter.«

»Wie lange wart ihr zusammen?«

»Acht Monate.«

»Immerhin einen Monat länger als Mister Titanic und ich.«

»Sie war auch sonst sehr wie dein Mister Titanic«, gesteht Dirk und verzieht das Gesicht.

»Hübsch, verlogen und süchtig nach Instagram?«

Er nickt. »Ich dachte, sie wäre wirklich an mir interessiert, aber in ihrer Wunschvorstellung war ich dieser gutaussehende, erfolgreiche Erfinder. Und in echt hatte ich viel zu wenig Zeit. In echt habe ich gerne an Robotern gebastelt und sie war unterwegs. Ich kann ihr keinen Vorwurf machen, auch ich habe jemand anderen in ihr gesehen.«

Ich schiebe mir eine Pommes in den Mund und mustere ihn verstohlen.

»Also, ich bin ganz froh, dass du gerade nicht so erfolgreich bist. Sonst hätte ich jetzt keine Wohnung«, rutscht es mir heraus. »Und ich mag mein Zimmer wirklich gerne.«

»Trotz des Veluxfensters?«

»Gerade wegen des Veluxfensters.«

»Mein letzter Mitbewohner hat es gehasst. Er meinte, das wäre viel zu laut, wenn es regnet.«

»Gerade das liebe ich ja so. Wenn die Tropfen gegen die Scheiben prasseln, ist es wie ein eigenes Lied.«

»Oh nein.« Dirk sinkt in sich zusammen und ich folge seinem Blick.

»Was?«

Er deutet auf Rick, der sich von den beiden Frauen gelöst hat. Die beiden gehen in Richtung des Clubs, während er strahlend auf uns zukommt.

»Gleich wird er versuchen, uns das *Betrunkene Lama* schmackhaft zu machen. Was wir auf gar keinen Fall zulassen dürfen.«

Ich gucke auf meine Jogginghose, die ein paar Nummern zu groß ist, damit sie auch wirklich gemütlich sitzt. Dasselbe gilt für das T-Shirt, auf dem »Ich rede mit Pflanzen, aber sie antworten nicht« steht, ein Geschenk von Pepper. »Auf keinen Fall gehen wir da rein.«

»Auf keinen Fall«, bestätigt Dirk, der im Gegensatz zu mir immerhin Jeans und Hemd trägt.

»Diiiirk! Emma!«, flötet Rick und dreht sich zu uns um. »Ich habe eine ganz tolle Idee.«

»Wir müssen standhaft bleiben.«

Zehn Minuten später verpasst uns ein Türsteher im pinken Anzug einen Stempel auf den Handrücken. Weitere zehn Minuten später sitzen Dirk und ich an einem klebrigen Bartisch.

»Kommt, Freunde, ich gebe einen aus«, ruft Rick glücklich.

»Ich glaube, du hattest genug.«

»Ja. Es ist mitten in der Woche«, bestätige ich.

»Ihr zwei seid wirklich süß. Wisst ihr das?« Er umarmt uns von hinten und drückt jedem einen Kuss auf die Wange. Dann wendet er sich an den Barkeeper. »Tequila für alle!«

»Das ist so peinlich«, stöhne ich. »Guck mal, wie ich aussehe.«

»Falls es dir nicht aufgefallen ist, hier sind eine Menge seltsame Gestalten«, erwidert Dirk. Ich folge seinem Blick und tatsächlich bin ich nicht die Einzige in Jogginghosen. Ich könnte schwören, dass der Typ, der auf dem Tisch schläft, sogar einen Schlafanzug trägt. Auf der Tanzfläche wippen jede Menge angeheiterte Gäste und eine Gestalt im Hot-Dog-Kostüm.

Rick schnappt sich seinen Drink und tänzelt zu den Venus-Frauen hinüber, die ihn freudig in ihre Mitte nehmen.

»Darum hasse ich Partys. Ich meine, wer kann denn bitte Spaß an so was haben?«, raunt Dirk mir zu und nickt zu der Tanzfläche rüber.

»Finden wir es heraus.« Ich kippe meinen Kurzen herunter, beiße in die Zitronenscheibe und schnappe mir Dirk, um ihn hinter mir herzuziehen.

»Was machst du da?«

»Tanzen!«

»Bist du wahnsinnig? Ich kann nicht tanzen.«

»Offensichtlich kann das niemand hier.« Ich lasse seine Hände nicht los, weil ich befürchte, dass er bei der nächsten Chance flieht. Erst wenig motiviert, dann immer flüssiger folgt er meinen Bewegungen zum Beat der Musik.

Es dauert nicht lang, bis Rick sich wieder zu uns gesellt, um uns Alkoholnachschub in die Hände zu drücken. Während Dirk skeptisch in das Glas schielt, legt Rick seine Arme um mich.

»Didi ist ein toller Mensch, oder nicht?«, flüstert er. Sein Kinn landet auf meiner Schulter. »Erinnert mich an dich.«

»Wir sind uns überhaupt nicht ähnlich«, protestiere ich.

»Sicher?« Er grinst mich schelmisch an.

Ich schaue hoch und sehe, wie Dirk sich an seinem Kurzen verschluckt. Mit hochrotem Gesicht wendet er sich zu uns, woraufhin Rick ihm auf den Rücken klopft.

»Glaub mir«, raunt er mir während seiner Erste-Hilfe-Maßnahme zu. »Er ist ein Jackpot.«

»Wer gewinnt den Jackpot?«, hustet Dirk.

Rick drückt mir einen Kuss auf die Wange, bevor er wieder auf die Frauen zutanzt, die ihn in die Arme schließen.

Ich weiß nicht genau, was die Magie dieses Abends ausmacht. Vielleicht der Alkohol. Vielleicht die spontanen Entscheidungen, die immer die besten sind. Aber ich muss lächeln, als ich erneut Dirks Hand nehme, um zu tanzen. Mit der anderen muss ich meine viel zu lockere Jogginghose festhalten, damit sie nicht runterrutscht.

Für diese eine perfekte unperfekte Nacht, während wir über den klebrigen Boden springen und unsere Körper zu dröhnender Musik bewegen, lasse ich alles los.

Nur nicht meinen Hosenbund.

34

Nächtliche Geständnisse

Wir haben Rick im *Lama* verloren, zusammen mit den Venus-Traumfrauen, aber ich bin mir sicher, dass es ihnen gut geht.

Arm in Arm wackeln Dirk und ich nach Hause und mit dem wissenschaftlichen Scharfsinn, den mir mein Vater vererbt hat, stelle ich fest, dass Dirk durch Alkohol sehr anhänglich wird. Nicht im Sinne von aufdringlich anhänglich, sondern wie ein verschmuster Kater, den man einfach kraulen will und liebhaben muss.

Außerdem wird er sehr redselig, eine Eigenschaft, die ich nur zu gut kenne.

»Das war eigentlich ein echt lustiger Abend. Ich hatte viel zu viel Körperkontakt mit fremden Menschen und ich bin mir nicht sicher, was im letzten Cocktail war, aber es war wirklich überraschend lustig«, lallt er und streicht sich durch sein Haar.

Wir schwanken um eine Ecke, geraten ins Wanken und stolpern. Ich lande an einem Gartenzaun, einem schönen hohen Holzzaun, der weiß gestrichen ist. Als ich mich umdrehe, steht Dirk direkt vor mir und sieht mich an.

Seine Augen sind wirklich verdammt grün.

»Was ist?«, frage ich.

»Ich mag deine Nase, hab ich dir das schon gesagt?«

»Meine Nase?«

Er hebt seine Hand, um sie mit dem Finger anzustupsen. »Sie ist so süß knollig. Wie bei einem Troll. Einem süßen Troll.«

»Danke. Ich mag deine Nase auch. Sie hält deine Brille perfekt ... Eine sehr schöne Brille übrigens.«

Er strahlt. »Ja, oder?«

Plötzlich geht hinter uns ein Licht an. »Hey, pinkelt da wieder jemand gegen meinen Zaun?«

»Nein. Wir kuscheln nur mit ihm. Es ist ein sehr schöner Zaun!«, ruft Dirk zurück.

»Verschwindet!«

Eine Stunde und zahlreiche Pausen später schleppen wir uns Arm in Arm in sein Zimmer. Es ist das erste Mal, dass ich es betrete, aber er ist zu betrunken, um es zu bemerken.

Auf der linken Seite ist eine Sitzecke um einen Fernseher positioniert. Hinter Sofa und Sessel steht ein Regal voller Bücher. Auf der anderen Seite des Zimmers befinden sich ein überfüllter Schreibtisch und vollgestopfte Regale, in denen sich Kisten mit Technik stapeln.

»Moment mal. Du hast fast doppelt so viel Platz wie ich!«, beschwere ich mich.

»Ich bin ja auch größer«, kichert er und steuert das Bett an. Plötzlich stolpert er und wir beide landen auf dem Teppich. Ich drehe mich um und entdecke ...

... eine rosarote Plüschkugel.

»Was ist das?« Verzückt strecke ich mich und greife danach. *»Ein Plüschie!«*

Erneut kichert Dirk. »Nicht nur eins.«

In dem Moment fällt mein Blick auf sein Bett und das Regal daneben. Dort liegen jede Menge weiterer bunter Fellkugeln in allen Größen und Farben. Als ich mich ihnen nähere, fangen sie an zu summen und zu brummen, bis ihr beruhigender Klang den ganzen Raum erfüllt.

»Ist das dein dunkles Geheimnis? Der Grund, warum ich nicht in dein Zimmer darf? Du sammelst diese Dinger?«

»Eigentlich kann ich sie nicht leiden«, nuschelt Dirk und klettert schwerfällig auf sein Bett, wo er seufzend liegen bleibt. »Ich werde mich nie wieder bewegen. Alles schwankt ... Oh Gott ... Wieso schwankt alles? Titanic! Ist das ein Erdbeben?«

»Nein, ich denke, das Haus ist okay«, beruhige ich ihn und tätschele seinen Kopf.

»Oh gut. Es dreht sich nämlich alles.«

Gerade will ich in mein Zimmer wanken, da greift er nach meinem Arm und zieht mich an sich. Ich versinke in einem Meer aus Kissen und *Plüschies*.

»Lass mich nicht allein«, murmelt er.

»Ich schlaf doch nebenan.«

»Ich meine, du musst nicht wieder ausziehen. Weil ... eigentlich mag ich dich, Titanic.«

Ich streichle ihm über die Wange. »Ich weiß.«

»Gut. Aber sag es keinem.« Er rollt sich zusammen und dreht mir den Rücken zu. Dann schläft er ein, während die *Plüschies* um ihn herum leuchten und vibrieren. Bunte Lichter, die das Bett in ein Meer aus Farben tauchen.

Vorsichtig nehme ich ihm die Brille ab und lege sie auf den Nachttisch.

»Ich mag dich auch«, murmele ich und schließe ebenfalls die Augen.

35

Kopfschmerzen und Sprachnachrichten

Am nächsten Morgen befreie ich mich von einer Horde *Plüschies* und schlüpfe aus Dirks Bett, bevor er aufwacht. Ich versuche, den Kater unter der Dusche loszuwerden, was nur mäßig gelingt. Dann schlurfe ich mit dröhnendem Kopf und einem großen Becher Kaffee zur Bushaltestelle.

Eugen schafft es auch am zweiten Tag, mich vor den Laborräumen stehen zu lassen. Die Sekretärin ist über Nacht nicht freundlicher geworden und meine Kollegen sind immer noch so in ihre Arbeit vertieft, dass mich die meisten gar nicht wahrnehmen.

»Da kommt ja unsere Praktikantin«, begrüßt mich Eugen zwinkernd. »Immerhin bist du heute fast pünktlich.«

»Wenn ich eine Schlüsselkarte hätte oder du mich an unserem Treffpunkt abholen würdest, wäre ich auch ganz pünktlich«, knurre ich, weil mein Kopf zu sehr brummt, um höflich zu sein.

»Uh! Wer ist denn heute so schlecht drauf?«, zwitschert er.

»Wenig geschlafen.«

»Oh ja. Ich auch.« Er zwinkert mir vielsagend zu und es ist klar, worauf er anspielt. Schnell versuche ich, die Bilder, die in meinem Kopf aufploppen, zu verdrängen, denn ich will mir wirklich nicht vorstellen, was Sarah und er die ganze Nacht angestellt haben.

»Immerhin habe ich für meine Müdigkeit eine gute Entschuldigung. Liebe. Was hast du zu deiner Verteidigung zu sagen?«

»Ich musste mir mein Bett mit ungefähr dreißig Plüschkugeln und meinem betrunkenen Mitbewohner teilen.«

»Dein Leben klingt wirklich erbärmlich, Emma. Das kann einem fast leidtun.«

»Ach, eigentlich ist es im Moment ganz schön.«

Er sieht mich an, als ob ich den Verstand verloren hätte, und schüttelt ungläubig den Kopf. »Komm. Ich zeig dir deine heutige Aufgabe.« Er führt mich zu den Spülbecken im hinteren Teil des Raumes, und angesichts des Stapels an schmutzigen Objektträgern dehnt sich sein Mund zu einem fiesen Grinsen. »Hier warten schon sehnsüchtig deine neuen Schätzchen, die du heute säubern darfst. Eine verantwortungsvolle Aufgabe, der du hoffentlich gewachsen bist.«

»Kann es sein, dass du sadistisch bist?«

»Kann es sein, dass du hier ein Praktikum machst und ich dein Boss bin?«

Als ich mein Gesicht verziehe, hält er eine Postkarte hoch. Es ist dieselbe, die auch bei der Sekretärin über dem Schreibtisch hängt. »Lach doch mal.« Zufrieden summend bringt er sie mit einem Stück Tesafilm vor mir an der Wand an.

»In diesem Sinne. Wir sehen uns später!«

Ich habe gut Lust, ihm den Hals umzudrehen. Kaum ist er außer Sichtweite, lasse ich mich genervt auf einen Stuhl fallen und zücke mein Handy.

PEPPER: Du warst betrunken?

EMMA: ???

PEPPER: Ich habe eine fünfzehnminütige Sprachnachricht von dir bekommen …

EMMA: Scheiße! Was hab ich gesagt?

PEPPER: Überwiegend, wie lieb du mich hast. Aber offenbar warst du gestern auch von jemand anderem angetan. *DIDI?* Der offenbar eine süße Nase und unglaublich schöne grüne Augen hat?!?

Oh …

Das passiert manchmal, wenn ich Alkohol trinke. Dann werde ich plötzlich redselig, und wenn die Leute nicht da sind, um sich meine Monologe persönlich anzuhören, verschicke ich Sprachnachrichten.

PEPPER: Also? Wer ist Didi?

EMMA: Mein Mitbewohner.

PEPPER: Uhhh! Geht da etwa was?

EMMA: NEIN! Aber wir sind auf einem guten Weg, um Freunde zu werden, denk ich. Wir haben mehr gemeinsam, als ich dachte.

PEPPER: Ich wusste, dass er dich überrascht. Was ist mit Papa-in-spe?

EMMA: Keine Ahnung. Ich …

Oh nein. Panisch durchsuche ich die anderen Chatverläufe und bete, dass ich nicht noch mehr Nachrichten verschickt habe.

Mist!

EMMA: NOTFALL!!! Ich habe Papa-in-spe eine Sprachnachricht geschickt. Zusammen mit einem Emoji, das den Mittelfinger hochhält.

PEPPER: Lösch sie! Schnell!

EMMA: Done.

PEPPER: Warte. Hat er sie schon abgehört?

EMMA: Scheiße. Ich glaub schon.

Und da sie bereits gelöscht ist, kann ich sie nicht mehr abspielen, um herauszufinden, was ich gesagt habe! *Fuck! Fuck!*

EMMA: Was mach ich jetzt?

PEPPER: Tot stellen.

Fluchend drehe ich mich im Kreis.

»Hey, was machst du?«

Ich schrecke zusammen, als Antonio hinter mir auftaucht.

»Mich tot stellen?«

»Nein. Ich meine, mit wem schreibst du?« Neugierig versucht er, einen Blick auf mein Handy zu werfen. »Larissa?«

»Wieso sollte ich mit Larissa schreiben?«

»Ihr kennt euch doch, oder nicht?«

»Sie ist mit meinem Ex-Freund zusammen«, erinnere ich ihn.

»Oh. Dem Lars …« Er macht ein Würggeräusch.

»Leon.«

»Aber das heißt, du könntest an ihre Nummer kommen? Oder vielleicht ein Autogramm für mich besorgen?«

»Nein! Ich glaube nicht.« Ich drehe mich wieder meiner Arbeit zu.

»Sie hat es nicht leicht, weißt du?«, fährt Antonio unbeirrt fort und setzt sich neben die Spüle.

»Mein Mitleid hält sich in Grenzen.«

»Sie arbeitet wirklich hart, um das Leben von sich und ihrem Bruder zu finanzieren. Darum hat sie vor ein paar Jahren mit Social Media angefangen.«

»Und ich dachte, ihre Familie sei reich.« Ich habe keine Ahnung, wo Alex wohnt, aber kleidungstechnisch hat er immer versucht, mit Leon mitzuhalten.

»Wenn sie das sind, dann wegen ihr«, erzählt Antonio. »Neben dem Studium investiert sie jede freie Minute in ihre Fans. Und das zahlt sich natürlich aus.«

»Woher weißt du das alles?«

Er strahlt. »Follower und Fan der ersten Stunde. Darum würde ich sie so gerne einmal treffen.«

»Tja, also, wenn ich sie zufällig mal sehe, sag ich ihr Bescheid.«

»Vielleicht könntest du ihr auch sagen, dass ich viel besser zu ihr passen würde als Lars.«

»Leon …«

»Mhm. Den kannst du gerne wieder haben.«

»Nein danke.« Stöhnend werfe ich einen Blick auf das Dilemma von letzter Nacht. Hoffentlich hat *Drunken Emma* ihm wenigstens ordentlich die Meinung gegeigt.

36

Das dunkle Geheimnis

Als ich im Bus zurück nach Hause sitze, öffne ich Instagram.

Rick.the.dick folgt dir jetzt.

Ich rufe sein Profil auf und sehe mir seine Storys an. Wenig überraschend ist er heute zwischen zwei hübschen Frauen aufgewacht.

Plötzlich kommt mir eine Idee und ich gucke mir die Profile an, denen er folgt. Bisher habe ich Dirks Account nicht ausfindig machen können, aber nun habe ich dank Rick eine heiße Spur. Tatsächlich fällt mir wenig später ein Name ins Auge.

Didi.Düsentrieb.

Ich klicke darauf und verschlucke mich, als ich *Plüschies* sehe. Jede Menge davon. Offenbar ist der Tick meines Mitbewohners größer, als ich zunächst angenommen hatte. Nicht nur in seinem Zimmer sammelt er die süßen Kerlchen. Nein. Auch sein Account ist eine Hommage an die Flauschbälle.

Zuerst finde ich es lustig, dann lese ich mir den ersten Beitrag durch, der bereits mehrere Jahre alt ist.

»What the …!«

Als ich nach Hause komme, vergesse ich, meine Chucks auszuziehen, und renne direkt zu Dirks Zimmer, wo ich gegen die Tür hämmere.

»Mach sofort auf, DIDI DÜSENTRIEB!«

Ich höre Fluchen, gefolgt von tapsigen Schritten. Wenig später öffnet ein zerknirschter Dirk die Tür. Er sieht aus, als wäre er gerade aus dem Bett gefallen, denn er trägt immer noch seine Jeans und das Hemd von gestern Abend. Das Wachs in seinen Haaren sorgt dafür, dass sie nun in alle Richtungen stehen.

»Was ist los?«

»Ich weiß es!«

»Du weißt was?«

Zur Antwort halte ich ihm seinen Instagramaccount unter die Nase und dränge mich entschlossen an ihm vorbei.

»Warte! Mein Zimmer ist …«

»… nicht länger tabu«, beende ich seinen Satz. »Immerhin habe ich dich gestern Nacht ins Bett gebracht und deinen Rücken gestreichelt.«

»Du hast was?«

»Wir haben sogar im selben Bett geschlafen.«

»Was?«

»Ja. Überraschung! Wir mögen uns jetzt!«, verkünde ich.

»Ich werde Rick nie wieder zu einer Imbissbude folgen«, stöhnt Dirk und fährt sich durch die Haare. »Und ich werde nie wieder Alkohol trinken. Ich fühle mich, als hätte mich ein Zug überrollt.«

»Können wir jetzt zu den wichtigen Dingen kommen?« Erneut wedele ich mit meinem Handy vor seinem Gesicht herum. »Deinem großen Geheimnis?«

Verlegen kratzt er sich den Hinterkopf. »Ach das. Das ist kein großes Ding.«

»Kein großes Ding?«, echoe ich fassungslos. »Du hast die *Plüschies* erfunden? Die gottverdammten *PLÜSCHIES*!«

Ich greife nach einem der kleinen Bälle mit Augen, die überall im Zimmer verteilt liegen. Sofort fängt er an, sich in mein Herz zu schnurren und zu vibrieren. Das ist alles, was sie können, aber sinnlose Dinge kommen gut an, wenn sie süß sind. Und die *Plüschies* sind unglaublich süß.

»Ich … Jaaaa.« Dirk kratzt sich am Hinterkopf, als wäre ihm meine Begeisterung unangenehm. »Echt keine Riesensache.«

Ich starre ihn an. »Machst du Witze? Die waren fast so beliebt wie Tamagotchis.«

Das Kompliment zaubert ein verlegenes Lächeln auf sein Gesicht und in seinen Wangen entstehen kleine Grübchen. Wieder einmal stelle ich fest, wie sehr ich es mag, wenn er lächelt.

»Na ja. Sie sind schon etwas älter. Ich habe sie in der Schulzeit erfunden«, erklärt er mir. »Ursprünglich habe ich sie für mich gebaut, aber mein Bruder sah darin ein lukratives Geschäft. Also machte er Werbung in der Schule und der Nachbarschaft. Es sprach sich rum und irgendwann wurde unser Online-Shop *Die Düsentriebs* regelrecht von Anfragen überrannt.«

»Ich erinnere mich. Die Story stand in jeder Zeitung. RobToy hat euch Unmengen an Geld geboten, um die *Plüschies* produzieren zu dürfen.«

Dirk nickt. »Wir kamen irgendwann nicht mehr hinterher mit dem Nachschubbauen.«

»Musst du dann nicht superreich sein?«

»Mein Bruder hat die Idee verkauft und … vergessen, seinen

kleinen vierzehnjährigen Bruder zu erwähnen.« Sein Lächeln erlischt.

»Oh.«

Da ist es also. Das dunkle Familiengeheimnis.

»Was hast du gemacht? Hast du es jemandem erzählt?«

»Hab ich, aber mein Bruder war sehr überzeugend und mir hat niemand geglaubt, dass es meine Idee war. Für alle war ich der neidische kleine Junge, der seinem Bruder den Erfolg nicht gönnte.«

Ich koche innerlich vor Wut, so sehr nimmt mich die Geschichte mit. Seine Erfindung hat vielleicht nicht die Welt verändert, aber sie hat die Menschen berührt und dafür verdient er Anerkennung.

Dirk nimmt mir mein Handy aus der Hand und zeigt mir einen weiteren Account.

Christian Düsentrieb
Erfinder der Plüschies
CTO bei RobToy
Jurymitglied beim diesjährigen RobToy Nachwuchscontest

»Dein Bruder.«

»Ja. Er arbeitet jetzt für RobToy. Entwickelt Spielzeug und andere elektronische Sachen. Ziemlich erfolgreich.«

»Willst du deswegen nicht auf diese Veranstaltung?«

Dirk nickt. »Seit dieser Sache bin ich irgendwie blockiert.«

»Blockiert?«

»Ich kann einfach nichts zu Ende bringen.« Unglücklich lässt er sich neben den *Plüschies* auf der Couch nieder. »Außerdem habe ich nichts, womit ich antreten könnte, und falls es dir entgangen sein sollte – Mein Bruder sitzt in der Jury.«

»Dann sollten wir es ihm so richtig zeigen!«

»Wir?« Er sieht mich an.

»Als deine Mitbewohnerin hänge ich jetzt mit drin.«

»Ich weiß nicht.«

»Du liebst deine Arbeit und du hast so viele Ideen. Das ist deine Chance.« Ich gehe zu den überfüllten Regalen und deute auf eine Tonne, die wie ein Mülleimer mit Kabeln aussieht. »Was ist das?«

»Bernd, die Pöbeltonne. Der soll dich beschimpfen, wenn du den Müll nicht richtig trennst.«

Ich breche in Gelächter aus. »Das ist genial!«

»Leider pöbelt er immer. Egal, ob der Müll richtig getrennt ist oder nicht. Er beschimpft dich sogar, wenn du nur an ihm vorbeigehst.«

»Was ist mit *Arachno-Clean*?«

»Ich arbeite dran, aber … Am Ende wird er bestimmt auch nicht funktionieren.«

»Komm.«

»Wohin?«

»Du machst dich fertig und wir gehen spazieren? Wenn ich blockiert bin, gehe ich raus an die frische Luft, bis der Kopf wieder frei ist.«

»Können wir nicht auch das Fenster aufmachen?«

»Nein. Du musst die Luft draußen atmen. Das ist sehr wichtig.«

Plötzlich gibt das *Plüschie* in meiner Hand ein Geräusch von sich, das sich wie ein Pupsen anhört.

»Was zur Hölle war das?«

»Sorry«, sagt Dirk. »Das machen sie nur, wenn sie sich wirklich wohlfühlen.«

»Deine *Plüschies* pupsen?«

»Ich war ein Teenager, als ich sie gebaut habe. Ursprünglich konnten sie sogar noch stinken, aber das wollte RobToy aus irgendwelchen für mich vollkommen unerklärlichen Gründen nicht übernehmen.«

37

Lieblingsort

»Komm! Ich zeige dir meinen Lieblingsort«, verkünde ich und marschiere, einen großen Rucksack auf dem Rücken, voraus. Während ich mich um den Proviant gekümmert habe, hat sich Dirk noch schnell geduscht und eine frische Jeans angezogen. Dazu trägt er eines seiner Statement-Shirts, auf dem steht: »Ich hasse frische Luft.« Natürlich hat er es nur für mich angezogen.

»Was ist dein Lieblingsort?«

»Lass dich überraschen.« Wir sind mit dem Bus zu einer kleinen Wohnhaussiedlung in der Nähe meiner Eltern gefahren. Von hier aus habe ich ihn zu einem Feldweg geführt, dem wir nun folgen.

»Was könnte mitten im Wald sein?«, stöhnt Dirk.

»Vertrau mir einfach«, sage ich, ohne langsamer zu werden.

»Du weißt aber schon, dass man den Leuten, die *das* sagen, am allerwenigsten vertrauen kann?«

»Natürlich.« Ich strahle ihn an, woraufhin sich seine Augen verengen.

»Nur fürs Protokoll. Ich vertraue dir kein Stück, Titanic.«

»Jetzt hör auf zu schimpfen und genieße den Weg.«

Er sieht mich an, als hätte ich den Verstand verloren. Also mache ich es vor. Ich strecke meine Schultern durch, hole tief Luft, konzentriere mich auf das Knirschen des Schotters unter meinen Chucks. Auf die Sonnenstrahlen, die auf meiner Haut kitzeln. Ich lausche den Vögeln und dem Rascheln des Windes in den Bäumen.

»Wann sind wir da?«

»Dirk! Du sollst den Kopf frei kriegen!«

»Ich versuch es ja, aber hier sind jede Menge Mücken, die mich aussaugen wollen.« Er wedelt mit den Händen in der Luft herum.

»Mücken werden neben Schweiß auch von bestimmten Duftstoffen in Shampoos und Duschgels angelockt«, weiß ich zu berichten.

»Na toll. Bis wir ankommen, wird von mir nichts mehr übrig sein. Ich werde einsam und blutleer verenden.«

»Keine Sorge. Das wird deine Mitbewohnerin nicht zulassen.« Seufzend ziehe ich eine Flasche Anti-Mückenspray aus meinem Rucksack und sprühe ihn damit ein.

Gerade als wir unseren Weg fortsetzen wollen, bleibt Dirk erneut wie erstarrt stehen.

»Nicht bewegen, Emma! Da ist eine Schlange.« Er deutet auf einen langen, braungrauen Körper, der sich vor ihm über den Weg schlängelt.

»Das ist eine Blindschleiche, Dirk.«

»Du hast mir nicht gesagt, dass es hier Schlangen gibt!«

»Genau genommen gehören sie zu den Echsen und sind ungefährlich.«

»Sicher?«

»Ganz sicher.« Ich nehme ihn lachend am Arm und ziehe ihn weiter auf einen Waldweg, der sich zwischen den Bäumen ins Grüne windet. Der Boden ist mit Moos bedeckt, welches im Licht der Nachmittagssonne kräftig grün aussieht.

»Wir sind da!«, verkünde ich und deute auf einen hölzernen Hochsitz, der vor uns zwischen den Bäumen aus dem Boden sprießt.

»Das ist dein Lieblingsort?«

»Ich bin früher oft hergekommen, hab mich da oben hingesetzt und stundenlang in den Wald gestarrt. Komm schon! Ich zeig es dir.« Als ich das raue Holz der Leiter unter meinen Fingern spüre, erwachen in mir alte Erinnerungen. Erinnerungen der kleinen Emma, die so gerne hierherkam, um zu träumen oder zu schreiben.

»Sicher, dass das Ding nicht gleich umklappt?«

»Das steht schon seit über zehn Jahren. Es wird noch weitere zehn Jahre stehen«, versichere ich Dirk und schwinge mich auf die Plattform. Vorsichtig krabbele ich an Tannennadeln vorbei, die das Holz bedecken und davon zeugen, dass lange Zeit niemand hier war.

Ich setze mich ganz an den Rand, lasse die Beine herunterbaumeln und lehne den Kopf gegen das Geländer. Dirk nimmt direkt neben mir Platz. So nah, dass sich unsere Schultern berühren. Während Nähe gestern nach dem *Betrunkenen Lama* etwas Leichtes war, fühle ich jetzt eine gewisse Anspannung darin. Trotzdem rutscht keiner von uns zur Seite.

»Und?«

»Ich überlege gerade, was passiert, wenn ich falle«, entgegnet Dirk skeptisch und schielt nach unten.

»Du landest im Moos.«

»Ja, sieht recht weich aus.«

Ich ziehe eine Thermoskanne mit Milchkaffee und Kekse aus dem Rucksack. Dann reiche ich Dirk eine Tasse und schenke ihm ein. Wir sitzen einen Moment da und für das erste Mal während unseres Ausflugs habe ich das Gefühl, dass er wirklich loslässt. Die Falten sind aus seinem Gesicht verschwunden und er sieht in den Wald. Sein Blick verliert sich im unendlichen Rausch der Grüntöne, wie meiner schon so oft zuvor.

»Es ist ganz nett hier«, gibt er zu. »War eine gute Idee. Mal rauszukommen und an was anderes zu denken als an … Du weißt schon was.«

»Die Sache mit deinem Bruder?«

Er nickt.

»Denkst du noch oft an ihn?«

»Eigentlich hab ich damit abgeschlossen. Ich will nicht sauer auf ihn sein, denn es verbittert einen nur, im Was-wäre-wenn zu leben. Darum hab ich beschlossen, einfach weiterzumachen, denn ich wollte mir das, was ich liebe, nicht verderben lassen. Meine Liebe zum Bauen, Basteln und Erfinden.«

»Bis der Brief kam?«

»Genau. Diese Einladung hat alles wieder hochgeholt.«

»Willst du denn an diesem Wettbewerb teilnehmen?«, hake ich nach.

»Schon. Es ist eine tolle Chance und eigentlich treffe ich mich gerne mit Gleichgesinnten.«

»Aber?«

»Vielleicht bin ich auch nicht gut genug.«

»Du warst gut genug für die *Plüschies*. Im Gegensatz zu deinem Bruder. Und trotzdem ist er CTO, was auch immer das ist. Klingt auf jeden Fall wichtig.«

»Ziemlich wichtig.«

»Und darüber bist du wirklich nicht sauer?«

Dirk denkt eine Weile über die Frage nach. »Eher enttäuscht. Wir hatten so viel Spaß zusammen und manchmal wünsche ich mir diese Zeit zurück.«

»Du musst nicht nachtragend sein, aber ich bin es«, verkünde ich. »Und wenn ich ihn mal zufällig treffe, sag ich ihm das auch so.«

Dirk kichert. »Weißt du, was Rick gemacht hat, als er damals davon erfahren hat?«

»Nein.«

»Er ist fuchsteufelswild zur Uni gefahren, wo mein Bruder studiert hat, ist mit einem Megafon in die Vorlesung geplatzt und hat ihm vor allen anderen die Meinung gegeigt.«

»Das hätte Pepper auch gemacht«, pruste ich los und lasse mich auf den Rücken in die Tannennadeln fallen. Dirk tut es mir nach und wir gucken in die Baumkronen.

»Wir haben wirklich Glück, oder?«, seufze ich. »Wer hat schon solche besten Freunde wie wir.«

»Das stimmt.«

38

Ein Albatros fürs Leben?

Es sollte mich kaum noch verwundern, dass ich auch die nächsten Tage von Eugen vergessen werde. Wenn mich die Sekretärin sieht, ergreift sie nur wortlos das Telefon und ruft ihn an. Dann signalisiert sie mir, ebenfalls wortlos, dass ich draußen im Flur warten soll.

Während ich also zum wiederholten Mal dort stehe, vibriert mein Handy in der Hosentasche, und als ich es herausziehe, sinkt mir mein Herz in die Hose.

Bitte, Emma der Vergangenheit! Hab keinen Scheiß gemacht.

LEON: Tut mir leid, dass ich mich jetzt erst melde. Larissa und ich waren im Spa. Geht es dir gut? Du hast mir eine seltsame Nachricht geschickt. Ich kann dich kaum verstehen … Die Musik ist sehr laut. Und irgendjemand grölt etwas, das sich wie »MEINE OMMA fährt im Hühnerstall Motorrad« anhört im Hintergrund. Wo zur Hölle warst du? Das klingt beinahe gefährlich!

Puh! Das ist ja noch mal gut gegangen. Erleichtert öffne ich Instagram, wo Leon tatsächlich Spa-Fotos hochgeladen hat.

»Glück ist ein Schokoladenbad mit der Liebsten. #Entschleunigung #Couplegoals.«

Irritiert horche ich in mich hinein, finde aber weder Ärger noch Enttäuschung. Im Gegenteil kann ich es gar nicht glauben, dass das einmal ich war. Dirk hat recht gehabt mit dem, was er sagte. Es bringt nichts, dem hinterherzujagen, was gewesen sein könnte. Manchmal ist es gesünder, zu verzeihen und weiterzuziehen.

»Hey, Emma.« Antonio biegt um die Ecke, um mich abzuholen, und ich lasse mein Handy in die Hosentasche gleiten. »Tut mir leid, dass du wieder vergessen wurdest.«

»Ist Eugen zu allen so ein Blödmann?«, frage ich ihn.

Antonio zuckt mit den Schultern. »Es ist seine Art von Humor. Er liebt es, andere auf den Arm zu nehmen.«

»Es ist nicht wirklich lustig, wenn sich das Gegenüber dabei schlecht fühlt«, brumme ich.

Antonio räuspert sich und ich kann in seinem Gesicht sehen, dass er mir nicht alles sagt.

»Oder gibt es da noch etwas, das ich wissen sollte?«

Anstelle einer Antwort beschleunigt er seinen Schritt und ich ahne, dass er so schnell wie möglich zum Labor will, um sich hinter seinem Mikroskop zu verstecken, aber das lasse ich nicht zu. Mit verschränkten Armen stelle ich mich ihm in den Weg.

»Raus mit der Sprache.«

Er versucht, sich an mir vorbeizuschieben, aber wenn ich will, kann ich penetranter sein als Ricks Aftershave-Wolke. Es fließt eben auch das Blut meiner Mutter durch meine Adern.

Antonios Widerstand zerbröckelt unter meinem Blick. »Eugen glaubt, dass du den Platz nur wegen deines Vaters hast. Darum will er dich ein bisschen – wie er sagte – in die Schranken weisen.«

Perplex starre ich ihn an. »Na großartig. So ein Mistkerl!«

»Aber sag ihm nicht, dass du das von mir hast.« Schnell huscht Antonio zur Tür und in die Sicherheit des Labors. Missmutig folge ich ihm. Allerdings ist Eugen weit und breit nicht zu sehen, weshalb ich mich wieder der Spüle widme. Wenig motiviert lasse ich mich auf dem Stuhl nieder und ziehe das Handy aus der Tasche. Dort fällt mein Blick auf die *Happy-Ending*-App. Sie erinnert mich daran, dass 48 Nachrichten auf mich warten. 48 Gelegenheiten, meine große Liebe zu finden. So behauptet sie.

MISTA_GEIL: Hi. Sind ein Match. Würde dich gerne kennenlernen. Magst du mir ein Foto von dir schicken?

PLÖTZLICHSINGLE: Das freut mich. Auf meinem Profil sind doch ein paar Fotos.

MISTA_GEIL: Ich mein was Schmutziges.

PLÖTZLICHSINGLE: Ach so. Sag das doch gleich.

Nur für ihn mache ich eine Nahaufnahme von den Objektträgern, die darauf warten, dass ich sie reinige. Ich hoffe, das ist ihm dreckig genug. Das soll meine letzte Handlung sein, bevor ich diese bescheuerte App ein für alle Mal aus meinem Leben verbanne und lösche.

Am Mittag erscheint Eugen im Labor.

»Da ist ja unsere unpünktlichste Praktikantin der Welt«, begrüßt er mich. Als ich mich umdrehe, entdecke ich eine Überraschung, denn er ist nicht allein.

»Wir wollten dich zum Mittagessen abholen«, verkündet Sarah, die an seinem Arm klebt, als wäre sie dort festgetackert worden. »Wäre das nicht nett? Dann kannst du Eugi besser kennenlernen.«

Ich bin mir ziemlich sicher, dass ich *Eugi* gar nicht näher kennenlernen will, aber sie strahlt so voller Hoffnung, dass ich zähneknirschend nachgebe.

Zusammen machen wir uns auf den Weg zur Cafeteria und Sarah ergreift die Gelegenheit, um mich auszuquetschen.

»Was hast du eigentlich die letzten Tage gemacht? Geht es dir gut? Eugi meint, du seist irgendwie schlecht gelaunt. Da hab ich mir Sorgen gemacht.«

»Eigentlich geht es mir sehr gut, wenn ich nicht gerade von meinem Betreuer vergessen werde«, sage ich und werfe Eugen einen bösen Blick zu, den er getrost ignoriert.

»Aber du postest gar nichts mehr. Man könnte dich glatt für ein Phantom halten. Apropos ... Hast du die Fotos gesehen, die wir gestern geteilt haben?«, fragt Sarah mit leuchtenden Augen, während wir in der Schlange warten. Als ich den Kopf schüttele, hält sie mir ihr Handy unter die Nase. Offensichtlich waren *Eugi* und sie was essen.

»Nett.«

»Wir sind jetzt offiziell zusammen.«

»Cool.« Ich wähle den Zucchiniauflauf.

»Es war wunderbar. Das sagen auch alle Leute bei Insta. Nur Noah, dieser Idiot, hat natürlich wieder alles miesgeredet. Keine Ahnung, welche Laus dem gerade über die Leber gelaufen ist.«

»Wer ist Noah?«, fragt Eugen, während wir uns einen Tisch suchen.

»Ein Freund von uns. Wenn er allerdings wirklich ein Freund wäre, sollte er sich doch für mich freuen, oder?«

Ich glaube, Sarah begreift immer noch nicht, was so offensichtlich ist. Selbst Eugen scheint es zu ahnen, denn er hakt noch einmal nach.

»Warum hast du mir dann noch nichts über diesen Noah erzählt?«

»Was meinst du?«

»Du hast ihn mir verschwiegen. Das finde ich nicht gut.« Er sieht wirklich verärgert aus, was Sarah wegzulächeln versucht.

»Bist du etwa eifersüchtig?«

»Natürlich. Das ist doch klar, wenn die eigene Freundin mit irgendwelchen anderen Männern befreundet ist.«

Sarah kichert verunsichert. Dann wendet sie sich an mich und sagt: »Eugi ist sogar auf meinen Duschkopf eifersüchtig, weil der mich nackt sieht. Ist das nicht süß?«

»Das ist …« *Bedenklich.*

»Er meint es süß.«

»Ich meine es vor allem ernst. Dieser Noah ist mir nicht geheuer.« Missmutig stochert Eugen in seinem Auflauf herum und ich spüre, wie mich die plötzliche Anspannung zwischen den beiden unruhig macht. Ihre Dynamik hat etwas Beklemmendes, als ob man in einem zu engen Raum steht und einem die Luft zum Atmen fehlt. Eugen nimmt einem diese Luft.

»Sie sagte doch, dass er nur ein Freund ist«, mische ich mich ein, da es kaum auszuhalten ist.

»Ja, aber es ist normal für einen Mann, da misstrauisch zu werden.«

»Nicht wirklich.«

»Sagt die, die von ihrem Freund betrogen wurde. Wenn du nicht so naiv wärst, wärst du vielleicht nicht so verarscht worden. Schon mal darüber nachgedacht?«

Mit seinen Worten hat Eugen genau die richtigen Schalter gedrückt, aber anstatt meine Wut herunterzuschlucken und sein Verhalten höflich wegzulächeln wie sonst, steche ich meine Gabel in den Auflauf und funkele ihn an.

»Das ist ja wohl kaum dein Problem.«

Eugen schüttelt nur resigniert den Kopf und rückt seine rahmenlose Brille zurecht, als wäre ich ein stures Kind, das sich weigert, einen gut gemeinten Ratschlag anzunehmen. Etwas, was meinen Zorn noch weiter anfacht.

»Es ist mein Problem, wenn du deine Aggressionsprobleme mit ins Praktikum bringst.«

Diese Worte bringen das Fass endgültig zum Überlaufen.

»Ich habe keine Aggressionsprobleme. Ich habe ein Problem mit toxischen Kotzbrocken, die ihre Minderwertigkeitsprobleme an anderen auslassen.«

Sarah starrt mich an. Eugen steht geräuschvoll auf.

»Das … das wird Konsequenzen haben.«

»Hört bitte auf, euch zu streiten!«, fleht Sarah gequält.

»Es ist an der Zeit zu gehen. Komm, Sarah«, sagt Eugen kalt.

Unsicher wandert ihr Blick zwischen mir und ihm hin und her. Dann sagt sie zu meiner Überraschung: »Das, was du Emma vorgeworfen hast, war auch nicht nett.«

»Verteidigst du sie jetzt auch noch?«

Sarah nickt zaghaft. »Sie ist meine Freundin und ich will, dass ihr euch vertragt.«

Eugen nimmt das jedoch nicht gut auf. »Es zeigt mir, dass du vollkommen falsche Prioritäten hast. Du solltest hinter mir stehen, denn die Liebe geht immer vor.«

Für einen Moment bin ich mir sicher, dass er es schafft, Sarah damit zu überzeugen, aber dann schiebt sie trotzig die Unterlippe vor. »Die Liebe zwingt einen nicht, zwischen ihr selbst und Freunden zu wählen. Hab ich in *True Love Doesn't Lie* gelernt.«

»Deine bescheuerten Bücher sind doch bloß Hirngespinste.«

Sarahs Blick verdüstert sich. »Du solltest jetzt gehen.«

Das lässt sich Eugen nicht zweimal sagen. Verärgert rauscht er von dannen und Sarah sieht ihm ein wenig bestürzt hinterher, bleibt aber standhaft. Erst jetzt wird mir klar, dass ich sie unterschätzt habe.

»Danke.«

Sie reißt ihren Blick von ihm los. »Es sind zwei große Red Flags, wenn jemand weder deine Freunde noch deine Bücher mag, weißt du?«

Ich nehme ihre Hand, die angesichts der letzten Sekunden zittert, um sie zu drücken. »Du hast was Besseres verdient. Eigentlich hat das jede Frau der Welt.«

Sie sieht mich an. »Soll ich dir was zeigen?«

Vorsichtig öffnet sie den Reißverschluss ihres Pullovers und enthüllt das T-Shirt, das sie darunter trägt. Darauf steht: »Ich habe meinen Albatros gefunden!«

»Oh Sarah!«

»War eine Überraschung für Eugen«, gesteht sie kleinlaut. »Aber Noah hatte recht. Ich habe wohl ein Händchen dafür, mir immer die falschen Kerle auszusuchen.«

Ich schnaube. »Er hätte es eh nicht zu schätzen gewusst.«

39

Die Invasion der Gliedertiere

Als ich die Tür zu unserer Wohnung aufschließe, höre ich einen Schrei.

»Dirk?« Ich werfe meinen Rucksack in die Ecke. »Was ist los?«

Ein weiterer Schrei.

»Wo bist du?«, rufe ich, woraufhin ein kläglicher Laut aus dem Badezimmer dringt.

Ich reiße die Tür auf und da steht er, zusammen mit einem Feuerlöscher, den er auf die Tür gerichtet hält.

»Alles in Ordnung?«, rufe ich atemlos.

»Nein!«, quiekt er. »Ich habe *Arachno-Clean* getestet und plötzlich war da eine Spinne. Riesig!« Er deutet die Größe eines dicken Zwergponys an. »Du musst sie entfernen. Sofort!«

»Okay.« Mein Herzschlag beschleunigt sich. *Ganz ruhig, Emma. Dies ist dein Moment! Tief Luft holen …* »Wo ist sie?«

»In meinem Zimmer!«

Ich drehe mich um, straffe die Schultern und mache einen Schritt vor, um mich dem Todfeind zu stellen.

»Warte. Lass mich nicht allein.« Dirk folgt mir, den Feuerlöscher fest an sich gedrückt. Man könnte meinen, dass wir einen Einbrecher stellen wollen und kein achtbeiniges Gliedertier.

»Okay. Bist du bereit?«, flüstere ich. Meine Hand legt sich auf die Klinke seines Zimmers, während er sich an meinen Rücken drückt.

»Bereit«, flüstert er, klingt aber nicht so.

Ich öffne die Tür. Als ich einen Schritt vorwärts mache, spüre ich, wie Dirk nach meiner Hand greift. Seine Finger schlingen sich um meine. Als ich mich verwundert umdrehe, hat er seine Augen geschlossen. Mit dem freien Arm drückt er sich immer noch an den Feuerlöscher.

»So siehst du nichts.«

»Glaub mir, ist besser so. Sonst schrei ich nur wieder.«

Ich wende mich wieder dem Zimmer zu. Als Erstes entdecke ich *Arachno-Clean*, der sich brummend im Kreis dreht. Plötzlich bleibt er stehen, piept und öffnet die Snapy-Klappe, die Dirk neu eingebaut hat. Etwas Schnelles Haariges flitzt aus dem flachen Körper heraus über den Teppich und verschwindet zwischen bunten *Plüschies*. Ich quieke erschrocken und mache einen Satz zurück, was mich in Dirks Armen landen lässt.

Sofort schreit der solidarisch mit.

»Sie war in *Arachno-Clean*!«

»Was? Ich dachte, über meinem Bett?«

»Über deinem Bett?« Ich wende den Blick und tatsächlich – an der Wand ist ein weiterer schwarzer Fleck mit Beinen. Ich drehe mich und entdecke noch eine über dem Schreibtisch.

»Oh nein! Es sind drei«, verkünde ich die Hiobsbotschaft.

»Drei?« Dirk lässt meine Hand los. »Okay, es ist vorbei. Ich wandere aus. Antarktis. Ich komme!«

»Es sind bloß Spinnen«, sage ich beruhigend.

Große, haarige Kellerspinnen …

Er hält inne. »Vergiss *Arachno-Clean*. Der hat uns verraten und die Spinnen in mein Zimmer gebracht. Hol den Sauger!«

»Wenn ich versuche, die aufzusaugen, verprügeln die mich. Warte …«

»Warten?« Dirk presst sich an die Wand. »Worauf? Dass sie mutieren?«

Ich flitze in die Küche, um eine Schale zu holen.

»Du willst sie einfangen?«, ruft Dirk mir skeptisch hinterher.

»Was soll ich sonst machen?«

»Keine Ahnung! Wir könnten den Kammerjäger rufen. Oder die Polizei. Die sollen mit dem SEK anrücken.«

»Lass mich nur machen. Vor dir steht die Spinnenbeauftragte, schon vergessen?« Mit der Schale bewaffnet pirsche ich zurück ins Zimmer. Als Erstes nähere ich mich der Spinne, die zwischen den *Plüschies* auf dem Teppich sitzt. Währenddessen versuche ich, mich zu erinnern, wie zur Hölle meine Mutter es schafft, sie mit der Hand zu fangen. *Mit der bloßen Hand!* Plötzlich erscheint sie mir wirklich wie eine verdammte Superheldin.

Memo an mich selbst: bei nächster Gelegenheit googeln, ob Spinnen beißen können.

»Sie sitzt da doch bloß, Emma, und guckt dich mit ihren schwarzen Spinnenaugen neugierig an«, flüstere ich mir selbst zu. »Und keine Angst vor den Haaren … Die machen sie doch irgendwie kuschliger … Kuschelig wie ein Hundewelpe … Hallo, kleines Spinnchen!«

»Wage es nicht, ihr einen Namen zu geben«, höre ich Dirk vom Flur aus rufen.

»Das ist die Idee«, entgegne ich. »Das macht sie weniger unheimlich. Hallo, Berta.«

»Berta? Das ist jetzt nicht dein Ernst!«

»Berta sagt, sie und ihre Freundin Hilda wurden von einem

Staubsaugermonster gekidnappt, als sie gerade gemütlich ihren Nachmittagssnack genießen wollten. Ihren Nachbarn Manni hat es auch erwischt. Ich wette, ihre Familien machen sich schreckliche Sorgen um sie.«

»*Ich* wette, Berta, Hilda und Manni haben ihre Familie gefressen.«

»Jetzt stell dich doch nicht so an.«

»Ich stell mich nicht an. Spinnen sind nicht gerade Familienwesen. Gerade du müsstest das wissen, Miss Wikipedia.«

Da hat er recht, aber ich hüte mich, jetzt die gruseligsten Fun Facts über Spinnen zum Besten zu geben.

»Ich mach das schon.« Die Schale an mich gepresst baue ich mich vor Berta auf. Sie scheint mich ebenfalls nicht aus den Augen zu lassen. Mein Gehirn weiß, sie haben meistens bis zu acht, um einen Rundumblick zu haben und auch waghalsige Sprünge besser koordinieren zu können.

Sprünge …

Ein Schauer läuft mir über den Rücken und die Schale in meinen Händen beginnt zu zittern.

»Wage es nicht, mich anzuspringen. Okay, Berta. Wir sind doch jetzt Freunde!«

Sie hebt ihr Bein etwas höher, um mir zu sagen, dass alles gut gehen wird.

Oder es ist ihre letzte Warnung. Schwer zu sagen, wenn man kein *Spinnisch* spricht.

Ich schiebe meinen Fuß weiter nach vorne. Noch etwas. Noch etwas. Berta guckt mich an. Ich hole tief Luft und bücke mich. Langsam. Dann positioniere ich die Schale über ihr.

»Okay. Gleich ist es geschafft.« Ich zähle innerlich bis drei und lasse die Schale auf sie herabsausen.

Berta rennt los. Das Glas versinkt im weichen Teppich, während die haarige Spinne an mir vorbei durch die Tür rennt.

Ich schreie.

Dirk schreit.

Kurz darauf sehe ich eine Explosion aus weißem Schaum, der den Flur flutet. Im Augenwinkel bemerke ich, wie auch Hilda und Manni das Weite suchen. Eine Spinne verschwindet zwischen Dirks Bettdecken. Die andere rennt in Richtung seiner Technikkisten.

Ups …

40

Ein Zelt voller Farben

Wir haben ein Zelt auf der Dachterrasse aufgebaut. In Decken gewickelt sitzen wir auf der einzigen Luftmatratze, die wir auf die Schnelle finden konnten. Sie scheint ein Loch zu haben. Jedenfalls kam sie mir vor einer halben Stunde noch deutlich härter vor. Bei jeder Bewegung gibt sie ein Stöhnen und Quieken von sich, das klingt, als würde sie es uns übelnehmen, dass wir sie aus ihrer Verpackung geholt haben.

»Sollen wir Rick anrufen?«

»Hab ich schon versucht. Er hat gerade … Besuch. Was ist mit deiner Freundin?«

»Arbeitet die ganze Nacht. Verdeckte Ermittlungen.«

»Dann sind wir vorerst auf uns gestellt.« Dirk schüttelt seinen Rucksack aus und einige der geretteten *Plüschies* kullern um uns herum. Sofort erfüllt ein brummendes Vibrieren das Zelt. Dann zieht er zwei Colaflaschen hervor, von denen er mir eine zusammen mit einer Tüte Schokobons reicht.

»Wusstest du, dass da Läusekot drin ist?«

»Im Ernst?« Er hält inne.

»Ja. Sie sind mit Schellack überzogen, einer harzigen Substanz, die aus den Ausscheidungen der Lacklaus gewonnen wird«, erkläre ich, während ich mein Bonbon auspacke und es mir in den Mund schiebe.

Dirk zieht die Augenbraue hoch. »Wie wird bitte schön der Kot von Läusen gewonnen? Minischaufeln?«

»Es gibt Läusefarmen. Sieh es positiv. Es ist immerhin biologisch«, versuche ich ihn zu überzeugen, aber er sieht nicht so aus, als hätte er jetzt noch Appetit auf Schokolade. Also schnappe ich ihm sein Bonbon aus der Hand und werfe es in meinen Mund.

»Hast du dir mal überlegt, deine Spinnenphobie behandeln zu lassen?«, frage ich.

Er nickt langsam. »Als ich elf Jahre alt war, war meine Angst so groß, dass ich mich nicht mehr allein in den Keller getraut habe. Mein Onkel hat mich daraufhin zu einem Kumpel geschleift, der Vogelspinnen gesammelt hat. Zur Konfrontationstherapie, wie er es selbst nannte.«

»Mit Vogelspinnen?«, frage ich schockiert. »Hätte er es nicht erst mal mit, keine Ahnung, Weberknechten probieren können?«

»Nicht mein Onkel«, sagt Dirk und verzieht das Gesicht. »Der macht keine halben Sachen. Weißt du, warum Vogelspinnen Bombardierspinnen genannt werden?«

»Nein?« Und ich bin mir nicht sicher, ob ich das überhaupt wissen will.

»An ihren Hinterbeinen haben die Spinnen Brennhaare, die sie bei Gefahr abschießen können. Sie zielen meistens auf das Gesicht der vermeintlichen Gefahr, damit diese die Haare in die Augen bekommt oder einatmet. Das nennt sich Bombardieren. Jetzt rate mal, vor wem sich die Therapiespinne gefürchtet hat … Richtig!«

»Oh nein! Dein Onkel klingt nach einem echten Sympathieträger.«

»Er denkt, dass richtige Männer keine Angst haben sollten.«

»Jeder hat vor etwas Angst.«

»Nicht jeder campiert deswegen auf der Dachterrasse …«

Ich stoße ihn aufmunternd mit dem Ellbogen an. »Also, ich für mein Teil wollte schon immer mal unter freiem Himmel übernachten.«

»Und ich wollte schon immer mal dieses Zelt ausprobieren«, gesteht Dirk.

»Siehst du. Wir machen das Beste aus deiner Phobie.« Grinsend werfe ich mich auf die knatschende Luftmatratze und schiebe mir ein weiteres Schokobon in den Mund, während Dirk sich neben mich legt. Mit einem Stöhnen entweicht noch mehr Luft und meine Pobacke berührt den kalten Boden.

»Wovor hast du Angst?«, fragt Dirk und dreht sich zu mir um.

»Vor Clowns. Und das eigentlich völlig grundlos, denn kein Clown hat mich je mit seinen Brennhaaren attackiert.«

Er schmunzelt, und da sind sie wieder, die kleinen Grübchen auf seinen Wangen. »Das kann ich verstehen. Clowns sind gruselig.«

»Ja, oder?« Ich beiße mir auf die Lippe und hole tief Luft, denn über Clowns zu sprechen ist der einfache Teil meiner Ängste. Das nächste Thema ist persönlicher, intimer und doch beschließe ich, es Dirk zu erzählen. »Außerdem … fürchte ich mich manchmal vor der Zukunft.«

Dirk wartet und lässt mir Zeit, die Gedanken in meinem Kopf zu ordnen. Dabei signalisiert er mir mit seinem Blick, dass ihn das, was ich zu sagen habe, wirklich interessiert. Etwas, was mir den Mut gibt weiterzusprechen.

»Ich versuche, sie mir vorzustellen, aber jedes Mal, wenn ich mir mein Leben nach der Uni ausmalen will, sehe ich nur grauen Nebel und die Gewissheit, dass sich irgendwann alles ändert.

Pepper träumt davon, ihre Privatdetektei ›Pepper&Salt‹ weiter auszubauen. Ich wette, in fünf Jahren ist sie die Chefin, die drei oder vier Ermittler herumscheucht, ist mit Anni verheiratet und hat kaum noch Zeit für unsere Milchshake-Sessions. Du sitzt in deiner Villa, lässt dir Kaffee von einem Butler bringen, während du an deiner nächsten genialen Erfindung herumschraubst. Rick ist … international erfolgreiches Model? ToyBoy für eine Millionärin?«

Und ich?

Ich will eigentlich gar nicht, dass sich etwas ändert.

»Die Wahrheit ist, ich mag Änderungen nicht besonders. Vielleicht habe ich deswegen so lange bei meinen Eltern gewohnt.«

»Aber das ist doch etwas Gutes«, entgegnet Dirk sanft, als ich fertig geworden bin.

»Etwas Gutes?« Verwirrt sehe ich ihn an.

»Na klar. Es bedeutet, dass du glücklich bist. Viel zu viele Leute leben im Morgen und beschäftigen sich nur mit dem, was sein könnte, ohne das zu schätzen, was sie haben. Aber du lebst im Jetzt und siehst das Gute in dem, was du gerade hast.«

»Ja, aber vielleicht bin ich in der Zukunft jemand, der der Vergangenheit nachtrauert, weil alle Menschen, die mir etwas bedeuten, weitergemacht haben und ich noch an derselben Stelle stehe.«

Sein Lächeln wird noch wärmer. »Hast du denn das mit Mister Titanic bereut?«

Ich denke über die Frage nach und auch, wenn ich nicht noch mal mit ihm zusammenkommen würde, würde ich doch nichts ändern, denn es hat mich hierhergeführt. »Nein.«

»Um dich zu beruhigen. Ich glaube nicht, dass die Zukunfts-Emma einsam und verbittert sein wird«, schmunzelt Dirk.

»Vielleicht bleiben nicht alle Menschen von jetzt gleich wichtig in deinem Leben, vielleicht gibt es Veränderungen, aber eins bleibt dir: Pamela.«

Ich versetze ihm einen Knuff. »Da wäre ich mir nicht so sicher. Meine letzte Pamela ist vertrocknet und die davor hatte Pilz. Das hier ist schon Pamela 5, aber sag es keinem.«

»Dein Geheimnis ist bei mir sicher.« Er lächelt mich an, was dafür sorgt, dass ich mich plötzlich leichter fühle.

Irgendwie ist er seit der Nacht im *Betrunkenen Lama* attraktiver geworden, was natürlich rein objektiv nicht der Fall ist. Menschen werden einfach schöner, je mehr man sie mag. Es ist, als ob die innere Schönheit nach außen strahlt, und plötzlich fallen einem Dinge auf, die man zuvor nicht gesehen hat. Zum Beispiel wie dicht die Wimpern sind, die die grünen Augen umrahmen. Und die langen geschickten Finger. Oder die kratzigen dunklen Bartstoppeln am Hals.

Seltsame Dinge eben, die man erst bemerkt, wenn man jemandem auch im Herzen näherkommt.

Wir sehen uns immer noch an und mit einem Mal werde ich mir der Nähe bewusst, die zwischen uns herrscht. Sie ist nicht seltsam, eher aufgeladen und voller Möglichkeiten.

Plötzlich erwacht ein *Plüschie* neben Dirk zum Leben, fängt an pink zu glühen und zu summen. Zeitgleich beginnen auch die anderen zu leuchten und erfüllen das Zelt mit allen Farben des Regenbogens, während sie anfangen zu vibrieren.

»Wow«, entfährt es mir, während ich das Farbenspiel betrachte.

»Wie Glühwürmchen«, flüstert Dirk. Sein Gesicht wird von einem *Plüschie* in Blau und Grün getaucht und seine Augen strahlen heller als sonst.

»Nein. Glühwürmchen sind schrecklich unromantisch. Eher wie Hummeln ...«

Große Hummeln, die mitten in der Nacht erwachen und das

Zelt zum Schwingen bringen. So romantisch, dass ich am liebsten nach Dirks Hand gegriffen hätte, um sie zu halten. Sein Oberschenkel streift meinen. Eine zarte Berührung, die tausenderlei Möglichkeiten eröffnet. Ich könnte zurückweichen. Aber das tue ich nicht. Im Gegenteil. Die Hummeln schwirren jetzt in meinem Bauch und ich rücke näher zu ihm. Dabei halte ich vor Aufregung die Luft an.

Als die Spannung kaum noch auszuhalten ist, hören wir irgendwo ein *Plüschie* pupsen, weil er sich so wohlfühlt.

41

Unter Sternen

Wir liegen in Decken gehüllt nebeneinander. Die Luftmatratze gibt bei jeder Bewegung ein Stöhnen von sich und ich kann nicht schlafen. Schuld ist aber nicht der harte Boden und die daraus aufsteigende Kälte, sondern Dirk. Wenn ich an seinen Blick denke, spüre ich ein Ziehen und Kribbeln im Bauch, das mir vertraut und doch neu ist.

Ich horche genauer hin.

Glück. Hier oben auf der Dachterrasse im Zelt zwischen *Plüschies* spüre ich Glück.

»Emma?«

»Mhm.«

»Kannst du auch nicht schlafen?«

Wir wickeln uns jeweils in eine Decke ein und klettern aus dem Zelt heraus, um mit den letzten Dosen Cola zu den Liegestühlen umzuziehen. Es erscheint mir ewig her, dass Dirk meinen Schuh genau an dieser Stelle von *Arachno-Clean* befreite.

Jetzt legen wir uns eingewickelt wie Kokons auf die Liegestühle und gucken auf die Dächer der Nachbarschaft. Es hat sich mittlerweile eine besinnliche Stille auf die Stadt gelegt.

»Ich liebe den Sternenhimmel«, sage ich, während sich mein Blick in den endlosen Weiten verliert. »Wenn ich ihn sehe, würde ich ihn am liebsten fotografieren und seine Magie festhalten, aber das ist kaum möglich. In echt wird er einfach immer viel schöner sein. Vielleicht liebe ich ihn deswegen so. Man kann ihn nur im Moment erleben.«

»Das ist mit den schönsten Momenten meistens so«, stimmt mir Dirk zu.

»Bist du oft hier oben?«

»Ja. Weißt du, wo man die Venus findet?«

Venus. Die Göttin der Liebe. Mein Herzschlag beschleunigt sich, als ich den Kopf schüttele.

»Ich auch nicht, aber ich weiß, wer es uns verraten kann.« Dirk reicht mir sein Handy. Ich schnappe begeistert nach Luft, als ich sehe, was darauf ist.

»Du hast eine Sternenhimmel-App?« Aufgeregt halte ich sie nach oben und sofort erscheint auf dem Bildschirm derselbe Sternenhimmel, der über unseren Köpfen ist. Nur mit Beschriftungen. Die Sternenbilder. Der Nordstern. Venus. Die Landkarte des Himmels entrollt sich direkt vor meinen Augen.

Ich lehne mich auf meiner Liege zurück und genieße den Ausblick. »Du bist voller Überraschungen. Hast du noch mehr Geheimnisse?«

»Die hab ich tatsächlich.« Dirk spannt den Sonnenschirm über uns auf, fummelt an einem Kabel und plötzlich geht eine goldgelbe Lichterkette an, die die Sitzecke wie ein Sternenzelt überspannt.

»Sag mal, hast du das mit den Spinnen geplant?«, gluckse ich. »Denn das fühlt sich beinahe an wie …«

Ich halte inne.

Ein Date.

Und zwar wie ein perfektes Date, denn wenn ich das beschreiben sollte, würden definitiv Begriffe wie Zelten und Sternegucken drin vorkommen.

»Du hast doch gesagt, dass wir das Beste aus unseren Ängsten machen sollen«, erwidert Dirk und seine Stimme ist kaum mehr als ein Flüstern. Er widmet sich kurz seinem Handy und wenig später ertönt ein Lied.

»Was wird das?« Verwirrt sehe ich ihm dabei zu, wie er sich aus seiner Decke befreit und aufsteht. Er streckt seinen Arm aus und lächelt mich auffordernd an.

»Oh, ich kann nicht richtig tanzen«, wehre ich ab. Immerhin durfte er im *Betrunkenen Lama* schon Zeuge meiner Unfähigkeit, mich rhythmisch und sexy zu bewegen, werden. Etwas, das ihn offenbar nicht abgeschreckt hat, denn er lässt keine Ausrede gelten und zieht mich hoch.

Wenig später halten wir uns im Arm und wippen hin und her, vor und zurück.

»Siehst du«, murmelt Dirk, als er mir zum wiederholten Mal auf den Fuß tritt. »Ich bin auch immer noch miserabel.«

»Du bist okay.« Mehr als okay tatsächlich. Nicht im Tanzen. Darin ist er wirklich schlecht, aber in allen anderen Dingen ziemlich ausgezeichnet. Ich habe es vorher nur noch nicht bemerkt.

Obwohl unser Rhythmusgefühl mit der Zeit nicht besser wird, lässt keiner von uns los. Wir wippen einfach weiter, immer weiter, als hätten wir Angst, dass dieser Moment vorbeizieht.

Ich schaue in Dirks Gesicht, auf dem das Gelb der Lichterketten mit den Schatten tanzt, und das Kribbeln in meinem Bauch wird stärker.

»Danke, dass du mit mir oben bleibst«, flüstert er.

»Machst du Witze? Ich habe wirklich großen Spaß.« *Mit dir.*

Er lächelt mich an. Ich spüre die Hitze, die sein Körper ausstrahlt und die die nächtliche Kälte verbannt. Seinen Herzschlag, der sich gerade beschleunigt und der trotzdem mit meinem im Takt schlägt. Seinen Blick, der kurz zu meinen Lippen wandert.

Unsere Blicke treffen sich und mein Herz macht einen nervösen Satz. Wir starren uns an. Einen Herzschlag. Noch einen.

Gleichzeitig bewegen wir uns nach vorne. Unsere Lippen berühren sich für einen kurzen Moment. Nur ganz kurz, dann verharren wir. Ich spüre dieselbe Frage in ihm, die auch in mir brennt. Dann lehne ich mich vor und drücke meine Lippen auf seine, dieses Mal fester, bestimmter und aus der Frage wird eine Antwort.

Unser Kuss ist warm.

Wir öffnen unsere Lippen und unsere Zungen kommen sich entgegen, berühren sich. Erst sanft und erkundend, dann mutiger. Die Aufregung schießt mir vom Kopf bis zu den Zehnspitzen, ein Prickeln, das mich ganz erfüllt.

Meine Hände gleiten in seine Haare, halten sich fest, während seine meinen Rücken erkunden. Sie wandern zum Nacken empor, streifen meine Haut und lassen mich erschaudern. Dann legen sie eine Pause ein, verweilen an meinen Hinterkopf und halten mich fest, als habe er Sorge, dass der Kuss zu schnell vorbei ist.

Passiert das gerade wirklich?

Das ist der einzige Gedanke, der mir durch den Kopf geht. Ja, es passiert, und es fühlt sich verdammt richtig an.

42

Peppers Schutzmauern

Am nächsten Morgen wache ich mit steifem Nacken und diesem leichten Gefühl auf, das einem einen wunderbaren Tag verspricht. Ich drehe mich um und entdecke Dirk, der hinter mir auf der Luftmatratze liegt und regelmäßig atmet. Sein Arm ruht noch auf mir und schützt mich vor der kühlen Morgenluft.

Seinen Kapuzenpullover hat er in der Nacht ausgezogen, um ihn mir zu geben, denn auch wenn es Juni ist und wir zwei Decken haben, war es kälter als erwartet.

Erst habe ich gezögert, den Pullover anzunehmen, da auch Dirk eher so aussah, als würde er frieren, aber er hat klargestellt: »Leo hat Kate eine verdammte Tür überlassen. Also werde ich ja wohl meinen Hoodie entbehren können.«

Ein leises »Verflucht!« entfährt mir, als ich auf die Uhr am Handy gucke, und das leichte Gefühl in meinem Bauch verschwindet.

Ich bin zu spät dran.

Als ich unter Dirks Arm hervorkrieche, brummt er kurz auf.

Ich stelle sicher, dass er ordentlich zugedeckt ist. Dann schlüpfe ich aus dem Zelt und eile nach unten, wo zu meiner Überraschung meine Mutter und Pepper vor der Wohnungstür stehen.

»Emma, wo kommst du denn her?«, fragt Pepper, die wie immer aussieht, als wäre sie gerade vom Laufsteg gepurzelt, und das um sieben Uhr morgens.

»Ich wollten schon die Polizei anrufen, weil niemand geöffnet hat«, ergänzt meine Mutter. »Glücklicherweise hat Pepper einen Schlüssel, dessen wir uns gerade bedienen wollten. Übrigens bin ich schon ein klein wenig enttäuscht, dass sie einen hat, aber deine Eltern nicht. Nichts gegen dich, Pepper. Wir lieben dich, aber ich hätte auch gerne einen.«

Ganz sicher nicht ...

»Warum seid ihr überhaupt hier?«

»Du hattest mir gestern geschrieben«, erinnert mich meine Mutter. »Wegen des Spinnenproblems, bei dem ich euch helfen soll.«

»Oh stimmt.«

»Also? Wo kommst du her, junge Dame?«

»Wir haben oben geschlafen«, erkläre ich und merke, wie ich dabei rot anlaufe. »Wegen der Spinnen ...«

»Oben? Auf dem Dach?« Ich höre an Peppers Stimme, dass sie kaum erwarten kann, mehr zu erfahren. »Du und *Didi*?«

Der Mund meiner Mutter klappt auf. »Wer hat mit wem geschlafen?«

»Emma und ihr Mitbewohner«, erklärt Pepper aufgeregt.

»Der Staubsaugererfinder?« Die Stimme meiner Mutter schnellt in die Höhe. »Wir wollen alles wissen. Alles!«

»Später! Ich muss mich schnell fertig machen und zur Arbeit. Mama, du musst diese Spinnen finden, okay?«

Ich lasse die beiden in die Wohnung.

»Keine Sorge. Die hab ich im Griff, aber …« Sie bleibt wie angewurzelt stehen. »Warum liegt hier weißer Schaum? Hat es gebrannt?«

»Das war … ein Unfall.« Ich verschwinde im Badezimmer, bevor sie mich weiter ausquetschen können. Schnell wasche ich mein Gesicht und putze mir die Zähne. Dann husche ich in mein Zimmer und ziehe mir frische Sachen an. Gute-Laune-Socken mit Wassermelone drauf, meine Latzhose und einen Rollkragenpullover, weil die Kälte der Nacht immer noch an mir nagt.

Außer, wenn ich an unseren Kuss denke. Der sorgt sofort dafür, dass mir eine kleine Hitzewelle durch den Körper zieht, ausgehend vom Bauch bis in die Zehenspitzen.

Ich gehe zu Dirks Pullover, der nun auf meinem Bett liegt, und hebe ihn hoch. Dann stecke ich meine Nase hinein, um daran zu riechen. Seife und Schmieröl.

»AHA!«, ruft Pepper, die gerade ins Zimmer lugt. Ich lege das Sweatshirt schnell zu Seite und versuche, unschuldig zu gucken, aber sie grinst mich wissend an.

»Pepper knows«, raunt sie mir zu, als ich wieder in den Flur trete.

»Was weiß Pepper?«, hakt meine Mutter nach.

»Nichts!« Ich greife nach meinem Rucksack und schlüpfe in die Schuhe. »Ich muss los!«

»Ich kann dich bringen«, bietet Pepper an. »Und auf dem Weg will ich alles hören, klar?«

»Nicht klar!«, beschwert sich meine Mutter. »Dann bekomme ich gar nichts mit.«

»Mama! Ich muss wirklich zur Arbeit.«

»Schon gut. Ich werde dem Dirk einfach später einen Kaffee hochbringen.« Ihre Augen funkeln und ich sehe sie bereits vor dem Zelt lauern, um ihn zu verhören.

Oh weia!

Pepper zieht mich hinter sich her. Als wir ins Auto steigen, drehe ich mich zu Pepper. »Was machst *du* überhaupt hier?«

Sie tippt sich mit dem Zeigefinger an die Nase. »Pepper-Gespür. Außerdem haben wir uns seit über sechsunddreißig Stunden nicht gesehen. Ich bin nicht mehr auf dem neuesten Stand deines Lebens.«

»Deswegen stehst du um sieben Uhr morgens vor meiner Tür?«

»Deine Mutter hat mich angerufen, als du nicht geöffnet hast.«

Sie zeigt auf die Rückbank. »Bedien dich!« Dort liegen Thermoskanne und Papiertüten mit Brötchen und Donuts.

»Du warst die ganze Nacht arbeiten?«

»Jap. Hab ein Haus überwacht.« Sie dreht den Schlüssel und der Motor des Autos erwacht zum Leben. »Also! Was ist mit *Didi* gelaufen? Erst geht ihr feiern und jetzt übernachtet ihr zusammen auf dem Dach?«

»Offenbar habe ich ihn mit meiner sympathischen, liebenswerten Art überzeugt«, erkläre ich grinsend, während ich mir einen Kaffee einschenke.

»Es lief also wirklich mehr?«

»In seiner Nähe bin ich einfach ich. Ich habe nicht das Gefühl, mich von meiner besten Seite präsentieren oder eine Erwartung erfüllen zu müssen, sondern kann mich einfach fallen lassen. Und ich glaube, bei ihm ist es genauso. Es ist wie bei uns beiden und doch … anders.«

»Weil ihr zusätzlich Sex habt?«

»Fast …«

»*Emma!* Ich bin stolz auf dich.«

Ich beiße mir auf die Unterlippe. »Vielleicht ist es zu früh. Vielleicht bin ich noch nicht bereit. Eigentlich habe ich mich gerade mit dem Gedanken angefreundet, erst mal wieder eine Weile Single zu sein.«

Pepper sieht mich nachdenklich an. »Hängt dein Herz denn noch an Leon?«

»Definitives Nein. Seine Bekenntnisse haben bei meiner Verarbeitung Wunder gewirkt.«

»Dann ist Dirk kein Trostpflaster. Er ist was Echtes. Neues.« Sie nimmt meine Hand. »Wir können nicht beeinflussen, wann wir die richtigen Menschen treffen. Manchmal sind sie einfach da, wenn wir sie am wenigsten erwarten, und es wäre dumm, sie von uns zu stoßen. Generell sollte man Menschen, die einen glücklich machen, nicht ziehen lassen.«

»Ich mag ihn wirklich gern.«

»Und das ist alles, was zählt. Ich habe da ein gutes Gefühl.« Pepper lächelt. »Er spricht mit Robotern. Du mit Pflanzen. Am Ende ist er dein Seelenverwandter.«

»Vielleicht. Ich schreibe sogar wieder«, verkünde ich.

Pepper zieht die Stirn kraus. »Die Krimigeschichte, zu der dich deine Palme inspiriert hat?«

»Meine Palme und du!«

»Ich bin nicht Palmelock Holmes. Vergiss es. Wenn du mich in deinen Büchern verarbeitest, dann mach mich gefälligst heiß und verwandele mich nicht in ein ermittelndes Grünzeug. Klaro?«

»Ich mag dich als Palme.«

Sie kichert, aber ich spüre, dass sie nicht ganz bei der Sache ist. Ihre Stirn ist gerunzelt, während ihr Zeigefinger den Rest der Fahrt nervös auf dem Lenkrad trommelt.

»Und bei dir?«, hake ich nach. »Wie läuft es mit Anni?«

»Eigentlich gut.« Sie versucht ein überzeugendes Lächeln, aber ich kenne sie gut genug, um zu wissen, dass sie etwas verschweigt.

»Und uneigentlich?«

»Ich habe Angst, wieder alles zu ruinieren.«

»Peps … Was ist los?«

»Sie ist die Traumfrau, nach der ich immer gesucht habe, und macht mich wirklich glücklich.«

»Aber?«

»Ich habe herausgefunden, dass ihre Mitbewohnerin auch gleichzeitig ihre Ex ist. Angeblich läuft da aber seit einem Jahr nichts mehr.«

»Und?«

»Ich bin misstrauisch geworden. In meinem Job erlebt man jede Menge Mist und du weißt, dass ich mich für verflucht halte, weil immer wieder alle aus meinem Leben verschwinden. Darum …« Sie holt tief Luft. »Darum habe ihr eine SpyApp auf dem Handy installiert.«

»Du hast WAS?«

»Keine große Sache. Sie war kurz auf Toilette und hat ihr Handy auf dem Tisch liegen lassen …«

»Das IST eine große Sache.«

»Ich weiß.«

In dem Moment erreichen wir das Institut. Schwungvoll steuert Pepper in eine Parklücke, in der das Auto ein wenig zu ruckartig zum Stehen kommt.

»Wir müssen darüber reden, Peps.«

Sie stöhnt. »Bitte nicht. Ich ertrage mich gerade selbst nicht. Wie kann ich nur so kaputt sein?«

»Du bist nicht kaputt. Du bist verletzt.«

»Du wurdest auch betrogen. Und trotzdem würdest du Dirk keine SpyApp verpassen.«

»Peps.« Ich ertrage es nicht, sie so deprimiert zu sehen.

»Lass gut sein. Du kannst mir nicht helfen. Niemand kann das. Vielleicht will ein Teil von mir kaputt sein.«

Ihre Schutzmauern sind viel dicker und höher als meine. Kein Wunder, sie stehen ja auch viel länger.

Pepper nickt in Richtung meiner Arbeitsstelle. »Wirst du mittlerweile abgeholt?«

»Heute ganz sicher nicht. Eugen und ich, wir hatten eine Meinungsverschiedenheit, die nicht gut lief, aber ich pack das schon.« Ich lehne mich vor, um Pepper zum Abschied zu drücken, aber sie steigt kurzerhand aus dem Auto.

»Was machst du?«

»Das Einzige, in dem ich gut bin.« Sie wischt sich die Augen trocken und funkelt mich verschwörerisch an. »Anderen helfen.«

»Peps!«, rufe ich alarmiert, aber sie marschiert bereits zum Haupteingang.

Meine Befürchtung bewahrheitet sich. Um 8.20 Uhr ist kein Eugen in Sicht.

»Auf geht's zur Sekretärin mit dem Todesblick«, brumme ich.

»Oder auch nicht«, sagt Pepper, während sich ein Grinsen auf ihre Lippen schleicht. Sie ist in ihrem Element.

»Okay. Offenbare mir deinen diabolischen Plan.«

»Komm!« Sie führt mich zurück zum Eingang des Gebäudes, direkt zum Pförtner, der uns fragend ansieht.

»Ich glaube, ihr Auto wird gerade abgeschleppt.«

»Was?« Der Pförtner wird blass. »Schon wieder?«

Wir nicken synchron.

»Der rote Honda?«, hakt der Pförtner nach.

»Genau. An Ihrer Stelle würde ich mich beeilen«, bestätigt Pepper eifrig nickend.

Fluchend springt der Pförtner auf und stürmt aus seinem Raum in Richtung Parkplatz. Pepper und ich sehen uns an, dann bricht sie in Gelächter aus.

»Schnell«, zischt sie und lehnt sich über den Tresen, quetscht sich durch die Öffnung und schnappt sich das Mikrofon. Ehe ich verstehe, was genau ihr Plan ist, drückt sie auf einen Knopf und spricht hinein:

»Achtung! Achtung! Eugen Stephans. Bitte kommen Sie zum vereinbarten Treffpunkt. Sie haben zum wiederholten Mal Ihre Praktikantin vergessen … Eugen Stephans. Bitte kommen Sie zum vereinbarten Treffpunkt. Ihre Praktikantin erwartet Sie.«

43

Happy End auf Abwegen

»Erst zerstörst du meine Beziehung und jetzt demütigst du mich auch noch vor dem gesamten Institut. Du bist wirklich das Allerletzte, Emma.«

»Gleichfalls …«

»Ich hoffe, du weißt, dass ich dein Abschlusszeugnis schreibe?«

»Ich hoffe, *du* weißt, dass es so etwas wie Frauenbeauftragte gibt, die verhindern, dass arme Studentinnen von ihren Betreuern zu Aufgaben wie Putzen verdonnert werden.«

»Ich hasse dich …«

»Dann sei froh, dass du mich bereits nächste Woche los bist.«

Während des gesamten Wegs zum Labor spricht er kein weiteres Wort zu mir. Ist vermutlich auch besser so.

Ich nehme meinen gewohnten Platz ein, da ich nicht damit rechne, dass Eugen mir diesmal eine richtige Aufgabe gibt, bei der ich etwas lerne, und zücke mein Handy.

MAMA: Dein Mitbewohner ist keine große Hilfe. Er ist fast zusammengebrochen, als ich einen Staubballen unter dem Sofa hervorgezogen hab. Aber die Wohnung ist wieder sicher.

EMMA: Danke, Mama. Du bist die Beste. Hat Dirk sonst noch was gesagt?

MAMA: Gesagt??? Er hat gekreischt. Lauter als unsere Nachbarin Trude. Allerdings nicht wegen der Spinnen, sondern als ich zu ihm ins Zelt geklettert bin.

EMMA: Du bist was?

MAMA: Ich wollte ihm bloß Frühstück bringen!

Ja. Das klingt nach meiner Mutter. Ich rufe den Chat mit Dirk auf und überlege, ihm zu schreiben.

EMMA: Guten Morgen

Ich suche nach einem Emoji, das die Stimmung von gestern Abend oder die Gefühle, die der Kuss in mir geweckt hat, auch nur im Ansatz beschreiben kann. Allein bei dem Gedanken an unseren unbeholfenen Tanz unterm Lichterschirm, unseren Kuss und das Zelt, das die *Plüschies* in allen Farben erleuchten ließen, schlägt mein Herz schneller und ich kann nicht aufhören zu lächeln.

Das Herz-Emoji springt mir entgegen. Wäre das zu … gewagt? Bei Leon habe ich mich anfangs nicht getraut, es zu benutzen, so als könnte ich damit zu aufdringlich sein oder ihn abschrecken. Als wären unsere Gefühle wie schreckhafte Rehe, die bei der kleinsten falschen Regung flüchten.

Aber bei Dirk ist das anders. Ich fühle mich sicher, denn er hat keinen Hehl daraus gemacht, dass er für mich dasselbe empfindet wie ich für ihn. Das zwischen uns ist kein Spiel, bei dem sich einer interessant machen möchte. Die Karten liegen offen auf dem Tisch.

Also schicke ich es ab.

In dem Moment erscheint Antonio hinter mir.

»Ist hier noch Platz? Eugen sucht einen Freiwilligen für eine zusätzliche Studie und ich will ihm nicht über den Weg laufen. Nach der Durchsage ist er heute besonders mies drauf.«

»Hab ich bemerkt.«

Antonio nimmt auf einem umgedrehten Eimer neben der Spüle Platz. »Falls es dir ein Trost ist – wir alle feiern dich dafür. Er ist wirklich ein Tyrann.«

Dann zückt er sein Handy und seufzt.

»Sonst alles gut?«, hake ich nach.

»Larissa und Leon …«, verkündet er, schnieft geräuschvoll und hält mir das Handy unter die Nase, »… haben Ultraschallfotos gepostet. Glaubst du, die sind echt?«

Er deutet auf einen Post bei Instagram, auf dem die beiden die Bilder in die Kamera halten.

»Sieht so aus.«

»Larissa ist vielleicht gar nicht schwanger.« Zweifelnd zoomt er das Bild heran. »Vielleicht ist es nur ein Prank. Influencer machen das hin und wieder. Für die Klicks.«

»Ich glaube, sie meinen es ernst.«

Antonio stöhnt auf. »Kannst du nicht wieder mit ihm zusammenkommen?«

»Der Zug ist lange abgefahren.« Zugegebenermaßen noch nicht so lange, weil ich wie in den meisten Dingen ein Spätzünder bin, aber dafür endgültig.

Antonio hingegen will noch nicht aufgeben. »Aber so viele Menschen haben sich #cinderemmaeverafter gewünscht. Die können doch nicht vollkommen falschliegen. Oder?«

Ich gucke auf meine Instagramseite, die ich seit Tagen nicht mit neuen Infos gefüttert habe. Während ich in der ersten Zeit von Nachrichten förmlich überschwemmt wurde, ist es mittlerweile ruhiger geworden. Die einzigen Nachrichten kommen von einem Typ, der mir Follower verkaufen möchte (heute im Angebot: Tausend Fakeaccounts … ähm … seriöse Follower für zehn Euro, und von einer Fitness-Trainerin, die mich ermutigen will, ihr Buch zu kaufen.

Währenddessen werden Leons und Larissas Fotos mit Glückwünschen überhäuft. Sogar der Dozent meines Sezierkurses freut sich über diese »wunderbare Nachricht«. So ist Instagram. Die Geschichten sind immer dieselben, nur die Akteure ändern sich.

Alte werden vergessen.

Neue tauchen auf.

Die Welt dreht sich weiter, aber das ist nicht schlimm, denn wir alle haben die Wahl, ob und inwieweit wir da mitmachen oder nicht.

»Weißt du, ich glaube, die Cinderemma-Fans werden darüber hinwegkommen. Da draußen gibt es schönere Liebesgeschichten als unsere.«

Nur eher nicht online. Denn die Pärchen, die sich sicher sind, brauchen die Zustimmung von außen nicht. Sie genießen einfach den Moment, wohl wissend, dass kein Foto der Welt ihr Glück wahrhaft einfangen könnte.

Als endlich Feierabend ist, treffe ich Sarah auf dem Weg nach draußen. Sie hat ihre Lippen aufeinandergepresst und tippt mit gerunzelter Stirn auf ihrem Handy herum.

Als sie mich sieht, hört sie auf. »Hey, Emma.«

»Was ist los?«

»Nichts.« Sie schiebt ihren Trübsinn beiseite und strahlt mich wie gewohnt an.

»Du musst dich nicht verstellen«, sage ich. »Man darf auch schlechte Tage haben.«

»Schlechter Tag? Ich? Nein, ich habe einen *wunderbaren* Tag.«

So wunderbar, dass ich fürchte, sie zerdrückt gleich ihr Handy in der Hand.

»Eugen?«, rate ich.

»Nein, der ist Schnee von gestern. Meine Oma. Sie … Es ist nicht immer leicht. Sie hat Alzheimer und … Egal. Ich will dich damit nicht belasten.«

»Das tust du nicht. Ich kotze mich auch ständig bei Pepper aus. Danach ist es besser, glaub mir.«

»Ja, ich rede auch hin und wieder mit Noah. Er kann da wirklich lieb sein, wenn er will …«

Gerade will ich mit Sarah den Weg zur Bushaltestelle einschlagen, als ich Peppers Auto entdecke. Es steht auf dem gleichen Parkplatz wie heute Morgen.

»Moment«, sage ich zu Sarah, um nachzusehen, und tatsächlich finden wir Pepper zwischen Thermoskannen und Papiertüten auf der Rückbank schlafend.

Als ich gegen die Scheibe klopfe, schreckt sie verwirrt hoch.

»Peps?«

»Emma!« Ihr Gesicht erhellt sich und sie stößt die Tür auf. »Ich wollte dich abholen!«

»Da klebt ein Donut auf deiner Wange.«

»Ha. Den wollte ich eigentlich essen. Muss wohl eingeschlafen sein.«

»Moment. Hast du acht Stunden im Auto gewartet?«, frage ich und mustere ihre zerzausten Haare und die leicht verwischte Mascara.

»Zwischendurch hab ich mich ins Institut geschlichen, um aufs Klo zu gehen.«

»Warum?«

»Weil ich viel Kaffee getrunken hab.«

»Ich meine, warum bist du hier, Peps?«

Sie verzieht das Gesicht. »Ich will nicht nach Hause.«

Zögernd zeigt sie mir ihr Handy, auf dem ich um die zwanzig unbeantwortete Nachrichten von Anni sehe.

»Du musst mit ihr reden!«

»Was soll ich ihr denn sagen? Dass ich eine SpyApp auf ihrem Handy installiert hab?«

»Du hast *was*?« Sarahs Augen weiten sich.

»Ich weiß«, schnieft Pepper. »Ich bin verrückt.«

»Nein. Du bist genial!« Sarah schiebt sich an mir vorbei, fegt Thermoskannen und Papiertüten von der Sitzbank und nimmt neben Pepper Platz. »Erzähl mir alles. Wie funktioniert das und was muss ich dafür tun?«

»Ähm … Es ist eigentlich gar nicht schwer.«

»Ich muss wissen, wie! Das könnte mir deutlich eher verraten, wenn ich wieder auf einen untreuen Mistkerl hereinfalle, der so tut, als würde er sich für mich ändern. Emma, dich sollte das doch auch interessieren.«

»Das ist eine ganz schlechte Lösung«, stelle ich klar. »Peps. Du solltest wirklich mit Anni reden. Komm. Ich fahr dich nach Hause. Dann kannst du erst mal duschen und dich frisch machen. Und dann überlegen wir uns in Ruhe die nächsten Schritte.«

Aus irgendeinem Grund ist Sarah nicht gewillt auszusteigen, weshalb wir wenig später zu dritt ins Büro »Salt&Pepper« treten.

Während Pepper sich duscht und umzieht, koche ich ihr einen Beruhigungstee. Als sie aus dem Badezimmer kommt, sieht sie aus wie ein begossener Pudel. Ihr Körper versinkt in einem viel zu großen, rosafarbenen Bademantel. Und das Wasser rinnt aus ihren blonden Haaren. Seufzend lässt sie sich aufs Sofa fallen und nimmt meinen Tee entgegen.

»Also, zeig mir diese SpyApp!«, fordert Sarah aufgeregt. »Was kann man damit machen?«

»Dadurch weiß ich, wo Anni ist. Ich kann jeden ihrer Schritte verfolgen.«

»Genial!«

»Nein. Das ist ein Vertrauensbruch.« Deprimiert versinkt Pepper tiefer in der Couch, als hoffe sie von den dicken Kissen verschluckt zu werden. »Das hat Anni wirklich nicht verdient.«

»Darum solltest du ehrlich zu ihr sein und dich entschuldigen«, rate ich ihr. »Ich kenne Anni noch nicht so gut, aber sie wirkt wie ein vernünftiger Mensch und noch ist es nicht zu spät, das geradezubiegen.«

»Ich weiß nicht mal, wo sie ist.«

»Doch, weißt du«, erinnert Sarah sie und deutet auf das Handy. »Na los. Ich will es sehen.«

Zögernd öffnet Pepper die App. Auf einer Karte bewegt sich ein kleiner leuchtender roter Punkt.

»Das ist sie?«, fragt Sarah und zoomt näher heran. »Wo ist das? Die Straßen kommen mir bekannt vor.«

Pepper kneift die Augen zusammen. Dann klappt ihr Mund erschrocken auf.

»Oh, Mist.«

Im selben Moment klingelt es an der Tür.

44

Das Geständnis

Pepper verschwindet hinterm Sofa und hält sich ein Kissen vors Gesicht.

»Okay. Durchatmen. Peps. Das ist deine Chance, es hinter dich zu bringen.«

»Nein, sagt ihr einfach, ich bin nicht da.«

»Ich weiß, dass du dich schämst, aber …«

Erneut klingelt es.

»Wir stellen uns einfach tot«, jammert das Kissen. Sie weiß, dass sie Scheiße gebaut hat, und schämt sich dafür, aber ich weiß, dass Pepper nicht Pepper wäre, wenn sie das nicht wieder geradebiegen würde, denn im Gegensatz zu Leon läuft sie einer Verantwortung nie davon. Also hocke ich mich neben sie und lege den Arm über ihre Schulter. Dann drücke ich sie. So fest, bis sie quiekt, denn feste Umarmungen sind die besten. Sie trösten einen, wenn es einem schlecht geht, und machen einem Mut, wenn man sich fürchtet. Und jeder fürchtet sich mal. Sogar eine Pepperline Salt. »Ich weiß, dass du das Richtige tun wirst. Du bist die mutigste Person, die ich kenne.«

»Nicht in Sachen Liebe.«

»Niemand von uns kann immer stark sein, aber du bist jemand, der seine Schwächen kennt und an ihnen arbeitet.«

Peppers Gesicht löst sich vom Kissen und sie schielt zu mir. »Ich habe Angst davor, was sie sagen wird.«

»Das beweist nur, wie wichtig sie dir ist. Und wenn einem eine Person wichtig ist, verdient sie Ehrlichkeit.«

»Das klingt ziemlich weise.«

»Den Rat hab ich von meiner besten Freundin. Sie ist ziemlich klug.«

Es klingelt zum dritten Mal, gefolgt von Klopfen. »Pepper! Was ist los? Ich weiß, dass du da bist!«

Sarah schnappt nach Luft. »Plot-Twist … Anni hat dir auch eine SpyApp installiert.«

»Dein Auto steht vor der Tür!«

»Oder das …«

»Okay.« Pepper legt das Kissen beiseite und steht auf. Ich nicke ihr aufmunternd zu, bevor sie ihre Schultern strafft und durch ihr Büro geht. Bei jedem ihrer Schritte wiegt die Schuld schwer auf ihren Schultern und sie sieht so bedrückt aus, dass ich am liebsten an ihrer Stelle die Sache mit Anni klären würde.

Hoffentlich raufen sich die beiden zusammen! Auch wenn ich Anni noch nicht lange kenne, war es so schön zu beobachten, wie glücklich Pepper in ihrer Nähe ist.

Endlich hat sie es an den Akten vorbeigeschafft und öffnet die Tür.

»Was ist passiert? Du antwortest mir gar nicht.«

Mit hängendem Kopf steht Pepper da. »Komm rein, Anni.«

Die beiden sitzen auf dem Sofa. Pepper knetet ihre Hände, während Anni darauf wartet, endlich zu erfahren, was los ist.

Eine schmerzhafte Wahrheit wird nicht weniger schmerzhaft, wenn man sie in Watte packt. Und in Watte packen war niemals Peppers Art. Also kommt sie gleich zum Punkt.

»Ich habe eine SpyApp auf deinem Handy installiert.«

Annis Augen werden groß. »Eine was?«

»Eine SpyApp. Ich kann dich tracken. Egal, wohin du gehst, ich weiß Bescheid.«

»Oh.«

Pepper knetet ihre Hände. »Ich schäme mich furchtbar dafür.«

»Aber warum hast du es dann gemacht?«

»Als ich herausgefunden hab, dass du mit deiner Ex zusammenwohnst, ist eine Sicherung bei mir durchgebrannt. Es tut mir so leid! Das war falsch, aber ich habe all diese Sachen, weil ich Privatdetektivin bin, und dann ist es einfach passiert. Das ist natürlich keine Entschuldigung! Ich weiß, dass es einfach nur dumm war. Und grenzüberschreitend. Und dass es alles kaputt gemacht hat, was zwischen uns sein könnte. Ich werde sie sofort wieder deinstallieren. Versprochen. Und dann musst du nie wieder von mir hören.«

»Du kannst mich tracken?«, hakt Anni nach.

»Ja. Ich weiß, dass du nach deiner Schicht im *Selfie* beim Bäcker warst. Wahrscheinlich um dir ein Rosinenbrötchen zu holen, weil du Rosinenbrötchen am liebsten magst. Und dann bist du nach Hause gefahren, bestimmt, um dich hinzulegen.«

»Wow.«

»Verdammt! Das geht so was von schief«, raunt Sarah und mir wird klar, wie fehl am Platz wir beide gerade sind. Also verabschiede ich mich schnell und ziehe Sarah mit mir nach hinten, um den beiden zumindest die Illusion von Privatsphäre zu geben. Wir schließen die Zwischentür, aber Sarah klebt sofort am Schlüsselloch, um ja kein Wort zu verpassen.

»Was? Bist du nicht neugierig?«, fragt sie mich.

Nach kurzem Zögern gebe ich nach und hocke mich neben sie, mein Ohr an das glatte Holz gedrückt.

»Oh, Pepper.« Anni klingt traurig, als würde sie Schluss machen wollen, und ich kann förmlich spüren, wie Peppers Herz zerspringt. »Das ist echt nicht cool.«

»Ich weiß.« Pepper schluchzt.

»Also, dass es so etwas gibt, schon. Klingt irgendwie nach James Bond, aber damit solltest du nicht deine Freundin überwachen.«

»Ich weiß.« Ein erneutes Schluchzen und ich muss mich zwingen, nicht die Tür aufzureißen und »Vergib ihr!« zu brüllen.

»Zumal du damit doch auch nicht weißt, ob ich dich betrüge. Immerhin wohnt meine Ex in denselben Räumen und du weißt nicht, was wir dort treiben. Oder hast du meine Wohnung verwanzt?«

»Hab drüber nachgedacht.«

»Ernsthaft?«

»War ein Scherz ... Na gut, doch. Ich habe drüber nachgedacht.«

»Ich kann verstehen, dass du dir Gedanken machst«, fährt Anni bedächtig fort. »Es sieht komisch aus, wenn jemand mit seiner Ex zusammenwohnt. Aber wir sind wirklich nur gute Freundinnen und du musst dir keine Sorgen machen. Trotzdem habe ich auch schon darüber nachgedacht, mir etwas anderes zu suchen. Vielleicht wäre ja jetzt der Moment, noch mal auf die Suche zu gehen.«

»Nein, ich kann nicht von dir verlangen, deine Wohnung zu wechseln. Nur, weil ich unbearbeitete Päckchen mit mir herumschleppe. Es ist mein Problem. Nicht deins.«

»Ich kann dir meine Mitbewohnerin auch erst mal vorstellen. Vielleicht hilft dir das, ein besseres Gefühl zu haben. Wir finden bestimmt eine Lösung.«

»Eine Lösung?«

»Wenn du diese SpyApp deinstallierst.«

»Du gibst mir also noch eine Chance?«

»Was soll ich sagen? Ich mag dich eben verdammt gerne.«

Sarah neben mir quiekt auf und presst ihr Auge ans Schlüsselloch. »Oh mein Gott!«

»Was?«

»Oh mein Gooooott!«

Ich drängele sie zur Seite, um selbst einen Blick hineinzuwerfen.

Die beiden sitzen eng umschlugen auf dem Sofa. Blondes Haar, das sich mit dunklem vermengt, während sie sich küssen. Mein Herz schmilzt vor Freude und Erleichterung. Und gleichzeitig schlägt es schneller, weil es sich an gestern Abend erinnert.

Dirks Lippen auf meinen. Seine Hände an meinem Nacken, meinem Rücken, meinen Hüften. Sie werden immer erkundungsfreudiger, begieriger und ihre Berührungen hinterlassen Schauer und Hitzewellen gleichermaßen auf meiner Haut.

»Sie sind so süß zusammen«, schnieft Sarah. »Wie Kimi und Dani in *Words We Need*. Ein wirklich supersüßes Buch.«

»Verschwindet endlich, ihr Stalker!«, ruft Pepper ganz atemlos von der anderen Seite der Tür.

»Ich liebe euch!«, erwidere ich, bevor ich eine immer noch zu Tränen gerührte Sarah hinter mir nach draußen schleife.

45

Eine weitere Überraschung

Vor der Tür, an sein Auto gelehnt, wartet eine weitere Überraschung auf uns.

Es ist Noah.

»Was machst du denn hier?«, fragt Sarah.

»Du hast mir deinen Standort geschickt zusammen mit einer Nachricht.« Er hält das Handy hoch. »Ich zitiere: Noah, können wir reden?«

»Und da bist du sofort losgefahren?«

»Es klang so, als bräuchtest du mich.«

»Ja.« Sie kaut auf ihrer Unterlippe. »Meine Oma und ich hatten mal wieder einen Streit. Du kennst sie ja … Und ich wusste nicht, mit wem ich sonst reden kann.«

»Schon gut. Ich bin eben ein verdammt guter Zuhörer.«

Sie nickt eifrig. »Das stimmt.«

Strahlend hält er seinen legendären Kaffee hoch und entlockt uns damit Laute der Begeisterung. »Will jemand? Zimtschnecken warten im Auto.«

»Du bist wirklich der Beste, Noah!«, ruft Sarah aus, aber ich hab ihn durchschaut. Er tut so lässig, aber eigentlich will er seinen Albatros-Sticker präsentieren, der sicherlich nicht zufällig auf der Thermoskanne prangt.

Ich beuge mich zu Sarah und flüstere: »Dir ist schon klar, weshalb er wirklich hier ist, oder?«

»Was meinst du?«

»Er mag dich.«

»Ich ihn auch.«

»Nein, Sarah. Ich meine, er mag dich mehr als das.«

Sie nickt langsam und mit einem Mal sieht sie sehr traurig aus. »Ja. Ich weiß.«

»Und?«

»Es würde nicht funktionieren. Ich habe versucht, mehr zu empfinden. Wirklich, aber es geht nicht. Darum stimmt das, was ich in der Bibliothek gesagt habe. Lieber wäre ich Single, als etwas zu versuchen, was nicht echt wäre und was ihn am Ende nur unglücklich macht. Er ist trotz seines furchtbaren Humors ein guter Mensch. Das hätte er nicht verdient.«

»Dann musst du ihm das sagen.«

»Und wenn er dann nicht mehr mit mir befreundet sein will?« Ich sehe die Angst in Sarahs Blick.

»Die Wahrheit ist nicht leicht, aber notwendig, wenn uns jemand am Herzen liegt.«

»Ja, ich weiß.« Sie zögert.

»Was tuschelt ihr da?«, fragt Noah.

»Wir lästern über dich.« Sarah streckt ihm die Zunge raus und steigt ein. Bevor sie losfahren, wendet sie sich erneut mir zu. »Danke, Emma.«

»Viel Glück«, sage ich und sehe den beiden zu, wie sie davonfahren. Von außen betrachtet würden sie so gut zueinander passen, dass ich ihnen am liebsten einen Schubs in die richtige Richtung geben würde. Aber Sarah hat recht. Letztlich kann nur sie selbst entscheiden, was sie mit ihrem Leben anfangen will. Und wenn es von außen noch so perfekt scheint, es muss eben von innen passen.

Mit einem aufgeregten Kribbeln im Bauch stehe ich vor unserer Wohnung. Gerade will ich die Tür aufschließen, als ich plötzlich innehalte.

Wie werden Dirk und ich uns begrüßen? Wird er mich an sich ziehen und direkt küssen? Allein bei dem Gedanken daran wird das Gefühl von summenden und brummenden Hummeln im Bauch stärker. Ich lecke mir über die Lippen und sehne mich danach, seine Hände wieder in meinen Haaren zu spüren.

Meinen ersten Kuss hat damals Bobbie bekommen. Ich war sechzehn Jahre (Spätzünder, ich weiß) und es war das Resultat einer ausgearteten Wahrheit-oder-Pflicht-Partie, bei der jede Menge Alkohol im Spiel war. Wir haben danach nie wieder ein Wort gewechselt. Mein zweiter Kuss war ein Urlaubsflirt am Strand. Es war mein erster gemeinsamer Urlaub mit Pepper und ein Kellner hatte mir schöne Augen gemacht. Wie ich später erfahren habe, wollte er aber eigentlich einen Dreier mit Pepper, weil er »total heiß auf Lesben sei«. (Er war also ein kompletter Reinfall.) Der dritte war Benni, der eigentlich ganz nett war, aber nach dem Kuss untergetaucht ist.

Und Leon?

Wir haben uns beim ersten Date geküsst, zwischen Erdbeeren und Sekt, und nachdem wir Stunden damit verbracht hatten, ein perfektes Foto zu schießen, posteten wir es. Wir haben nie wirklich darüber gesprochen, ob wir nun zusammen sind, aber wenn es alle wissen, ist es wohl offiziell.

Keiner der Küsse war so wie gestern Abend. So einnehmend,

dass ich ihn immer noch in mir nachhallen spüre. So erfüllend, dass ich ihn im ganzen Körper spüre und mich danach sehne, ihn zu wiederholen.

»Wie lange stehst du da schon?«

Ich wirble herum und entdecke Dirk, der gerade mit einer großen, weißen Tüte beladen die Treppen hochkommt.

»Schlüssel vergessen«, versuche ich es mit rotem Kopf.

»Der ist in deiner Hand.«

»Oh.« Ich sehe ihn an. »Erwischt. Ich … habe über gestern Abend nachgedacht.«

»Und?« Dirk grinst. Es hat etwas Ansteckendes an sich, denn sofort muss auch ich lachen. Seine Haare sind noch etwas feucht, wahrscheinlich ist es noch nicht lange her, dass er geduscht hat. Und er trägt ein Shirt, von dem mir ein Roboter entgegenwinkt.

»Ich denke …«, entgegne ich betont langsam, ohne ihn aus den Augen zu lassen.

»Ja?«

»Ich denke, dass wir das bei Gelegenheit wiederholen sollten.« Mein Kopf summt, als er mich an sich zieht. Dann lehnt er sich vor und ich mache dasselbe, bis sich unsere Lippen berühren. Ein Schauer läuft mir über den Rücken. Dirk schiebt mich nach hinten, und ich mache einen Schritt zurück, stolpere über die Fußmatte und krache gegen die Tür. Dirk hält kurz inne, um sicherzugehen, dass ich noch lebe.

»Alles bestens«, kichere ich. »Nur ein Schädel-Hirn-Trauma. Nichts, was ein weiterer Kuss nicht heilen könnte.«

Ich ziehe ihn wieder an mich, vergrabe meine Finger in seinen Haaren und sauge seinen Geruch nach Seife und

Schmieröl ein. Seine Hände, seine großen Hände mit den schlanken Fingern, gleiten über meinen Rücken, erkunden meinen Körper. Mir wird abwechselnd heiß und kalt und ich will nicht, dass er aufhört.

Als ich Leon geküsst habe, war ich aufgeregt. Ich habe mich gefragt, wie die anderen Frauen geküsst haben und ob ich da mithalten kann. Was er über meinen Körper denkt, der nicht gerade Size-0-Modelmaßen entspricht. Tausend Gedanken sind mir durch den Kopf gezogen, haben mich verunsichert, beschäftigt. Ebenso bei Rick, aber jetzt … Jetzt lasse ich mich einfach fallen, kichere und scherze. Noch nie hat sich etwas so richtig angefühlt und so gut.

»Ist da oben alles in Ordnung?«, ruft eine ältere Dame. »Ist jemand verletzt.«

Wir weichen auseinander, unsere Wangen glühen und der Schlüssel liegt vergessen neben der Fußmatte.

Dirk räuspert sich. »Nein, Francesca! Alles gut.«

»Gut, ich habe Stöhnen gehört.«

»Das war ich.«

»Oh, bist du verletzt?«

»Nein! Mir geht's gut.« Schnell schließen wir die Tür auf und fliehen nach drinnen. Als wir in Sicherheit sind, lehnen wir uns an die Wand und sehen uns an.

»Das war knapp«, pruste ich los. »Wo waren wir?«

»Wir haben ins Wochenende reingefeiert?«, fragt Dirk unschuldig und zieht mich wieder an sich. Als unsere Lippen erneut miteinander verschmelzen, hebt er mich hoch und drückt mich an die Wand. Wie von selbst schlingen sich meine Beine um seine Hüfte und meine Arme um seinen Hals. Ich fühle mich so leicht, als hätte ich Flügel. Mit einem Mal ist die ganze Welt verschwunden und es gibt nur uns beide.

Wow, Emma. Ausgerechnet der Typ mit den Sprücheshirts, mit dem du auf einer Tür gelegen hast, hat dir so den Kopf verdreht, dass du jetzt nicht mehr weißt, wo oben und unten ist.

»Weißt du, dass du ziemlich heiß bist? Also für einen Nerd mit Bunsenbrenner?«

»Du auch für jemanden, der mit Pflanzen spricht«, entgegnet Dirk und knabbert sanft an meiner Lippe.

Unsere Berührungen entfachen eine Flamme in mir, die immer heißer brennt. Die Hitze breitet sich in meinem Körper aus und meine Finger suchen nach dem Saum seines T-Shirts. Ich will es hochreißen, denn jedes Stück Stoff zwischen uns ist zu viel. Dirk scheint es genauso zu sehen, denn er setzt mich ab, nur um mir ebenfalls das Shirt über den Kopf zu ziehen. Für einen Moment unterbrechen wir schwer atmend unseren Kuss, um uns anzusehen. Ich mag Dirks Körper, kein glattrasierter Bauch mit Sixpack, und trotzdem wunderschön. Ich will ihn anfassen, einfach jeden Zentimeter von ihm erkunden. Gleichzeitig treten wir aufeinander zu und strecken unsere Hände aus. Die Spitzen unserer Finger berühren sich. Nur ganz kurz, dann wandern sie weiter. Meine fliegen über die Arme zu seiner Brust, verbinden dort die winzigen Muttermale zu Sternenbildern und hinterlassen eine Gänsehaut. Seine landen auf meiner Hüfte, ziehen mich wieder näher, als wäre jeder Millimeter Abstand zu viel.

Ich schließe die Augen und lehne mich vor.

Da klopft es an der Tür. »Sicher, dass alles in Ordnung ist? Ich höre dich immer noch stöhnen.«

46

Francesca und Gottfried

»Alles gut, Francesca«, seufzt Dirk. »Ich bin nur gerade etwas … beschäftigt.«

»Das macht nichts. Ich bleib nicht lang.« Der Stimme nach ist sie eine ältere Frau, vermutlich diejenige, von der Dirk bei meinem Einzug gesprochen hat.

»Francesca. Gerade ist es wirklich schlecht.«

»Aber ich habe Kuchen dabei.«

Dirk und ich sehen uns an und treffen stillschweigend eine Übereinkunft. Da es fürs Totstellen zu spät ist und die Nachbarin fest entschlossen scheint, ziehen wir uns schweren Herzens an und öffnen die Tür. Immerhin können wir es kaum verantworten, dass sie auf ihrem Kuchen sitzen bleibt.

Der Kopf einer älteren Dame schiebt sich herein. In ihren Händen trägt sie ein Goldfisch-Glas, um ihren Arm baumelt eine Tüte, vermutlich mit den angekündigten Leckerbissen. Als sie mich sieht, erhellt sich ihr Gesicht. »Ist das Emma? Deine neue Mitbewohnerin?«

»Ähm!«

»Was für ein schöner Zufall. Ich wollte dich schon die ganze Zeit kennenlernen. Dirk hat so viel von dir erzählt.«

»Hat er?« Fragend sehe ich ihn an.

»Kommt! Kommt! Lasst uns was essen.« Offenbar kennt sie sich bestens bei uns aus, denn sie geht direkt in die Küche, wo sie das Glas mit dem Fisch in der Mitte des Tisches positioniert. Dann packt sie ihren Kuchen aus. Vier große Stücke Kirschkuchen mit Schokolade und Sahne überzogen.

Während Dirk Kaffee aufsetzt, setze ich mich ihr gegenüber und lehne mich vor.

»Also, Sie sind eine unserer Nachbarinnen?«

»Oh, bitte, du kannst mich duzen«, winkt Francesca ab. »Es ist eine Schande, dass wir uns noch nicht offiziell vorgestellt wurden. Immerhin kommt Dirk mich einmal in der Woche besuchen.«

»Ach ja?« Mein Blick wandert zu Dirk, der nur mit den Schultern zuckt, als hätte er keine Ahnung, wovon sie redet. »Du kennst also deine Nachbarn doch ganz gut?«

Das klang bei unserem ersten Aufeinandertreffen vor einer gefühlten Ewigkeit noch anders.

»Er hat sich Sorgen gemacht, weil ich hier so allein bin«, erklärt Francesca. »Er würde es nie zugeben, aber er ist ein echt lieber Kerl.«

»Ja. Das ist er«, bestätige ich lächelnd.

Francesca zupft aus ihrem Kuchen ein Fitzelchen Teig heraus und lässt es ins Goldfischglas fallen.

»Warum hast du einen Goldfisch dabei?«

»Oh, ich werde ihn hierlassen. Ich fahre morgen auf Kur und Dirk ist mein Goldfisch-Sitter. Er und Gottfried verstehen sich super. Nicht wahr?«

»Er hat mir gegenüber nie etwas anderes behauptet«, erwidert Dirk.

»Dirk untertreibt. Gottfried ist jedes Mal ganz begeistert von ihm. Außerdem …« Sie beugt sich verschwörerisch zu mir. »… bringen Goldfische in der Liebe Glück.« Wissend zwinkert sie mir zu.

»Ist es so offensichtlich?«

»Natürlich. Dirk hat nur wenig Menschen, die er wirklich gernehat, mich selbstverständlich eingeschlossen. Aber wenn er dich ansieht, hat er dieses Funkeln in den Augen. Ich kenne das von meinem Mann. Es wird auch Zeit, dass jemand mal länger hier wohnt. Dieses ewige Ein- und Ausziehen geht mir gehörig auf die Nerven.« Francesca wirft einen weiteren Krümel Kuchen in das Goldfischglas. »Mein Mann hat mir immer Goldfische geschenkt. Den ersten, als er mich um ein Date bat, und den letzten zu unserer goldenen Hochzeit. Weil sie eine Liebe segnen, so sagte er immer, aber die Wahrheit ist, er war damals nicht reich genug, um mir etwas wirklich Kostbares zu schenken. Meine Freundinnen haben mich ausgelacht, als ich ihnen den Fisch gezeigt habe, aber ich meinte, was soll ich mit Diamanten? Wer will denn schon einen kalten, harten Stein, der sich für wertvoll hält? Meistens findet man das wahre Glück doch in den kleinen Momenten. Bei einem Kaffee. Einem Spaziergang. Und manchmal in einem Goldfisch. Ob das nun Aberglaube ist oder nicht. Bei meinem Mann und mir hat es funktioniert.«

Ihre Augen werden feucht, als sie den Fisch ansieht, und es ist offensichtlich, wie sehr sie ihren Mann vermisst.

»Sie haben ihn sehr geliebt.«

»Sehr. Er war mein bester Freund, mein Seelengefährte. Wenn man jung ist, liebt man das Drama. Man wird von aufregenden Männern angezogen, die ganz anders sind als man selbst. Aber wenn man älter wird, entscheidet man sich meist für den besten Freund, von dem man weiß, man wird zusammen durch Dick und Dünn gehen. So einer war mein Mann. Bis zum Ende waren wir eine unzerstörbare Einheit.«

Als Francesca gegangen ist, befreie ich Gottfrieds Wasser von den Kuchenstücken und werfe ihm etwas Fischfutter hinein. Dann nehme ich ihn mit in mein Zimmer, denn die strikte Anweisung lautet, dass er nicht lange allein bleiben soll, da er sonst vereinsamt.

»Wir haben einen Gast, Pam!«, verkünde ich und stelle das Glas neben sie auf die Fensterbank.

»Noch jemand, mit dem du reden kannst«, sagt Dirk, der mir ins Zimmer gefolgt ist.

»Für jemanden, der das Alleinsein so feiert, bist du aber auch ganz schön anhänglich geworden«, necke ich ihn und werfe mich aufs Bett.

»Mit dir zu sein ist eben, wie allein zu sein.«

»Hm. Ist das ein Kompliment?«

»Auf jeden Fall. Viele Leute führen dazu, dass mein soziales Barometer irgendwann genug hat und ich mich einfach nur nach Ruhe sehne, um mein Ding zu machen. Mit dir ist das nicht so.«

Manchmal erkennen wir das, was wirklich wertvoll ist, erst, wenn wir genauer hinsehen. Und manchmal werden Menschen erst zu Schätzen, wenn wir sie näher kennenlernen. Denn echte Schätze sagen nicht, dass sie einer sind. Ja, manchmal wissen sie es selbst nicht einmal.

Ich streiche über seine Wange. »Glaubst du, wir haben jetzt unsere Ruhe, oder gibt es noch mehr Nachbarn, bei denen du Goldfische sittest?«, frage ich.

»Ich glaub, wir sind jetzt sicher.«

»Gut.« Grinsend rolle ich mich auf ihn und beuge mich zu seinen Lippen hinunter. »Wo waren wir?«

47

Wolkentiere und Sternenhimmel

Auch wenn unsere Wohnung dank meiner Mutter wieder spinnenfrei ist, sind wir am Abend wieder auf der Dachterrasse. Die Vorderseite des Zeltes ist offen und wir sitzen davor und sehen in den Himmel, wo die Sonne untergeht. Allerdings sind wir viel zu abgelenkt von den Wolken.

»Eine Palme«, murmele ich und lehne mich an Dirks Schulter und zeige nach links.

»Oder ein Elefant.«

»Das ist niemals ein Elefant.« Ich kichere. »Was ist mit der da?«

Dirk überlegt. »Ein Herz.«

»Ein ziemlich schrumpeliges Herz.«

»Ich finde es toll.«

Im Moment versuchen wir nicht tiefsinnig, romantisch oder poetisch zu sein, sondern gucken einfach in den Himmel und lassen unserer Fantasie freien Lauf. Ein Spiel, das ich schon als Kind geliebt habe.

Wenn man groß wird, hat man viel zu selten Zeit für solche

Momente. Momente, in denen man einfach innehält und zulässt, dass das Leben passiert, ohne dass man etwas tut. Ohne dass man versucht, jemand zu sein.

Ich greife nach Dirks Hand. Seine Kuppen sind ein bisschen rau von der Arbeit. Automatisch verschlingen sich unsere Finger miteinander und mir wird bewusst, wie perfekt sie ineinanderpassen.

»Eine Qualle«, flüstere ich.

»Oder ein Lama.«

»Ein Lama? Da sind eindeutig Nesseln. Kannst du überhaupt etwas erkennen?«, frage ich skeptisch. »So ganz ohne Brille?«

Dirk lacht auf. »Klar.«

Ich glaub ihm kein Wort. »Beweise es.«

Er kneift die Augen zusammen und sieht sich um. Dann deutet er auf das Haus gegenüber. »Da! Ich sehe sogar diese kleine braune Maus auf dem Dach unserer Nachbarn.«

»Da ist keine Maus.«

»Doch. Dieser kleine, braune Punkt, der da über die Pfannen huscht. Oh …«

»Ja?«

»Die Maus ist gerade weggeflogen. Ich nehme an, es war doch eher …«

»… ein Spatz«, vervollständige ich seinen Satz. »Also? Warum trägst du keine Brille?«

»Rick meinte, das sieht besser aus.«

»Und für wen willst du so gut aussehen?«, hake ich grinsend nach.

»Für die Spatzen.«

»Wir können auch etwas tun, für das du keine Brille brauchst«, entgegne ich und ziehe ihn zu mir. Wir versinken zwischen Kissen und Decken auf der Luftmatratze, während ein frischer Abendwind hineinweht.

»Warte«, unterbricht mich Dirk. »Ich habe etwas für dich.«

»Für mich?« Sofort setze ich mich wieder auf.

»Eine Überraschung«, bestätigt er und rappelt sich auf. Dann huscht er aus dem Zelt und verschwindet kurz aus meinem Sichtfeld.

Leon war jemand, der mit Geschenken nicht gegeizt hat. Eine Kette, Armbänder, ja sogar ein Ring war dabei. Zuerst dachte ich, es wäre, um mir zu zeigen, wie sehr er mich liebt, aber im Nachhinein waren diese Dinge genauso unpersönlich wie seine Rosen.

Dirk erscheint wieder im Zelteingang und kaut nervös auf seiner Lippe. In den Händen trägt er einen Blumentopf, aber die Pflanze darin ist abgedeckt. »Du hast mich da zu etwas inspiriert.«

Er setzt sich vor mich, nimmt die Pflanze in den Schoß und lüftet das Tuch.

Ein Basilikum kommt zum Vorschein, aber etwas ist seltsam. Um den Topf ist ein Gürtel befestigt, an dem ein Lautsprecher und andere Sensoren hängen, die mit der Pflanze verbunden sind. In der Erde steckt etwas, das wie ein Thermometer aussieht.

»Was ist das?«

»Hallo. Ich bin Helga. Ein Basilikum«, sagt der Topf und ich schrecke zusammen.

»Was zum …«

»Ich bin eine Nutzpflanze. Meine Blätter schmecken besonders köstlich in Tomatensoßen. Wenn du willst, verrate ich dir das Rezept, aber wehe, du schneidest mich kahl!«

Ich sehe Dirk staunend an. Der beugt sich über Helga und fragt: »Kann ich dir etwas Gutes tun?«

»Ja bitte. Ich bin trockener als die Sahara.«

Dirk zaubert eine Gießkanne hervor und überschüttet Helga mit Wasser.

»Halt, Stopp! Willst du mich ertränken? Das reicht.«

Ich breche in Gelächter aus. »Du hast mir eine sprechende Pflanze gebaut?«

»Und? Wie findest du sie?«

»Genial.« Ich springe ihm um den Hals. »Das ist das Coolste, was je jemand für mich gebastelt hat. Oh Dirk! Damit solltest du zum Wettbewerb von RobToy fahren!«

»Ich glaube nicht, dass das so gut ankommt.«

»Sprechende Pflanzen? Das wird der Oberhammer. Glaub mir, es gibt viele einsame Pflanzenverrückte da draußen, die sich sehr freuen würden, wenn ihr Grünzeug sie nach ihrem Tag fragt.«

Dirk kratzt sich verlegen am Hinterkopf. »Darum hab ich sie nicht gebastelt.«

»Ich weiß.« Dankbar drücke ich ihm einen Kuss auf die Lippen. Wie wunderbar selbstverständlich unsere Berührungen mittlerweile geworden sind. »Aber willst du zu diesem Wettbewerb oder nicht?«

»Helga ist noch in der Testphase.«

»Sie ist jetzt schon genial.«

»Ich bin genial«, bestätigt Helga.

»Ich weiß nicht.« Dirk lässt sich auf die Matratze fallen und ich folge ihm. Er hat die Stirn krausgezogen und sieht nachdenklich an die Zeltdecke.

»Es ist wegen deines Bruders, oder?«, frage ich und stütze meinen Kopf auf den Arm, um ihn besser ansehen zu können.

Dirk nickt und greift gedankenverloren nach meinen Haaren, um sie zwischen seinen Fingern zu drehen. »Eigentlich würde ich ihn gerne wiedersehen. Wir haben uns bis zu dieser Sache wirklich gut verstanden, weißt du? Mein Vater war kein leichter Mensch. Mit ihm zu leben war schwierig, aber mein Bruder und ich … wir hatten so viele Gemeinsamkeiten. Ich dachte, wir halten zusammen.«

Ich greife nach seiner Hand, um sie zu drücken. »Dann ist das vielleicht eine Chance, endlich Klarheit zu bekommen.«

»Und was, wenn er gar nicht mit mir sprechen will?«

»Dann werde ich da sein und ihm mit einem Megafon die Meinung geigen«, verspreche ich.

48

Viele Rosen und ein Antrag

Das Wochenende mit Dirk rauscht vorbei und ich bin so gefangen im Glücksstrudel meines realen Lebens, dass ich die großen Nachrichten, die Sonntagabend Instagram sprengen, gar nicht mitbekomme.

Erst als mir Montagmorgen ein in Tränen aufgelöster Antonio sein Handy unter die Nase hält, bekomme ich das Video, das für so viel Wirbel gesorgt hat, zu sehen.

Ein luxuriöses Hotelzimmer voller Rosenblätter, Herzluftballons an der Decke, einen Geigenspieler in der Ecke und Leon, der Larissa vor die Kamera führt. Beide sehen umwerfend aus, als wären sie auf dem Weg in die Oper.

»Was hast du vor?«, flüstert sie kichernd.

Der Geigenspieler fängt an zu spielen und Leon geht bedeutungsvoll auf die Knie. Als er ein Kästchen aus seinem Anzug zieht, quiekt Larissa vor Aufregung.

»Willst du, perfekteste Frau meines Lebens, Mutter meines ungeborenen Kindes und hoffentlich noch vieler weiterer Kinder, für immer an meiner Seite bleiben?«

»Ist das ein Heiratsantrag?«, wispert sie und wischt sich die Tränen aus den Augenwinkeln.

Er nickt.

»Ja. Natürlich!« Sie zieht ihn hoch und beide verschmelzen in einem filmreifen Kuss. So einem, wo er sich vorbeugt, und sie sich wie eine Banane nach hinten biegt und ihr Bein anhebt. (Allein beim Hingucken bekomme ich Rückenschmerzen, aber es sieht natürlich unglaublich romantisch aus.)

Im Anschluss zeigen sie den Ring, wie sich das gehört. Ein Familienerbstück von Leons Großmutter, den er mit weiteren Diamanten hat besetzen lassen. Natürlich mit Einverständnis der ganzen Familie, die auf diese Weise signalisieren will, dass Larissa bei den von und zu Herzogs herzlichst willkommen ist.

Was ich nie war, aber jetzt, wo ich Larissa in ihrem perfekten Kleid sehe, bin ich froh, dass ich nicht an ihrer Stelle bin. Sie passt so viel besser an Leons Seite und in seine Welt als ich.

Als ich ein paar Stunden später zum Mittagessen aufbrechen will, hat sich Antonio von dem Schock offenbar immer noch nicht erholt, denn er steht erstarrt mitten im Labor und bewegt sich nicht.

»Alles okay?«, frage ich und lege meine Hand auf seine Schulter.

»Da … eg… Lar…«, stottert er, ohne sich zu rühren.

»Eglar?«

»DA!«

Ich folge seinem Blick und mein Gehirn gibt bei dem Versuch, das zu verarbeiten, was ich dort sehe, den Geist auf.

Im Türrahmen steht Larissa.

Sie lächelt uns zu, bevor sie sich zu der Sekretärin umdreht.

»Danke fürs Bringen, Nicole«, zwitschert sie. »Ich schulde Ihnen was.«

»Nein, sicher nicht«, winkt die Sekretärin zuvorkommend ab. »Das Selfie mit dir war das Highlight meines Tages.«

»Da. Ist. Larissa. Moreau. In. Unserem. Labor«, stottert Antonio. »An. Meinem. Geburtstag.«

»Du hast Geburtstag?«

Er bringt gerade so ein Nicken zustande und ich überlege, ihn auf einen Stuhl zu setzen, bevor er umkippt.

»Hey, Emma«, sagt Larissa an mich gewandt.

»Hey ...« Eigentlich will ich tausend Fragen stellen: »Wie zur Hölle hast du es geschafft, dass Nicole plötzlich so zuckersüß ist. Oder was machst du an meinem Arbeitsplatz?«

Stattdessen starre ich sie an, diese Frau, die gerade noch im Abendkleid über den Bildschirm meines Handys gefegt ist und Tränchen der Rührung vergossen hat.

Antonio ist vollkommen verzückt. »Larissa. Moreau. Steht. Vor. Mir. Larissa. Moreau.«

Larissa räuspert sich. »Können wir vielleicht einen Kaffee trinken gehen?«

»Gerne«, antwortet Antonio.

Es erscheint mir nicht unlogisch, dass sie wegen ihm hier ist. Immerhin überraschen einige Influencer doch ganz gerne ihre Fans, um sich nahbar zu geben. Allerdings sehe ich keine Kameras und sie hat *mich* begrüßt.

»Ich meinte Emma«, bestätigt sie meine Gedanken und sieht mich an.

Ich hake zur Sicherheit trotzdem noch mal nach. »Du willst mit *mir* was Trinken gehen?«

»Ja. Bitte.« Es klingt wichtig. So als würde ihr etwas auf der Seele liegen, aber ich kann mir beim besten Willen nicht vorstellen, was das sein soll.

»Okay.«

»Okay.« Sie lächelt mich erleichtert an.

»Oh. Ähm … Antonio würde bestimmt gern ein Selfie mit dir machen. Stimmt's? Er hat heute Geburtstag.«

»Klar, Süßer.« Larissa stellt sich neben ihn, und da er sich nicht bewegt, ziehe ich sein Handy aus dem Kittel, um von den beiden ein Foto zu machen. »Dann herzlichen Glückwunsch.« Sie klimpert mit ihren langen Wimpern und schenkt ihm ein zuckersüßes Lächeln.

»Larissa. Moreau.«

»Ja. Das bin ich«, sagt sie mit einer Engelsgeduld. Sie wirkt wie jemand, der nie die Fassung verliert. Kein Wunder, dass jeder sie liebt.

»Larissa. Moreau.«

»Jetzt krieg dich wieder ein!«, raune ich Antonio zu. »Ich glaube, sie kennt ihren Namen.«

49

Larissa Moreau

Larissa sitzt vor mir und ihre perfekt manikürten Finger schlingen sich um ein Glas Latte macchiato.

»Ja … Herzlichen Glückwunsch zur Verlobung«, wünsche ich, weil ich nicht weiß, was ich sonst sagen soll.

»Wir sind nicht verlobt.«

»Nein? Ich dachte, wegen des Videos mit dem Geigenspieler und du weißt schon … Der Antrag. Der Ring. Es wirkte so, als ob …«

»Ich hab Schluss gemacht.«

»Oh.« Das habe ich nun wirklich nicht kommen sehen.

»Leon hat mich mit dem Live-Video überrascht und …« Sie lächelt verkrampft. »Was hätte ich auch sagen sollen in dem Moment, wo die ganze Welt zuschaut, wie er mir den Ring seiner verdammten Oma unter die Nase hält? Hätte ich abgelehnt, hätten mich alle für eine herzlose Bitch gehalten.«

Sie nimmt einen Schluck Kaffee und schaut aus dem Fenster.

»Okay.«

»Weißt du, wie hart mein Job ist? Und das Schlimmste daran

ist, dass die Leute denken, es sei nur ein Hobby, etwas, das man eben so in seiner Freizeit macht, wenn man nichts zu tun und Geltungssucht hat. Ich investiere so viel Zeit und Mühe, um meine Follower bei Youtube, Tiktok, Instagram und sonst wo mit Content zu unterhalten, und nach vierundzwanzig Stunden Arschaufreißen am Tag denken die Leute da draußen, dass ich nur meinen Spaß habe.« Sie zeigt einer imaginären Person den Mittelfinger.

Ich habe keine Ahnung, wohin das Ganze führen soll. Statt zu antworten, beiße ich schnell in den Keks, der auf meinem Teller neben dem Kaffee liegt. Mit vollem Mund habe ich wenigstens eine Ausrede zu schweigen.

»Sicher, am Anfang war es Spaß. Ich habe Fotos geschossen, mich kreativ ausgelebt, habe vor der Kamera herumgewitzelt, und dann … ging es nur noch um Zahlen.«

Sie faltet die Hände und strahlt mich an, als hätte jemand einen Schalter umgelegt. Mit honigsüßer Stimme säuselt sie: »Oh bittebitte, lass uns endlich die Zehntausend vollmachen. Und jetzt die Fünfzigtausend und jetzt die Million. Ihr seid die Besten. Ich liebe euch. Danke für euren Support! Ohne euch wäre ich nicht hier … *Bullshit!*«

Ihr Lächeln fällt in sich zusammen. »Ich alleine hab mich dahin gebracht, wo ich jetzt bin.«

Ich schlucke und … *Verdammt! Jetzt habe ich meine Keksausrede verbraucht. Sag etwas, Emma! Sag etwas!*

»Ähm …«, ist alles, was mir einfällt.

»Was beschwere ich mich? Ich wollte es ja so. Aber glaubst du wirklich, es macht Spaß, sich jeden Tag aufzuraffen, um nahbare Storys hochzuladen. Real aussehen mit einer Tonne Makeup in der Fresse? Sich täglich mit Fremden herumzuärgern, die glauben, einen zu kennen, oder einem ach-so-gutgemeinte Tipps geben. *Schiebt euch euren Dreck sonst wohin! Mich interessiert es herzlich wenig, ob du mich mit offenen Haaren schöner findest.*

Ständig muss man sich Gedanken machen, ob das, was man schreibt, gut ankommt. Immer muss man Angst haben, einen Shitstorm zu kassieren, nur wenn man mal ausnahmsweise Themen anspricht, die wirklich wichtig wären wie Impfungen, Rassismus oder Slutshaming. Also hält man den Mund und lächelt. Lächelt immer weiter in die Gesichter all der Arschlöcher da draußen, die von dir unterhalten werden wollen, damit sie sich über ihre eigenen Scheißprobleme keine Gedanken machen müssen.«

»Ich … Ich …« Auch wenn ich verstehe, was sie meint, hab ich immer noch keine Ahnung, was ich sagen soll, und schiele auf ihren Keks.

»Wenn ich ehrlich bin, hasse ich all diese Menschen. Ja, im Ernst, ich hasse sie. Die Hater, die ihr eigenes Leben nicht im Griff haben, genauso wie die, die mich angeblich lieben, um von meiner Reichweite zu profitieren.«

»Larissa Moreau?«, quiekt es hinter uns und zwei Mädchen winken uns schüchtern zu. »Können wir ein Foto mit dir?«

»Klar, ihr Süßen«, flötet sie und zaubert sich das Lächeln ins Gesicht, das sie so perfekt beherrscht. »Nur zu. Keine falsche Scheu.«

»Wir lieben dich!«, gestehen die Mädchen kichernd. »Deine Tipps sind einfach die besten.«

»Awww. Ihr Lieben. Danke. Das bedeutet mir echt viel.«

Als sie fertig sind, fällt das Strahlen wieder zusammen. »Ich würde gerne kotzen, aber irgendein Mistkerl würde das garantiert aufnehmen und posten. Und wofür? Für die Klicks. Darum geht es doch.«

»Ähm … Ich glaub, ich versteh dich.«

»Ja, um Cinderemma ist es erstaunlich ruhig geworden.«

Moment, hat sie mich etwa auch gestalkt?

»Erst wusste ich nicht, was ich schreiben soll, und dann war es mir irgendwann nicht mehr wichtig.«

Sie stöhnt. »Einen Luxus, den ich nicht habe, denn der Mist ist mein Job und finanziert mein Studium. Und das meines Bruders gleich mit. Aber glaub mir, sobald ich nicht mehr muss, werde ich aufhören.«

»Larissa ... Auch wenn es schön ist, mit dir zu plaudern, warum bin ich hier?«

Ihre Augen funkeln. »Weil wir Frauen eigentlich zusammenhalten müssen, oder nicht? Bei so viel Scheiße, die es gibt, sollten wir uns nicht in den Rücken fallen. Was ich getan habe, als ich mit Leon geschlafen habe. Und das tut mir leid. Wirklich. Ich wusste, dass er noch mit dir zusammen ist. Ich meine, er hat mir das Blaue vom Himmel erzählt, um mich zu beruhigen und eure Beziehung herunterzureden, aber ich wusste, dass er dich betrügt, und habe dennoch mitgemacht. Dabei weiß ich, wie scheiße es ist, so belogen zu werden, und keine Frau verdient das.«

»Meinst du das ernst? Oder ist das für ein Video, um dein Image zu verbessern? Nicht, dass du es wirklich nötig hättest.« Ich sehe mich um, aber finde keine versteckten Kameras.

»Ich meine es ernst.« Sie rührt ihren Kaffee um und sieht mit einem Male sehr traurig aus. »Ich war schon seit der Kindheit in Leon verliebt. Er war so unglaublich cool und ich habe ihn angehimmelt. Alles, was ich je wollte, war er.«

»Warum hast du dann Schluss gemacht?«

Sie seufzt. Eine Weile sagt sie gar nichts und ich versuche, sie trotz meiner wachsenden Neugierde nicht zu drängen.

»Unsere Familien waren gut befreundet. Wir hatten früher auch viel Geld. Bis mein Vater einen schlechten Deal gemacht hat und unser Luxusleben von einem Schlag auf den nächsten vorbei war. Damals habe ich eins gelernt. Man kann sich auf niemanden im Leben verlassen. Nur auf sich selbst. Ich habe hart gearbeitet, um da zu stehen, wo ich jetzt bin.«

»Finde ich gut. Ich hab bis vor Kurzem noch bei meinen Eltern gewohnt, aber ich bin gerade dabei, mich abzunabeln … Selbst ist die Frau!«

»Leon hatte nie die gleichen Gefühle für mich wie ich für ihn. Er will mich heiraten, weil ich eine gute Partie bin und noch dazu schwanger. Das ist, was man in seiner Familie macht, wenn man keinen Skandal will.«

»Aber ihr habt wirklich glücklich ausgesehen.« Ich halte inne, weil ich natürlich bestens weiß, wie trügerisch das Glück auf Bildern ist.

Larissa sieht mich mit ihren Rehaugen an. »Ja, das waren wir auch. Früher … Aber wir haben uns verändert und ich habe es nicht nötig, einen Mann zu heiraten, der sich eigentlich für eine andere Frau entschieden hätte.«

Ich sehe sie verwirrt an. »Für wen?«

»Für dich, Emma. Wenn ich nicht schwanger wäre und mein Bruder ihm nicht die Kastration angedroht hätte, hätte er es nach der Party noch einmal mit dir probiert. In dem Moment, als er dich mit Rick gesehen hat, ist für ihn eine Welt zusammengebrochen und er wollte dich um jeden Preis zurückgewinnen.«

»Oh!«

»Ich wollte, dass du das weißt.« Sie holt tief Luft und ich sehe ihr an, wie schwer es ihr fällt, ehrlich mit mir zu sein. Auch wenn ihre Haut dank Make-up makellos aussieht, meine ich, dunkle Ringe unter den Augen zu erkennen.

»Vielleicht findet ihr ja doch noch ein Happy End. Hashtag Cinderemmaeverafter.« Sie presst die Lippen aufeinander.

»Nein. Ich glaube nicht«, gestehe ich, denn diese Trennung war das Beste, was mir passieren konnte.

»Oh, du bist über ihn hinweg«, versteht sie und ich nicke. »Das freut mich für dich. Wirklich.«

»Du wirst auch über ihn hinwegkommen.«

»Das werde ich, denn ich habe es nicht nötig, zweite Wahl zu sein. Und wenn mein Beruf schon ein einziger großer Fake-Scheißhaufen ist, auf den ich täglich Glitzer streue, damit es nicht so stinkt, dann will ich doch wenigstens einen Mann, der echt ist. Lieber kümmere ich mich allein um mein Baby, als jemanden zu haben, dem ich nicht vertrauen kann. Na ja, wollte ich dir nur gesagt haben. Also mach's gut, wo auch immer du dein Glück findest.«

Sie steht auf und verlässt das Café.

Und während ich hier sitze, meinen Kaffee austrinke und ihren Keks esse, fällt mir etwas ein, was ich vor Jahren in mein Disaster-Diary geschrieben habe.

Dear Disaster-Diary,

so viele Geschichten suggerieren uns, dass es ein Happy End nur gemeinsam geben kann. Hand in Hand. Als Paar. »Sie lebten glücklich und zufrieden bis ans Ende ihrer Tage.« Aber was ist, wenn manche Paare kein Happy End finden können, egal, wie sehr sie es sich wünschen? Was ist, wenn manche Menschen einfach nicht füreinander bestimmt sind? Nicht im Sinne von Schicksal, sondern weil sie nicht zusammenpassen, weil einer nicht so viel empfindet wie der andere oder weil sie sich auf lange Sicht einfach nicht guttun. Was, wenn eine Beziehung nie beide Teile gleich glücklich machen kann …
Wäre es dann nicht das beste Ende, getrennte Wege zu gehen?

50

Eine letzte Chance

Ich habe das Café noch nicht einmal verlassen, da vibriert mein Handy.

LEON: Du musst kommen. Sofort! Es ist ein Notfall!

EMMA: Leon? Ich weiß nicht, ob ich die bin, der du schreiben solltest. Frag Alex!

LEON: Nein. DU MUSST KOMMEN! BITTE! ES GEHT UM LEBEN UND TOD!

EMMA: Leon.

LEON: BITTE! ICH FLEHE DICH AN!

Vielleicht bin ich zu nett. Vielleicht auch ein bisschen neugierig. Jedenfalls beschließe ich, nach dem Rechten zu sehen. Allerdings nicht allein. Ich schreibe Pepper, was ich vorhabe, und

Pepper wäre nicht Pepper, wenn sie nicht sofort alles stehen und liegen lassen würde, um mir zu helfen.

PEPPER: Rühr dich nicht von der Stelle! Wir kommen.

Es dauert nur zehn Minuten, bis ihr Auto vorfährt.

»Ich habe Verstärkung mitgebracht«, verkündet sie.

»Hey!« Anni sieht so aus, als hätte sie sich als eine weibliche Version von James Bond verkleidet. Ihre Locken hat sie zu einem strengen Dutt gebunden. Dazu trägt sie ein Sakko und eine Sonnenbrille, die sie nun lässig auf die Nase rutschen lässt, um mir zuzuzwinkern.

»Das ist mein erster Einsatz«, verrät sie flüsternd. »Darf ich mich vorstellen? Agentin A.«

»Euch ist schon klar, dass ich einfach nur kurz bei meinem Ex nach dem Rechten gucken will, oder?«

»Und wir geben dir Rückendeckung, Agentin E«, verkündet Pepper, woraufhin Anni begeistert in die Hände klatscht.

Die beiden haben sich wirklich gefunden!

»Als Erstes werden wir dich verkabeln.«

»Verkabeln? Pepper … Ich …«

»Das ist so aufregend!« Vor Begeisterung macht Anni einen Luftsprung.

Pepper wirft ihr einen warnenden Blick zu und sie rückt räuspernd ihre Brille zurecht, um zu einer coolen, unnahbaren Salzsäule zu erstarren. »Verzeihung. Ich weiß. Wir sind hochprofessionell!«

»Es ist Leon«, erinnere ich sie. »Kein verrückter Meuchelmörder.«

Aber Pepper bleibt hart. »Sicher ist sicher.«

Seufzend gebe ich nach und gehe wenig später mit einem Mikro auf der Brust und einem Knopf im Ohr auf Leons Apartment zu.

Ich klingle.

Einmal. Zweimal. Dreimal.

Nichts passiert.

»Was jetzt?«, flüstere ich in mein Shirt.

»Klopfe.«

Kaum berühren meine Finger die Tür, da gibt sie nach und schwingt auf. Wie in einem Horrorfilm. Nun bin ich doch froh, Pepper im Ohr zu haben.

»Hallo?«, rufe ich. »Leon?«

»Hast du dein Pfefferspray, Agentin E?«, flüstert Pepper.

Ich nicke.

»So aufregend!«, quiekt es im Hintergrund.

Ich bin nicht sicher, was ich erwartet habe, aber bestimmt keine Geigenmusik, die durch das Apartment schallt.

Von Leon weit und breit keine Spur. Stattdessen sind überall in der Wohnung Rosenblätter und Teelichter verteilt, die einen Weg säumen.

»Leon?«

Keine Antwort.

»Hier sind überall Kerzen«, flüstere ich ins Mikrofon.

»Vielleicht ist er einer Sekte beigetreten?«, mutmaßt Anni.

»Nein, aber ich befürchte das Schlimmste«, seufzt Pepper. *»Pass auf dich auf, Emma, okay?«*

Ich folge der Teelichtspur durch die offene Küche bis zur Treppe, die ins erste Obergeschoss und somit in sein Schlafzimmer führt.

»Leon! Hier ist Emma«, rufe ich, als ich langsam Stufe für Stufe nach oben steige. Dabei muss ich höllisch aufpassen, dass meine Latzhose kein Feuer fängt, denn die Kerzen stehen überall.

»Leon?« Ich stoße die Schlafzimmertür auf.

Und da liegt er.

Auf dem Bett.

Nur mit Unterhose bekleidet, eine Rose quer im Mund.

»Ach, du Schande!«, kreische ich.

»Ist er tot?«, quiekt Anni.

»Nein. Nackt«, rät Pepper trocken.

»Woher weißt du das?«

»Emmas Stimme. Panisch, aber nicht Hier-ist-jede-Menge-Blut-panisch.«

»Leon!«, schimpfe ich. »Was machst du da?«

Er nimmt die Blume aus dem Mund und grinst mich an. »Auf dich warten natürlich.«

Es gab eine Zeit, da wäre ich bei dem Anblick seines eingeölten Körpers geschmolzen und hätte es kaum erwarten können, ihm die enge Boxershorts vom Leib zu reißen. Aber der Effekt, dass Menschen schöner werden, wenn man sie mag, funktioniert auch umgekehrt. Und heute wirkt Leon auf mich wie der billige Statist einer RTL-Soap.

Also werfe ich ihm sein Shirt zu. »Du solltest Alex anrufen.«

»Geht nicht. Der hasst mich, aber egal. Ich wollte dich sehen, nicht ihn. Ems, ich fühle mich gut. Befreit. Endlich weiß ich, wo ich hingehöre. Zu dir!«

»Du hast mich betrogen.«

»Nur ein einziges Mal. Und das war der größte Fehler meines Lebens! Aber es war nur ein Mal, ich schwöre. Wie konnte ich ahnen, dass sie gleich schwanger wird?«

»Ich zerstöre deine Weltvorstellungen nur ungern, Leon, aber ein Mal Sex reicht, um schwanger zu werden.«

»Ich dachte, sie nimmt die Pille ... Aber darum geht es nicht.« Er springt aus dem Bett, um seine Hände auf meine Schultern zu legen. »Die anderen sind egal, denn alle wichtigen Personen sind hier. Du und ich.«

»Also, wir sind auch hier«, flüstert Anni.

»Allerdings«, bestätigt Pepper.

Ich habe das Gefühl, den Verstand zu verlieren. Meine Gedanken drehen sich und mir wird schwindelig. Leons Shampoogeruch, von dem ich früher nicht genug bekommen konnte, treibt mir nun die Magensäure in den Mund.

»Die sieben Monate, die wir zusammen waren, waren die glücklichsten in meinem Leben. Du warst so echt. Du hast mir gezeigt, was im Leben wirklich wichtig ist.«

»Leon, warte.« Ich löse mich aus seinem Griff.

»Menschen machen Fehler, aber ich sehe es ein. Das ist doch der erste Schritt zur Besserung, oder?«

»Nein, Leon. Ich glaube, an deinem bescheuerten Klospruch war am Ende doch etwas dran. Wir haben einfach nie zueinander gehört.«

»Hast du nicht gehört, was ich dir sage? Ich werde mich für dich um hundertachtzig Grad ändern. Keine Frauengeschichten mehr. Keine Partys.«

Er versucht es mit seiner ultimativen Waffe. Dem Welpenblick. »Komm schon. Verdienen wir nach dem ganzen Stress kein Happy End? Du verdienst eins.«

»Ja, Leon, aber nicht mir dir.«

Ich drehe mich um und höre, wie Anni und Pepper in meinem Ohr jubeln. Dann erstarre ich mitten in der Bewegung und starre auf die Treppe.

»Leon?«

»Ja?«

»Es brennt!«

51

Feuer und Flamme

Verdammt! Eine Wand aus Rauch drängt die Treppe empor. Eine beißende Mischung aus verbranntem Plastik, Grillplatz und Silvesterabend treibt mir Tränen in die Augen.

»Pepper! Hier ist überall Rauch«, keuche ich und schlage die Schlafzimmertür zu.

»Versuch dir etwas vors Gesicht zu binden. Ich rufe die Feuerwehr!«

»Gut.«

»Mit wem sprichst du?«, fragt Leon und starrt mich an.

»Später! Binde dir etwas vors Gesicht.«

Am ganzen Körper zitternd folgt er meinen Anweisungen.

»Pepper! Wir kommen nicht raus«, rufe ich ins Mikrofon. Die Treppe ist voller Rauch, was uns den einzigen Fluchtweg versperrt.

»Pepper?«, fragt Leon verwirrt. »Ist die etwa auch hier?«

»Pepper ist überall. Merk dir das!«, knurrt es in meinem Ohr. *»Siehst du irgendeinen anderen Fluchtweg?«*

»Ja!« Ich schnappe mir Leon und ziehe ihn am Bett vorbei. »Wir klettern aus dem Fenster auf die Terrasse.«

»Aus dem Fenster?«, echot er, die Stimme höher als sonst. »Nicht, dass wir uns etwas brechen. Das Genick zum Beispiel …«

»Wir sind im ersten Stock«, erinnere ich ihn und rüttele an dem Griff, aber vergeblich. Er bewegt sich keinen Millimeter. »Fuck. Abgeschlossen.«

»Wir sterben«, heult Leon und klammert sich an meinen Arm. »Oh, Ems, wir sterben!«

»Wo ist der Schlüssel?«

»Keine Ahnung! Ich kann gerade nicht denken.«

Der Gestank nach verbranntem Plastik ist unerträglich. Der Rauch hier ist noch nicht so dicht wie im Rest der Wohnung, aber er quillt ununterbrochen unter dem Türspalt hervor.

»Emma. Wenn wir sterben, will ich, dass du weißt …«

»Wir schaffen das, Leon«, unterbreche ich ihn, bevor ich mich sanft, aber energisch von ihm löse und seine Bettdecken vor den Türspalt schiebe, um den Rauch aufzuhalten.

»Ems, mir ist schwindelig«, jammert er und mir geht es ähnlich. Meine Lungen brennen und das Schlafzimmer beginnt, Karussell um uns zu fahren.

Ich schnappe mir seinen Nachttisch, ein Designerstück, das ein Vermögen gekostet hat, und stemme ihn ächzend über meinen Kopf.

»Was machst du da?«, fragt Leon, während ich Anlauf nehme und ihn mit aller Kraft gegen das Fenster werfe. Das Glas zerspringt mit einem lauten Klirren und frische Luft weht herein. Ich schlage die restlichen Glasecken heraus und wische die Splitter von der Fensterbank, bevor ich mich zu Leon umdrehe.

»Komm. Wir springen!«, rufe ich. Mit meiner Hilfe klettert

er auf die Fensterbank, was gar nicht so leicht ist, denn sein geölter Körper ist rutschig wie eine eingelegte Olive.

»Warte, Ems …«

»Wir haben keine Zeit mehr.«

»Ich springe nicht ohne mein iPhone!« Leon entschlüpft meinem Griff und rennt zum Schreibtisch, um sich sein Handy zu schnappen. Erst dann schwingt er seine Beine nach draußen und schaut hinunter. Allerdings zögert er in letzter Sekunde und dreht sich wieder zu mir um. »Warte … Mein Ladegerät …«

»Spring endlich!«, rufe ich ungeduldig und stoße ihn aus dem Fenster. Mit einem Schrei fällt er hinaus.

Gerade will ich auf die Fensterbank klettern, als mein Blick auf eine kleine Topfpflanze fällt.

Karlchen. Ja, sie sieht nach einem Karlchen aus.

Und Karlchen will ganz sicher nicht hier verbrennen, denn er hat kürzlich erst zwei wunderschöne gelbe Blüten produziert. Also schnappe ich ihn mir und klettere wieder auf das Fenstersims.

Meine Beine hängen in die Luft.

Verdammt. Ist das hoch!

»Worauf wartest du?«, brüllt Pepper in mein Ohr.

»Erster Stock hört sich nicht so hoch an wie drei Meter über dem Erdboden«, rufe ich und luge nach unten. Da ist, wie könnte es auch anders sein, der Whirlpool und blubbert unschuldig vor sich hin. Leon steht in seiner Unterhose drin und winkt mir hektisch zu.

»Komm, Ems! Na los!«

Es gibt verschiedene Möglichkeiten, einen Fall aus großer Höhe zu überleben. Tatsächlich fallen mir gerade nur noch zwei ein und beide sind nicht unbedingt dafür gedacht, dass man aus einem brennenden Haus in einen Whirlpool springen möchte, in dem der Ex steht und winkt.

1. Füße voraus springen und dabei versuchen, mit beiden Füßen gleichzeitig aufzukommen.

Gut, ich hatte nicht vor, einen Kopfsprung zu machen.

2. Wenn man aufkommt, sollte man am besten nach vorne oder zur Seite fallen. Nicht auf den Rücken.

Das sieht machbar aus.

Ich zähle innerlich bis drei, dann lasse ich los und falle. Ein Schmerz zuckt durch meinen Körper, als ich auf Leon stürze, der irgendwie versucht, mich aufzufangen, sich dann aber doch entschließt zurückzuweichen. Zu spät. Ich stürze auf ihn drauf. Mein Kopf schlägt gegen die Beckenwand und warmes Wasser bricht über uns zusammen.

Für einen Moment sehe ich nur Luftblasen und Licht an mir vorbeirauschen. *Oh Gott!* Ich hoffe, das ist nicht das Ende, denn ich weiß mit ziemlicher Sicherheit, dass ich so nicht sterben will. Ich will leben, mehr Zeit mit Dirk verbringen, mit Pepper und Anni Spaß haben, an meinem verrückten Palmenkrimi schreiben und mein Leben genießen. Ja, ich will sogar mit Sarah und Noah zanken und lachen, denn die beiden sind mir ans Herz gewachsen.

Eigentlich bin ich gerade verdammt glücklich. Okay, Eugen ist ein Kotzbrocken, aber selbst das stört mich kaum, denn ich weiß, dass das Praktikum diese Woche zu Ende geht und die Semesterferien beginnen.

Okay, Emma, wage es nicht, zu sterben!

Das Licht umschließt mich, dann sehe ich Erde, Blätter, Füße, Beine, eine schwarze Unterhose … und schließlich Hände, die mich emporziehen. Nach Luft schnappend setze ich mich hin und presse Karlchen an mich.

Drei fremde Gesichter, gerahmt von gelben Helmen, sehen auf uns herunter.

Einer der Feuerwehrmänner ist so freundlich, uns noch einmal auf die Situation hinzuweisen. »Bei Ihnen brennt es.«

»Ja, haben wir bemerkt.«

Das ist es also.

Das Ende von Leon und Cinderemma.

52

Liebe gesucht, Glück gefunden

Ich sitze auf dem Bordstein vor dem Krankenwagen, als Dirk, der von Pepper informiert wurde, eintrifft. Er trägt noch eine Jogginghose und ein Shirt auf dem »Talk nerdy to me« steht. Seine Haare stehen wirr in alle Richtungen und er hat etwas Schmieröl im Gesicht.

»Mir geht es gut«, beruhige ich ihn, während er mich fest in die Arme schließt. Sein vertrauter Geruch umschließt mich und ich bin so froh, dass er da ist.

»Was ist passiert?«

»Leon hat mir sehr seltsame Nachrichten geschrieben. Also wollten Pepper, Anni und ich nach dem Rechten sehen. Stellt sich raus, er hat mit Romantik sein Haus abgefackelt.«

Dirk löst sich vorsichtig von mir und streicht mir über die wirren, immer noch klatschnassen Haare. »Pepper meinte, ihr seid in letzter Sekunde aus Leons Schlafzimmer gesprungen.«

Ich laufe rot an. »Es war wirklich nicht so, wie es sich anhört.«

Er drückt mir die Hand. »Hab ich mir gedacht.«

In seinem Blick ist weder Ärger oder Vorwurf zu erkennen, nur echte Sorge. Trotzdem habe ich das Bedürfnis, mich zu erklären und ihm zu versichern, dass er sich bezüglich Leon keine Sorgen machen muss.

»Das Kapitel Leon ist für mich abgehakt, untergegangen wie die Titanic.«

»Ja. Ich weiß.« Er lächelt. »Außerdem hat mir Pepper die Tonaufnahmen versprochen. Sie meinte, in ein paar Jahren werden wir uns darüber köstlich amüsieren.«

Ich stöhne. »Na toll.«

Dann lehne ich mich mit dem Kopf an seine Brust und lausche dem beruhigenden Klang seines Herzens. »Ich will nach Hause.«

»Ich frag mal die Ärztin«, verspricht Dirk. Die ist im Krankenwagen und diskutiert mir Leon darüber, wie sinnvoll oder nicht sinnvoll das Schießen eines Selfies während einer körperlichen Untersuchung ist.

»Das ist aber, was die Leute sehen wollen. In der ersten Reihe sitzen, live mit dabei sein«, protestiert Leon aufgebracht. Fast tut er mir ein bisschen leid, denn während für mich gleich drei wunderbare Menschen vor Ort sind, ist er allein. Als wir entlassen werden, steht er in Boxershorts auf der Straße vor seiner verbrannten Wohnung.

»Können wir dir irgendwie helfen?«, fragt Dirk. »Brauchst du Geld oder so?«

(Leon hätte es begrüßt, wenn ich anstelle von Karlchen sein Portemonnaie gerettet hätte. Angeblich lag es direkt neben der Pflanze.)

»Ich komm schon klar«, murmelt er.

Trotzdem holt Pepper eine Jogginghose aus ihrem Kofferraum und Anni leiht ihm ihr Sakko.

»Wo willst du jetzt hin?«, frage ich ihn.

»Alex holt mich ab. Ich hoffe nur, er wird mich nicht umbringen … Ich könnte es verstehen.«

»Das mit Larissa tut mir leid.«

Er kratzt sich den Hinterkopf. »Du weißt es schon?«

»Ja.«

»Ist besser so. Ich war noch nicht bereit für … all das.« Er sieht mich mit seinen eisblauen Augen an. »Und du? Bist du glücklich?«

»Das bin ich.«

Er mustert Dirk skeptisch, der mit Pepper und Anni etwas abseits steht, um uns Raum zu lassen. »Der Typ wirkt seltsam. Ich glaube, er hat einen Schraubenzieher in seiner Tasche.«

»Ja«, bestätige ich fröhlich.

Und das liebe ich so sehr an ihm.

Zwei Stunden später stinke ich nicht mehr nach Rauch und Plastik, sondern versinke frisch geduscht in dem weichen Kissen meines Bettes.

Karlchen, die Topfpflanze, durfte ich behalten. Nun steht er etwas zerfleddert neben Pamela und einem skeptisch aussehendem Gottfried auf der Fensterbank.

Pepper liegt neben mir und krault meine Haare.

»Dirk und Anni kümmern sich ums Essen«, erklärt sie. »Ruh dich einfach aus, okay?«

In dem Moment klingelt es an der Tür.

»Oh! Und ich muss dir noch was gestehen …«

»Was?« Alarmiert reiße ich die Augen auf.

»Ich hab deine Eltern angerufen.« Sie hebt entschuldigend die Arme. »Tut mir leid, ich musste ihnen schon vor Jahren schwören, dass ich sie sofort informiere, wenn dir etwas passiert. Deine Mutter meinte wortwörtlich: Auch wenn sie von einem Waschbären schief angeguckt wird, rufst du uns an. Wie soll ich da eine Rauchvergiftung verheimlichen?«

»Pepper …«

Bevor ich es verhindern kann, schiebt sich ein gigantischer Strauß Blumen durch meine Tür, gefolgt von meinen Eltern, die blasser aussehen als meine Wand.

»Wo ist meine Tochter?«, ruft meine Mutter und schießt auf das Bett zu. Pepper rollt sich zur Seite, damit meine Eltern mir um den Hals fallen können.

»Wie geht es dir?« Mein Vater hat Tränen in den Augen.

»Alles gut«, versuche ich sie zu beruhigen.

»Wir sind hier, um dich abzuholen«, erklärt mir meine Mutter, deren Augen ebenfalls gerötet aussehen. »Du kannst in unserem Bett schlafen. Wir nehmen die Yogamatten. Hauptsache, du bist zu Hause. Und wenn du hustest, wenn du auch nur komisch blinzelst, rufen wir sofort 112 an und bringen dich ins Krankenhaus.«

»Nicht nötig, Mama. Ich fühl mich gut«, beruhige ich sie. Wenn meine Eltern sich Sorgen machen, mutieren sie zu überfürsorglichen Glucken, die ihr Küken – mich – keine Sekunde aus den Augen lassen. Ich kann mich nicht beklagen. Wenn ich früher krank war, hieß das All-inclusive-Urlaub mit 24-Stunden-Service. Ich durfte so viel fernsehen und schlafen, wie ich wollte, während sie mir jeden Wunsch von den Lippen abgelesen haben. Was sich zunächst nach einem Traum anhört, kann allerdings auf Dauer auch etwas anstrengend werden. Spätestens wenn die Mutter im Stundentakt zum Fiebermessen erscheint.

»Bernhard, ruf im Labor an und melde deine Tochter krank«, sagt meine Mutter.

»Mama, das ist wirklich nicht nötig. Mir geht es gut.«

»Papperlapapp. Bernhard, du kennst doch den Chef dort. Erkläre ihm die Situation.«

»Ich kann ihm das selbst erklären«, protestiere ich, dieses Mal mit genug Entschlossenheit, um meine Eltern zu überzeugen. »Allerdings … Papa?«

»Was?«

»Tut mir leid. Ich glaube nicht, dass ich nach dem Praktikum dorthin zurückkehre. Ich denke, ich werde mir lieber etwas suchen, was mehr mit Pflanzen zu tun hat.«

Ich hoffe, dass er über dieses Geständnis nicht allzu enttäuscht sein wird, aber auch ohne Kotzbrocken Eugen ist mir eine Sache klar geworden. Es tut gut, seinen eigenen Weg zu gehen. Auch, wenn vielleicht nicht immer gleich alles glattläuft, war es die beste Entscheidung, etwas Neues zu wagen und in die WG mit Dirk zu ziehen. Nun möchte ich mich auch, was meine Arbeit angeht, ausprobieren. Mit etwas Glück finde ich etwas, für das mein Herz wirklich schlägt.

»Ach, Hase. Das macht doch nichts.« Mein Vater schließt mich in seine Arme. »Du weißt doch, dass wir dich immer unterstützen, bei jeder Entscheidung. Du musst nicht das machen, was ich mache.«

»Erst mal musst du wieder gesund werden. Das ist das Wichtigste«, bestätigt meine Mutter und beide drücken mich erneut.

In dem Moment höre ich ein Piepen und Tuten vom Flur. Wir drehen uns um und sehen *Arachno-Clean*, der mit einem Teller ins Zimmer saust. Darauf liegt ein etwas mitgenommen aussehendes Sandwich.

»Sorry«, lacht Dirk. »Er hat sich noch nicht ganz an seine neue Aufgabe gewöhnt und das Essen überfahren. Aber er wird besser.«

»Die Milchshakes wollten wir ihm trotzdem nicht anvertrauen«, kichert Anni, die mit einem Tablett hereinkommt und Gläser verteilt.

»Da ist bestimmt sehr viel Zucker drin.« Meine Mutter begutachtet das Glas misstrauisch.

»Sehr viel«, bestätigt Pepper. »Aber es schmeckt köstlich.«

»Ich denke, an Tagen wie diesen kann man eine Ausnahme machen. Immerhin rettet die eigene Tochter nur einmal im Leben ihren Ex aus einem brennenden Haus … Hoffe ich jedenfalls.«

»Wenn es nach mir geht, kannst du jeden Tag eine Ausnahme machen, Charlotte. Du siehst toll aus.«

»Ach, Bernhard.« Sie schürzt ihre Lippen, um ihm einen Kuss zu geben.

»Darauf, dass Emma nicht verbrannt ist!«, ruft Pepper. Grinsend stoßen wir mit Milchshakes an.

Dirk nimmt den Teller von *Arachno-Clean*, den er zu einem Butler umfunktionieren will, und setzt sich zu mir ans Bett.

»Hast du Hunger?«

Tatsächlich knurrt mein Magen und ich schnappe mir das Sandwich. »Allerdings. Nahtoderfahrungen machen hungrig.«

In dem Moment höre ich meine Mutter quieken. Schnell dreht sie sich zu meinem Vater und zeigt auf unsere Hände, die sich wie selbstverständlich gefunden haben.

»Was ist?«, frage ich.

»Ich wusste, dass da was läuft«, verkündet mein Vater zufrieden.

»Du?«, widerspricht meine Mutter. »Du hast wie immer nichts bemerkt. Ich hingegen war als Erste vor Ort, als sich die Bande der Liebe geknüpft haben.«

»Sie hat mich im Zelt überfallen«, erklärt Dirk und wir lachen.

Hier an meinem Krankenbett Milchshake zu trinken mit meinen Eltern, die sich auf ihre Weise zugleich zanken und lieben, und Pepper, die ihre Augen nicht von Anni lassen kann, und Dirk an meiner Seite ist so etwas wie das perfekte Happy End, von dem ich immer geträumt habe.

Unspektakulär und doch so warm und echt, wie nur das echte Leben sein kann.

Allerdings fehlt noch eine Sache …

53

Das Ende

Wir sind alle hier, stehen im Publikum vor der aufgebauten Bühne von RobToy, wo alle Teilnehmer ihre Erfindungen präsentieren können.

»Glaubt ihr wirklich, Dirk hat eine Chance?«, fragt Noah, wie immer darum bemüht, möglichst griesgrämig zu schauen. »Also vielleicht gegen den Roboter, der Obst sortieren kann, aber gegen das Auto, das zu Michael Jackson tanzt? Eher nicht.«

»Ist doch egal«, wispert Sarah. »Ich werde alles filmen und hochladen. Wenn die Jury seine Genialität nicht erkennt, dann das heilige Internet.«

In dem Moment tritt Dirk auf die Bühne und wir reißen unsere Plakate hoch. Keiner von uns flippt jedoch so sehr aus wie Rick. Er wirft Konfetti und macht jede Menge Krach mit einer Vuvuzela. (Wo hat er die denn her?) Zu guter Letzt zieht er sein Shirt aus und schreit: »Didi! Ich liebe dich!«

Und dann präsentiert Dirk seine neueste Erfindung. Unsere Blicke treffen sich kurz, bevor er das Tuch mit einem aufgeregten Grinsen lüftet.

»Die ist für Emma«, sagt er und mein Gesicht läuft rot an, als sich gefühlt jeder zu mir umdreht. Verlegen lächele ich in die Runde.

Unter dem Tuch stehen zwei Pflanzen.

Pamela und Karlchen.

»Hey. Wer hat das Licht angemacht?«, fragt Pamela, um deren Topf ein blau leuchtender Ring angebracht ist, der beeindruckender aussieht als der ursprüngliche Gürtel bei Helga. *»Ist es schon morgens? Zeit aufzustehen, würde ich sagen.«*

»Ich könnte Wasser gebrauchen«, sagt Karlchen plötzlich. *»Hab gerade meine Wurzeln überprüft und sie sind verdammt trocken. Hey, du. Mensch! Gib mir Wasser!«*

Dirk nimmt eine Gießkanne, um Karlchen seinen Wunsch zu erfüllen.

»Danke! Das reicht, sonst bekomme ich Pilz.«

»Wie ist es bei dir, Pamela? Brauchst du etwas?«

»Etwas Musik wäre nicht schlecht. Imagine Dragons bitte.«

»Bist du auch Imagine-Dragons-Fan, Karlchen?«

»Nein. Ich bin gerade erst wach geworden. Da brauche ich Ruhe und Sonne.«

»Verstehe.« Dirk zaubert eine Solarlampe hervor und Karlchen summt zufrieden, als das Licht auf seine Blätter fällt.

»Da ist er«, flüstert Pepper und legt einen Arm um mich. »Der Mann, der dir Bäume statt ermordeter Rosen schenkt. Sogar welche, die sprechen. Ist das noch zu toppen?«

»Er ist also pepperapproved?«

»Jeder, der dich glücklich macht, ist pepperapproved.« Sie zieht mich zu sich und drückt mir einen Kuss auf die Stirn.

»Ich freue mich auch für dich«, entgegne ich und lege meinen Kopf auf ihre Schulter. »Du verdienst ein Happy End.«

»End? Das ist erst der Anfang, denn ich will mit dieser Frau noch ganz viel erleben.«

Arm in Arm beobachten wir Dirk dabei, wie er Liegestütze macht, während die Pflanzen ihn anfeuern.

»Bewegung am Tag ist wichtig«, sagt Pamela. *»Komm! Mach noch zehn Stück!«*

»Wo ist denn da die Körperspannung?«, sagt Karlchen. *»Du hängst durch wie die Blätter meiner vertrockneten Oma.«*

»Das wird so durch die Decke gehen«, flüstert Sarah, die ihr Handy in der Hand hält. »Pimp your plants! Verpasst euren Pflanzen dieses Update und ihr habt grüne Freunde fürs Leben. Mehr Infos werdet ihr auf der Seite von Didi Düsentrieb finden, dem genialsten Erfinder unserer Zeit. #pimpyourplants.«

»Ich will ein Kind von dir!«, brüllt Rick und schwenkt sein Shirt über dem Kopf.

Dirk gewinnt nicht, sondern der tanzende Michael-Jackson-Roboter, aber das verdirbt uns die Stimmung nicht, denn für uns sind die sprechenden Pflanzen die Sieger der Herzen. Und Dirk ist über seinen Schatten gesprungen und hat diesen Wettbewerb bestritten und ist damit der wahre Sieger des Tages.

Wir sind gerade auf dem Weg nach draußen, als uns einer der Juroren, ein Kerl im Anzug, aufhält. Ich erkenne ihn sofort von dem Christian-Düsentrieb-Account und halte automatisch die Luft an.

»Hey, kleiner Bruder«, sagt er und sein Blick bleibt kurz an Rick hängen, auf dessen Brust mittlerweile mit Filzstift »Alle lieben DIDI!« steht. »Hey, Rick.«

»Hey, Wichser«, sagt der mit einem herzallerliebsten Augenaufschlag, woraufhin ihn Dirk in die Seite knufft.

»Ich freu mich sehr, dass du meiner Einladung gefolgt bist.«

»*Deiner* Einladung?«, fragt Dirk ungläubig.

»Na ja, ich hatte gehofft, dass du kommen würdest.«

»Nur, damit das klar ist. Dieses Mal verkauft Didi seine Idee nicht«, verkündet Rick. »Wir sind nur hier, um euch unter die Nase zu reiben, wie geil er ist!«

»Keine Sorge. Wir haben gesehen, was er kann«, beruhigt ihn Christian. »Ich dachte nur … Vielleicht können wir reden?«

Dirk schluckt.

Ich weiß, wie sehr er sich eine Erklärung wünscht, damit er sich nicht länger über das Warum den Kopf zerbrechen muss.

Er sieht mich an und ich nicke aufmunternd.

»Wir sind hier«, flüstere ich ihm zu.

»Wenn du rufst, eilen wir herbei«, bestätigt Rick.

Also nickt Dirk und folgt seinem Bruder mit zusammengepressten Lippen.

Am liebsten würde ich mitkommen, um sicherzustellen, dass dieses Gespräch in die richtige Richtung geht, aber ich weiß natürlich, dass er den Weg alleine gehen muss. Ich kann nur in der Nähe bleiben, um ihm zu helfen, wenn er mich braucht.

54

Happy ever after

»Und?«, frage ich im Auto. Ich sitze zwischen Dirk und Rick, der mittlerweile wieder sein Shirt anhat und an seine Vuvuzela gekuschelt schläft. Und das, obwohl es nicht gerade leise ist.

Pepper fährt und Anni trällert ihre Lieblingslieder rauf und runter. Sie ist meistens gut drauf, einer dieser optimistischen Menschen, die ihr Leben einfach lieben und jedes Geschenk begrüßen, das ihnen zuteilwird. Und das Wichtigste – sie bringt Pepper zum Strahlen.

»Ich versteh ihn jetzt«, sagt Dirk und sieht aus, als wäre ihm ein Stein vom Herzen gefallen. »Stellt sich heraus, dass auch er einfach nur von meinem Vater wegwollte. Darum hat er die *Plüschies* verkauft und das Angebot von Robtoy angenommen. Das ist natürlich keine Entschuldigung, aber …«

»... zumindest eine Erklärung.«

»Ja, ein bisschen versteh ich ihn. Mein Vater hat ihn immer als perfekten Sohn gesehen und ich dachte, er wäre glücklich. Hätten wir eher miteinander geredet, hätten wir zusammen abhauen können.«

»Sei nicht traurig«, sagt Pamela auf meinem Schoß. *»Wenn ich traurig bin, denke ich immer an den armen Kerl, der im Schultheater den Baum spielen musste …«*

»Ich war der Baum«, brumme ich.

»Ich weiß. Rick hat mir davon erzählt, aber rate mal, wer das Gras war«, lacht Dirk.

Rick an meiner Seite grunzt kurz, als er seinen Namen hört, wacht aber nicht wirklich auf.

»Ich freu mich, dass ihr reden konntet.« Ich nehme Dirks Hand und drücke sie.

»Ich auch.« Er sieht mir in die Augen und wie immer beginnt mein Herz zu flattern. Ich habe das Gefühl, dass mir schwindelig wird, wenn ich mich zu lange in dem Grün verliere. Dirks Finger verschlingen sich fester mit meinen.

»Wie wäre es mit einem Milchshake? Zur Feier des Tages«, fragt Pepper.

»Was wäre ein perfektes Ende ohne Milchshake?«, bestätige ich.

Nachwort

Jetzt ist sie also zu Ende. Meine lange, unglaubliche Reise mit dem Disaster-Diary.

Die ersten Fans sammelten Emma und Dirk vor Jahren auf Facebook, als ich damit anfing, lustige WG-Anekdoten aus der Chaos-WG meines Herzens zu teilen. Aus den Anekdoten wurde eine Sammlung, aus der Sammlung die Kooperation mit einer Filmproduktionsfirma und jetzt sogar ein Buch.

Während des Schreibens habe ich bemerkt, wie sehr mir die Charaktere ans Herz gewachsen sind, und ich hoffe, dass euch die Geschichte ein paar Stunden voller Wärme, Glück und Lust auf Milchshakes bescheren konnte. Genau dafür war sie gedacht. Eine Geschichte zum Lachen, Wegträumen und auch ein bisschen zum Nachdenken. Denn wie in all meinen Büchern sollten auch hier wichtige Themen, die mir am Herzen liegen, nicht fehlen.

Ich möchte all denen danken, die von Anfang an an Emma und Dirk geglaubt haben, teilweise noch, bevor ich es selbst getan habe. Das Disaster-Diary war für mich ein Ausflug in ein neues Genre, weg von meiner geliebten Fantasy in realistischere Gefilde. Und auch ohne zynische Dämonen und bissige

Meerjungfrauen hatte ich jede Menge Spaß, in Emmas chaotisches Leben abzutauchen.

Danke auch an meine lieben Leser*innen, die mich und meine Geschichten schon so lange begleiten, sie teilen, empfehlen und unterstützen. Danke, dass ihr meinen Welten eine Heimat gebt!

Alles Liebe,
Eure Cari